論創ミステリ叢書 67

光石介太郎探偵小説選

論創社

光石介太郎探偵小説選　目次

創作篇

評論・随筆篇

凡例

一、「仮名づかい」は、「現代仮名遣い」（昭和六一年七月一日内閣告示第一号）にあらためた。

一、漢字の表記については、原則として「常用漢字表」に従って底本の表記をあらため、表外漢字は、底本の表記を尊重した。ただし人名漢字については適宜慣例に従った。

一、難読漢字については、現代仮名遣いでルビを付した。

一、極端な当て字と思われるもの及び指示語、副詞、接続詞等は適宜仮名に改めた。

一、あきらかな誤植は訂正した。

一、今日の人権意識に照らして不当・不適切と思われる語句や表現がみられる箇所もあるが、時代的背景と作品の価値に鑑み、修正・削除はおこなわなかった。

一、作品標題は、底本の仮名づかいを尊重した。漢字については、常用漢字表にある漢字は同表に従って字体をあらためたが、それ以外の漢字は底本の字体のままとした。

創作篇

十八号室の殺人

1

「遠山さん。……遠山さん」

アパート樟陰館《しょういんかん》の女中が、三階の一室の戸を叩きながら呼んでいた。――が、内からは何の返事もなかった。

不意に女中は気味の悪い予感にとらわれた。ぎょっと生唾をのむと顔色を変えて一息に一階の事務所へ駈下りて来た。

「ちょっと！　だれか。誰か行ってみて頂戴。三階の十八号室の人が変なんです」

すぐさま、管理人と他に二三の人が三階へ上って行った。そして遠山の室《へや》を、も一度、念のために叩いて呼んでみた。しかし彼等は心の耳に室内の異様な静寂を聞いたばかりだった。管理人は合鍵の束を取出して、その一つを鍵穴に合せようとしたが何という事なしに手がものに憑《つ》かれたように震えた。

やっと鍵が廻った。一同は扉を押して、こわいものでも見るように、そっと覗きこんだ。

だが室内には、何の事もなかった。ただ、一人の男が、静かに寝台に眠っているきりだった。しかし、人々の後から覗き込んだ先刻《さっき》の女中は、一目それを見ると叫んだ。

「まあ、死んで……！」

その通りだった。部屋の主はすでに冷たくなっていたのである。

時を移さず、係り官の出動となった。

寝台の枕元近くの夜卓の上には、未だ半分以上中味のあるある種の薬用葡萄酒が一本と汚れたコップが一つ、盆に載せて置いてあった。コップには殆ど消えうすれてしまっていたが、しかしまだそれと分る青酸特有の臭いがかすかに残っていた。遠山守《まもる》が葡萄酒に青酸を混じて飲んだ事は疑いもない。だが、瓶中の葡萄酒には何等雑《まじ》り物の気《け》はみられなかった。卓上にはロート目薬の小瓶が一つ転っていたが、それが青酸の入れ物であったらしく、中には殆ど一滴もなく、強い巴旦杏《はたんきょう》の臭気がしていた。なお、同じ夜卓の上には、前述の盆の反り上った縁に半ば隠れるような工合に、その部屋の入口の鍵が置かれてあった。云うまでもなくその鍵はその室専用のものである。樟陰館では、各部屋の鍵を二箇ずつ作ってあったのだが、その一箇を客に渡し、今一つは管理人が各部屋のを束にして保管していたのであるから、その管理人を論じない限り前夜遠山が寝《しん》に就く前、扉《ドア》に錠を下してから後は、誰もその室に出入したもののないのは明白であった。

遠山の死体は、発見されたとき、ほんの少しばかり形を崩していて、服毒当時ちょっと痙攣的の苦悶のあったらしい様子が見えていたが、正しく眠った通りの形で冷たくなっていた。青酸といえば非常に激しい作用をする毒物で、嚥下《えんか》すれば殆ど刹那的の死を呼ぶに拘わらず、彼がベッドの上でこんな穏かな死に方を見せているのは、前夜就寝のごく直前服用した事を物語っている。

遠山守の変死の報は、時を移さず彼の郷里岡山の生家へ打電された。

ところがその夜に入ってから、樟陰館の玄関に、自分は遠山の父の浅右衛門《あさえもん》というのだが、忰《せがれ》が自殺したと聞いて急ぎ駈付けたのだと云う六十近くになる、が矍鑠《かくしゃく》とした風貌の老人があった。

老人が女中に案内されて遠山の変死事件に立合った人々の前に現われたとき、人々は、岡山などという遠方から、いくら電報が着くと同時に発足したにせよ、東京まで十五六時間はかかるというのに、斯くも早く引取人が来たことを、いずれも妙に思ったものである。しかし聞いてみるとこういう訳であった。

丁度その自殺事件の起るざっと十日ばかり前、遠山の身上にある問題が生じて、その後浅右衛門は一度上京する事になっていた。丁度十月十一日の午後岡山を立つ事になっておりその事はすでに遠山自身も知っていたはずだという話で、遠山の自殺した夜、何事も知らない彼が岡山から急行列車で一路上京しつつあった。ところが静岡で、郷里から車中の彼あてに追打ちされた遠山の自殺を知らせた電報を受取ったと云うのである。

浅右衛門はしかし守の自殺を全く意外に思ったらしい。近来彼の身辺に生じていたという問題というのも、（少くともその場合）決して自殺するほどの理由になるものではなかったし、またその他にも、自殺の原因には心当りがないと浅右衛門は断言するのであった。

ところが浅右衛門が上京してから二日目の十四日の午《ひる》

過ぎになって、郷里から二度目の電報が打ってよこされた。

マモルノイシヨイマツイタ　スグソチラヘオクル

してみるとやはり遠山は遺書を認《したた》めて、自殺した日に投函し、三日目の十四日に至って郷里に着いたものとみえる。そこで家人は、いずれも遠山の自殺を意外に思っていた場合とて、おそらく同じ思いの浅右衛門に自殺の理由を知らせる意味で折返し廻送するという処置を取ったのであろう。

十七日になって、息子の死後の始末をしていた浅右衛門に遺書が届けられた。ところが、それを見れば遠山の自殺した原因が確然と判る事のように誰しも期待していたに反して、その文意は甚だ曖昧な、言わば彼の自殺する前後における気持を書いたに過ぎないものだった。文中のある所に――世の中のあらゆる希望を失ったような気持で今はもう只管《ひたすら》最後の援《すく》いの手を待っている。というような文言《もんごん》があるにはあったが、何故《なにゆえ》そんな気持になったか、全く書残してない。これでみると遠山の自殺の裏には、何か人知れぬ問題が潜んでいたとしか思われなかった。遠山の友人の中にも、彼は近来殊に自殺する直前の二三日は、少なからず何かに気を腐らしていたらしい様子であったと云う者もあったりして、結局、何とも分りかねる事情の下《もと》に行われたよくある厭世《えんせい》自殺だろうという事になって、まずこの事件も落着を見たのであった。

2

この事件があってから八日を経た今夜、私はやはり同じ樟陰館の自分の部屋で机に向っている。ほんの暫く前、彼等が帰って行ったところである。

まだやっと七時を廻った頃比《ころおい》だったろう。私は少し頭痛の気味だったので、未だ寝るには少し早いようだが寝衣《ねまき》に着かえておこうかと思っていたところだった。その時、ここ数日来私と一緒に恋人のような日を送っていた皆川いく子が、いつものように寝る前の湯浴《ゆあみ》をするため、隣の浴室へ入っていた。私は機械的に服を一枚一枚脱いで行きながら、隣室でいい気になって暢気《のんき》そうに唄ういく子の鼻唄を聞いていた。そこへこの物語の主人公嶺口準《みねぐちじゅん》がノックもしないで、いきなりのっそりと這入って来たのである。同時にいく子の鼻唄はぴたりと止んだ。

「なんだ、もう寝るのかい。早いんだね、随分」

いつもながら青黒いバリバリした髯面《ひげづら》の無遠慮な男だったが、私がベッドの上に服を脱ぎ掛けているのを見て、さすがに殊勝げに立止った。

「うむ、なに未だ寝るんじゃないんだよ。まあゆっくりして行き給え」

「そうか。しかし邪魔じゃないのかい。別段の用で来たんでもないんだが」

「いいんだよ。ま、扉《ドア》を閉めて、掛けたまえ。話そうよ」

私は彼に席を与えると、せっかく脱ぎかけていたものだからついでに手早く寝巻に着かえてしまって、ドレッシングガウンを上から羽織ると、ベルを押して女中を呼んだ。

「チョコレートでも飲《や》ろうや。しかし君、ウイスキー飲むかい？」

「うむ、いいね、もらおうか」

私はソーダのサイフォンとウイスキーの瓶を彼の前に並べた。そして生憎《あいにく》よごれたままになっていたグラスを洗うため隣室へ立って行った。するとバスタブを覆ったカーテン
帳《とばり》の間から、いく子が顔を覗けていて、私を見ると、

「だあれ？」

と云うように顔をその方へちょっと向けて口だけ動かして聞いた。

「友達だよ。嶺口って、君の知らない人だ」

私が小さく囁いてやると、

「そう。じゃ私どうしようかしら。その人すぐ帰るの？」と困ったような表情をした。断っておくが、私がいく子と同棲している事は誰にも知られていなかったのだ。

「さあ、分らないが、多分すぐには帰るまいよ。出て来たらいいだろう。……なあに、かまうものか」

「いや！　私、ここで待ってるわ、帰ってくまで」

私はそのままうっちゃっておいて、グラスを洗って部屋へ帰った。

「君の手はもう良くなったらしいね、もう学校へ出ても良かろう。随分達者に遠心性神経の命《めい》に従うじゃないか」

彼は、私の繃帯を厚っぽく巻いた右の手先を見ながら、そう云った。私は、ここ十二三日前、かなり大きい怪我をして、そのため学校を休んでいたほどだったのである。

言い遅れたが、この嶺口準というのは、先日自殺した遠山や私などと同じ大学の同科生だった。

この時扉が開いて、一人の女中が顔を出した。私はチョコレートを二つ注文した。

彼女が出て行って扉を閉めるのを待って、嶺口が云った。

「このアパートの女中は随分ずぼららしいね」

「うむ。しかし、どうしてだい」

「実はね、今日はわざわざ君に会いに来たんじゃないのさ。先日の遠山の事件ね、あの事で、ちょっと用があって来たついでに寄ったような訳なんだが、少し検《しら》べたい事があって遠山の借りてた部屋へ行ってみて驚いたね。いやもうとてもゴミだらけさ」と言葉を切って、彼はもしゃもしゃと頭髪《かみ》の中に手を入れて搔上げるような手つきをしたが、「おい、櫛をちょっと貸してくれないか。ずぼらな女中がほったらかした埃っぽい部屋を這い廻ったお蔭で、頭がくしゃくしゃだ」

なるほど、乱れた頭髪《かみ》だった。私は櫛を取りに一隅の篳笥《キャビネット》の方へ歩み出そうとして、ふと、いま着ているガウンのポケットに打畳み式の小型の櫛の入っているのを思出した。で、すぐポケットから櫛を取出して歩《あし》を嶺口の方へ返しながら、刹那的に彼の探偵行動に不審を抱いた。

「遠山の部屋を検《しら》べたって、なんかあの事件に訝《おか》しい点でもあったのかい。……無論、あっての事だろうが」

嶺口は櫛を受取ると、すぐには使いもせず側《そば》の卓《テーブル》の上に置きながら、私の問いを待構えていたかのように返事をした。

「うむ、実は遠山の自殺に疑問があるんだ、というよりも他殺の匂いが濃厚なんだ。でその筋では事件以来極秘裡にその方の探索に努めていたんだが僕は君も知っての通り司法主任の山崎という人を知っている関係で、許可を得て実は今日で二度目なんだがあの部屋を検べさせてもらった結果、僕自身としてもいよいよ他殺説の意を強うする事が出来た訳なんだ。あの部屋を精密に検べてみると、犯行に多分関係のあったと思われる何者かが、一時あそこへ潜伏していた痕跡が歴然と残されている」

「何が?」

「しかしそれを話すには、別の事から話して行かなけりゃならない。と云うのは、遠山の死が服毒による以上、他殺の場合でも当然毒殺という事になる。ところが毒殺は被害者には全然知られずに行われなければならない。それで次の推定が生れる。つまり、加害者は遠山が就寝前習慣的に葡萄酒を飲むことを知っていて、コップでなく壜の中味へ毒薬青酸を混入したという事なんだがね。ところが……」

「しかし……」

「え？　しかし……？」

「しかしね、葡萄酒の壜の中には青酸は入っていなかったそうじゃないか」

「うむ、壜の中には青酸はなかった。だが毒殺は被害者には未知で行われなくちゃならんという事を云いかえてみると、葡萄酒のコップに強烈な臭気の青酸を予め注《つぎ》込《こ》んでおくことができない事を示している。これは理論と事実の明らかな矛盾だ。ところがそれは他殺を仮定した場合においてのみ生ずる矛盾で、あれが自殺なら文句はないんだ。遠山が毒をあおる時、コップに葡萄酒と青酸を混ぜたのは青酸の不愉快な臭気を消すためだと解釈していい。この自然な解釈をさせるのが加害者の大きな欺瞞なんだ。それで僕はこの矛盾は矛盾として残しておき、他殺のためには葡萄酒の瓶の中へ青酸が混入されていねばならぬと仮定して筋を追ってみよう。すると加害者は是非とも遠山の不在の折を狙ってその部屋へ不法侵入を企てて目的を果さなければならない訳だが、しかもそれは遠山の就寝直前便所へでも行った隙を利用するより他なかったのだ。あの日遠山は朝学校へ出かけて行ってから終日帰宅しないで部屋には錠が下りていたため、その間犯人は少くとも出入口からは出入する事は出来なかった。で、とにかく加害者は遠山が便所へ行った隙に忍び込んで計画通り葡萄酒の中へ青酸を注ぎ入れたものとしよう。ところへ、遠山は便所からすぐ帰って来る。遠山の帰って来た足音を聞いて加害者は急いで寝台の下へ潜り込んだ。これは寝台の下に積った埃に歴然として痕跡があるのを見ても分る。ところが面白いことには、加害者はその時一本の何かの壜らしいものを所持していた事が、壁際にたまった埃に、はっきりと瓶の底らしいものの形が二重三重に重《だぶ》っていたので分った。しかもその跡は僕が実検してみると遠山の常用していた葡萄酒の瓶の底の輪廓と寸分違わなかった。そこで、加害者は遠山の葡萄酒の瓶を隠れるとき持ちこんだのではないかとも考えられるが、またこうも考えて差支えないはずだ。加害者が遠山の常用するのと同じ葡萄酒を買求めて、その中へ青酸を混入し、遠山が便所へ行った隙に彼の部屋へ持ち込んで、そこに在る遠山の無論毒のない瓶とすり替えたというような事が。そうして遠山が帰って来たとき加害者は素早くすり替えた瓶を持って寝台の下へ潜りこんだ。そうやって一時潜伏する事が加害者の予定行動であった事は後に自然に証明出来るがね、部屋へ帰った遠山はいつもの通り何気なく葡萄酒をコップに注いで一息に飲干してしまった。その時遠山は変に甘酸っぱい強い臭気を感じたに相違ないが、誰がそれを青酸の臭いだなんて考えるだろう。今夜は馬鹿に舌あたりが悪いわいぐらいの事で別に気にも止めなかったに相違ないんだ。しかし毒薬の効果は容赦なく彼の生命《いのち》を立所に奪ってしまった。それを見すまして加害者はベッドの下から這い出して来て再び葡萄酒の壜をすり替えたのだ。この点が最も加害者にとって大切なんだ。……ね、以上は勿論一つの臆測に過ぎないが、そういう風に考えると、加害者は毒殺の遂行が被害者に秘密的でなければならない必要上から瓶の中味に毒を混入しなければならなかった事と、遠山の死が発見されたとき壜中には青酸のなかった事の二つが矛盾しないで立派に解釈できる」

ここで嶺口は口は止めて、話の間に女中の持って来たチョコレートをうまそうに啜った。私は、それをじっと見守っていた。ふと彼の視線とかち合ったので、私は云った。

「だけど、かりに君が云うようにあれが他殺だとしても、加害者は毒の入った瓶を持ったまま朝までその室に止《とど》まっていなければならない訳じゃないか。朝、人々が遠山の死を発見したとき部屋には錠が下されてあった上に、なお鍵が室内の卓子《テーブル》の上にちゃんとあった」

「さあ、そこだ。僕もそれには困った。葡萄酒のトリックはあんな風にまず解釈できたが、その鍵の問題は少なからず僕を悩ませた。尤も遠山のいた十八号室の扉に合う鍵は外にもう一つだけあることはあって、それはアパートの管理人が他の部屋の鍵と一纏めにして保管しているが、彼は十月十一日の夜、鍵束を持ったままその友人と一緒にある遊廓の妓楼へ上っていた。この現場不在証明《アリバイ》だけから云っても彼は容疑者の圏外にある。実際は、遠山の死に他殺の疑いが生じたとき管理人はもっと厳重な取調べを受けているのだが、それについてはくだくだしくここに述べるまでもない。で、そういう風に合鍵を使用すればし得る唯一の人間を圏外に置くと、問題は、いかにして加害者が逃亡したかという事になって来る。窓から逃げ出した形跡は全然なかった。たとえ、事実窓から逃亡が行われているものとしても洋風建築物の高い三階の窓から人眼のある鋪道に飛降りるのは死か重傷か捕縛を意味する。——それでは一体加害者はどうして逃げたと思うね?」

私はこの時テーブルの上のウイスキーのグラスを見るでもなくじっと見つめていたが、しかし嶺口が私の上に痛いほど視線を注いでいるのを良く感ずる事が出来た。私は同じ姿勢のまま、

「さあ、無論僕には分らない」

というような気のない返事をしたように覚えている。彼の続ける言葉だけがしんしんと耳にはいって来た。

「このアパートの部屋にはみんな出入口の扉の上に小さな廻転窓がくっついているが、十八号にもやはりあれがあるね。もちろん四寸幅の長さ一尺ぐらいのあの窓から大の男が出られるものじゃない。ところが僕が検べてみると、その廻転窓の下檻《したかまち》には随分黒く埃がたまっていたが、そこに一条のすじが檻と殆ど直角の形に附いているんだ。それから例の葡萄酒の瓶の載っかっていた盆の縁に隠れるくらいの位置に鍵のあった事、その二つの事柄を結びつけると次のような推理が出来る。その窓縁のすじというのは、実はやっと今日発見したんだがね、その僕がもし以前に外国の小説でそれに似た物語の中のトリックを読んで知っていなかったら、多分見すごしていたかも知れない。加害者は遠山の部屋へ忍び込むとき予め長い紐を用意していたはずで、計画通り遠山に毒をのませて部屋を出るときに、その紐の一端をテーブルの上の盆の下にごく僅か敷込んでその他端を廻転窓から廊下の方へ垂らしておいたのだ。それから彼は鍵でもって、遠山がすでに便所から帰って来たとき錠を下していた扉をあたりまえに開けて外へ出た。そして外から再び錠を下すと、廻転窓から下っている紐に鍵の環《わ》を通して、紐を窓口に通じてピンと張ると鍵はするすると滑って盆の縁まで達して止った。そこでちょっと弾みを附けて引くと、紐は盆の下から抜けて犯人の手に戻ってしまう。そして鍵はちゃんと卓子の上に在る。どうだい。うまく考えてるじゃないか。尤も、盆の下に敷かれた紐の一端と窓を通じて加害者の手に持たれた一端とが鍵の滑って行くだけのある必要な角度を作るにはかなり背丈が高くなければならない訳だが、彼はその条件にはまっていたらしい」

彼がちょっと口を切ったので、私は云った。

「なるほど、しかし君は殺害の方法を合理的に説明しただけだね。一方に残っている遠山の遺書などを、どう

説明する気なんだい?」

「殺害方法さえ分れば、そんな事は何でもないさ。遺書が本人の意志と手によって書かれたら明らかな矛盾だが、これを遠山が書いたものでないとすると、すっかり意味が違ってくる。なるほどあの遺書の文字は筆跡鑑定をしてみて、絶対に遠山自身の筆には違いない。しかしそこにも加害者のトリックがあるかも知れないじゃないか。そこで想像の範囲を一歩進めてみると、こんな事も考えられる。つまり加害者は故人に親しかった者でもあるとして、何かの方法で自分自身の事に托して予め遠山にあの手紙を書かせたのじゃないかという風にね。その推定の可能性は、あの手紙の中味に遠山自身の署名も受取人の宛名もなかった点に充分認められる。つまり遠山自身では何気なしに、加害者の依頼か何かで手紙を書いてそれが、遺書に成るように取りたくらんだのじゃないかという想像だ。それは遺書の文意が甚だ曖昧だったという事でも分る。だがこうなってみると、自殺と見せたトリックは皆失敗さ」

嶺口は立上って窓際に歩み寄ってアパートの裏庭を見下した。私はその後姿を見守りながら、何故《なぜ》ともなくじっと耳を澄していたが、暫くしてから云った。

「君はまるで犯人を知っているようだね」

「まだだよ」

彼は静かにこちらを向いて、窓枠にもたれて答えた。

「それじゃ遠山の遺書をそうまでこじつけることはないじゃないか。今の説明は筋として通っても、確乎とした証拠にはならないからね」

私は少からぬ不満を感じて云ったものだ。

「ところがそれで確とした証拠になっているんだ。これは恐らく犯人にとっては意外な事だろうと思うんだが、遠山の死の発見された日厳父の浅右衛門が上京したね。そしてその日彼が上京するという事は遠山には分っていたという話だった。だのに遠山は遺書を郷里の父宛に送っていたのだ。訝《おか》しいとは思わないかい、君は父がその翌日には上京すると定《きま》っているに拘らず東京から出せば二日以上も日数を要する岡山までわざわざ遺書を送るなんて、ちょっと常識から判断しても矛盾がありそうじゃないか。これは遠山の父が上京するのを全く知らなかった加害者が遠山を殺した後、何気なしに送ったという明白な証明だ。そこへもってきてなおそれが確実らしいという附加的事実があったのだ。君は遠山に恋人のあったのを知ってるかい、知ってるね。遠山はすでに故人となっているが敢て忌憚なく云うと対女性的道徳観念には非常にルーズだった事は僕達も良く知っている。ここに僕の云うのは極く最近に関係していた森時子っていう女なんだ。森は君も知ってるはずだが、あの人が事件後三日目かしらに僕を訪ねて来たんだ。そうして遠山の死が、恋人の敏感さから確かに他殺のように思われると云って、是非真相を探ってみてくれるように頼んで行った。その時森は、加害者と目ざす者の姓名まで僕に云っている。そういう訳で、加害者にとっては、四囲の状況がいつの間にか非常に悪化してしまったのだ」

彼は窓を離れてテーブルに近づいた。そしてさっき置いた櫛を取上げて、折りたたんであったのを開いて頭へ持って行こうとした。が、ふと手を止めて、なぜかじっとそれを見つめた。やがて彼はそのまま使わないで卓上に置いてしまった。そうしてどかりと椅子に腰を落すと腕を組んで目をつむった。何か変な様子である。

「櫛が穢《きた》なかったのかい」

私は妙な彼の様子を怪しんで弁解の口調で訊ねた。

「もうしばらく掃除しないんだから穢れてるはずでもあるんだが」

「いや、別になんでもないんだ。ちょっと心に浮んだ事があって……失敬した」

さてまた彼は、落し眼に膝の上の櫛を眺めながら話し始めたのである。

「君は森時子を中心にして遠山と彼の友人である今一人の男との間に恋愛の葛藤のあった事を知っているかい？　あらゆる状況から察してその今一人というのが遠山の殺害犯人らしいのだ。その男を仮に某と呼ぼうかね。時子は職業婦人だが、その朋輩の中には、某がかなり深刻に謂わば執拗に彼女に接近していた事を知っている者が居たんだ。しかし時子は某と表面はともかく当り障りのない交際を続けていたがその実、遠山の方へ真剣な愛情をもって靡《なび》いていた。それが某にも薄々感じられていた。ここに犯罪の機因がひそんでいる。その某はずっと以前一度彼女にあるプロポーズをした事があるそうだ。その時時子はきっぱり断ったのだが、それ以後某は内心はともかく表面は時子を断念したように見えていた。ところがその後になって、というのは、事件の起る少し前の頃で、時子と遠山の交渉も相当進められていた時分だがある時無記名の一通の封書を時子は受取った。見た事のない男手の筆跡で、遠山が非常な女誑《おんなたら》しで数多《あまた》の女性を次から次へ漁《あさ》っては籠絡《ろうらく》し漁っては籠絡しそのために今では踏みにじられた自分の運命に泣いている者が幾人あるか知れないというような事がなかなか酷烈にすっぱぬいてあった。その頃時子は遠山の不行跡について殆ど何も知っていなかったとみえるので、その際の心の動揺は推して知るべきものがあろう。彼女の心中には遠山に対する嫌な気持が急に生じて、遠山を疎《うと》んじはじめたのだが、ふとそれを知った遠山は時子に心からの愛情を感じていたものと見えて、狼狽その極に達した。友人の某が時子にプロポーズした事実を知っている遠山は、時子に来た手紙を必ず某の中傷に違いないと云って非常に憤慨した。と同時に彼はその手紙にあった自分の過去の事を潔く認めて、けれど今では全く心は安定しているのだから、その証拠には正式の結婚をしたく思うのだがどうだろうという風に時子の心を執成《とりな》したのだ。もとより時子は遠山に惚れ込んでいたのだから、それならばと和解が出来たのだ。しかし遠山にしてみれば、恋人に自分を中傷した某の事が甚だ穏かでない。それ以来彼は時子と結婚するまでの間、某の眼の届かない所へ隠しておくつもりで、彼女の親類筋に当るある家へ窃《ひそ》かに遣っておいて、自分は郷里の親元へ結婚の賛同を求めて書を送ったのだ。ところが遠山の親元というのは農村でもずっと上流の家庭なんだそうだが、厳父の浅右衛門はそうした家庭に通有な文字通りの厳父で、それまでにも都にいる遠山の不行跡を漏れ聞いて甚だ心苦《こころにが》く思っていたところだったので、遠山の手紙を見るや一言《いちごん》のもとにはねつけてしまった。そこで遠山も真剣に自分の気持を訴えて早速厳父を説き落すべく二度目の手紙を書いたのだ。ところが一方親元では、その後何か新たに考えるところがあったとみえて、電報を打って来た。それは丁度遠山が二度目の手紙を書いたすぐ後くらいに来たらしいが、電報の意味は、都合で十二日に一度上京して先日の問題について相談する積りだからそれまでは先便の不賛成は取消して賛否はひとまず預りにしておくという風なものだった。——事件後僕は浅右衛門氏に会ったとき聞いたのだが、考えてみると今まで女を漁りまわっていた道楽息子が一人の女と一緒になりたいなどと親に賛同を求めて来るというのはよくよくの事だろうし、また道楽するのも身が堅まっていないからだろうから、せっかく好いた女を妻にしたいと云ってきたのを否定してしまえば、その反動も今までよりも甚しかろうという風に思われたので、これは一つ自分が直接その女に会ってみたり遠山にもそれまでの不心得を諭したりしてみた上で賛否を定《き》めた方が良くはないだろうかという事になって、あの電報を打ったのだという話だったが、浅右衛門氏に会ってみると案外中々さばけた人なんだ。森時子だったら氏の気にだってきっと入ったんだがねえ。が、とにかく、浅右衛門氏が郷里から打った電報は遠山の服のポケットから出て来たので、彼が厳父の上京する事を知っていたのは疑いもない事になる。が、さて、話はちょっと横へ外れるが、加害者の某がそれとも知らず巧妙な欺瞞を試みようとしたにしても、問題はそれを入れて送った封筒なんだ。それは、加害者が、決して公然と遠山の郷里の宛名を遠山に認めさせる事を要求出来る性質のものでない。だから、最初の計画では加害者はその遺書を封筒に入れないで遠山の死体の附近に置いとく事にしていたに違いないと思うのだ。ところが、都合のいい事が起ったんだ。加害者は——森時子の敵愾《てきがい》的直感を尊ぶならば、あくまでも遠山の親友の某だという事になるが、この場合、その仮定は僕の推理を大いに援助してくれる。というのは、遠山の敵であって親友である某が、その後遠山の所へ訪ねて行ったとき、恐らく遠山はちょっと部屋を留守にしていたのだろう。しかもそれは郷里から厳父の上京を予告する例の電報を彼が受取って殆ど間もない頃だったのだろう。某が遠山の部屋に入ってみると、机の上に、さっき云った厳父へ宛てての二度目の手紙とその側に宛名も差出名も書いた封筒が置いてあったんだ。そこらあたりに散かった数葉の書きほごしと一緒にそれを見た某は、全く、これはうまいと思ったに相違ない。——なぞと見てきたような事を云うが、もっと想像を追って行けば、某は早速その封筒を盗み出したんだ。勿論その時彼は遠山が郷里から電報を受取っていたのだとは知る由もなかった訳だが、遠山が厳父に出す手紙を書き終って送附するばかりになっているところへその電報が来たらしく、その手紙が封もされないでおらねばならなかったところなどの前後の事情からみて思われるが、その手紙が厳父の上京して来る事で不要になってしまったので、誰でも出そうか出すまいか躊躇するとき良くするように、手紙の中味と封筒を並べて何の気なしに置いといたままその時ちょっと部屋を出ていたんだろうね。入口に錠が下してなかったはずのところからみると、多分便所へでも行っていたものらしい。そこへ偶然某が這入って来て、それを盗み出した。つまり、遠山が丁度厳父への二度目の手紙を書き終った頃電報が来た事と、偶然書いた手紙を置きっぱなしにして他出《たしゅつ》していた事と、偶然そこへ某が訪ねて行った事とそうした偶然が三拍子そろって、そこに事件の運命的に当然なるべき綾《あや》が出来上った訳なんだ。そうした某にはそれが全く犯行上の好条件の如く考えられて、その実計画に破綻をもたらすものであるとは分らなかったんだね。しかし一方、遠山は部屋へ帰って来たとき、失くなっている封筒を問題にしなかったかというに、多分彼はそれに――と云うのはつまり封筒の失くなっている事に気附いただろう、気附いただろうが、それは判然《はっきり》意識するというよりは、ぼんやりした謂わば一つの知覚が物の不足している事をさとったという風なものに過ぎなかったのだろう。

こういう事以外に他に何か他殺説の動かすべからざる、また加害者の指摘に決定的な科学的証拠があったかという事になると、それが不思議に何一つ無いのだ。

加害者はこの点非常に慎重に事を運んだらしく察せられる。

たとえば遠山の部屋にあった物品の悉《ことごと》くは精密な科学的検討の下に置かれたがそこに発見された指紋は、凡て、遠山の死に直接関係ありそうな場所物品を除いて以外の所にあったもので、しかも彼を取巻いていた知人達のものばかりだったのだ。つまり、時子や、君や、僕や、その他遠山の親密だったものの指紋がどこかしこに発見されたばかりで、彼の遺書にしろ、毒薬を口に運んだコップにしろ酒の壜にしろ、あらゆる彼の死と関係の深いものには遠山自身のもの以外には残っていなかったのだ。

無論、例の鍵にも残されてはいなかった。

だから加害者は、青酸を混入した遠山の常用したのと同種の葡萄酒を持って遠山の部屋へ忍び込んで無毒の葡萄酒とすりかえ、寝台下へ潜んで遠山が毒をのむのを待って首尾よく斃《たお》れたのを見すまして再び葡萄酒とすり替え、そして持って来た遺書と青酸の容器に使用したロート目薬の壜を程良い位置に置いた。

これは大抵の毒薬自殺の現場には毒薬の容器は在るべきだという事に真実性を与えるためなのだが、それから彼は前に云ったような方法で部屋を出て行ったのだ。

――これだけの事を加害者は、不可抗力的の暴露条件を除いては能うる限りの注意を以てやりおおせた事になる。ただ寝台下の埃の上に残された充分に問題にされるだけの痕跡を抹消しておかなかった事だけが、彼の注意力の遺漏した点で千慮の一失だったのだ。

ところで加害者が遠山の部屋に出入りした当時の周囲の状況というものを少し考えてみる必要があるんだ。まず加害者がアパートの外部の人間か、内部の人間か？この都会の最中《まんなか》のアパートなどという多人数の集団居住の行われているものの場所で、例えばどんなに巧みに犯人が立廻ったにしてもそれが外部からの人間だとすると、犯行現場への往復には非常に困難が伴うのだ。部屋の窓から侵入する事の不可能は先刻も説明したが、加害者が堂々とアパートの玄関から出入りしたものとした場合、これだけ広いアパートの玄関から三階の遠山の部屋までの間に誰にも会わないという事はちょっと考えられない事だ。しかし、実際を云うとこの加害者が人に会った会わなかったという事の議論は、さして論旨にとって価値のあるものじゃないのだ。というのは遠山の検屍の際、医者は検案の結果を死後十時間乃至十一時間と断定したが、死体が発見されたのが九時頃だったのだから、遠山と犯人とが妙な戦慄的な隠れん坊をやっていた頃は午後十一時から十二時までの間という事になるだろう。ところがこのアパートでは、規則として午後十時になると玄関を閉じてしまうのだ。そこで、その門限以後に帰館する人、もしくは誰かを訪ねて来る人は、一々扉の上のノッカーによって玄関子《げんかんし》を起して開けてもらわなければならない。――すると犯行は早くて午後十一時前後に行われているのだから、犯人が外部の人間ならば、アパートを出て行くとき、玄関子と数刻の間でも相対していなければならないはずだ。ところが玄関子は、あの日、十一日の夜閉門後は誰も館を出て行ったものがないという事をはっきり証言している。ただあの夜館の内部にあった事で彼の覚えているちょっと変った事と云えば、君が十一時少し前に、ピジャマの上にガウンを羽織ったまま降りて来て、玄関と丁字形になった廊下を食堂脇のカウンターの方へ歩いて行くのを見かけたきりだと云うんだ。その君が帰りがけに煙草をふかしていたところから、多分煙草を買いに行ったのだろうと思いながら見送っていたという彼の話だった。――君は実際たばこを買いに行ったのか？　――そうか。時に、君、君が下へ降りる少しばかり前の事だと云うが、皆川いく子とかいう女の人が訪ねて来て、君の在否を訊いたので、在宅の旨を伝えるとそのまま上って行ったという話だったが皆川さんという人は本当に来たんだろうね、君のところへ」

「うむ、来たよ。……」

私がなお何か云おうとするのを、嶺口は押えるようにして語を続けた。

「いや、ちょっとまってくれ。云うだけの事をついでに云ってしまおう。思わぬところへ話がそれてしまったが、遠山の事件を他殺と仮定し得るヒントも、もともと加害者が遺書を遠山に書かせた事や、森時子の直感などから得られたのだが、それと同時に、加害者が遺書を遠山に書かせ得た事や、同じく時子の直感などによって、加害者は遠山の友人だろうという事になったが、玄関子は遠山の友人は十時以後絶対に訪ねて来なかった事を証言しているのだ。ところがその十時以前に外部の加害者が遠山を訪ねて来たとした場合、どうなるだろう。遠山はその日、偶然にも丁度門限の十時の数分後という時に帰って来た事が、彼の帰館直後事務所の人とちょっと用件上の交渉があった関係から分っている。その時まで遠山は朝学校へ出かけてから、その帰途、時子と会っていて一日留守にしていたのだから、誰にしても錠の下りた部屋をあけて潜伏するなどという事は出来なかった訳だ。そこで推理は自然に二つの場合に限られて来る。一は加害者が夜の十時以前にアパートへやって来て、どこかにひそみ、遠山を殺してからも、翌朝の開門時刻まで館内に潜んでいた場合、一は全然外部の者でなくこの館内の居住者であった場合、第一の場合、彼が犯行後、翌朝アパートの玄関が開《あ》いて出入が自由になる時まで潜伏するとして、どこが最も適しているだろう。漠然と潜伏場所を広く求めるより、恐らく翌朝のある時刻までは館内の他の誰の眼にもかかる恐れのない遠山の部屋の内が最も安全ではなかろうか。ところが、その考え通り加害者が遠山の部屋にひそんだと仮定しておいて、別の方からそれを論じてみると、彼は部屋を出る際技巧的に相当苦心をしている。例えば、このアパートの開門時刻の午前六時少し前に加害者が遠山の部屋を出るとして、もうその頃は、館内の居住者の誰彼は眼を覚していようはずで、各人に応じた用件なりに廊下にも相当人の動きはあろうというもので、その頃加害者が遠山の部屋から出て、前にも云ったように扉の上方の廻転窓を通じて変な真似をやっていると、目撃者は誰しも訝《いぶか》るのは必定なんだ。だから結局、彼が館内の居住者の眼を逃避して、犯行後遠山の部屋に幾時間か潜伏していたとするよりも、犯行直後、折を見て部屋から脱出したとする方が、よりあり得る場合なんだ。そうする方が、彼にとっては時間的の条件にもより多く恵まれている。というのは、犯行直後と云えば、犯行が十一時に行われたものとしてその時刻から最も長い時間を置いて十二時前後までの間を指すが、翌朝その頃は、アパートの人達は丁度寝入りばなでもあって、犯人が遠山の部屋へ往復する際、人に見つかるという危険率も少ない上に、もっといい事には、このアパートの廊下の電燈には電力を節約する意味で特別な仕掛がしてあって、各室の入口に取付けたスイッチの一つ一つで一様に点滅するように出来ているんだ。スイッチの機能限度は、三階のスイッチだったら三階の廊下の電燈だけを点滅自由に出来るだけなんだが、つまり、ある部屋を出て用達に行くときは、その出入口にあるスイッチを押せば廊下に電燈が点くそして、廊下の電燈は、十時までは点け放しになっているが、十時以後は規則として各自必要のない時は消灯する事になっているのだ。だから、それを逆に考えると、十時以後は廊下が消燈されておれば、少くとも廊下には人気がないという事になるのだ。だものだから、加害者が遠山の部屋を脱出する時は、廊下が暗くされている間に、そっと滑り出ればいい事になるんだ。この時刻に加害者が遠山の部屋から脱出して、そして直ちに誰の眼からも逃避し得るという事へ導いて行く今まで論じてきた総括的条件は、彼がこのアパート内の人間であるとする場合に、最も良く適合するわけだ。だから、彼が廊下に人気のないのを窺《うかが》って部屋を出た後は、どこのスイッチによって点燈して大手を振って自室に帰って行ってもいいのだ。何故なら、もし彼が自室へ帰る途中誰かに会ったとしても、その誰かはすでに遠山の加害者が廊下に点燈して歩みつつあったのより数刻遅れて自分の部屋を出て来た訳だから、誰が遠山の加害者を遠山の部屋からの帰りだとのみ断定する事が出来よう。何の気なく通りすがってしまうにきまってる。

ところで加害者が遠山に遺書を書かせる時どんな口実をもってしたかという事だ。なんでもないのに、いきなり代書を頼んだとすれば、依頼した某が無筆者でない限りは、怪しまれるに相違ない。だから彼は、何か相当の代筆を頼む口実を作らねばならなかった訳だ。例えば、自分でペンを持つ事が出来ないような風を装うとかいった工合にね。その上狡猾な彼は、そうした風を装うと同時に、犯行の際、現場に指紋を残す恐れのないような都合のいい方法を考えついたかも知れないんだ」

嶺口は語を切って立上った。そして、窓際に歩み寄ると、外を見た。私はぼんやりその背を見ていた。

「ね、君、この窓からは、アパートの便所が一眼だね。ここから覗いてれば、あの便所の前の廊下を通る人の顔まではっきり判るじゃないか」

こんな事を彼はやはり外を見たまま云うのであった。

（樟陰館の建物は凹《おう》字形になっていて、その左端の一角が各階共に外面の片側だけが便所で、その前が廊下になっていた。だからつまり凹字形の窪みの内側にあたる所のその廊下を通る人は、建物の右の鍵形になった部分の内側にある。例えば私の部屋なんかからは、はっきり見る事が出来るのであった。ついでだが、この建物の各階を通ずる階段は、建物の中央部に一つと、今一つ、右の端の私の部屋に近い所にもあって、遠山のいた十八号室というのは、凹字形の前面の長い部分の左端に近い位置にあったのだ）

「殺人という事は、云うまでもなく人間の行為の中でも極悪に類するものだ。いかなる事情が、殺人を行った当人の心を切羽詰《せっぱつま》ったものにしたのであっても、その事情そのものには同情し得る場合は出来ても、罪そのものはいかんともする事は出来ない」

彼は静かにこちらへ向きながら、ゆっくり云った。

「私は再び云うが、森時子から、彼女が満腔の自信を以て愛人の殺害犯人として挙げた名前を聞いているんだよ。私は、その男が加害者に相違ない事を信じている。——とにかく、凡て私達は日夜その時々に支配されて行くべきなんだ。大きな支配力に反抗するものは、多大の精力《エナジー》を要するが、労して功のないのが通例だ。どこかで自分の運命に破綻を見るものだ。だから君も、今後の運命の指示には従順にした方がいいだろう。いや、馬鹿に長い事喋《しゃべ》っちゃったが、じゃ今日はこれでお別れだ。多分これがお目にかかれる最後になるだろう」

嶺口はしんみりとした口調でこれだけの事を云って部屋を出ようとした。が、ふと振返って云ったのである。

「君の櫛を見たまえ。僕はそこに発見した物によって、謂わば最初の推定通りの事に自信が持てたのだ。じゃ、失敬」

彼の姿はそれきり扉の向うに消えた。私はすぎ去るスリッパの音を、云うべからざる変な気持で聞いていた。何かしら眼がしらが熱くなってくる感じだった。

私は静かに櫛を取上げた。折たたまれているのを開いてみた。裏を返してみた。——そこには、眼に見えない位いに細い蜘蛛の糸が一筋、櫛の背に添って五色に鈍く光っていた。

私がじっとそれを見つめているとき、私はすぐには振向いて見なかったけれど、浴室に通ずる扉がカチリと静かに開いた。

私が、何故嶺口の帰って行くとき何一こと言わなかったか――それは、私が静かに頭を廻《めぐ》らして、今あいた扉の方に眼をやったとき、そこに立ちつくしている、異様に青ざめて見えた皆川いく子のその顔色にあったと云ってもいい。彼女の顔色そのものが、その理由ではない。彼女の心に受けた激動の大きさを私が知り尽していたからだ。

遠山の死の前夜、十一時少し前煙草を買いに行った私は、一階と二階の間の、客間《サロン》で三十分近くダ・カポを煙《けむ》にし、それからまたぼつぼつ三階へ登って来て、すぐ自分の部屋へ這入った。ところが部屋の中には、いつの間にか皆川いく子が姿を現わしていたのだ。いく子は上着を脱ぎ捨てた遠慮のない恰好で、髪を梳《くしけず》っていたが、私を見ると突然飛びついてきて驚く私の胸にふさふさした髪を激しくすりつけた。

「抱いて、抱いて、ね、私、死にたいほどさみしいの」

泣いてさえいる様子だった。私は突然のこうしたヒステリカルな挙動に少なからず呆気に取られたが、しかしそれでも云う通りに、痙攣的にこまかくゆれる小さい体を抱きしめたまま、波うつ髪の中に顔をうずめてじっとしていてやった。

やがて、彼女の不思議な興奮も収まって、さて寝に就くというとき、彼女が私のちょっと居ない間にやって来て、勝手に鏡台の上から取って使っていた折畳み式の櫛が今の発作で寝台の上に投げ出されたままになっているのを見たが、何気なく拾って、ガウンのポケットに入れたまま、今日まで忘れていたのだった。――

……気が附いてみると私は、椅子から立上って、浴室の入口に青冷めて佇んでいるいく子の燃るような眼と痛いほど見詰め合っていた。ふと彼女は眼をそらせて、二三度瞬きしたと思うと静かに寝台の方へ歩を移した。そして気の抜けたように腰を下して、肘を膝に突っ張ったまま頭を抱きかかえてしまった。その、ひどく物哀れな様子を見ていて、私には何をしてやる事も出来なかった。

彼女は不意に激しく肩を波うたせて、泣入った。それでも私は何を云う事すら出来なかった。ぼんやりと、しかし内心せき立てられるような気で見守っているのみだった。

ややあって、彼女は激した調子で口を切った。

「姉さんです、姉さんです、私は姉さんの復讐をしたんです。姉さんは、遠山という男のために、夫ある身でありながら誘惑されて、蹂躙《ふみにじ》られた挙句、恥を忍びかねて死んでしまったのです。光石《みついし》さん、あなたも、遠山と変な事になって新聞にまで書きたてられて死なないではおられなかった姉の気持を分って下さるわね。私は遠山ののっぺりした女好きのする顔が、虫ずの走るほど、いやでいやでたまらなかったのです。でも、復讐を誓ってからは、出来るだけさり気なく附合って機会の来るのを狙っていたのです。その私にも誘惑の手を延そうとした、本当にいやな男なの。殺人の決行なぞ、今からでは考えるだけでも恐しい事だけど、みんなあの嶺口という人の云った通りだわ。ただ、犯人が、あなたと私との違いがあるだけなんです。私は十一日の夜あなたを訪ねて来ましたけれど、本当は遠山に対して最後の殺意を持って来たのでした。毒薬入りの葡萄酒を新聞紙に包んでアパートへ来ると、すぐにはあなたの部屋へも行かないで、中央階段の便所の見える所から、遠山が用達に行くのを待ってたのです。私はその夜遠山が遅く帰って来る事や、帰ってからもしばらくは起きているはずの事を内偵して知っていたのです。遠山にその必要のあったのは、みんなあの森という人との結婚の問題についてなんです。姉さんを蹂躙《ふみにじ》って死なせておきながらよくも平気で新しい女の人と結婚の約束なんか出来たものだと思います。私が遠山が便所へ行った隙に薄い手袋をして忍び込んで、嶺口さんのおっしゃった通りの事をしたのです。遺書にしたってそうです。私は手に怪我をした風をよそって、郷元《くにもと》の父が私に希望通りの事をさせないで余り束縛するものだからって、あんな手紙を書かせたのでした。手紙と云えば森さんの受取った手紙というのも、私が代書人を頼んでやった仕事ですわ。でも、もう駄目、何もかも、何もかも、何もかも……」

　平静に返りつつあったいく子はこの時新な悲みにおそわれたのだろう、再び泣入った。

霧の夜

濡れるほど霧の降りしきる夜だった。

夜更けの街で、どこもかしこも、ボウッと霞んでしまった一面の霧の中から、ゆらゆらと私に近づいて来て、タバコの火を借りたその男は、短くなった紙巻きを吸いつけると、どこへ帰るつもりなのか、無言で私と並んで歩き出した。

外套も着ずに、古びたスコッチの襟を立てて、やや足元を見詰めるようにしながら歩くその男は、小脇に何やら暈《かさ》ばった新聞紙の包みを大事そうに抱えていて時々思い出したように、揺りあげ揺りあげした。鍔《つば》のさがったヨレヨレのソフトの下からは、意外に端正なまだ若い淋しい思いに沈む横顔が覗いていた。

その街は、ずうっと向うの方の街かどの霧の中に、たった一つ潤んだような街燈の灯《ひ》がボンヤリ見えているきりで、両側には灯の気一つない骸骨のようなビルディングが黙々と立並んだ淋しい通りだった。私は冷たい霧のしずくを頬に感じながら、外套の襟を立てて一体その男何者だろうと考え考え、黙ってコツコツ歩いていた。

そうやって暫くは霧の中に私達の靴音ばかりが響いていたものだが、その中急に男は激しい吐息を漏らして、何かに駭《おど》いたように顔をあげると、行手のボウッと霞んだ街かどから右手の暗いオフィス風の建物をグルッと見廻すようにして立止った。

何かしらギョッとした私がそのまま立止ると、また思い出したようにヒョクヒョク歩き出して来たが、

「どうしたんです！」

と訊ねると、何と思ったか、ニッと妙に人なつこい笑顔を見せて、

「いえ、何でもないのです。ただ何かしら淋しくって――」

そう云うのだったが、所が、それから間もなく、

「ひとを殺すってことは淋しい事ですね」

と、不意に妙な事を云い出した。

「え？」

私は思わずその横顔を見詰めてしまったが、相変らず男は俯向きながら足を運んでいる。

「人を殺す？」

「ええ、殺すんです」

そして、それっきり黙り込んでしまった。

私は少々薄気味が悪くなったが、その男はそんな事はお構いなしに、暫くの間何かを考えるように横顔を見せていた後、やがて、一つ新聞包みを揺りあげるとこういう奇妙な話を始めたのだ。

「あなたは、例えば恋人を、もうどんな事があっても決して失くしないように、誰の目にも触れる事のない永遠の大空の中に閉じ込めておくということを、随分素晴らしい事だとはお考えにならないでしょうか。

ね、仮令《たとい》消えてなくなったとしても、それから後その恋人が、あの暗い静かな大空の中のどこかで、生きている時そのままの素晴らしい肉体のエッセンスになってヒラヒラ漂っているのだとすれば、死ぬるほど愛している女を、仮令殺してでもそういうこの世でもない透き通った別の世界にソッと漂わせておくなんて、随分と素晴らしいことじゃありませんか！　ましてその恋人が自分を裏切って、他の嫌な男が出来ていたというような場合、勿論その男からも、誰の目からも、この世では決して届くという事のない、自分一人だけが知っている大空のどこかへソックリ漂わせておくという事は、この上もない安心の出来る素晴らしい事でしょう。そして、同時にそれは、恋人に向っては裏切られた恋の快い復讐だと云えるでしょう。

まあ聞いて下さい、こういう訳なのです。

私はある場末のサーカスで、例の、マトに立った女の体のグルリへ無数の鋭い短剣を投げつけて喝采を博する危い投剣業《とうけんわざ》をやっていたのです。そして、私の恋人のアンナという女は、同じサーカスでブランコ乗りをしていたのです。アンナのブランコがどんなに素晴らしいものでしたか！　アンナは明るい裸電燈の光りを浴びながら、あの際どい空中で、スベスベした張切った体をクルリと光るように翻えして一座の人気を一人で受けていたのです。まるで人間わざとは思われない素晴らしい芸を持っていた上に、アンナはまたとない美しい生きている薔薇の花のような女だったのです。

あなた。そのアンナと私との間には、女を心から愛している男にとっては何という幸福だったでしょう、子供があったのです。カルメンという名の、アンナそっくりの可愛いい女の子でしてね、私は、アンナが私の子を産んだという事をどんなに嬉しかったか知れないのですよ。そ

　けれどもそれは、夢のように儚《はかな》い短い幸福でした。そのカルメンが二つか三つになるかならないという時分には、もう私はアンナに裏切られていたのです。相手の男はアンナと同じブランコの、髭を生した四十男だったのです。

　それを知ったとき、私にはどんな気がした事ですか！　眼の先が真ッ暗になったようで、全く食べる物も食べられないほどだったのです。子供まで出来た仲だというのに何という憎い女だろう！　そう考えると、私はもう気も何にも狂ってしまいそうで、まだ私が何も知らないとでも思っているのか素知らぬ顔でいるアンナを見ていると、前後もなくいきなり掴み殺してでもやりたいほどだったのです。――くそ！　今にどんな目に会わしてやるか！　ざくろのような恐しい復讐を必ずしてやるぞ！と、私は幾たび商売道具の投剣の鋭い刃の先を指の腹で撫ぜてみたか知れません。

　けれども、それほどだったに拘らず、私は、夜なぞたった一人で目を醒して、小《ち》っちゃいカルメンと傍で眠っているアンナの夢のような顔を見ていると、堪らなく泣けてくるのでした。私は、自分の腕に噛みついて、突き上げてくる泣き声を忍びながら、アンナ！　これほどにアンナ！　私は思っているのに、何故それを裏切るのだ！　出来る事だったら、もう他の男の事なんかどうか忘れてしまってくれ！　何も咎めようとは思わない、いくら蹂躙《ふみにじ》られても、再び私の心へ帰ってくれるならそれでいい。頼むから帰ってくれと、言葉も出さずに掻き口説いた事が幾度あったでしょう。

　けれども、夢から醒めれば、アンナの心は冷たく冷たく私から離れて行くばかりでした。果ては取り縋る所もなく、私はアンナを憎む心と愛する心とに、生きている気もしないほど激しく我と我が身をすり減らして行くより他なかったのです。毎日々々、私はヘトヘトに疲れ切った体で、舞台へ出て来て、味も素ッ気もない裸の三十女を相手に危い投剣をやりながら、心の中は、覗いてみる事も出来ない恋をキットしているに相違ない、遠いブランコにいるアンナの事で一パイだったのです。

　あの素晴らしいアンナの体を人に取られるほどだったら、生きていて何になるだろうと、それぱっかりギラギ

ラと気が狂ったように私は考え続けたのです。ところがその挙句でした、素晴らしい事を思いついたのが！

あなた、私はとうとうある時アンナをそれまで私の投剣のマトに立っていた女の代りに、舞台へ立たせてしまったのです。

けれどもあなたは、私がアンナをそこで刺し殺したとでもお考えになるでしょうか。——どうして、どうして！　そんな惨酷な事がどうして憎みながらも死ぬるほど愛していたアンナに出来るものですか！

まあお聞き下さい。アンナは私にどんな考えがあるとも知らずに、無論不義の事なんか私が感づいているとも知らず、何気なく舞台へ立ったのです。

いよいよその投剣が始まろうという時、長い長い大口上《だいこうじょう》が済むと、さてアンナと私は見物人の喝采を浴びながら舞台の端と端とに別れようとするとき、私はボウといつもよりは上気したようなアンナの耳元へソッと寄って行って、こう囁いたのです。

——アンナ！　大丈夫だけど、非常に危いのだから、いいかい、ぼくの目を見詰めて、出来るだけ体をちぢこめるようにしていなければいけないよ。ね！

そして二人は別れて立ったのです。

御承知のように投剣というのは、二米《メートル》ばかりの高さの厚い板を背中にして立った人間を目がけて、体のグルリへ一面に鋭い短剣をぶち込んでゆく危い業なのですが、見ればアンナは、私の腕を信じ切っているのか、いま殺されるとも知らずに、全身を桜色に上気させてしまって、微笑《ほほえみ》さえ浮べた美しい顔を誇らかに輝やかせて板の上に真ッすぐに背を延ばして立っています。

私は短剣を置き並べた小机の側《かたわ》らに立つと、アンナ、御免よ！　と心で云いながら、静かにぎらぎらする一本を取上げました。

見物人は、アンナと私を固唾をのんで見比べています。私は剣を振り上げると、ジッとアンナの眼の中を見詰めて見物人が、いつもの呼吸でハッと息をのんだ瞬間、

——エイ！

と、それを閃めかしたのです。

矢のように飛んだその短剣は、狙いたがわずアンナの頭の上のスレスレの所へ、ゴン！　と突ッ立ったのです。見物人のハッという声が夢のように私に聞えて、それと一緒に、アンナの顔がサッと白く血の気を失ったのが見えました。

本当はそんな危い投げ方というものはないので、尠《すく》な

とも半吋《インチ》ぐらいは開けてぶち込むのですが、余りにそれが際どい所だったためにアンナはギョッとした様子なのでした。恐らくアンナの黄金色《こがねいろ》の柔い髪の毛は、二三本、風のあおりで眼にも見えずに切り落されていたかも知れません。恐怖に見開いた眼が、痛いほど私を見詰めていました。

けれども私は落着いて二本目を取上げると、今度は左の肩の上を狙って、エイ！　と投げたのです。

短剣は流れるように飛んでやはり皮一重《ひとえ》という所へ、ハッシとばかり突ッ立ちました。

つづいて三本目を、これは右の肩先へ。

誰も彼も息もつがずに眼を釘づけにして、私とアンナを見詰めていました。アンナも、さすがに鮮かなその三本で、気を取り直した風でしたが、もう身も心も射すくめられたように一直線に私の眼を見詰めているばかりだったのです。

私はそこでちょっとそのアンナからテント中の、息を凝らしたシンとした気配を見て取ると、今度は残りの短剣を一束にわし掴みにして、蛇が狙うようにジッとアンナの眼に喰入りながら、矢庭にそれこそまるで風ぐるまのように取っては投げ取っては投げ息をつぐ暇もないほど矢つぎ早やに投げ始めたのでした。しかも、あたかも催眠術でもかけるように、

——身を縮めて！　身を縮めて！

と絶えず私は狂ったように心の中《うち》でアンナへ命じていたのです。

すると凡そ十二三本目の頃からです。——流れるように尾を引いて、キラリ、キラリ飛んでは、続けざまに、ゴン！　ゴン！　と体のグルリへ栗の毬《いが》のように突ッ立ってゆく剣の音の下で不意にアンナの白い体が、まるで剣の音に地の底へ引ずり込まれでもするように、グイッ、グイッと、縮まり始めたのです！

アッ！　という異様な叫びがどこからともなく私の耳に入りましたが、けれども私の眼は、アンナの眼と真一文字に空中で結びついてしまって、ドキドキと早がねのように鳴る胸を聞きながら、もう私は夢中で剣を投げ続けたのです。そしてアンナは、その度に、声も出ない恐怖に眼を見開いたまんま、掴まえる暇もないほど見る見る子供のようになって行ったと思うと、早や豆のように小さく縮まって行くのです。縮まって行きながらアンナは例えようのない恐怖から身を逃れようとして悶躁《もが》いているのが私にはハッキリ見えていましたが、もう彼女は

閉じ込められたように一歩も動く事が出来ずそして遂には罌粟《けし》粒位に小さくなってしまったと思うと、そのままポッと姿が見えなくなって、私が最後の一本を投げてしまった時には、あなた、舞台の上にはもうどこにも破片《かけら》ほどのアンナも残っていなかったのです！

私は、心の中で泣いていました。けれどもそこで急に見物人の方へクルリと向いて、ヒョイとお挨拶《じぎ》を一つするると、ポイポイと両手を払いながら引っ込んでしまったのです。

どこからも声一つ聞えませんでした。みんな死んだようにボンヤリと舞台の上に剣ばかり無数に突ッ立ったまま残っている、空《から》ッぽの板ばかり見つめていたのです――」

男はそこでちょっと言葉を切って、新聞包みをゆすり上げた。

私も黙っていたが、その男も暫くは何も語らず、いつの間にやら私達のやって来ていた中之島公園の上の、灘波《なにわ》橋の冷たいコンクリートに、靴音ばかりさせていた。

「――もしかすると、誰もアンナが急に溶けるように見えなくなってしまった事を、最初からそんな仕掛けがあったように思っているかも知れません。が、アンナはもうこの世にはどこにも居ないのです。

アンナにしたって、あんなに危い所へ剣をぶち込まれては嫌でも一生懸命に体をちぢこめなくちゃいられなかったでしょうしね、私も剣をぶち込むたんびに、死物狂いで小っちゃくなれなれと思い続けていたのですからね。――そうやって私の恋人は、この世からまるで氷の溶けるように小っちゃく小っちゃくなって行って、とうとうすっかり消えてしまったのです」

私は、黙って男の横顔を見た。

が、彼はさっきと同じ恰好で、やはり俯向きながら、霧に溶かされた橋の上の、ほの暗い明りの中に足を運んでいた。

「もしもアンナが、大空の中に溶け込んでしまって、どこかの暗い所でヒラヒラ静かに漂っているのだとしたら、私はそれで安心出来るのです。――けれど、けれど私は、アンナをそんなにして殺してしまった事が、アンナの体が見ようと思っても見る事が出来なくなってしまった事が、堪らなく淋しくて仕様がないのです。考えてもみて下さい！　血ひと雫だって髪の毛一本だって残さずに、死ぬるほど愛していた女がこの世から居なくなるなんて、殺さないほうが、ましだ！

そりゃアンナが、もう誰の目にも触れない大空に漂っているという事は素晴らしい事には違いないけれど、私は今になって、同じ殺すにしても何故あんな殺し方なんぞしてしまったのだろうと、どうしていいか判らないほどアンナを追っかけて行きたくなるのです。それにアンナが死んでからは、カルメンが、カルメンが私には可哀そうで……」

と、どうやら男は泣いていた。

「そのお子さんというのは、それからどうなったのです?」

「カルメンはね、あなた、やはり子供は母親がいないと駄目ですよ。お腹《なか》を空《す》かしても、アンナの顔が見えないと、泣いて、見廻すんです。私がやろうというものは、何一つ食べようとはしないので、指もしゃぶっちゃくれません」

振向いた男の頬には、冷たく涙の筋が光っていた。

「で、今どこに?」

と、私は最後にそう訊いた。

「ええ。いつも連れて歩いているんです」

「エッ!」

ギョッとして私は思わず立止ってしまったが、なンと男は、

「お見せしましょうか」

と、小脇に抱えていた例の新聞包みを、ゴソゴソ拡げにかかるのだ。

もう私はどう走ったか判らず、いきなり男を橋の上の霧の中に置きっぱなして、三越の方へ人気《ひとけ》のない暗いビルディングの街を地にもつかずに走り抜けてしまった。

綺譚六三四一

1

私がその店で、その婦人と出合ったのは、秋も半ばの、キャメルの香りなつかしいある宵であった。

大阪で、南田辺といえば、かなり知られた新開地の一つ。その街の現代色を、キュッと一つにしぼりあつめられた華やかさが、溜息でもしたように、顔を並べて、いつも水に濡れたアスファルトの道を差はさんで、星ぞらの下にキラめいているのが、その街であった。

高速度で和歌山へ通ずる電車が街を過って、住宅街の人々を呼吸する停留場が、ポッカリ、アスファルトへ向って口を開いて、その真ん前が、ＭＵＳＩＫという、その喫茶店。およそ真っ白な壁と、アームチェアのゆとりと、本格なメロディとが、その店の気品を物語っている。試みに、扉《ドア》を押してみたまえ。メンデルスゾーンのコンツェルト――シゲティの第一テーマが、メロンの香りをゆすらっているはずである。

が、私がその明るい見知らぬ婦人と、ああいう妙な工合で一緒になったという事と、その次ぎの夜も真夜中、あの水の底のようなロマンティクな神聖さ、次いで起った暗闘の凄惨な鋭角的な出来事との間に、一脈のつながりがあったということは、仮にも誰の想像もゆるされない事でもあったし、私自身にしても、今考えてみても尠《すくな》からず異様な気がする。

ともかくも、事の起りは私がその婦人と妙な事から一緒になった事からであるが、私は、殆ど毎夜のように食後の一ときを、自分のアパートからブラブラ出掛けて来て、その喫茶店で時を過すのが習慣であった。

さてその夜、私は店の一とう奥のチェアに倚って、一杯のハイボールを前にしていた。メロディの変る度に、私のとりとめもない幻影は多彩から多彩へと閃きを変えて、暫しは放心状態に似ていた。

「フム……」

タバコの間で独りごって、懐かしむようにキャメルの淡青いマークを眺める。そして、ハイボールを啜る、という、まあ神ならぬ身のあの出来事にぶつかるまでというものは、至極のどかな情景であったのだ。

ところが、それから間もなく、ちょうど私の視線から真正面にあたる入口の扉《ドア》が、グンと、ホールの空気をゆすって、あわただしく押し開かれた。そして一人の洋装の婦人が飛び込んで来た。

飛び込むという言葉は、あるいは大袈裟かも知れないが、とにかくあわてていたことは肯ける。婦人はサッと飛び込んで来ると、そこで振返りながら、スウィング扉を押えて表の通りをちょっと窺い見た。さてそれから、こちらへ歩を移しながら、あわてた眼つきで、サッと注目した客の間を、あれこれと物色し始めるのである。そして、一人ぽっちでハイボールを握る私の上に眼をとめると、俄に確かな足取りになって、ツカツカと近づいた。

面くらった事には、ちょっと目礼を落しただけで、その婦人は私のすぐ眼の前の席についた。

全然、見識らぬ婦人だった。ところが、その婦人の動作というものが、どう見ても、傍《はた》からはいかにも私とそこで待合せていたとしか思われない、極く自然で、ハッキリした動作であった。咄嗟に私は、ハテナと婦人の肩ごしに入口の方を眺めたのである。私の着いていた席というのは、小さなマーブルの卓を挟んで向い合って二人並びの椅子を置いた、謂わば低いコンパートメントになっていたのであって、その見識らぬ男の私の前よりほかに、シンプルの席が無いではなかった、にも拘らずわざわざ私の所へ席を選んだという事や、そのどこやら奇妙な様子から、ハハア追われてるなと、すぐ私は思ったのである。

婦人も不安な眼色で、何やら眼顔に私へ見せている。謂うまでもなく、私はすぐ心得て、気軽な笑顔を咄嗟に作りながら、彼女のために給仕を差招いたのであった。

所へ、扉を押して、一人の男が入って来た。伊達者《だて》じみた、中年男。憎いほど脇をつめたコートの裾前をひらきながら二重襞の大仕掛けなパンツをひけらかせて、真ッ黒なソフトの縁から薄い額へヒトラーのような濡れた頭髪がやくざらしく喰《は》み出ているという男だ。

この男だなと、私が思うのと一緒に婦人も振返って見て、それと確かめたのか咄嗟のカムフラージで、そこに近づいていた給仕に、

「わたし、シャーベット――」

とやってのけた。

それから私達は、いたずらそうに顔を見合せてクスリとやったものだ。

後から入って来た男は、婦人を認めるとすぐこちらへやって来そうな様子を見せたが、私の、この野郎という視線とぶつかると、あわてて入口わきの隅っこへ席を捜して着いた。

「随分お待ちになって?」

と、婦人は片目をつむりながら訊くのである。綺麗な声で。歯が白い。

「ええ、とても――」

私はすまして答えながら、キャメルのケースを、「失礼」と押した。

しかし婦人はちょっと会釈したきりそれには手を出さないで、やがて運ばれたシャーベットを一口啜って、前かがみに声をひそめて云うのである。

「失礼しましたわ。でも、わたしあの男に追っかけられていますので」

「なに、いいですよ、しかしどうなすったのです」

「ええ。とても困ってしまいましたわ。あの男こちら見てます?」

「ああ見ていますよ。何か自動拳銃《オートマテック》でも忍ばせていそうな男ですね。なんです、あの男」

婦人は前かがみのまま、卓上に両手を置いて黙って乳色ににぶったような美しい歯を見せた。

「なんに見えますかしら」

「さあ。ゴロですか」

婦人は、私のキャメルが薄く空中漂うのをちょっと眼で追って、

「ああいい香り。――本当に見識らぬ方に失礼しましたわ。ちょっと用事にこの近くまで来たのですけれど、わたしの自動車《くるま》をしつこく追っかけて来るんですの。とうとこの前で降りてしまったんですけれど、そりゃしつこい男ですの。こちら注意してるようでしたらあまり詳しいお話も出来ませんわ」

「そう。いいんですよ。強《し》いてお訊きしようとは思いませんから」

「そうね。じゃ、ごめんなさいね」

そして、婦人は声を大きくしたのである。

「わたし今夜なんかしら暖くって……」

さてそれから私達はしばらく話合ったのだが、何をいうにも妙なことから始めて顔を合せたばかりの事で、ともすると話題に迷って話は途切れる。その挙句、どうや

ら音楽の事へ話題は流れて行った。私達の所から斜の、白い壁に掛っていた音楽リサイタルのポスターからであった。名も聞いたこともない女流声楽家の新帰朝第一回の朝日会館における公演というやつで、写真の入った構成派ばりデザインのポスター。萩野スワ子というコロラチュラである。

「大体この女《ひと》だって、僕なんぞ曾て名も聞いたことがないんです。それが外国ででも勉強して帰って来ると、一躍大衆へ名乗りをあげるんですからな」

「ホホ、そんなものかも知れませんわ。何にか機会を利用するより打って出る途が無いんですもの。外国っていうと、まだ有がたがられているので、立つのかも知れませんわ」

そして、カルソーのオ・ソレミオと、ラ・モントのオ・ソレミオが、こんぐらがったり、シャリアピンのバスが、逆立ちして歌ったって大丈夫だろうなんていう話が進んだのである。

ところが、私達がそうやって話している間に、何がそういう連想の緒《いとぐち》になったのか知らないが、ひょっくり薄皮が剝げ落ちるように、私はどういうものかその婦人に見覚えがあるような気がしてきたのである。といって、さてハッキリした記憶もない。それはもしかすると、途上で行きずりにフト見た時か何かの記憶であったのか、あるいはもう私自身ではとっくに忘れてしまっているような事のついでに納《しま》われていた記憶であったのか、ただもう訳もなく水に浮いたような摑み所のないもので、妙に何かを想い出させるような婦人に、あわてて焦点を合せようとすると、しかし不思議にどこへやらピンボケしてしまう。ハッとしてぼんやり婦人全体の明るい空気をとぼけたように遠くから見直すと、やはり何かの記憶が湧上りそうだ。私が、浮いたり沈んだり、そうしてしきりにモヤモヤしていると、どうやら、記憶の方は尻切れトンボのまま、婦人は帰って行きそうな気配を見せ始めた。

彼女は、黙ってバッグから小さなメモを取出すと、黒いシャープペンシルで何かを書いて私に見せた。

――あのね、わたし今夜のこと、あなたには詳しい事お話ししないでおいて、驚ろかしてあげようかと思うのですが。

私はそれを見て、彼女のいかが？　という眼と出合うと、何がない微笑が思わず浮んだ。で今度は自分で鉛筆を取上げた。

――いいですね。決して構わないのですが、しかし一体どういう事なんです。

彼女は私がそう書いてそちらへ向けた答えを読むと、笑いながらまた、書いた。

――それも、ヒミツ。きょうは一さい黙っていますの。

――何だか面白そうですね。

――きっとおもしろいと思いますの。いいでしょう?

――いいですとも!

私は、特にその感嘆符に力を入れて書いたものである。そしてジッと眼を見た。婦人の眼は、響くように静止していた。

――じゃ妾《わたし》、おそくなるから帰りますけれど、まだあの男いるんでしょ?

私は彼女の肩越しに、鼻の先で猛烈にタバコをくゆらせて、ジロリジロリこちらを見ている男を確かめると、書いた。

――いますよ。憎らしそうにこちらを見ていますよ。

「ホホ、いい気味ね。でもまた追っかけて来るんじゃ仕様がないのね」

と云って、婦人はちょっと考えた。

「大丈夫でしょう。この辺はまだ不便だから、タキシーをお拾いになれば、追っかけようたってすぐには空のタキシーなんか来るもんじゃありませんから」

「じゃそうしますわ。表まで送って下さいね」

そして彼女は、再びメモの新しいページに何やらちょっと暇どりながら書いて見せた。

――あすの夕方、ブルランて御存じでしょう。御堂筋《みどうすじ》の喫茶店。あすこへおいで下さいませんか。別のひとがお迎いにまいります。そのひとにみんなお委ししときますから、目印にボタンホールに赤いカーネーションでもお差しになって。みんなおわかりになるまで、あなたのお名前もお伺いしないでおきます。みんなヒミツで、ね。

私はそれを読んで、ドキンとしたものがちょっと指先を震わせたのを感じた。デコブラでも好みそうな、不思議な予約が、この馴染みなれたMUSIKのホールで、眼の先きにぶらさがったのである。

私は眼をあげて訊いた。

「時刻は?」

彼女は笑った。

「そうね――」

と、ペンシル尻が婦人の下唇のあたりで躊躇したとき、エッヘン、という咳ばらいが聞えた。

私と婦人とは思わず眼を合せて、クスリとやってしまった。すると、例の男は、注文の事か何かで給仕ともめているらしく、二人ばかり前に立った女の子とゴタゴタやりながら、それどころじゃないという顔で、しきりにキョロキョロした眼で女の子の脇の間からこちらへ気を揉んでいる。

　私は婦人とも一度笑いながら見合せて、出ようという気持を電波にした。そして、彼女が急いで、メモの端に、8時という約束の時刻を書いたのを見て立上ってしまった。

　そして明かに狼狽の色を浮べて凝視するその男を尻眼にかけて、私達は澄アーして店を出て行った。出るとすぐ、折よく通りかかったタキシーを止めて婦人はステップを踏んだ。

「さようなら」

　そう名さえ知らぬその婦人は、大がらな笑顔を斜めに車の窓へ残して、去ってしまった。

　そこへ、トボケたように出て来た例の男は、すぐに見えなくなって行った赤い尾燈を、恨めしそうに見送ったが、折よくはタキシーも通りかからず、さてまだ立ったままでいた私の方をジロリジロリと見直し始めたのである。

　私は、男の、うっかりするとお鉢がこちらへ廻ってきそうな様子を見ると、つい可笑しくなって、思わずちょっと気取った肩をゆすり上げて歩き出した。別について来る風でもない。ステッキの先で冴えた夜気を切りながら、私の足は軽かった。

　これがプロローグだったのである。

2

　さてその翌日の、夜八時すこし前、私はブルランの扉を押した。曾てこの店のマダムが、「街を貫く婦人職業戦線」と題するさる新聞の連載トピックにおいて、もともと珈琲《コーヒー》一パイで数時間もねばる長尻のお客様の御機嫌を迎えるよりは、入れ代り立ち代り新陳代謝よろしきを店のモットーに、居据りのあまり良からぬよう心を用いたところ、あまり薬が利きすぎたうらみがあり、サッパリお客様の尻が軽すぎて、近頃のお客様はセチ辛い、やはりふかふかとしたソファか何ぞでなければいけなかったんじゃないかと主人と話しておりますと、コボしていた事ほど左様に、コチコチの椅子とテーブルである。とはいえ、店は全然、上流向きのイスパニアンデザイン。コチコチの椅子のもたれが、緑色のペイントに映えて、異様に骨ばった長いやつ。マダムは花のような婦人で、カウンターの上べりから真紅のブラウスが、緑色に映え立つ店の匂いから眼をうばう。

私は、鍵の手に曲った窓ぎわのテーブルに落ついた。眼のクルリとした、これも例のトピックでお馴染みの女の子が、黙ってショートスリーヴの丸まっちい胡桃《くるみ》色の腕を見せて立つ。——

かくて私は、半時間あまり待っていた。

その間に、一組の外人がもつれ合うように入って来て、難しい顔をして小声で冗談を飛ばす男へ女が笑いこけながらレモン茶なんぞ飲んで、またもつれ合って出て行ったきり、待っても待っても一向誰も私を迎えに来るような様子ではない。

ハテナ。しかし、騙されたとは私には思われなかった。前夜の婦人の約束には、安価な茶羅ッポコがあったと云えばあったかも知れないが、そのいたずらっ気の底には実意が閃めいていた事は認める。いやこれは、私がとろけて云うので決してない。私は彼女の約束を肯定した時から、同時にその約束の裏には、どういう猟奇が冒険が約束されているかも知れない事を一応咀嚼はしておいた。とはいえその最初の約束から先への筋書については第二論であって、私は彼女の約束を信ずるに足りたと云うよりほかに言葉がない。しかしながら、何しろブルランで、しみじみマダムが告白する如き堅い椅子で半時間も待ち呆けることは相当骨でもあった。

私は、まずこれは、マンマと騙されたものとして、ともかく骨やすめに近くを散歩して来るにかぎる、さてその間に果して来るものなら来るだろうと、子供へ一言頼んでおいて街へ出てしまった。

御堂筋はすっかり灯が流れて、はやくも肌寒い秋の夜の感傷が街路樹をわたっていた。角のタバコ店で買ったキャメルの封を切りながら、私はガスビルの前から淀屋橋の方へ、プラタナスの夜気を吸いながら歩いて行った。前夜の婦人の花びらのような笑顔が、しきりに思い出される——騙されたとすれば、取逃したようで、腹が立つ——

私は襟のまわりにからみつくタバコの香りにうさを晴しながら、一つ一つの店の前に変った影を落しながら、ステッキを空しく打振った。

ところが、ガスビルから凡そ三四丁あたりの所まで来たと思うころ、後ろから静かに、

ケッカア

ケッカア

という自動車の呼びかける声を聞いた。

振返ってみると、すぐわきの車道を、まるで追って来る黒い獣《けもの》のように、息をひそめるようにして、じわじわと近づいて来る車があったのだ。クライスラアらしい高級車で、燈を消している。

ふと気が附いたことだが、この車はほんの少し前、御堂筋をブルランから、出て淀屋橋の方へ歩む私の反対の方向から、しぐれのような轍《わだち》の音を曳いて徐行しながら行き過ぎた車であった。行き過ぎて、頭を廻らして近づいたと思われる。ほの暗く、**大・六三四一**という番号が読めた。京阪神地方の自動車番号には、必ず頭に市名の頭文字が打ってある。「大」何番というのは、無論市内の番号だ。

息もなく私の側らへ止まった車へ、

「これか？」

と訊ねる私の鼻の先きで、扉が開かれた。

「どうぞ――」

私は夢のように乗り込んだ。

車の中に、装いをこらして、顔を包んだ婦人でも淀んだように待っていたという事になると、猟奇小説を地でゆく塩梅《あんばい》だが、誰も乗ってはいなかった。私一人、護謨《ゴム》のようになりクッションへ埋ると、車は滑り出した。

運転手はペトロウシュカのように、きちんと前を向いたまま、正確にハンドルをあやつった。車は坦々と軽いリズムで街の灯を後へ流して風を切る。淀屋橋を渡って、市役所を過ぎて、堂ビルを過ぎて梅田新道の四ツ角まで来ると、ブラジレイロの角に添ってグイと左へ折れた。それから真っすぐに電車づたい、謂うまでもなく阪神国道へ入ったのである。

淀川大橋を過ぎて、神崎大橋を過ぎて……私はキャメルを喫いつづけていた。もとより乗りかかった船だ。敢えて見知らぬ婦人のたくらみに飛び込んでおいて、今さら幕の内を尋ねるという手もなかろう。しかし、尼ケ崎をはずれるともうそこが国道であるという事のほか、私には一々どのあたりを走るのやらハッキリとは判りかねた。どこへ引っぱり込む積りだろうと、変に窓の外を流れる灯の色と暗みの交錯が気になりはしたが、ままよと苦笑しながら私は、時間の流れと、運転手の意志一つに

その夜の秘密をまかせていた。

かくて黙りこくったまま、三十分足らず走りづめにしてから、車は不意に警笛一つを放り捨てて、国道を右手へ山の手に向って切れ込んだ。アッと思う間もなく、私はそこが一たいどの辺りで曲ったのか見当もつかない中に、車は、ググググと坦々とした坂道を駈け上り駈け下りて、やがて登りづめに幾まがりかした後、私を吐き捨ててしまったのである。

暗い屋敷の前であった。

山の手にしては思い切って広い道へ、ポッカリ私を置き捨てて、車はクンとガスを一吐き、坂をゆるく曲って屋敷の上手へ溶け込んで行った。

ハテナ。私はしばらく辺りを見廻わした。純然たる屋敷街である。神戸へは程遠くないことは肯けるが、車中、乗りなれない高級車の動揺とスピードの奇妙な感覚から、時間とスピードの関係に錯覚が起って、一体あれくらい走って大阪からどれくらい離れたのやらちょっと見当がつかなかった。

ものの十五間《けん》はあろうという通りを挟んで静かな屋敷街が、どうやら息をひそめている。車は私がその時立っていた石塀が切れこんでポカリと石柱の門構えが口を開いた屋敷の、すぐ前寄りに止ったのであるから、目的はその屋敷には相違ない。けれど見上げた空はやっと空のどこかにほのめいているに相違ない月ぞらが、道を隔てて向うの屋敷というよりは夜目にはまるで森と映る樹の茂みにのしかかるように覆いとられてしまって、にぶ色の雲の波紋が僅かに覗き得るにすぎなかった。無論、あたりの様子も、しかとは判りかねる。

私はその静かな通りに向って、物の見事に明け放たれた門構えを夜目にすかして物珍らしく佇んで眺め廻した。

門の真正面に黒々と熱帯樹らしい物の茂った丘がある。その茂みをぬきんでて厳つく建つのが屋敷らしいが、打見た所、灯の気らしいものが一つとない。

私は、ソロリと、一歩門内に這入りこんだ。

――どうも変な工合だわい！

私は実を云うと、あまりに沈黙すぎた屋敷の様子に少々二の足を踏む思いであった。けれども、何か躊躇らしいものを呼び起す理性に反して、私の足は、敷きつめられた砂利の上を二歩、三歩と、静かに引き込まれて行った。

丘の裾を軽く廻ると、叩き上げられた高みに、ほのぼのと瀟洒《しょうしゃ》なポーチが見える。私は思わずその切り段に足を掛けたが、ふと思い返えして、ソロリソロリとポーチの外れをついて廻って、建物の横へ横へと廻ってみた。見上げても見上げても、灯の気はない。

あたりは一面の植込みらしい。わけも判らぬ樹々の香りが、フンと思い出したように鼻を打つのを覚える。ヒヨイと、思わぬ所で竜舌蘭《りゅうぜつらん》らしいもののトゲに、私のホームスパンがひっかかったりする。

裏へ廻ってみると、私はそこで何がないロマンティクにふと打たれてしまった。

どうやらそこは屋敷の石塀がかなりせまって来て、その内側の建物よりに何の樹だかスラリと異様に背の高い垢ぬけのした樹が四五本も植っている様子であるが、その間から、これはいかにも秋の夜らしい緑色の灯りが、シェードにでも覆われているのか、半分は暗く部屋半分をしみじみと明るくしているのである。窓は明け放されていた。

私はすぐにあの婦人を描いて、訳もないときめきに胸をゆすぶられたものだが、さてそれから元のポーチの所へ廻って来て、やがて玄関へ立ったのである。

ベル？

いやいや、そんなものではない。実に私は、あの古風な環状になったノッカーで、コトコトと扉を打ったのであった。

寂。として、物音一つしばらくは聞えもしなかった。

やがて、静かに扉が開かれて、私は和服の若い女の子と顔を合せた。小間使いでもあろうか、私は、彼女に導かれて純洋風の広間を過りながら、訊いた。

「あの人、ここにいるの？」

すると、かすかに、

「ええ」

と肯きながら、広間の正面から曲り階段を彼女は二階へと導いて行く。広間を見下せる張出し廊下を幾つかの部屋について行って、ふと折れて二つばかり曲った廊下をある部屋の前まで来ると、彼女は伏目に頭を下げて、元来た方へ姿を消して行った。物も云わずに。

私はその後姿を見送ってから、静かに、そこの扉を押したのである。流れるように、緑色の灯りがこぼれ出た。

部屋はシェードの蔭で、明暗二つの縞に区切られて、水の底のように打沈んでいた。正しくほのかな女性の匂いが鼻をうつ。

ソロリと私は部屋に足を入れた。だが、私はそこで静かに釘づけになって、ある云いしれぬ清らかな空気を見つめてしまった。

部屋には優雅なベッドがあった。

黒木に花模様の彫が重く光る――埋れたように、その上に一人の若い女が眠っている。掛布団の絹色のつやが渋い光りを放って、ふうわり女の体を覆った清らかな寝すがたであった。

身動きもせず、ただ絵のようである。部屋の中央にドッシリ構えた机の上の電気スタンドから緑色の光芒が――かげろうのように、彼女の白い額が、乱れた髪が、その灯影の底に沈んでいた。

私はやがて息をひそめて、扉を閉じると、ベッドへ近づいて行った。

まるで彫りたての塑像だ。動かぬ瞼から、鼻から、口から、これでも生きているのかと訝かるほど澄み返った神聖なものがみなぎっている。

――しかし私には見識らぬ女であった。

私はじっとその顔を見つめた。寝息すら聞えない。手を延ばして息に触れてみると、かすかながら乱れた呼吸に触れはした。が、素人眼にも一見して彼女が今まさに息を引取ろうとしているのである事がハッキリ知れたのである。

眉にも、唇にも、苦痛らしいものは微塵も見えず、ただ安らかに眠りのまま死んで行こうとする間際であったのだ。年の頃は、十七か、八か。花の年頃の――そう！まるで蒼ざめた花びらの、消えようとする瞬間。

私は凝然と佇みながら、しきりに私がその場に来合せることになったという事の訳を考え廻らそうと、しばらくは氷りついていた。

ところが、
不意に、部屋のたった一つの緑色のスタンドが、夢のように消えた。

ハッとして、私は思わず身を退いた、が同時にまるで旋風《つむじかぜ》のように部屋の中には人の気配が、奇怪にも息をひそめてあわただしく入り乱れたのである。窓から漂い入るおぼろな月ぞらの微光の中で、私は通り魔のように右左往する人影を認めた。

ほんの二三秒の間に、再びヒッソリ静まり返ったが、同時にホッと灯りがついた。

私が見たのは幻のように並んだ十四五人の男女の影であった。彼等は入口に近く、私との間に女の眠るベッドをはさんで、ズラリと、きらびやかな装いで私を見つめて立っていたのである。

ベッドでは、あの女は瞼さえ動かさなかった。今死のうとする女と、私を封じ込めたこの多数の男女は一体どうしたというのであろう。私は急いで、前夜の婦人を眼で捜したが、――居ない。

「一体これは、どうした訳なのです」

私は彼等の異様な注視に堪えかねて、訊いた。

一同の中に、体つきのガッシリ出来た、主だった男があった。シェードに区切られた灯りで、ハッキリとは容貌は見えなかったが、手を後手に組んだ、年配のタキシードの男。

「判り切ったことを、お訊きになるものではない」

暗い蔭の中から、その男の声が響いた。並居る男女は、身動きもせず、ただその時ちょっと一同の影がゆらいだかに見えたきりだ。

「けれど、――そう、目的は一体何なのです。僕には判らない」

「ほう！　これは意外なことを承ります」

と、男の声は皮肉にうねった。

「とは――？」

するとその男は腕を解いて、いきなり腹立たしげに指先を打振って、

「莫迦《ばか》な！」

誰にともなく、叱咤した。

「トボケるならば、云ってあげよう。私達は、国家非常時のあらゆる不安定を痛憤しているある一党だ。勿論確乎とした組織下にある。事実は君にはもう説明する必要もない事柄だが、私達は曾ては幾つかの有力な組織の聯合結成を持っていた。N・F・会と呼ぶのがそれだ。そして我々の目的とする所は、国家非常時におけるもなお国難、経済難をよそに、徒らに視野を狭く、私腹のみを肥そうとし、甚だしきは売国的行為すらなす無智なある種の財閥の暴挙に対して、社会治安の裏から、断乎とした弾圧を加え、あわよくば覚醒も促がそう、が、さもなく、覚醒なお不可能の場合は絶対の膺懲《ようちょう》を以て飽くまで打倒の目的を遂行するを使命とすることであった。

けれども、いかに主義使命の上からは一時は同志の名を以て集合団結した一党ではあると云っても、元々区々に孤立した団体であったのが、単に統一された誓約の下に、一貫した使命と行動とに準ずるために編成された所の、集団的なものであった故に、統一後において種々の事情に遭遇するに従って、心なき二三の党派にあっては、誓約を裏切り、背向の挙に走って、甚だしきは私達の敵

視すべき売国的非道の某々社団などと気脈を通ずるまでに、至った。それればかりか、なお彼等悖逆《はいぎゃく》の徒輩が、表面私達の主旨とする国粋愛国主義の仮面をかむって、悪徳の資本家と、Ｎ・Ｆ・会の主義とする道との間に八方美人的な態度を持して利慾の潤沢を恣《ほしい》ままにするというに至っては、全く以て心外も甚だしい次第だ。

けれども、私達正義の残党は、その背徳の諸党を努めて黙殺してきた。なぜなれば、私達に彼等を膺懲する力が不足した訳ではない。不足した訳ではないが、悖逆の徒輩といえども、ここ個人あるいは個人に統率されている党派にあっては、主義とする道は自由であって、よしんば仇敵と気脈を通じようとも、それは私達の直接関与する所ではない。これも、私達は、悪徳の資本家そのものが打倒の目的で、その利潤の下にコソコソ立ち廻る鼠党なんぞは、更らに眼中に置かぬ主義の所以だ。やどり木を、見たまえ。仮りに、大木が截り倒されたとすれば、寄生するやどり木だって自然に枯死するのほかないのだ。資本家が打倒されれば、朦朧《もうろう》の諸党も殲滅《せんめつ》のほかはない。

その故を以て、私達は敢えて黙殺しておいた次第だ。

ところが最近、続々として、私達残党の闘士がさる高圧的威力の下に斃《たお》れてゆく。しかもその理由が、ある種の策謀から生れた全くの誹謗から起った事なのだ。勿論その裏には、先に私達から背向して行った卑屈な徒輩の暗躍があった事は謂うまでもない。

私達は思いがけない誹謗的称呼による圧迫を受けて、止むなく残党Ｎ・Ｆ・会は一応解散の形式を取るより他なかった。そして幹部のみひとまず身を以てここに隠れて、極力その後誹謗の出所を尋ねていたのであるが、その結果、頃日、我々から背いて行った二三の党派の中、君の統下にある一派が凡て取組んだわざであることが、判った。で、私達は急遽開いた幹事会において、共議の結果、ともかくも一度君と直接会ってみて、もし君の考え次第で、向後尠くとも反側的なやり方から手を退いて頂くか、さもなければ、――いや、なお許されるならば、深く反省されて、改めて私達の正しい主義と行を共にして頂けるならば、という事に衆議一決を見た。で、斯くここに御足労願った訳。私達はそれについて、御存じの如き事情から、まず君の肉親の情愛に訴えてみたいと考えた次第だ――」

居並んだ彼等には、淀んだような空気が支配して、一列の体形を乱すこともなく、身じろぎ一つする者がなかった。ただ一人、その男の口から、そういう七難しい言葉が並べられたに過ぎない。

「肉親の情愛だって?」

「左様、見られる通り、貴下の令嬢は今しも臨終にある。かつまた――」

「莫迦な!――」

「待ち給え」奇妙な男は、私を抑えた。

「夫人も、そして彼はちょっと側らに来て居られる」

と、そして彼はちょっと側らに合図した。一人の女が、辷るように扉から出て行った。

「いま、お引合せしよう。

私達は、さきに云った凡てが君の統制の術策である事が判るやいなや、直ちに、その任務にある機関に命じて夫人と令嬢の居所をつきとめさせた。そして密かにここへお連れして、幽閉の形をとってある。貴下が、不審に思われていただろう所の、一ケ月前、突然夫人と令嬢の二人が韜晦《とうかい》されたというのは、そういう訳だ。

けれども、不幸にして令嬢は病気になられた。旬日ならずして、楽観出来ない病状に変じたので、ああいう方法で貴下に令嬢の臨終に臨んで頂く手段を取ったに他ならない。

新聞紙上でお伝えした如き、ああいう曖昧な方法は、こちらとして本来は望ましくはなかったが、君の一派が同じ組織下にあった当時すらも、機密存守のあらゆる必要から、各党派別にはどんな人が居るのか顔も知らずに、凡ての統一と、使命は通牒に依っていた関係で、君なる人物が全然こちらには未知であったからで、仕方がなかった」

私は彼等のうちから、純白の夜の装いをした女が、ベッドへ近づいて、プルスをとりながら、

「早苗《さなえ》さん。早苗さん」

と、死とも眠りとも判らず、身動きもせぬ少女の名を呼ぶのを、呆然と見た。

「お父さまですよ。早苗さん――」

私は困り果てて、思わずかくしのタバコを捜した。

「手を出し給え」

男の手に、キラリと冷たいものが光った。

「君はこの臨終を前にして、何等心を動かされる所がないのか。令嬢を抱き締める気持が、動かぬかと云うのだ。私達は、無論、君をここまで招いてきた以上、この忠告が、さきの勧告が容れられない以上は、君を生きて返す事は不可能だ。死か、生か、それは君の気持次第だが――」

「この人は誰なのです！　この人は――」

その婦人は私を指して、周囲を見廻した。一同の視線は、喰入るように私の額に注がれていた。

「違います！　この人は――まあ、誰です。こんな若い人！」

私は身を堅くして、一歩を構えた。

「誰だ！　君は、名を云え」

沈黙。

追いつめられた沈黙。私は未だ若い。三十五に足らぬ身だ。どこからこの誤謬が生れたのか――彼等が果して私の弁解を聞くかどうか。私はすでに三つのコルトに擬せられていた。

「誰だ！」

その瞬間、私は全身で床を蹴って、倒れるように卓上のスタンドを叩き落した。

銃火が閃いた。

椅子が飛んだ。ガンと、膝を殴って落ちた。身をひそめて私はそれを投げ飛ばして――そして、窓ぎわへ飛んだ。

ダン。

ダン。

「しかし」と、私。

「ぼくには一向、何がなんだか判らないんだ。娘だの、ピストルだのって、ぼくにはこんな娘なんぞはない。君たちは一体、昨夜出合ったあの婦人と関係があるのじゃないのか。ぼくを迎えによこしたんじゃないのか」

彼等の一列から、ふいと謂うべからざる無言の激情が、サッと立ち上った。灯の蔭から、全身で、私を見つめた。

その時。彼等の背後の扉があいた。

二人の女が入って来た。一人は先ほど出て行った女。いま一人は――

彼女は、部屋へよろめくように足を踏み入れると、同時に、

「ア！」

と小さく叫びをあげた。

三十五か、六か。豊満な、外交官夫人の型《タイプ》である、魅惑的な婦人であった。

私は、彼女を見ると、咄嗟に、最後の気持が冷水のように崩れて行くのを感じた。一脈の期待を持って待ったその婦人も、前夜の婦人ではなかったからである。見渡した所、一人として、私の立場の理解出来そうな者も居なかった。

飛びついた私の背後から、閃光と、叱咤。男女の叫び。私は殴られたような鋭い痛みを、背後から左の肩先へ感じた。よろめいた体を縮めて、床を蹴った。窓を越えて外の立樹へ――

体が浮いて、盲めっぽう噛りついたビンロー樹の梢が、グウッと大きく空間へ私を運んだ。ズンと落下の感があって、塀に突当って転がり落ちた。塀の外だ。薄あかり。

パン、パン。

玩具のような銃声が夜ぞらへ響いた。転がるように私は走った。そこは袋小路で、真ッ暗な自動車が一台。ガレーヂ代りに沈んでいた。

六三四一。

私は転がり込んで、力一パイ、ギアを入れた。

三年前、一度操縦を習った事がある。逃げられるかどうか。瞬くように、危いと考えが走った。が、すでに、グウンと、放り出すように車は飛出していた。

小路を通けて、右へ――真ッ暗だ。私は滅茶々々にハンドルを操った。右へ、左へ私は揉みたくられた。カーヴも何も無視した全速力だった。暗い坂道を、唸りながらスッ飛んだ。

やがて、国道。

大きくスリップしながら、急角度に、左へ。グウーンと、ありったけの速力で走った。

肩先の痛みが、無暗《むやみ》に左手の力を抜いて行くのが感じられた。かすめ過ぎるタキシーを除けるのが、人ごとのように暇どれた。サアッとライトを浴びせて疾駆してくるやつを、危くグラリグラリと、酔ったように千鳥足で一目散に国道を衝いて走った。

気が遠くなる。

出血だな、と思いながら、私は夢のようにハンドルへのし掛っていた。

ヘッド・ライト。

左へ、と思いながら、眠ったように私の手元は決まらなかった。向うとこちらの閃光《ライト》がギラリ、ギラリ、平坦な路面一パイに激しく交錯して、見るみる気狂《きちが》いのように、二つが怪しい運命の軌道をまっしぐらに突き進んだ。

ガンと、体中が地の底へ殴り込まれたようなショックを感じたきり――異様なライトの閃光が眼底に閃めいて私はわからなくなった。

3

気が附いたのは、その翌々日の午後。

二日というもの、私は発熱と衰弱で、泥のように昏睡していたのであった。

私の左腕は、巨人のように副木の上からグルグル巻きの繃帯がふくれ上っていた。下膊骨折だ。頭から顎先へかけても、瞼が重いほど繃帯が巻きついていた。

私は、ボンヤリ白い天井を眺めて、最後の記憶を辿っていた。病院らしい。

看護婦が静かに覗き込んだ。プルスをとりながら、

「お加減いかがです?」

「体中が痛くって、ここはどこなんです」

「大変でしたわね。ここは西宮《にしのみや》病院ですの」

私はあの夜、衝突現場から直ぐにここへ担ぎ込まれたのだが、先方の運転手は肋骨々折で、相当重傷だという彼女の言葉。

先方の車は、セダンのタキシーだったが、翻筋斗《もんどり》うって滅茶々々にアスファルトへ叩きつけられたらしい。幸い空車だったので、怪我は運転手一人ですんだが、私の方の車も、ボンネットなんぞ木の葉のように飛んでしまっていたという。

衝突現場は、芦屋と西宮との間であった。

ところが、この奇妙なその夜の経験の結末だが、意外と云えばまことに意外な事実だったのである。

私の病室には、ベッドわきの小卓の上に、私の椿事を聞き知った知人などから贈られたシロップや、葡萄酒などの瓶がユニックな色彩をもって並んでいたが、その間に、一きわ見事な一盛の果実籠が置かれているのが眼に入った。

真紅の幅広のリボンが、鮮かに飾られていた。

「誰から?」

と訊くと、彼女はロマンティクの好きな性質《たち》らしく、何も云わずに、黙って一葉の新聞を眼の前へ差出して見せた。が、すぐにいたずららしく、ひっこめてしまった。

私は意識回復後の弾創の手当を早速受けなければならなかったのであるが、それまでに、

「あの翌日の、つまり昨日《きのう》の夕刊ですの。まだ読んじゃいけませんから、妾が読んであげますわ――」

と、前置きをして、さてその看護婦嬢の読んでくれた

ことである。

それが、私は愕《おどろ》いた。

「萩野スワ子さんは次ぎのように語る――」

看護婦さんは、私の愕きには頓着なしに、どんどん読んで行ったのである――

……そして、大変お悪いんでございましょうか。どうしてあんな所であんな事があったのか。心配しているのでございますが、実は、わたしが帰朝《かえ》りましてからすぐ契約しましたマネージァといいますのがとても悪い人間だという事が判ったものですから、とうとう、先輩の方のお勧めもあったりして、解約したのでしたが、解約してみると、やはり何か良くない企みを最初から持っていましたとみえて、まあ早く云えば不良なんですわね、それから後しつこく妾の後を追い廻して、まるで脅迫なんですよ。何か変に嫌な男を手先に使ったりして、もう初演も翌日という一昨夜ですの、ちょっと田辺という所へお友達をお訪ねした妾を、あまりしつこく追っかけて来るものですから、知らない土地ですし、すっかり怖《おじ》けづいてしまって、近くの喫茶店へ飛び込んでしまったのです。

そして、知らない方でしたが、そこに居らっしたそのお方におすがりして、どうやら無事に帰宅したのでしたけれど、何ですか、その店でその方とお話ししている間に、その方妾の事すこしもご存じない様子なのについいたずらッ気が起ってしまって、昨日の夕方五時頃ブルランでお待ちになって頂くようにお約束して頂いたんですの。ホホ、お茶ッぴいだから、その方のお名前もお伺いしないで失礼してしまって、妾は翌日は早く会場の方へ参らなければなりませんし、お友達の方にブルランへはお迎いに行って頂いて、そして御一緒に会場へ来て頂いてお目にかかろうと思っていたんですけれど、ところが、お迎えに行って頂いたお友達は待ち呆けにあってしまって、七時頃会場へやって来てプンプン怒ってしまうんです。

まさか一方ではそんな事件が起っていようなんて考えてもみないものですから、そんなはずないと思って、実は変に思っていたんですの。それが、あんな西宮なんかで怪我なさった方が、その方だと判って、すっかり驚いて、心配ですわ。いたずらに会場でヒョックリお会いして驚かせて上げようなんぞ思ってした事が、何かの間違いであんな事になったのではないかと思って心配で……。

所が、看護婦は、そこで笑いながら訊くのである。

「この方が誰方《どなた》かご存じ？」

私はというと、ポカンと天井裏を眺めていた。病院の天井というものは、白いものだ。

「あなたがまだお気附きにならない間に、二度もこの方はお見舞に見えたんですのよ。それは、綺麗な方。まだこんな記事が始めの所に出ていますわ――」

その新聞記事というのは、

「既報、十月×日夜、十一時頃、阪神国道西宮近くで自動車事故で負傷した西川賢明氏の椿事《ちんじ》と、朝刊所報の昨夜朝日会館において帰朝第一回リサイタルを開いて盛況をみたソプラノ歌手萩野スワ子女史の公演との間には、奇しくも一脈のつながりのある事が判った。西川氏は未だ昏睡状態を続けているため、遭遇した事件の詳細は明かでないが、その筋では早くも相当深い事件が背後に潜んでいるものと睨み極力探査中であるが、西川氏の操縦せる大六三四一号自動車は、府交通課に照会の結果、昭和七年末期に廃鑑されている事が判明した。なお該自動車については関西方面における某右翼的団体の所有せるものとの風聞もあり、重大視されている模様であるが、現在の所有者は目下の所不明であると」

さて私は、じっと眼を閉じて、キラキラする不気味な眼内閃発のうちに、

急いで書かれた――

5の字と、

8の字の書体に、相似の点を見出そうと苦しんだ。

梟《ふくろ》

　その停車場から五六丁離れた、淋しい、荒れ草だらけの雑木山の中に、一軒、奇妙な赤屋根の家がありました。

　横壁の小さな破風に、ボロボロになった子供の塑像が一つ、ツクネンと腰をかけているきり、永らく空屋《あきや》になっていました。

　巨人のような欅《けやき》の大木が一本空へ突き出している暗い森の地つづきになっていましたが、その辺の森の中には無数の梟《ふくろ》が巣喰っているという話で、月の夜なぞには、暗い梢の中から例の気味悪い鳴ごえが、ホウ、ホウと、こだまを作って夜どおし聞えるのでした。

　所が、ある夏のこと、その荒れすさんだ赤屋根の周囲の樹が、カラリと無造作に切り倒されたと思うと、その夜からこの家には灯りが輝き始めたのです。

　窓から漏れる灯かげに驚いたのか、その夜は一晩中、パッタリ梟の声も聞えませんでした。

　その代り、その夜はこの森の中で、それまで聞えたことのない低いチェロの音《ね》が、絶えず月もれのした暗い樹立《こだち》の間を縫って、その間中、カサコソと梢から梢へ飛び移る無数の生物のけはいが聞えていたのです。


　室井《むろい》という男が、以前はどうやらアトリエでもあったらしいその古い家を見附けて、一夏をそこで過すつもりで移ってから、二日目の夜でした。

　月が森の梢を出はずれた頃、すぐ家の近くで、ホウ、ホウ、ホウ、ホウ、と、気味の悪い含み声で、梟の鳴く声が聞えたのです。

　アセチレン燈の光で、たった一人本を読んでいた彼は、フト顔をあげて、窓からほんの少し差しこみ始めた月かげを見て、何やらゾッと、背すじに水を浴びたような気がしたそうです。
　ホ、ホウ、ホ、ホウ、どうやら鳴き声は手近からしい、と、ソッと、窓ぎわへ立って行ってみると、驚いたことには、月もれのした樹立の間を、一人の男が歩いているではありませんか。

黒い服を着た、背の高い男で、小脇に何やら真黒なものを抱えていて、歩きながら、ときどき、両手を口へ持って行くと、ホ、ホウ、ホ、ホウ――と吹いているのです。

ハテナ。この山の中に月夜をめがけて梟の鳴真似をやって歩く男がいるとは！

不思議に思って、ジッと息を殺して見ていると、そのうちその男は赤屋根の灯《ひ》を慕うようにスタスタこちらへ近づいて来ました。

近づくにつれて、その男の着ている黒い服と思ったのは、タキシードで、小脇に抱えているのはインバネスだと知れました。が、窓から見ている室井に気が附くと、

「あ、今晩は！　いい月ですね！」

と、話しかけます。まるであたりまえのような話しぶりです。妙に思ったものの、

「いい月ですね、お散歩ですか？」

と、室井もその夜会帰りのような恰好をした男に言葉を返すと、

「ええ、ちょっと歩いてみたくなったものですから。少しお邪魔しても差支えありませんか？」

「どうぞ」

というと、その男は室井が表を開けようと行きかけるのを遮って、

「窓から失礼しますよ！」

と云う間もなく、ヒラリと、その窓から飛び込んで来ました。

見れば恰好良くスラリとのびた軀《からだ》にタキシードの良く似合う品のいい青年です。

「椅子が一つしかありませんが、どうぞそこへでも掛けて下さい」

と、室井がベッド兼用のソファをゆずると、青年は絳《も》絹裏《みうら》のついた豪奢なインバネスを置きながら、

「お一人ですか？」と訊きます。

「ええ、一人ですよ。実は昨日《きのう》移って来たばかりで存じませんでしたが、お近くにでもお住《すみ》ですか？」

「ええ、すぐこの裏に住んでいます。失礼しました。申し遅れましたが、子爵の結城《ゆうき》という者です、どうぞ」

「あ、そうですか。道理で昨夜一晩中、チェロの弾奏が聞えていたものですから、キャンプからにしては妙だなと思っておりましたがしかしそんなお住居《すまい》がこの辺鄙《へんぴ》

にあるとは、ちっとも知りませんでしたね」

「いや、落魄《らくはく》の貧乏子爵で、やっと雨露をしのぐだけの隠れ家なんです、ご存じないのはあたりまえですよ」

「チェロは？　あなたですか？」と訊くと、青年はただ微笑したばかりで、

「聞えましたか？」と、はにかんだ様子をしましたが、何と思ったのか、急に一膝のり出して来て「チェロと云いますと、あなた、この家には以前、空屋になるまえにはチェロを弾く男が住んでいましてね、私はずっとこの土地に住んでいて詳しいお話も知っていますが、その男が謂わば不吉な記録をこの家《うち》に残して行ったんですよ」

「ほう！　どういうお話なんです？」室井が膝を乗り出すと、

「この家の破風に子供の塑像がありますね、あれは、つまりその男の子供ですが――まあ、簡単にお話ししますとこうなんです。その男は、実に素晴らしい婦人を妻にしていたのです。全くのお話、猛烈な恋愛合戦のあげくに獲得したかえ難い妻だったのですね。ところが、その男は結婚すると同時に、ピンとどこかの調子が狂ったものとみえます。まあ形のない嫉妬でしょうね、根も葉もない妄想で、妻がテッキリ自分を裏切っていると信じ込んでしまったのです。美しい妻を、夜昼なくいじめ始めた。

という中《うち》に、子供が生れた。そして間もなく死んでしまったのです。あの破風の上に腰をかけている子供がそうですが、曾てはその男の恋敵《こいがたき》であったある彫刻家が全心こめて作り上げて、夫妻に贈ったものなのです。所が、その子供の塑像が破風に飾られる頃から、いよいよその男の妄想は劇《はげ》しくなって、遂には誰の顔を見ても相手が男でさえあれば、誰彼なしに頭から妻と不義を働いているように見える。死んだ子供も勿論汚れた子供、だから子供の塑像なんか彼奴《あいつ》は作る気になったんだろう、とこうでした。

何とかしなければこのまま続けば悲劇だと友人達が思った時には、しかし、もう手遅れで、――その前夜、この家からは殆ど夜どおしチェロを弾く音が聞えていましたが、その翌朝彼は、まるで足の踏みどころもないほど床に散らかった楽譜の中で、気が狂ったままチェロを抱えて、懸命にまだ奏《や》っていたのです。

そして、片隅のベッドには、美しい妻と塑像を贈った彫刻家の二人が、たった一突きにされたまま冷たくなっていたのです。

話の中に、何やら青年は、モソモソとインバネスの間を手さぐりしている様子だったが、突然立上ったと思うと、

「そしてその裏切られた男は、いまだに時々、この森の中で世の男を怨みながらチェロを弾いているのです！」

ギョッとして、室井が立上る、――同時に青年の手に、ギラリと刃《やいば》の色がひらめきました。

「あなたはこの森の敵であり、私の敵です！　梟達はあなたを殺せと騒いでいます！」

狂人《きちがい》？　梟？　隙を見て室井が駈け出す――ヒラリと立塞った男の腕が閃いて、室井は、ギャッ！　と胸を抱いて崩れてしまった。

部屋の中は、風のあおりで燈《ひ》が消え、その中で、血を浴びた件《くだん》の男は、月かげの差しこむ窓からヒラリと飛び出して行ったのです。

床の上に倒れた室井の眼の底には、今飛び出して行った男の姿が、巨大な梟の姿になって黒く残っていたのです。

空間心中の顛末

奇妙といえば、まことに奇妙——

度はずれた事件もあったものだ。一体、人間の頭から、ああいうカラクリが生れ得るとは、今さらながら、人間の底知れぬ悪智慧《わるぢえ》に撃たれるが、事の次第は筆者がこれから述べる所に依って摑んで頂きたい。筆者は敢えて事件の全体を通じての主観めいた言及は一切試みぬ事にして、事件に登場する各個人の立場から、核心へ向って顛末を追って行こうと思う。

久地生馬《くじいくま》の場合

（十一月二日の彼の日記）

とうとう奴等の遊戯を見つけたぞ。

莫迦《ばか》な話じゃないか。奴等の関係が、今日の日までどれくらい続けられていたか、そんな事は知らないし、知りたくもないが、僕の眼をかすめてコソコソ火遊びやってる恰好ときちゃ、まるで子供のままごとだ。僕も今日までは、もしやと思いつつも一脈の疑念もあったために、敢えて奴等の尻も追い廻したし、相当これでむきになって蒼《あお》ざめた気持も味ったものの、もう確証を摑んだ今後は断じて僕は奴等を監視の眼からは放任してやる。どうなりと、好きなように有らん限りの痴態を尽すがいい。

　しかし。しかしだ。僕が完全に奴等を忘れてしまうと思うと、大間違いだ。この世ならぬ復讐をしてやる。奴等の肉体は愚か、心の底のどん底までも木《こ》っ端《ぱ》みじんに打砕いてやるんだ。見ていろ。この僕が、何を奴等に向って開始するか！

　僕が嬰子《ようこ》を愛してきたのは、奴の全部だ。奴の肉体と、同時に精神を愛してきたのだ。レムケの言葉に依ると、人間は身体と精神的の働きの統一だと一言に纏め得る。身体のみの人間も、精神のみの人間も、妻においてはすでに完全ではない。たとい嬰子が、表面いかに肉体では完全なる妻を装って僕にあらゆる行為を示しても、精神が離反している以上、淫売婦より他の何者でもない。淫売婦は恐らく多くの場合、商売人としての気持が正直であるはずだ。肉を売りつつ、最初から打算を正直に見せているじゃないか。畜生！　淫売婦にも等しい行為をしながら、なお愛情を示す欺瞞的行為によって僕を瞞着しようとしているなんぞ、妻という名称を附すのも穢《けがらわ》しい。淫売にも劣った奴だ。

最初から肉体のみが目当ての妻じゃあるまい、脱ぎすてられた空《から》っぽの体は、一顧《いっこ》の価値もないばかりか、すでに仇敵《きゅうてき》も同様なのだ。僕は嬰子が、僕に抱《いだか》れつつ、他の男の幻想を描いていたかと思うと、慄然とする。よくも裏切っていた。裏切ったのも奴の精神なれば、こちらも復讐する以上、目的は奴の精神にある。今にどんなにか恐ろしい破壊を奴の精神に加えてやることか、待っておれ待っておれ。

僕は唯心論者だとラベルを貼る訳じゃないが、僕の試みる形而上的復讐なるものが、いかに奴等にとってこの世限りの致命的鉄槌《てっつい》であるか、今に、今に、思い知る時が来るであろう。

（十一月十日の彼の日記）

今日、素晴らしく恰好な家を目っけた。早速何気なく移る事にしよう。万事はそれからの事だ。

人間の顔というものが、気持次第で、こうも形相《ぎょうそう》が変るものか。俺の姿は、俺が孤独に鏡を見入るとき、幽鬼の如く蒼白く光っている。凄く笑っている。唇ばかり異様に赤味が残っている。幽鬼であろうが、へちまであろうが、俺は復讐の快味に、日毎痩せ細って行くのが楽しい位だ。——しかし、絶大の努力を持って、お前は嬰子の前に、飽くまでもデクの坊の優しい優しい夫である事を忘れてはならないぞ。さて、猫の如く忍びやかに、復讐へ、復讐へ。

筆者の場合

去年の十二月も押し迫った二十日過ぎの、死んだように風のない大気がソックリそのまま氷りついたように、恐ろしい寒い夜であった。

私はたまたま、ある酒場《バー》からの帰途、夜ざむに息を氷らせながら、銀座裏の電車通りをオーバの襟を立ててしまって、コツコツと歩いていた。すると、ヒョックリ暫らく会わないでいた久地生馬と出あったのだ。

彼は、持前の無帽で捲上った長髪を夜気にさらし出して、メルトンの黒いマントを肩の先へひっ掛けたまま、フラリフラリ足の先に曳きずられるような恰好で、数寄屋橋《すきやばし》の方から流して来る所だった。

「どうしたい。暫らく会わなかったな」

といえば、

「ウム。どうもしない。寒いね」

と、それっきり口を噤《つぐ》んで、何と思ったかまた私と肩を並べて飄々《ひょうひょう》と引返し始めたものである。

「オヤ用があるんじゃなかったのかい？」

「いや、裏銀座の銀ブラさ。フフ、寒む夜もまた興なきにあらずでね。飲んだのかい？」

「ああ、飲んだ。生酔いだから寒くて仕様がない。どっかで附合わないか」

すると、

「さあ、まあ今夜は止そう。ちょっと今、ある事件が起っているんでね、そいつのかたがつかないと酒も苦《にが》い」

「ある事件て、何だい」

「フフ、妙な事件さ」

と、それっきり何も云わぬ。

私はその横顔をシゲシゲと見つめてしまった。彼は、フラリフラリと歩きながら、鋪道に眼を落して、変にニヤニヤしているのだ。目隈《めくま》さえ作って、横顔だけ見ても、異様に瘦せているのが目立っていた。

「どうしたんだよ妙な事件ては、バカに瘦せちまったね。え？」

「そうかい」

所が、ボントン・バアの少し先の、ボヤリと灯《ひ》の溶けた辺《あたり》まで来ると、気がついたように頭《かしら》をあげた。

「嬰子がね、どこかへ行っちまったよ」

なんぞと、ポツンと吐き出すのだ。

「エ！　嬰子さんが？」

私の頭には、途端に、明るい桜ンぼのような久地の妻君が閃いた。事件というのはその事かなと思ったものの、私はむしろ彼の口調には、あるいは底冷えに似たもので背筋を撫でられる思いがしたことだ。

「どこかへって……どうしたんだ！」

にも拘らず、彼の異様に骸骨じみた風格は、すでにその頃から醸されていたものと見え、奇妙にひくく笑って、

「フフ、それが判れば世話はないさ」

なんぞと、不気味に嘯《うそぶ》きざま、氷るような星ぞらへ白く瞳を投げあげる。

「世話はないって、妙な男だな。それでいいのかい。事件というのはその事なのかい?」

「完全なる嬰子は、とっくにこの世から消えちまってるはずだよ!」

「エ?」

「ハハハ、奴は、死んだ――」

「死んだッ?」

「死んだも同然さ」

「オイ!」

と、私は思わず立止ってしまって、自分でもギョッとするような声を立てた。所が彼は、その私を斜《ななめ》に見返りながら、

「止せよせ。そんな所へ何しに突ッ立つんだ。ハハハ、その中、一度遊びに来いよ」

と、遂に数寄屋橋の角までフラフラ歩いてしまった。そして、追いついて行った私へ、いきなり振向いて、

「じゃ、僕帰るぜ」

「待て待て――ちょっと」

「いやに気にしているね。まあいいよ、心配しなくったって。一度遊びに来てくれ。実は家を移ったのだ」

と、名刺を一枚握らせると、呆気《あっけ》にとられた事には私をそこへ置きっぱなして、新宿行きの市電の方へ走ってしまったのである。


ともかく、その銀座以来、私は二三度名刺の所書きを頼りに、彼の今度の家というのを訪ねるには訪ねてみた。その家というのは、省線の中野駅を降りて、畑や野原をものの五六丁も歩いた雑木林《ぞうきばやし》のきわに、ポツンとたった一軒飛び離れている古い家なのだ。それもすぐには判りかねて、私は中野駅附近の住宅街あたりをグルグル捜し廻った末、市場へ買出しにでもやって来るらしい女中さんをトッ摑えて、さんざ観念的な訊ね方をしたあげく、ヤット見当をつけて捜し当てる始末だったが、行ってみると、モヤモヤとろくに手入れもしてはないが、生垣なんぞに囲まれた相当な門構えであったというものの、一体どういうつもりでそういう家へ移ったものか、見てからに真《まこと》に不便極る山家《やまが》の一軒家といった恰好ではないか。

しかも、雑木林の傍《かたわら》の、落葉のたまった通を斜めに、その家の黒い屋根を見ながら、ヒョックリ私が屋敷の前へ折れて行ってみると、呆気ないほどピタリと門が閉っている。潜戸《くぐりど》を押してみても、いっかな開かばこそ。真新らしい表札だけはブッキラボウに打ちつけられている

のだが、さて本尊《ほんぞん》は居るのだか居ないのだか、垣の破れから覗いてみると、乱暴に掘り返されたボカボカの黒土のそこかしこに、朽ち果てた向日葵《ひまわり》やら、山茶花《さざんか》の株なんぞが、チラホラ見えるきりで、人の匂いらしいものすら無かったのだ。

ハテ、妙な所へ移ったものだて、と、裏の方へ廻ってみると、白壁のボロボロに剝げ落ちた土蔵らしいものの頭が見える。

私は、瞬間、チラリと、銀座裏で出会った久地の、奇妙に狂人《きちがい》じみた唐突《だしぬけ》さを思い浮べて思わずゾックリ毛穴を痛くしながら、暫しはその場に佇んでいた。

妻君の嬰子がどうかしたらしい事だけは、彼の言葉から ハッキリ肯けはしたが、どこかへ行っちまったよなぞという棒のような言葉やら、また死んだも同然さというような暗示めいた彼の調子からは、何やら異様な事件でも起っているらしい予感ばかり、無暗《むやみ》と私を不安に駆り立てたものの、しかしさてこちらにはどうにもこうにも意外の方が先に立つばかりで、一向何が何やら見当すらつかない。

私は、ともかくも、一度久地自身をとッ摑えなければ落着かぬ気持で、最初彼に留守を食った後も、再度ならずテクテク中野まで訪ねてみたが、二度が二度、三度が三度ながら、完全に私は閉出しを食ってしまう始末で、いつ行ってみても、雨ざらしの腐ったような門が、まことに白々しく閉ざされていたのである。

所が、奇妙な事には、私はその二度目かに久地を訪ねて行って、屋敷のぐるりを犬のように未練がましくうち廻《めぐ》っている時、思いがけなくも、やはり私同様、その辺を徘徊《はいかい》していたらしい末《すえ》十一郎という文学青年の淋しい姿を見かけたのだ。

先方は、私の姿を見ると、声を掛ける暇《いとま》もなく、急いでオーバの襟に頰を隠して、あらぬ方角へ逃げるように立去ってしまったのだが、私は、その足の長い後姿や、房々と波打った無帽の頭には、見誤るはずのない確かな記憶があった。

末十一郎というのは、凡そ一年ばかり前、ある著名な評論雑誌B誌の掲げた懸賞小説に第一位で当選して、若年ながら一躍将来を期待された詩的な青年で、その当時、彼が無暗とあちらこちら華やかに引っぱり廻されていたとき、何かの機会に私は紹介されて始めて知ったのだ。

その後、再度ならず挨拶ぐらい交した事はある。——が、その彼が、何の縁故あって、この奇態に人気《ひとけ》離れたような久地の屋敷近くへ姿を見せる必要があったのか？

私こそ、末には深い交友という訳ではなくとも、一応の面識は持っていたが、しかし、別段彼が、久地一家と交りある様子も聞いてはおらなかった。とはいえ、私の関与しない間柄で、いつの間にやら久地たちと交りが出来ていなかったとも強《あな》ち断言出来ぬながら、私自身すら、ヨクヨクに近い思いで訪ねて来るというこの中野の田舎屋敷の近くを、人知れぬ恰好で徘徊していたらしいのも奇妙であれば、また、彼のその逃げ方というものが、まるで追われる喪家《そうか》の犬とでもいった、影の薄い寂れた様子であったのだ。

ハテ、恐らく偶然や、通りすがりという恰好ではなかったがと、私は、彼のカサコソと霜枯れの中を掻きわけるように逃げ去った後姿を見送りながら、重なる曰《いわ》くありげな不審に、ひとり疑惑の思いに閉ざされていたものである。

しかし、それ以来、私は、もう一、二度、中野を訪ねたのであったが、遂に、末の姿もそれっきり見かける事も出来なかったし、久地自身にも、二ケ月後の奇妙なる事件――あのペクリヤ事件の当夜まで、私は顔を合せる機会もなく過ぎてしまったのだ。

末十一郎の場合

久地嬰子が、いずくに韜晦《とうかい》したか、奇怪にもパッタリ姿を消してしまった、その前日の事である。ちょうど十一郎と嬰子とは、市中のある高台にある白堊《はくあ》のホテル某《なにが》しの一室に居た。――その高台は、眼下の街の波あたりから、次第に濃く冬枯れた夕とばりに閉されて行きつつあった。

嬰子は今し部屋の一隅で、あちら向きになって、足袋をはいていた。が、彼女がトンと立って、振向いていると、十一郎は何故かボンヤリと窓ぎわに立って、変に淋しい後姿を見せている――

「あら！　どうしたの？」

しかし、彼は、片手ではねたカーテンの間から、遠い黄昏《たそが》れた空に、酸っぱいような色で浮くネオン燈を見つめて黙っていた。

「ねえ、早くしないと妾《わたし》おそくなるわよ」

と、ル・シャンがフウフリ匂いながら、からかうように故意《わざ》と抑えた声が、耳元へ近づいて来て、

「――どうしたの？」

「ねえ夫人《おくさん》、あなた何故そんな中野なんぞへ急に移るんです？」

振返った彼の顔は、嬰子が驚いたほど意外に眉がひそめられていた。

「あら、そんな事なの？　――嫌だわ、心配させたりして」

「ねえ、云って下さい。何故そんな所へ移るんです？」

「なぜだか妾知らないわよ。だって、久地が云い出した事なんですもの。多分、あの人の都合なんでしょう」

「久地さんは、いつそんな事あなたに切出したんです？」

「昨日《きのう》よ。――だけど、どうしたのよ！　随分真剣な顔しちゃって」

「いいから答えて下さい。――それで、明日そこへ移るって事、シッカリ決まってるんですね？」

「ええ、そう。ホホ、嫌だわ、妾。それより早く帰らないと……」

「待って下さい。あなたは何か変な事を感じやしませんか？」

その問いには、さすがにハッとして、嬰子は十一郎の眼を真一文字《まいちもんじ》に見た。

「変な事って、久地の事？」

十一郎の咽仏《のどぼとけ》が、ゴットリ一つ、細い詰襟《カラー》の上で上下した。ウン、と肯いたきり、二人は黙ってしまった。

嬰子は、十一郎から眼を離して、急がしく頭の中で、昨今の夫の様子を振返っていたが、やがて、気の抜けたようにベッドへ行って腰を掛けてしまった。

「ね、ちょっとお掛けなさいよ」

二人が並んで掛けると、

「あなた何故そんな事いうの？　なんにも変なこと有りやしないわ。だけど、あんた何か確かな根拠でもあるの？」

「そんなんじゃないけど、何かこう変に不安心な気がするんだ――」

「転宅すること？」

「ウン、まあそれもある。というより、それでハッとしちゃったんだが……」

「そうね。そう云えば、そうのような気もするけど、――だけど、久地が今の家を移りたいと云ってたのは、もう永い事なのよ。なんだか、昨日の明日《あした》っていうと、あんまり急で変なようだけど、前から移りたいとは云ってたんですもの。それに、久地はこの二月《ふたつき》ほど前から、三百枚からある叙事詩の添削にかかって、随分忙しいらしいの。こう考えていても妾別に変な所もないと思うんだけども……」

「そうかなあ。じゃ僕の疑心暗鬼かな」

「そうよ、キット！　でもあなたそんな気がするんだったら、妾も、一応は気を附けてみるけど」

「そして夫人《おくさん》、あんたは今度の家っての、知ってるんですか？」

「そりゃ知っているわよ。昨日久地と一緒に行って見たんだもの。あそう、地図書いとくわ」

と、彼女はホテルの用箋を取ると、地図を書きながら、

「中野駅から四五丁あるの。変に淋しいし、不便な所だけど、久地は、もしあたしが嫌だったら詩稿の方が完全に脱稿出来るまででいいから、そしたらまた移ってもいいなんて云ってたわ。——そしてね、ここんところ辺に、土蔵が建ってるのよ。ボロボロの変な物なんだけど、久地ったら、湿っぽいその中へ妾を連れて入って、どうだ静かだろ、僕も、江戸川って小説家みたいに、この中で仕事しようかな、なんて、とても御機嫌だったのよ。だから大丈夫！　心配しなくったって。——ああら、スッカリ暗くなったじゃないの。早く帰らなくちゃ——」

と、嬰子は立上ると急いで、コートを着にかかった。

そして、これもオーバを着始めた十一郎に、

「ええと、今日は、ガルボのクイン・クリスチナを観てくる事になったんだっけ。あなたプログラムを持って来てくれた？」

「ああ、持って来た」

「フフ、ENDの前の、クローズアップがとても素晴らしかったってのね？」

「ウン、船の舳先《へさき》の方へのっかって、ジイッと、恋心の故郷の方を見てるんだ」

「あ、そうか。ちっとも判らないけど、その通り云えばいいッと。帰り途で、梗概《こうがい》大急ぎで暗記しなくちゃ」

そして、二人はいたずらッ児《こ》のように、声を立てて笑った。

「じゃ妾、二三日は出られないかも知れないけど、またね！　——ネ！　もう一ど……」

と、嬰子は甘えたように、十一郎の胸の前で眼をつむった。——

その日別れたきり、嬰子の音沙汰は、死んだ如くに途絶えたのである。

十一郎は、四日、五日と待ち過して、ハッとした。次いで一週間、十日と過ぎてしまった頃には、彼は無惨にも蒼ざめきっていた。

すぐさま、教えられてあった中野の家を訪ねて行ってみた。

と、なるほど、奇妙な家だが、確かに、嬰子の夫久地生馬の真新らしい標札が門柱に打ちつけられていて、移って来た事は事実らしい。が、その雨ざらしの古びた白木の門は、いつ行ってみても閉ざされており、屋敷の中にはコソリとの人の気配さえも感じられなかったではないか――

彼は、何がどのように進行しているのか測り知れない、沈黙し切った屋敷の様子が、解《げ》しかねて、来る日も来る日も、瘦せ犬のように、溜息ついていては、垣の外から屋敷を見上げ、見上げ、いく度となくその辺りを徘徊した。

しかし、奇妙にもその屋敷は、夜も昼も、一そ不気味なほども人気がなく、コッソリ彼は息を詰めるようにして徘徊しているというものの、果して、事実、嬰子がその屋敷に居るのか居ないのかすら、はては不審に思われ始めた。あるいはしかし、その屋敷の奇妙な沈黙というものが、もしかすると何にもかも嗅ぎつけた夫の生馬が、意地悪く息を殺して待っている陥穽《おとしあな》ではないかという、不安な気持にも、フッとなる事がある。コッソリ歩き廻っている自分を、どこからか、久地の陰険な眼が、ジイッと見据えているのかも知れないと思うと、足も何も竦《すく》む思いがした。

けれども、何がどうなったのやら実相が判らず、どこへ探りを入れていいやら嬰子の消息が見当もつかないという事は、十一郎にとっては不気味でもあったが、今更ら火のついたように罪の呵責《かしゃく》を覚えると同時に、さらに堪え難い恋の情念が、恐怖の焰とからまり合って燃え上って来る苦しさがあったのだ。

大体、彼十一郎が、極端にいうならば、雨に濡れそぼった、灯の輝く鋪道に、冷たい靴音を聞いても悲劇的な詩情をそそられるというほどの感傷的な激情家でありながら、その始めて知った恋の対象が、何のはずみか、性の機密をあまりに知りすぎた人妻であったという事が、彼自身の破滅を早からしめた因《もと》であった。彼等が何を機会に、そこでどんなにして識《し》り合ったかというような事は、すでに述べる要もないだろう。ただ、一方は、華やかに文壇へ第一歩を踏み出したばかりの青年が、偶然識った婦人に依って、思いがけぬ開《あ》け放たれた性の道を示されて、一たまりもなく眩惑されたのであり、また一方、未知嬰子としては、つい知った相手の青年の真剣さと、ゆえに汚れのない、奔馬の如き露わな情念に、たとい殺されてもいいロマンティクな疼《うず》くような魅力を感じて、――むさぼるように抱合《いだきあ》った二つの魂であったのだ。

とはいえ、彼等の背後《うしろ》からは、常に、凝視を押つけて来る久地の不気味な力が感じられて、たとい泣噦《なきじゃく》るような恋を啜り合った直後にも、秋風のように吹き抜けて行く、ある戦慄を覚えずにはいられなかった。燃え狂う恋の喜悦と対照された時、その戦慄といい、見えぬ不気味な凝視といい凡そ彼等二人にとってはあまりに味気ない嫌悪と恐怖であった。その、見るも真ッ黒な苦痛があったればこそなお彼等の恋は、層一層反動的に刹那的へと曳きずられて行って、遂には生死をも越えて、一つにからまり合ったまま目標すらも見失ってしまったと云える。

そして、その挙句奇怪にもパッタリ夫人の姿を見失ってしまった時には、十一郎は、身を蝕んで行く情念に爛《ただ》れたまま、完全に孤独の真ッ只中へ放り出されていた。

早く云えば、もう慾も得もなかったのだ。文学青年らしく、気負《きお》って、ジイドを論ずる事も、シェストフを追う事も、全然気乗りがしなかった。血の滴《したた》るような恋と悩みの前には、文学なぞ、あまりに現実からは遠い沙漠同様、ひからびて見えた。

何一つ顧みる心のいとまもなく、彼は、ひたすらに、行方の知れない恋を追っかけ追っかけ、実に、日毎《ひごと》、夜毎、中野の屋敷近くを夢遊病者もさながらの恰好でさまよい歩いたのである。

所が、ある日のこと、――それはちょうど、筆者が偶然彼を目撃してから、三四日後の事であった。

その日の暮れがたから、十一郎は、冬枯れた黄昏れの道を啜り泣くような気持で、依然、不思議と沈黙に落ちている屋敷を、見返り見返り、二三度ばかりも徘徊したあげくフト屋敷の一角に当る路傍に足を止めて、味気ない思いを躊躇《ためら》わせているとき、氷りつくような暮景《ぼけい》のどこやらで、キリキリと、微かに潜戸らしいものが軋んだのを聞きつけたのである。

ハッと思ったのと同時に、転がるように彼は、門前の方へ走っていた。

と、その辻を、生垣の角について曲ろうとする出合頭《であいがしら》に、パッと眼に飛び込んだほの白い人影に危く突き当ったのだ。女だ！

アッと、声をのむと、同時に相手の歯が、シイッ！と鳴った。白い割烹着《かっぽうぎ》をつけて束髪にゆった、小間使らしい女——

ドキンとしていると、スラリとその彼の傍《そば》をすり抜けざま、何やら紙片《かみきれ》らしいものを巧みに握らせたのである。そして、見送る暇もなく、彼女は小走りに暮れた道をどこかへ吸い込まれて行った。

一刹那は不審に執《とら》われたが、次ぎの瞬間には、十一郎はドキドキと早鐘のように打つ胸を抱いて、足早く久地の屋敷近くから離れていた。

とある立木の陰まで逃げ出して、瘧《おこり》のように震える手で、マッチを擦ってみると、渡された紙片には——

わたくしはずっと以前からおります春という女中でございますが、奥さまのことにつきまして、こんばんおそくて八時ごろまでに、中野駅のちかくの「テルモ」という喫茶店へまいりますから、お待ち下さい。お渡しいたしたい物がございます。

という、鉛筆の走書き。——

その夜、馬車のように狭いテルモの隅で、奇妙な不安と蒼ざめた気持の十一郎が、人心地もなく待っていると、八時をかなり過ぎてから、春という女はやって来た。

ルームは仄暗《ほのくら》かったが、灯の下でみると、マシュマロのように可愛いい顎《あご》をした、案外若い女である。エプロンを取ったきり、羽織も着ずに、夜道を走って来たらしく、丸く肩を弾ませていたが、彼女は席へ着くなり、せき込むように声をひそめて云った。

「お始めてお目にかかりますけど、お屋敷の近くで、妾、時々あなたを御見掛けしておりましたの。ですけど、とても大変なんですのよ、ま、これを御覧になって下さい」

と、袂《たもと》の下に忍ばせていた、思いがけない一冊のある雑誌を取出したのである。

「——奥様の御手紙ですの。変な方法ですけれど、その中に、鉛筆で印をつけた字がありますから、それだけ読んで下さればいいのです。御手紙になっております。それから、あの、妾旦那様の御用をちょっとこの近くで達《た》して来なければなりませんので、失礼します。すぐまた来ますから、あなたも御返事こしらえといて下さいね」

急いで、それだけ云うと、彼女はあわただしく店を出て行った。

見送る余裕もなく、十一郎は夢中で件《くだん》の雑誌をパラパラと繰った。と、果して所々に、伏字《ふせじ》の形で丸い印がついている。――まどろこしく綴り合せてみると、こういう文面であったのだ。


あなたがどんなに心配していらっしゃる事かと思うと、妾は気も狂うよう。けれども、妾は今は囚《とらわ》れの身なのです。あの夜、あなたにお別れした翌日、何の気なく妾は久地とこの家へ移って来たのですけれど、その夜家の中を片附けている妾を、久地がちょっとと呼ぶので、うっかり呼ばれた土蔵の中へついて入ると、二こと三こと冗談を云ったあげく、不意に大声で台所の春を呼びながら飛出しました。が、久地は土蔵を出ると同時に、妾を独りで中へ閉じ込めてしまったのです。アッと思って、扉へ馳《か》け寄った妾に、外から久地は冷たい嘲笑を残して、それっきりです。

妾はあなたが、あの最後の夜、久地の事を不審らしく仰言《おっしゃ》った事を思い出して、今は取りかえしもつかず、もう身も世もなく床も踏み抜く思いです。それから一ケ月あまり、どんなに妾は泣いた事でしょう。土蔵の中は、暗くも、息も苦しいような湿気で、妾はもう気が違いそう。

妾が見えなくなってから、あなたが幾度《いくたび》となく家の周囲《まわり》を案じて歩いくいらっしゃる事は、春からみんな聞きました。済みません。妾が油断したのが悪かった。けれども、春はおよその推察をしたらしく、三度々々の食事は春が運んでくれるのですけれど、昨日、コッソリ思いがけないこんな方法で通信するのを耳打ちしてくれましたから、これから後はお便りだけでも出来ると思いますの。久地は幸いにも偶然に妾を土蔵へ閉じ込めてからこちら、お情《なさけ》のつもりでしょう二三冊のこんな雑誌を投げ込んでくれて、時々取替えてくれる様子ですから、妾何よりも好都合と思います。昨日始めて、春がコッソリ小さい鉛筆を持って来てくれて、お便りの仲立ちになるからと云ってくれたときの嬉しかったこと。妾、春へ泣いてしまったほどです。春は以前からよく気のつく娘《こ》ですから、何より力になってくれると思います。

土蔵の中は、小さい明取《あかりと》りの窓から、やっと薄暗い明りが差すだけですの。妾、どんな事してもここから逃げ出したい。出来るならば助けて下さい。お返事待っています。よう子。

読み終って、十一郎は慄然とした。

俘囚《ふしゅう》！

疑うべくもない、彼等の恋は、真ん中で、この世ならぬ手段を以て呪われている――

彼は戦《おのの》く手で、すぐさま嬰子の通信の後へ、蹌踉《そそくさ》と返事を綴って行った。

確かに御手紙読みました。考えるだに、恐ろしい。僕は見知らぬ店で、独りでどんなに狼狽しながら、この返事を綴っている事か、察して下さい。

おくさん。僕達は、どのような呪詛の跳梁《ちょうりょう》を乗越えても、永久に心と心を離しては駄目です。決して負けちゃいけませんよ。身も心も、僕達は空間を無視して、たった一つじゃありませんか。あなたの身の上を思いやると、僕は死んでもあなたの傍へ行きたい気がします。だが弱くなっちゃ駄目です。お互に飽くまでも戦わなければ。是非お救いしたいと思います。出来れば、春さんを仲にして、万事を計企《けいき》しましょう。ああしかし、僕は狼狽のあまり、今はこれ以上綴れません。いずれまたお便り出来るでしょうが、くれぐれも負けないように、これだけがお願いです。僕より。

春は間もなく、何やら買物をしたらしい包紙を抱えて帰って来たが、十一郎はわななく手で、その雑誌を押つけた。

「春さん！　頼む。夫人《おくさん》を励ましておくれ。ね、力をつけて上げてくれ。僕はキット助け出す方法を考える。万事君の力を借りたいんだ。ね、ね――」

春は、悧潑《りはつ》に肯いた。

「屋敷へ忍び込む事は出来ないだろうか？」

「さあ、奥様のいらっしゃる所は、お屋敷の一ばん奥の方なんですから、今のところ、とても難しいと思いますの。それに、旦那様に気づかれては、もうお終いなんですもの。――それよりも、もっと後ほどになれば、いい方法が見つかるかも知れませんから」

「じゃ、そうしてくれ。いい方法を考えておくれ。しかし念のため今度の時、屋敷の見取り図だけ書いて来てくれないか」

「よろしゅうございます。けれど、あなた、あまりいつもお屋敷の近くへおいでにならないようになさらないといけませんわ。これだけは守って下さいませね。でないと、どんな事から旦那様に知れないとも限りませんから。三日に一どずつ位、この喫茶店へお出で下されば、妾、機《おり》を見て奥様のお便り届けておきますから」

　春は、それだけ打合せを済ますと、雑誌を袂の下にくるんで、また急いで屋敷へと暗い道を帰って行った。

　これが第一回の通信で、それ以来彼等の間には同様の方法を以て、まどろしくも種々《くさぐさ》の通信がやりとりされたのである。

　そして彼等の、いみじくも魂なき雑誌に秘められた、層一層、燃え上る見えぬ愛慾は、双方で次第に悲劇的色彩を濃厚にして行って、遂に、ある不思議な喰い違ったカタストロフィにまで悲恋を導いて行ったのだ。――が、なおここに、十一郎が、思慕あって他なき純情のあまり、一夜身に受けてしまったある陰惨な出来事を、この間《かん》に書加えておかなければならない。それが果して、久地生馬のたくらみであったか否かは、読者の推諒《すいりょう》に任せた方がいい。

　とにかく、嬰子が幽囚の憂き目に会った事を知った直後、十一郎は、逸《はや》る心で幾度か警察力に仔細を訴えたく思ったか知れなかった。がしかし、それは、彼が心細さに思わず浮かされた、妄想というやつが、徒らに試みる謂わば夢物語の一つに過ぎず、実際には、彼等の恋は道ならぬ邪悪の恋であったのだ――飽くまでも、事件を表に出してしまっては不利であった。

　で、彼は次ぎのような方法を選んだのであるが、それがいかに、無謀に近いものであったことか。というのは、彼等の活字通信が、凡そ一月ばかり、ものの七八回も取交された頃、嬰子からの時毎の悲惨な訴えを眼にしては、もう彼には撫然とあてもない機会を待ち暮すなどという悠長な事には堪えきれなくなって、一夜、女中の春から教えられてあった見取図のみを頼りに、殆ど盲めっぽう久地の屋敷へ忍び込んだのである。

　それは凡そ夜中の十二時にも近かった。

　耳元で血の音の聞えるような闇夜を、コッソリ久地の門前に現われたとき、彼はどこから掻っ払って来たのか、身丈《みのたけ》ほどの大工梯子《だいくばしご》を担いでいた。

　そいつを門へ立てかけると、高鳴る胸を抑え抑え、正しく一秒を千分する思いで、小半時間もかかったあげく、ヤット彼は門の中へ立っていた。物音一つ立たなかった。が、それからはもう、どこをどう歩いたか無我夢中だった。袋から放り出された猫の子のように、右も左も判らぬ闇の中を、どうやらそれでも座敷の方角へものの十五六歩も進んだであろうか。

と、そこで彼は、不意に前方の闇の中から、低く地面を這うようにして不気味に近づく、射るような蒼白く燐《りん》光《こう》を放つ二つの眼の玉を見たのだ。

ギョッと、見詰めると、凄くも微かに、シャリッ、シャリッと、地面を嚙む足音が聞えた。

――しまったッ、犬だ！

と、息を引いた時には、もうその眼玉は、唸りも立てずに、パッと宙に飛んでいた。

クソッ。

咄嗟に、全身を籠《こ》めて横殴りに腕を振ると、ガッ！と鋭い牙の一列を殴って、拳の折れる激痛が走った。――がその一声で、小牛ほどもある重い物が、悲鳴と一緒にドッサリ転落していた。

彼は夢中で、門まで飛んだ。掻き登るように、閂《かんぬき》を足場に彼の体は門前へ翻った。そして、転ぶように走った。

しかし、稲妻のように、門ぎわの垣を突き抜けて来たやつが、唸りと一緒にまっしぐらに続いていた。

いきなりオーバの裾へ、重いものが飛びついて、喰い下った――アッと、十一郎は体ごと振り廻したが、もうその時は、獣《けだもの》と彼は、旋風を起して地面へ転がっていた。

闇の中で二つの物が、転がり廻った。

十一郎は恐怖の真ッ只中で、バリバリ皮膚を引裂かれるのを覚えた。真ッ黒な塊《かたまり》が、のしかかった。踏みたくった。殴っても蹴っても、顔中腥《なまぐさ》い獣の息が吐きかかってきた。彼は転び廻って血みどろになりながら、唸声と闘った。――が、闘争は永くはなかった。遂に彼は、右腕の袖口が、肉もろとも刳《えぐ》り取られる激痛を最後に、たった一つの知覚から真ッ逆様《さかさま》に落ちて行ったのである。

そして、果てもなく深く落ちて行きながら、不思議にも彼は、夢心地でどこか近くの夜ぞらを不意に突ん裂いた鋭い口笛を、二つ三つ聞いたのだ。口笛と同時に、ストンと放り出された孤独を感じて、いきなりポイと彼から跳《と》び離れた怪物が、忘れたようにストスト小急ぎに走って行く足音が耳に残った――

十一郎はそのまま、泥のように気を失って、打倒《ぶったお》れていたのである。

久地嬰子の場合

十一郎の奇禍が、お春の口から、土蔵の嬰子へそれとなく知らされてから三四日後《のち》の事である。

ある夕方、お春が食事を運んで来たとき、薄暗い土間にたった一枚敷かれた畳の上に、嬰子は、ミイラの如くに頂低《うなだ》れ坐って、沈み疲れた熱さえある細い胸を抱いていた。

土蔵の中には、すでに陽《ひ》の影もなく、骨まで身震いの走る寒さが、土臭い湿気と、ある嘔吐を催す俘囚の匂いと立籠《たちこ》めて、さながら墓穴にも等しい饐《す》えた薄闇が漲《みなぎ》っていた。

お春は、惨めな食膳を小脇に支えて、足首を忍ばすようにソオッと近づいて、

「奥さま」

震えを殺した声をかけると、まるで死んでいたような嬰子は、始めてほの白く顔だけあげた。

「あの、お食事を……」

「ありがと」

力なく答えたばかりで、しかし、嬰子は身動きもしなかった。

「お召上りなさいませな。こんなお粗末なお食事で申訳ございませんけれど、あの、旦那様がいつも見ていらっしゃいますものですから、お気の毒とは存じておりましても、どうする事も出来ないのでございますの」

お春は立上って、燈《あかり》をつけた。

燈！

しかしそれは、果敢《はか》なくも、土蔵の壁に掛けたたった一つの手提《てさげ》電燈から流れる小さな明りに過ぎなかった。呆《ぼ》けたような赤褐《あかちゃ》の燈の色は、しかし僅かながらも息づまる闇を押しやって、たたみ一畳の上に深い不気味な影を作った。

「ね、奥様、お体にいけませんから、お召上りにならないといけませんわ」

だが、熱に渇き切った嬰子の唇は、二口と箸を運ばぬ中に、衝《つ》き上げて来た吐気が、悲鳴に似た嗚咽《おえつ》を上げさせてしまった。

「あら、いけませんわね」

「ごめんなさい。妾、とても、食べられないの」

お春は急いで水をすすめたが、ふと触れた嬰子の手は、

まるで火のようなほてりに燃えていた。

「まあ、奥さま。お熱が……」

「ええ、とても苦しいの。妾、もう死にたいわ。——ねえ、お春。旦那様はその辺に居ないかしら」

「あの只今、お風呂をお召しになっていらっしゃいますはずでございますが、——お呼びいたしましょうでございましょうか」

「いいえ、そうじゃないの——」

と、嬰子は、どこへともなくジッと聞耳を澄した。

久地は、毎食ごとに、お春に土蔵へ食事を運ばせると、その後を食事の済むまでピチンと扉に錠を下していた。

「ね、あすこで私達の話を聞いているのじゃないだろうか」

「まさかそんな事はございませんでしょうが……」

と、お春はソッと戸口にまで立って、暫く聞耳を立てていたが、人の気配らしいものはみじんもそのあたりには無かった。

「大丈夫でございますよ。奥様」

「そう——」

嬰子は、渇いた唇を湿めし湿し、再び傍へ来て坐ったお春へ声をひそめながら、

「あの、まだあの人から、御返事、来ないかしら」

「ええ、まだなのでございますの。今夜あたりはテルモへ御返事が届いて来ております事と思っておりますけれど」

「あの人の怪我、随分ひどいのじゃないかしら」

「わたくし、そんなにお心配なさいますほどではないと存じますけれども、あの……ルカの口のまわりには随分血なんかも附いておりましたし、大分ひどくお噛みしたようでございましたけれど……」

十一郎が先夜、ルカという、久地がどこからか借りてきた猛犬に倒された直後、その身を案じた嬰子からの便りは、殆ど全身を喰い裂かれて呻吟《しんぎん》の床にある十一郎の元へ、直接郵送されてあった。が、尤も、久地から嬰子へ差入れられた雑誌そのものを送った後で、それが戻って来るまでに、万が一久地から、一冊足りないばかりに観破されるかも知れない事を案じて、二人相談の結果、お春は、土蔵から雑誌を持出すとすぐその手でそっくり別にコピイされたものが送られてあったのだが——

「妾、あの人、もしかしてあのまま死んでしまうような気がしてならないの」

「何を仰言いますの、奥さま。そんな事はございませ

んわ、キット今夜はお元気なお便りが参ると思いますの」

嬰子は、窶《やつ》れたうなじを、滅入るように頂低《うなだ》れていた。が、間もなくギッと顔をあげて、

「妾ね、もうどうしても逃げる望みがないようだったら……！　その時には、どうぞ力を貸してね、お春」

と、真一文字にお春の眼に縋った彼女の両眼は、一隅の壁から斜めに落ちる漠々とした光りに、ギラギラとこの世ならぬ凄気《せいき》が燃えていた。

さて、その翌日。

二度目の食事の時、お春は、土蔵へ食膳を運んで来るとすぐ、久地がガッチリ閉め込んだうしろの戸口を、振返り振返り、うれしや、手早く帯を解き始めた。――というのは、通信の雑誌はすべてお春が、土蔵から出ると き入る時に、彼女の昼夜帯の胸の下へ、シッカリ締め込まれているのであった。

彼女が雑誌を取出すが早いか、パッと無言の歓喜を輝やかせて、嬰子は飛びついた。

おくさん、すでにお聞きになった通り、僕は実に恐ろしい目に会ったのです。よくもあれで生きて帰られたと、その偶然に驚くほどの出来事でした。今、病院の一室で強烈なリゾールの臭気に悩まされておりますが、生死の恐怖を味ったのは当時の事で、今ではおくさんが御心配になっているほど直接生死に拘わる状態ではありませんから御安心下さい。幸い経過も良く、旬日《じゅんじつ》ならず恢復するでしょう。が、ここ当分は起きる事が出来ず、僕は今苦痛をおして左手で不自由なお便りを綴っているのです。右腕の手くびに近い一部が肉を喰いとられているので、今明日の中に移植手術を受ける事になっております。

長いお便り出来ないのが残念ですが、おくさん、僕は五体の苦痛よりも何よりも、あなたとの悲劇が恐らく果しもないと思いやる事が、堪えられぬ灰色の生き甲斐なさを感じさせます。僕達のどこを振廻ってみても、取巻いているのは、恐怖と哀愁のみではありませんか。おくさんはどう御考えになるでしょう。僕はこれまでは、死は最後的なものとして、死以後に何の発展も安住も有り得るものではないと思っていました。勿論、死を踏台にして別世界へ逃避できるものではなし、そのような手段は嘲笑に価いするものと否定して来ておりましたが、なぜか今度の事件を転機として、本当は今は僕も死にたい気持で一パイなのです。十九世紀の殺人犯が、コルシカ

のポルト・ヴェキオの、よそめには殆んど苦界に近い雑木山の中へ逃げ込んで安住を求めたように、僕は死を経てでもこの荊棘《いばら》の世界から別世界へ逃げ出したいのです。死は暗く、その道は闇かも知れませんが、僕はその向うに夢のような桃花源《とうかげん》を予想します。死後の恋を信じます。よし仮令《たとい》、死後の世界にユートピアが実現しないとしても、それを信じつつ死を辿るとき、そこにはまだしもこの世の苦悩より数倍はなやかな一刹那があるのではありませんか。おくさん、僕は敢えて迂遠な表現をしましたが、真意をおくみになりましたら、おくさんの御意中を聞かせて下さい。待っております。十一郎。

その夜、病熱をおして土蔵の寒気と闘いながら、淡い燈《ともしび》のもとで嬰子の認めた便りは、翌日十一郎の元に送られた。——

お便り待ち焦れておりましたの。何という怖しい事でしょう。妾はもう生きた気持はございません。妾はあなたが、たといどんなに軽いお怪我だっても、どうして安心など出来るものですか。ああ、どんなお怪我か妾、飛んで行ってみたい。どんなに案じても、一歩も外へは出られない妾、泣くにも泣かれず、オロオロしながら、ああ、もう気も何も狂ってしまいます。妾も今はすっかり弱ってしまったの。毎日毎夜、堪えられない発熱がつづいています。いつ斃《たお》れるかも知れない体を、ただあなたにお会いしたいばかりに、死物狂いで持ち堪《こた》えていますけど、もう今にも真ッさかさまに落ちてしまいそう。泣きたい気持より、妾もう今では死にたいばかり。あなたのお言葉がどんなに妾はうれしかったか判りません。いつまで妾たち泣き暮したとて、生きている甲斐なぞありませんもの。いっそ死んでしまったら。体はたとい離れていたって、妾たちの心の中さえまっすぐに通じているのでしたら、たとい死んでしまっても二人はキットお会い出来ますわ。心から誓い合って、魂ばかり同じ時刻に死ねば、きっとお逢いすることが出来ると思います。ああ妾死にたい。一日も早く、死んであなたとおあいしたくって。そればかり思いつめております。よう子。

かくして、それから後暫らくは、嬰子の手から受発される通信には、崩れ崩れて行く如く、死の淵へなだれ落ちて行く二人の情意が真ッ蒼なほむらをあげて、足しげく通った。事実、日を経《ふ》るにつれて、彼等の心は、情死へ情死へと一歩々近づいて行くかに見受けられ、遂には、嬰子から次ぎのような便りが十一郎の元へ届けられるまでに至ったのである。

その第一——

(前略) それではとうとう妾連《わたしたち》は死にますのね、何という素的な死にかただろうと思うと、妾うれしくって、もうワクワクとそればかり夢中で思っておりますの。早速お春にも相談したのですけれど、せっかくここまで来たのに、いよいよとなると自殺の方法に困っております。時刻を計って同時に決行するのに、妾、すぐに死ねなくていつまでも苦しむような毒薬なんかでは嫌です。妾ばかりまだ苦しんでいるのかも知れないと思えば、キット淋しいわ。それに毒といっても、妾こんな所へ押込められているのですもの、お春に手に入れてもらうのはとても容易ではないと思います。ですから妾、どうかしてピストルを手に入れたいと思いますの。妾の父の片見《かたみ》の小《ちっ》ちゃなモーゼルを、確か久地が机に納《しま》っているはずですから、隙を見て、お春に盗み出してもらうように頼んでありります。手に入りましたら、すぐお知らせして、時刻の打合せをいたしますから、それまで待っていて下さい。妾もういつ病気でたおれるかも知れず、そんな事にならない中に、一時も早くしたいのですけれど、待っていて下さいね。……

その第二

(前略) 駄目です。モーゼルは久地がどこかへやってしまったらしく、いくら捜しても見えないと春がいうので、妾どうしよう。(中略) 仕方がありませんから、妾、毒薬でもいいわ。写真の重クローム酸加里だったら、手に入りやすいと思いますから、春にも頼んでありますけれど、あなたももし手に入ったらすぐ届けて下さいませね。どうか。妾体が弱っているから、もしかするとあまりながく苦しまずに死ねるかも知れません。けれども考えると、どこまで思うようにならないのかしら。

妾、この二三日、とてもあなたの事、心配していますの。もう退院はなさったと思っておりますが、暫らく御たよりがないんですもの。すぐ御返事下さいね、待っています。よう子。

が、嬰子の頭は、この頃から徐々に見えぬ病魔のために犯されつつあった。しかも、彼女の心中には、すでに超現実的な情死を夢想する事の他は、何物も占めてはいなかったのだ。ただ、ギラギラと万華鏡《まんげきょう》のように、あらゆる角度から、死のみが狂いつつある脳髄の中心へ向って多彩な目まぐるしさで廻転を続けていた。日毎に正鵠《せいこう》を欠いてゆく頭に、彼女はその一事のみ危く中心を保って生きていた。

しかるに、どうした事か、一方十一郎は、嬰子の右に掲げた第一の通信が発せられる直前、その翌々日には退院をする云々の便りがあったきり、パッタリ風が落ちたように何の消息も入って来なくなってしまったのだ。

嬰子は、右の二つの通信から後、三日、四日と、空《むな》しく待ち暮して、次第に蒼ざめた不安に駆られて行った。

「お春、まだ来ていなかった？　昨夜《ゆうべ》」

「まだなんでございますのよ、奥さま。本当にどうなすったのでございましょうね」

と、こんな言葉が、来る日も、来る日も徒らに繰返されたあげく、嬰子はお春に、十一郎の住居《すまい》へ電話をかけて様子を聞いてもらった。が、お春の返事は、一体何が十一郎の身に起っているのか、彼がここ暫らくというものは不在続きで全然様子が判らないというのであった。

それを聞いた嬰子は、遂に、張り詰めた気力も一時に抜けて、打倒れたまま、病苦にいびられるに任せて憤怒と焦慮のどん底で、泣きつづけた。

所が、かくして、十一郎からものの二十日ばかりも音沙汰なく過ぎてしまったある夜も真夜中の事である。

黴に朽ち果てた畳に、打ち倒れたまま、夢とも現《うつつ》ともわからぬ断末魔に似た、泥のような夢路を辿っていた嬰子は、フト、怪しくコトコトと鳴る、微かな物音を聞いた。

ガバッと、夢中で身を起して、鋭く尖った耳を澄したが、しかし、悲しくもそれは夢でも聞き違えたのか、それきりコトリとも物音は聞えなかった。――土蔵の中は、死んだような静寂に閉ざされ切って、壁の燈は、電池も薄れたのか、今にも闇に溶け入る異様な赤褐《あかちゃ》けた色で、朧《おぼ》ろ朧ろした明りを僅かに漂わせている。

「だれ？」

と、彼女はどこへともなく、殺した声をかけてみたが、空気ばかりを裂いたその声は、いきなり慄然と土蔵の壁に跳《は》ね返ったきり、行方もなく薄明りの隅々へと消えてしまった。

――夢だったのか！

彼女は思わず啜り泣いて、胸の中に蒸れてくる病熱に堪えきれず、肩を震わせながら弱く、咳き込んでしまった。

と、それを合図のように、果して、夢で聞いた物音が、正しくコトコトと鳴るではないか。――紛《まご》う方なく、土蔵のとびらを、何者かが忍びやかに叩く音であったのだ。

嬰子は夢中で、扉口《とぐち》へ這いずり寄って、縋りついた。

「だれ！　だれ！」

と、隙間に口を寄せて急込《せきこ》むと、

「おくさま、――春でございます」

「どうしたの？　何かあったの？」

「あの、末さまから、今晩お便りがございましたの」

「あら、うれしい！　まあ、どうしましょう。すぐ読みたいわ。読んでよお春、ソッと」

「でも、随分長いんですもの、奥さま……」

「そいじゃ、大体の話だけして頂戴。早く！」

「でも、奥様、明日の朝まで、どうぞお待ち下さいませな。早速お知らせ致したいと存じましたので、旦那様がお寝《やす》みになりましてからソッと上りましたのですけど、もしお目醒めにでもなりましたら……」

「大丈夫！　ちょっとでいいから読んでよ、お春。ね、とても妾、明日までなんか待ちきれないの。ね、ね！」

するとお春は、暫く考えている様子で、黙っていたが、

「それじゃ奥さま、ちょっとお待ち下さいませな。わたくし、今すぐ御覧になれますようにして差上げますから。暫くお待ち下さい、ね、すぐ参りますから――」

と、それきりお春は立去ったのか、コソリとも物音がしなくなった。が、間もなく、再び足音を忍ばせてやって来て、扉を叩いたと思うと、

「わたくし雑誌の紙を破《さ》き取りましたの――」

と云いながら、すぐ、戸の隙間からちぎり取った紙が一枚々々差込まれ始めたのである。

入れ終ると、

「お便りの順序で入れましたから、その通りにお読み下さればよろしゅうございますの」

と云いおいてから、彼女は立去ったらしい。

嬰子は、物も云わずに、燈の下に寄り添うと、ガタガタと震える痩せた手で、一枚々々、狂ったように読んで行った――


ながらくお便りもしないで済みませんでした。ご心配になっていたことと思います。が、実は大変にこみいった事情がありましたために、止むないで無沙汰になりま

したのですから、あしからずおゆるし下さい。たった一人で、このような所へ幽閉されているあなたのことを考えると、僕は、まったく済まない気持でいっぱいなのですが、やはりこのお便りだけは是非ともしておかなければなりませんため、こうして苦痛をしのんで綴っておりますが、おくさん、実はこのお便りが最後のおたよりになりますことを、残念に思っております。その訳は、しかしどうか悪く思わないでお読みになって下さい、実はあなたにはこれまで隠してはおりましたが、僕には一人の婚約者《いいなずけ》があったのです。驚きになると思いますが、元来からいえば、僕も愛を感じており、最愛の僕のつまとなるべきだったのですが、ふとしたことから僕はおくさんを知り、おくさんに引きずられて、一方では心苦しく思いながらも過失《あやまち》をつづけて来てしまったのでした。どうせ、おくさんと僕とは、永劫に正しく結ばれるはずもなく、いわばこれまでの事はすべて、僕たちの無分別のさせたわざで、いずれは軌道の末端に立たなければならない時のくるのは判りきっていたのです。ところが、先日の事件で怪我をした僕が入院している間に、ふとした事から僕とおくさんのことが、婚約者に知れてしまい、それがもとで大変なことが起ってしまったのです。といいますのは、みさ子という彼女は、おくさんの事を知ってから打沈んでしまって深く思い悩んでいる風でしたが、僕が退院するという前夜、思いつめたあまり、とうとう僕のいない留守の部屋で、たった一人ピストル自殺を行ってしまったのです。僕を、たった一こと不実を責めもせず、その上、何という僕は暗然とした気持にさせられたことか、僕がおくさんとあの奇妙な情死を計ろうとして、僕の兄から盗み出すはずになっていたピストルを使ったのです。幸い、致命傷にはいたらず、生命には事なきを得ましたが、重傷の体を同じ僕の病院へ運ばれて来て、血のけもなく朦朧《もうろう》とした意識にもかかわらず、僕の名を呼んでいるのをみたときの僕の気持。

僕はたまらず、思わず抱きしめて、意識のない彼女に、永久の愛を誓ったのです。僕はその後、怪我の癒《なお》った体を、殆ど一睡もすることなく、みさ子の看護につききっています。幸い次第に経過もよく、時々いまではポッカリ目を醒しては、傍につききっている僕をみて、言葉もなく、涙ぐんでいます。安心しているのです。僕はその可憐さに打たれては、もう心の底から拭い清められたような気持で一ぱいです。

おくさん。僕はこれまであなたと、思うだに間違った恐ろしい道を歩いて来ました。けれども、もうこれ以上、とても僕はこの罪の道をよく遠くまで歩いて行く気持は毛頭《もうとう》ありません。僕達が間違っていた事は、ここに至らずとも明らかだったのです。今を最後に、生れ変ったごとく、正しい道に帰りたいと思います。僕は、みさ子が恢復した次第、結婚するつもりです。彼女も、美しく僕をゆるしてくれております。おくさん、こんな不自由なお便りのしかたでは思う気持の半分もお伝えすることが出来ず、おくさんの気持に与える苦痛のほどが案じられますけれど、あなたにも立派なお主人がおありなのです。どうか一日も早くお二人で和解をして、以前のような幸福なお暮しに帰って下さい。僕は結婚と同時に、歩みなおす意味で、ある殖民地へ二人で立って行きます。もうお便りも出来ないし、またお互にこれを最後に全くの未知のひとゝなって、今後をおくる方がいいのです。ただ蔭ながら、最後にあなたの幸福を、深くお祈りする気持を申しそえておきます。末十一郎。

嬰子は、この長い、しかも余りにも思いがけない便りを、ザラ紙の活字へ喰いつくようにして読んだが、読みながら、その痩せさらばえた全身はワナワナと震えていた。そして、読み終って、キッとあげた顔は、さながら呪詛に固った死面の如くであった。筋一つ、息一つ、暫くは、身じろぎもせず、瞳ばかりに燃える狂わしい力が籠《こも》っていた。

が、やがて、呼吸《いき》が乱れるとみる間に、顔面が見るも悽愴《せいそう》にひき歪んだ。いきなり彼女は、絶叫かと思う叫びをあげて、戸口にかなぐりついて行った。紙片をわしい掴みにした両手で、根《こん》かぎり、破れよとその扉を叩いた。獣のように叫んだ。

「おはるッ！」

「おはるッ！」

「おはるッ！」

…………！

その時、

思いがけなくも、不意に、彼女の絶叫してむしゃぶりつく扉が、ガクッとばかり開いたのだ。

ゲッと、息を詰めた鼻先に、彼女は、久地生馬の魑魅《すだま》の如き蹌踉《そうろう》たる姿を見た。彼は笑っていた。蒼白く、不気味に——冷たい笑を嬰子に注いでいた。

「ハッハハッ！」

いきなり、陰《いん》に走る哄笑が、土蔵の中へ響き渡った。

ギョッと一歩を退いた嬰子は、考える暇もなく、脱兎の如くに身を翻して隅へ逃げ込んだ。

それを、不気味に、枯木の足取りで追って来る夫――パッタリ、彼女は、一隅に倒れた。

「ハッハッ、どうしたい？　え？」

と、彼は、嬰子に屈《かが》みかかる。

彼女は夢中で、握った紙片――裏切られた怨みの便りを、胸の下へ隠そうとした。が、ヒョイと延びた久地の手は、アッという間もなく、一握りにそれをひったくっていた。

「莫迦めッ！　貴様でも裏切られた恋は、辱《はず》かしいか！　ウム？　俺のな、俺の眼が、腐っていたとでも思うのかい！」

喚きをあげて、ヨロヨロと起き迫った嬰子が、彼の胸元へむしゃぶりついて来た――

「この野郎ッ！」

ドンと、それを蹴飛ばすと、彼女は、ドッサリ飛んで、叩きつけられた。が、すぐまた、フラフラと起き上ってきた時には、――彼女は、狂っていた。

今にも消え入る闇の中に、魔のような影を作りながら、頭髪《かみ》を振り乱して、彼女は果てしもなく虚空《こくう》へ向ってゲラゲラと笑っていた。

再び筆者の場合

銀座裏で久地に出会ってから、凡そ二ケ月も経ったこの二月下旬のある夜の事である。

私は、二三度中野を訪ねて、留守を喰って以来、重なり合った仕事に追われ追われて、遂に彼を訪れてみる機会もなく過ぎてしまったのであるが、その夜、フト仕事の途切れに、あるいは夜でもあれば居るかも知れないという単純な気持で、何の気もなく彼を訪ねて行ったのだ。が、それぱかりに私は、計らずも、奇妙な事件にぶつかり会ってしまった。

ともかくも、忘れもせぬ、季節はずれに生温《なまぬる》い腸《はらわた》のような雲の垂れこめた夜であったが、私は八時少し前の頃、ろくに街燈もついていない中野の胡散《うさん》な道を、コトコト訪ねて行った。そして、例の雑木林のきわを、夜目にすかしすかし、屋敷の生垣について曲ると、ポッカリと切れ込んだ門前の小径《こみち》を、何の気なく二三歩、爪先上りに門へ近づいた。

所がその鼻の先に、ギョッとした事には、何やら闇の中に人の気配がするではないか。

ギョクッと足を止めて、思わず瞳を凝らすと、確かに門のすぐ前に、ユラリと異様に黒い影が佇んでいるのだ。

――私は息をのんで、突ッ立っていた。

と、矢庭にその影がヒョコヒョコ近づいて来て、

「誰だ!」

と低い声を掛ける。

「なんだ! 久地じゃないか!」

「ウム、――君か!」

「ウム君かじゃないぜ、ああ愕《おどろ》いた。そんな所で何をしてるんだい気味の悪い」

「出掛ける所さ」

「またか! 大体こないだから、何度訪ねたと思ってる」

「そうか、知らなかった」

「そして? 嬰子さんは! ――判ったのかい!」

すると、

「フフ……」

と低く笑ったきり、相変らず梟《ふくろ》の如くヒョロリと暗《くらが》りの中に立って、暫く黙っていたが、

「君今夜、暇があるかい?」

と、とっけもない事を逆に訊く。

「暇だよ。わざわざだから訪ねたのだ」

「そうか。じゃ面白いものを見せてやろうか――」

「何だ」

すると、

「ハハハ、驚くべき人間喜劇の断片だ」

「まあ何でもいいから。――どうするんだ」

「ウム。それじゃ僕は後《あと》から行く。先に行って待っていてくれ――」

「どこへ」

「ペクリヤだ。新宿の。すぐ行くよ」

と、吐きすてたまま、彼はフイと引返して、ギイッと潜戸を軋ませ始めた。

「おいったら! 何だい、変な男だな。すぐ行くよったって、どうするんだ」

「ウム。まあいいから行って待っとれよ。持って行くものがあるんだ――」

と、それっきり、彼は夜陰《やいん》に姿を消してしまったのである。

ペクリヤというのは、店の迷惑を慮《おもんばか》って私が敢えて仮りに呼ぶ名称だが、尠《すくな》くとも新宿の真のエスプリを知るほどの人々であれば、その店を知らない客はないある茶寮《さりょう》なのである。銀座のコンパルを、やや小さくした位の店だが、酒場であり、珈琲店《カフェ》であり、更にレストランでもあるという、雑多な雰囲気を漲らせた至極華麗な店だ。

私が不可解な気持で、ともかくペクリヤを訪ねたのは、丁度八時を少しばかり廻った頃だった。店には、一面薄絹のような煙と香りが立籠めて、草色の間接照明が、あたかも水の底の如くに漂う中に、どこからともなく、アンダンテ・カソタビレの四重奏《カルテット》なんぞが空からのように流れていた。酔客と、カッフェの香りをする人々が、棕梠《しゅろ》の樹の裏や窪《アルコーヴ》の蔭なぞに、思い思いの黒い影を無数に蹲《うずくま》らせていた。

とまれ、私が、立てこんだ店の一隅に席を見附けて間もなく、待つほどもなく久地生馬の黒いマント姿が、何等の抑揚もない奇妙な足どりで硝子《ガラス》戸を排して来た。

盛上った長髪と、不気味なほどもその下に目隈を作って痩せ落ちた顔！　――だが、彼は、私を見ると、すぐ顎の先で差招いて、スタスタと二階へ先に立って上るのだ。

二階は、ちょうど階下のホールを真下に見下すように、周囲《まわり》からモザイックを敷きつめた張出しの床がテラスのように張廻らされているが、久地はそこでジロリと、立ったまま階下の薄あおく煙るホールを一睨みすると、さて、あたかも蝙蝠《こうもり》のようなマントを翻えしながら、とあるロココ風に黒く光る手摺のきわへ、ムンズと席に着いた。

差招いた給仕に、ジンを命じると、ニヤリと、斜めにホールを見下しながら、

「どうだい。いい店だろ？」

なんぞと、マントの蔭で組んだ双の腕ぐるみ、卓《テーブル》へ突き込んだ。だが、その灯の真下で近々と差向った彼が、何という凄くも骸骨じみた風貌をしていた事であろう。何というか、水の底からでもたった今、濡れそぼって這上ってきたという凄さ――あれが、あのような尠くとも人の気に満ちた店でもなかった事なら、恐らくは、彼の底白い異様な肌の中からは、云いようのない妖火に似た青白いほむらでも漂うと見えたであろう。しかもその眼といえば、蒼黒く隈の出来た眼窩《がんか》の底に、不気味にも居据ったきりギラギラと燃えていた。

「ウム、いい店だよ、しかし……」

すると、ヌラリと私の言葉を流して、

「フフン、ロマネスク・エレジイ！　至極恰好な舞台――」

という低い水のような声で、不可解な事を呟くのである。

みていると、グラスをあおる手つきからして、筋ばった蜘蛛のような手が莫迦げたほどもガタガタとわなないている。あの強いやつを、一息にうつし込むと、フッと息を吐きざま、思わずゾッとした事には人参《にんじん》色の薄い舌の先で、ペロリと下唇を舐めずッて、真一文字にニヤリと私の眼の中をみる――まるで、河童《かっぱ》か、藻の精だ！

「おい！　嫌な眼つきだぜ――！」

すると、ピクリと眉を釣って、

「そうかい」

ケロリと云い放って、異様に白く根の長い歯並を光らせるのだ。

「どうしたんだよ。気味の悪い。何のつもりでこんな店へ来るんだ」

所が彼は、

「ウム。これから話す」

と、徐《おもむ》ろに、私の方へ屈み込みながら、奇怪な事を喋り始めた。

「一体君は、まず訊ねておかなくちゃならないが、形而上的なものの価値を認めるかい？

いや待て待て、尤も僕のいうのは、ここでは特に、例えばある人間が、第三者に向ってある形而上的な積極行動を起して、いいかい、その第三者の上に加えられたはずの形而上的結果を、――つまり客観的にその形而上的な能動価値なるものが、君には認められるかという意味だ。

わかるかい？」

「つまり、どういう事なんだ」

「ウム。それは事の次第を話せば具体的には判る。だが、前もって君にその理窟が判れば、話が進む。曰く、形而上的復讐の所以《ゆえん》だ！」

「形而上的復讐？」

「ウム。こっちは、復讐さ。同時に相手は形而上的罪償《ざいしょう》だ。奇妙なる心中だね」

「心中？」

「ハッハッ、まあ話せば判る。実は、僕は嬰子が居なくなったと言っておいたが、あれは何でもない事だ。つまり僕は彼女《あいつ》を殺したのだ！」

「殺した？」

「まあ一々愕かずともいいさ」

ハッハッと笑って、彼はいきなり腕組みのままこちらへノシかかって来たが、その拍子に、空になった彼のグラスが、
チインン！

と鋭い音を立てて倒れた。そいつを見向きもせずに、

「殺したとは云っても、それは、奴の命を奪ったという事ではない。――莫迦らしい！　奴は今では単なる腐った雌に過ぎない。殺したとて、腐った体が何になる！　僕は、単に奴の精神を殺したまでの事だ。俺の復讐だ。奴は昨夜、遂に発狂したよ！」

ああ、そこで、私が彼から聞いた種々のたくらみ！　――どうやら物の本質から、実理を踏み外して飛んでもない方向に奔逸《ほんいつ》する如くでありながら、しかも怪しく、理外の理に依る呪詛の恐しさを肯かしめられずにはおらぬていの、この世ならぬ復讐手段ではあった！

「もっとも、云っとくがね」

と、久地は、朦朧とした視線を、どこともなく暫く空間に漂わせていた後、云った。

「僕は最初から、決して嬰子の奴が発狂するとまではスケヂュールに入れてはいなかった。根かぎり奴の精神を打砕いてやれば、それで良かったのだ。が、奴が呵責に堪え切れずに発狂しちまった事は、もっけの幸いで、偶然とはいえ、奴の発狂は完全に止《とど》めを刺した事になる。――まあこれを見ろ」

と、彼はマントの下から、一冊の雑誌を取出して置いた。そして、

「末十一郎から最後の便りだ」

それっきり彼は、骸骨のような頬を氷らせてしまったのである。


おくさん。お便りみました。もう何も多くは云いますまいね。時刻も、わかりました。これを期して決行いたしましょう。一人きりで。魂のみ抱きあって。悲哀にみちた一生でしたけれども、僕は今この精神のみをたよりの空間の情死を思うとき、筆紙につくせぬ感激にすすり泣く思いです。

ぼくの決行の場所についても、承知いたしました。僕だって、おくさんが顔も見得ぬ獄屋で死なれることをおもうと、身をひき裂くよりも悲しく、淋しさでいっぱい

です。おくさんが死後の想い出に、せめて僕のみでも最後のはなやかな場所で死んでもらいたいと云われる気持は、わかり過ぎるほど判りすぎて、むしろ僕は苦痛だ。おくさんのおっしゃる通りにしますとも！　僕もおくさんと同じピストルです。兄から盗みだしました。たった一発で、すべては悲哀から歓喜へ。おくさんそれではさようなら。最後のぼくより。

　私は、活字に綴られたこの一文を、夢心地で、辿りかねて読み終った。

　あたかもペクリヤのホールには、無心にも、パガニイニの狂想曲《カプリス》らしい提琴《バイオリン》ソロが、火の出るようなピチカットとドッペルを、チギリにチギって撒きちらしていた。——時刻は、殆ど九時に直前《すぐまえ》であった。

　眼をあげた私と、真ッ向から視線をカチ合せた久地は、その時、ギョッとしたほど、パッサリ泳がせたマントの下から、骨のような腕をあげて、

「あすこを見ろ！」

と、階下の一隅を差示す。

「あすこに悲恋の片われがいる！」

　ゾッとしながら、思わず眼をやると、一面に漂う油のような人いきれ、——久地の震える指先は、とある片隅に作られたアルコーヴの前に蹲る一人の男を指していた！

　その男は、マーブルの卓《テーブル》に両肱を突き込んで、うなだれ落ちた窶《やつ》れた顔を、両手の中にシッカリ抱え込んでいた。筋ばった手が、乱れた頭髪の中で、祈る如くに打震えていた。

「もう少しすれば、顔をあげるだろう。やがて時刻だ。飛んでもない喰い違った心中を、独りぼっちでやる気の男さ！——そうれ、顔をあげた！」

　その男は、顔を上げるなり、遠目にも氷った口に、ガブリとグラスの残りを一息にあおった。そして白々とあたりを見廻す弱い視線が、見るから蒼白くホールの中を震えながら通り過ぎた。——が、夢の如くにも、正しくそれは末十一郎の顔ではないか！

　私は息が乱れた。タラタラと横腹をしたたる冷汗を覚えた。しかも、立上る事もならず、叫びたいにも声が出なかった。

　と、見る間に、男の内懐から、妖しくキラリと光るものが、徐々に這い立って行く。

　私は痺《しび》れた眼《まなこ》で、ただ見詰めるばかりであった。が、

遂に――

ダン！

という、夢の破れるような響きが、ホールを突ッ走った。

同時に、ワッ！　という、ホールのどよめき――人々が、一斉に席を蹴って立った。

その中で、あの男は、クナリと黒い影を泳がせたとみる間に、みるみるテーブルから、床へと、力の抜けた五体をのめらせて、崩れ落ちて行ったのだ。

私はいつしか夢中で立上っていた。

夢か！　現《うつつ》か！

たちまち、あたりをバタバタと行交う人々があった。が、久地の姿は、その騒ぎをよそに、ヒョロリと立上りざま、

「これでおしまい！」

と、稚気《ちき》に満ちて一言、――あたかも墓穴から血に飽いて去る幽鬼の如く、真ッ黒な影を曳いて、愴然《そうぜん》と降り口の方へ歩み始めたのである。

蛇足・お春の場合

凡そ以上で、嬰子と十一郎の、奇妙な空間心中が、いかなる理由で、またいかなる結末を告げたかは推量出来た事と思われ、敢えてお春について述べる事は蛇足に近いかと恐れるが、しかし、具体的の事件の一部始終を取《とり》纏《まと》めるには、次ぎの事柄を附加えておく必要があるだろう。

即ち、お春は、そのペクリヤ事件の翌日の明け方も、五時前後の頃、吉祥寺《きちじょうじ》行きの省線電車に飛び込んで、無惨にも五体をひきちぎられて死んだのである。しかもその屍体には、母体と共に轢断《れきだん》された、三ケ月あまりの胎児が空しくこびりついていた！

そして、彼女が懐に持っていたと思われる、大宮市中に住む実兄某に宛てた遺書《かきおき》一通が、血にまみれて線路に吹き飛んでいたという。

恐らく取乱しながら書いたと思われる鉛筆の走り書きであったが、女学校の二年を中途まで行って退学したという彼女の手紙は、蕪雑《ぶざつ》ながら充分に事情は汲みとれた。

その遺書《かきおき》――

（前略）それはわたしの過失で、ありましたけれども、体をおまかせしましたときは、むが夢中だったのです。いくらわたしがバカでも、旦那さまがわたしをお求めになったからといって、それでわたしが旦那さまの奥さまになれるのだとも、また、なろうとも思ったことではございません。これだけは、わたしが死んだあとで、子供ができていたことがわかり、はずかしさをたとえさらすことになりましても、わたしは兄さんだけには、はっきりと申しあげておきます。ただわたしは、なんの考えもありませずに、旦那さまとあのようになってしまったのでした。わたしの気もちが、旦那さまにどんなでありましたかは、今となってはわたしは申したくはありません。どんなにでもよろしきように想像しておいて下さい。けれども、旦那さまと奥さまがあのようにおなりでしてからは、わたしは、やっぱりむが夢中で旦那さまのおっしゃるとおりに何でもしてしまったことも、まちがいではありません。（中略）犬のような目におあいになっている奥さまには、それはわたしもお気のどくには思いました。けれども、そんなわたしが、なぜあんなことをして奥さまをうら切ったのか、わたしにもわからないのです。旦那さまは、わたしも悪くはいいたくありませんけれども、あんまりおそろしい人です。あんなにして（中略）奥さまとあの方がかくれてお便りなさっていたのは、最初からみんな旦那さまのたくらみだったのです。わたしに奥さまへそんなことを入れぢえおさせになったのも旦那さまです。わたしが、しらばくれてお二人にお便りをおとどけする役目をしていたのです。今おもってもおそろしいことですけれど、何にもごぞんじなく、すっかりわたしをお信じになっていたあのお二人が、とうとう二人で死んでおしまいになるお打合せをなさったのも、その実はみんな旦那さまがおたくらみになったことで、（中略）そのご奥さまは本当には、死にたくても死ぬる方法がなく、わたしに何とかいう写真のおくすりを買って来てもらうまで死ぬのを待ってくれとお書きになったにかかわらず、旦那さまは、それをそっくり書きかえて、ピストルをぬすみ出してもらったからいつでも死のうというお便りにして、あの方へおとどけさせになりました。あの方からも、お兄さんのピストルをぬすみ出したから（中略）というお返事がすぐまいりましたけれども、旦那さまはそれをまたそっくりお書きかえになってしまって、（中略）そのお手紙をおよみになった奥さまは、おかわいそうにとうとう気が狂っておしまいになったのです。

（中略）それからずっと奥さまは、くらの中でわたしの名ばかりをお呼びつづけになって、わたしは生きた気もしないほどでしたが、旦那さまはゆうべ十二時ちかくになってお帰りになり、奥さまのお声があまり大きいのでとうとうお一人でくらの中へ入って行かれました。わたしはその時、くらの戸口にいたのですけれど、旦那さまが入って行かれるとすぐ、自分でも何をするのかわからず、ハッとしながら夢中でその戸口の錠をおとしてしまったのです。中では奥さまの「うみ坊主！」とか「たこ入道！」とかいう声と、旦那さまの大きな声とが入りまじって、ドカドカとおそろしい物音が聞えていましたが、もうわたしは、あとを見るのもおそろしく、そこを逃げ出してしまって、（中略）ですから旦那さまと奥さまがそれからどうなったか、わたしは知りません。また考えたくもありません。どんなになろうとかまわないと思います。わたしはどうせ生れてもはかない子供と二人で死んで行きますから。さようなら、さようなら。

皿山の異人屋敷

十四日の真夜中のことである。

皿山の麓《ふもと》に住む人々は、ギョッとする不安に夢を破られて跳ね起きた。

耳を澄すと、数年来鳴りをしずめていたあの異人屋敷の鐘が、不気味にもその夜半、殷々《いんいん》と鳴り渡っている。それを追うように、続いて村の警鐘が、あわただしく鳴り始めた。

一様に、人々は凍てついた戸外へ飛び出した。

——皿山の頂上に、巨大な火の手が上っているではないか！

山の頂きは、さながら炬火《たいまつ》でも積上げた如く、焰々《えんえん》と燃え盛《さか》っていた。山づらを舐め落ちた真紅の照り返しが、麓の村を、一面、地獄絵さながらに染めていた。

鳴りつづける鐘は、一つは一つに追われる如く、月かげに煙るK——平野に遥かなこだまを残して消えて行った。

人々は、得態の知れない恐怖に震えた。

吸いつけられたように、皿山の怪火《かいか》を見守った。

奇怪にも、燃上る異人屋敷には、人の影一つ見えず、ただ、皿山の村の歴史と共に、永遠の不思議を語り伝えられた異人屋敷の姿ばかり、不思議と、猛火に包まれて泰然と空を焼いていた。

異人屋敷の終焉——

次第に鐘の音《ね》は、弱く、細く、絶えだえになって行った。

やがて最後の余韻が、麓の村にか細く尾をひいた。と同時に、焼け爛れた骨ばかりの屋敷は巨人の斃《たお》れるように崩れ落ちた。巨大な火花が、闇の空に燦然とあがった。

山づらの梢をかすめて、真紅の余尽が、二度、三度、燃え上ったとみるまに、異人屋敷の聳え立っていたあたりには、バッタリ暗い星ぞらが押しよせてしまった。

丁度その異人屋敷が、断末魔をのこして崩壊したころ、皿山の峯づたいに、途《みち》もない冬枯れた熊笹や栗の樹の茂みをかきわけかきわけ、疵《きず》だらけになって逃げて行く一人の男があった。

逃げては振返り、逃げては振返り、背丈を被う下生えの中を転がるように駈け降りたその男は、ドッと、鮮かな火花を散らして異人屋敷が焼け落ちたとき、とある茂みの間から、思わず異様な叫びをあげて屋敷の最後を見守っていた。

一瞬にして、火焔の幻も消え、冷たい冬の夜ぞらが皿山の頂きを被った――

と、その男の姿は、再び猫の瞳《め》のような月のかかった梢を押しわけ押しわけ、ガサガサといずこへか立去って行ったのである。

1

K――平野を走る東海道鉄道に、Sという小さな田舎駅がある。

そこから真っすぐ、三四哩《マイル》も北へ歩くと、いきなり平野のどまんなかに立ちはだかった山脈に突き当る。山脈とはいうものの高さは、たかだか三四百米《メートル》を越えまいが、――近づくにつれ、一面、雑木《ぞうき》に覆われた山の頂上に、ツクネンと聳える奇妙な西洋館が、まず眼に入る。

全館、灰色をして、相当古びた物だ。

しかし、この西洋館が、それと注意してみれば、東海道を走る車窓からもハッキリ見る事が出来た頃のことは、恐らく誰一人知らないのではないかと、私は思う。

近在の土地では、その西洋館の在る山を、皿山と呼んでいた。

遠目には、立派な山脈の一部で、なだらかな峯が左右へ長く延びているが、その頂上に登ってみると、始めて皿山という名の由来が肯けるのである。

嶮しい山地にうねった杣道《そまみち》を辿り、辿り、西洋館のうしろへ抜けると、いきなり不気味な沼の地に出合《でっくわ》す。

周囲はものの一哩以上にも及ぼう。嶮しい切岸《せつがん》が、青黒く、真中の凹《へこ》みを取巻いている。

岸の根から忽ち恐ろしく深い緑草がビッシリ茂みを作って、――ザッと風が吹くと、充分な水気《すいき》に思うがままに育った草のむれは、右へ左へ分厚いしげみのままに乱れ立つ。どの辺りから水になっているやら、岸からは全く想像もつかなかった。ただ所々、その草叢を越えて、一面の水草が隙間もなく浮いているのが見えるきりで、夏には、鬼蓮のような不気味な葉の蔭から、水草のかぎり、名も知らぬ薄紫の花がほのかにどこまでも咲き乱れたという。

西洋館は、つまりその沼の表岸に立っていた。

底無し沼だとも云われた。沼の中からは、吸えば助からぬ瘴気《しょうき》が立っているとも、云われた。が、西洋館の正態もろとも、誰一人、沼の詳しい事を知る者はいなかったのである。

鬱そうと山かげに樹の茂った沼の岸の、丁度西洋館の真うしろに当って、一個所、僅かに昔、きり拓《ひら》かれたと思われる異人墓地が隠れていた。黝《くろず》んだ茂間《しげま》から、ボロボロに赤錆びた鉄の門扉が見えかくれしていて、その奥に暗くギョッとするほど大きな黒木の十字架が、二三本突っ立っている。

墓地は謂うまでもなく西洋館のもので、そこから屋敷内の方へ荒草の乱れた道らしいものが微かに見うけられた。が、荒地も同様のその道は、殆ど屋敷の者の往き来もない風で、無論皿山附近の者ときては、たまに沼のふちを通りかかる事はあっても、奥の方を覗いてみる事さえしなかった。という事は、この西洋館の悪評を裏書きする事でもあって、事実、村の悪童達《ちんぴらたち》はあけびや山葡萄を捜して山をかけ廻る時にも、決して西洋館の近くには足を踏み入れようともしなかった。

一言《いちごん》にして云えば、皿山の西洋館は化物屋敷だというのが、昔から皿山を取りまく村々の云い伝えであったのだ。——墓から出て来たような痩せこけた人間ばかりが住んでいるとも云われた。腐った西洋人がジッと坐ったきりで住んでいるのだとも、云われた。

元来、皿山の麓に点在する数個の村は、戦国時代の昔から戦雲をよそにした平和な農村が現代へ子孫を伝えてきたという、謂わばかの桃源郷《とうげんきょう》に近いようなノンビリした歴史を持っていると聞くが、現在、村人の中には、齢《よわい》八十、九十に近いような老人も尠《すくな》くないに拘らず、その人達の記憶にも、どうした事か、まるでこの西洋館の由来は詳《つまびら》かでない。ただ、もしそれが事実とすれば驚異に価する一つの不思議だといい得るが、幾世紀の間、精神的に浮世を離れていたようなこの村々には全く郷土資料に類する書物も遺《のこ》っておらず、僅かに口から口への云い伝えに残っている所によると、およそ現在の村人達から十二三代も、あるいはもっとそれより古い時代に、突然、牛を飼い、鋤、鍬をとる事より知らない人々の眼のまえで、皿山の頂上にはどこから現われたとも判らない一団の異形の人々が、不思議な形をした家《うち》を建て、土地を拓き始めた——という、まるでバビロニヤ起源の夢にも似たこの物語が、唯一の西洋館の由来であると云えば云う事が出来る。

いつの頃からか、この西洋館には、時おり、美妙な鐘の音が響き始める事があった。そして語り伝えによると、多くこの鐘の音は、西洋館の死人を弔《とむら》うためのものだったらしい。恐ろしく澄んだ音の音楽的な鐘が鳴り始めると、やがて屋敷の表からユラユラと黒布に覆われた細長い棺がただ一つ、二三人の得態の知れない人々の手で運び出されて来るのである。謂うまでもなく、沼のふちにある墓地に葬られるのであったが、丁《ちょう》！　丁！　という土地を掘り返す音が樹立《こだち》の間を縫うと、暫らくして、棺を運び出した人々の姿が西洋館の門をくぐって消えて行く——

死人を弔うためであろう、それから二三日の間は、忍びやかな鐘の音が不気味にも朝な夕なはるばると平野を越えて鳴りつづけるのである。

何者が住んでいるのか、全く見当がつかなかった。果して噂のように、腐った人間が天刑病《てんけいびょう》の島のように人の世はなれた暮しをしているのかどうか、——夕ぐれ時、洋館の裏にある高い小さな窓が、どうかするとポッカリ左右に扉を開けていて、ボンヤリ暗い生物の顔のようなものが覗いている事があるという。果して人間の顔かどうか判らない。が、黄昏《たそがれ》のようなその顔は、山帰りの村人が沼のふちを通りかかると、忽ち溶け込むように奥へ姿を消して、いつのまにかまた誰一人気づかぬ間にその窓はピタリと閉ざされているのである。窓の開く所を目撃した者すらない。

山の暮れ始めた頃、帰り遅れた村人が急いで墓地近くの道へ差しかかると、あわててカサコソと樹立の間を屋敷の方へ逃げ込んで行く足音が聞える事もあったという。

——このえたいの知れない噂のある皿山の麓の村へ、初めて私が足を止めたのは、九日の夜からであった。

七日の夜、私は、この村に住む一人の医者から手紙を受取った。

この医者と私は永年京都の帝大医学研究室で交りを結んでいた事がある。そののち、彼は一度神戸に住んだが、間もなく皿山の麓に代々医者として伝る実家へ帰って、それきり再び都会へ出ようともせず二年の月日が経っていた。

従って私達はその二年の間、会わずに過ぎたのであるが、突然神戸にいる私の許へ来た彼の手紙には、もしそういう言葉が適切だとすれば、恐ろしく憂鬱な言葉の中にまるで花婿のような歓喜に満ちた調子で、是非一度私に会いたい――永らく明るい気持から遠ざかり都会の気持から遠ざかっていた自分として、ちょっとでもいいから、私に会って都会の話でもしてみたい。それに、特に私を選んだについては、何か特別な打明けたい事もあるのだから――というような事が、明かに神経の乱れた筆跡で書かれてあったのだ。

2

芦原という、私が訪ねて行った医者の家は、皿山の麓も麓、草深い田舎に代々医者の看板を掲げたという、いかにも旧家らしい暗い頑丈な家の表玄関を一歩出ると、すぐ鼻の先に見上げる皿山の頂上に、例の怪奇な噂に包まれた異人屋敷が見えるという街道筋に在った。

私の訪問を意想外なほど喜んで迎えた彼は、蒼いといえば蒼い顔にひどく瞑想的なかげを宿して、僅か二年間会わずにいる間にまるきり見違えるほど弱々しい風貌になり切っていたが、それにしても別段彼の手紙から私が想像していたほど病的な所も見られず、九日の夜は、鴨居や長押《なげし》の真黒に黒光りする座敷に二人、大火鉢を囲んで長々と語り明したのである。

恐らくその旧家に育って、朝夕、皿山の噂に馴染んで大きくなったらしい彼は、現在、家系といっては彼のほかに誰一人なく家にも数年前《ぜん》父母が亡くなって以来、思うままの暮しを送っている風で――近々あるいは結婚するかも知れないと彼は云っていた――が、何故か私は、その最初の夜、彼の話のうちに、しばしば彼が皿山の異人屋敷に異常な執着を持っているらしい節が現われる事に気がついた。

とはいえ、それから二日を置いて、十一日の夜まで、語るべき事柄は別に起らなかった。

が、さてその十一日の夕べ、私は何故《なぜ》ともない暗い憂鬱にとらわれて、山の中でも歩いてみたく、ただ一人皿山へ登って行った。

もっとも私は、その時の事を、あえて怪奇的な物語の潤色で述べようとは思わぬ。別段皿山の異人屋敷がもたらす夢の正態が不思議な作用を私の胸の中に起したのでもなければ、または私が、それに迷わされたというのでもないだろう。

——その日は丁度、暴風雨《あらし》を孕んだような足の速い西風が、陰鬱な低い雲を載せて、皿山の頂きとスレスレの所を驀地《まっしぐら》に飛んでいた。

危い空模様の下を、ザワザワと乱れ立つ梢の音を聞きながら山を登った私は、やがて、とある山の中腹に立止って、すぐ手の届く所へ黙然《もくねん》と聳える異人屋敷を、何故ともなくシゲシゲと見守った。

不気味に鎧戸を閉めきった建物の面《おもて》は、陽《ひ》の色とただならぬ雲行きのむらむらの下で、怪しげな空を背景にして鈍く光るかと見るまに、暗く勃然と黒雲の下へ閉じ込められたり、しばしば明暗を異にして思わず見る眼に身震いをさえ禁じさせなかった。

まるで、人の住む屋敷とも思われない！　私はそれを凝視《みつ》めながら、突然、芦原の物語に聞いたある不自然な異人屋敷の噂を思い出して、サッと撫ぜ下されるような気がした。

一体、この西洋館には、どういう秘密が隠されてあるのだろう。私が前に述べた鐘の音がこの西洋館から聞え始めると、村人達は、殆ど間違いなく、親からあるいは祖先からの聞き伝えで西洋館に死人のあった事を知ることが出来たというが、しかしながらこの西洋館には、奇妙なことには村人の記憶が始まって以来、実に四十年、五十年、乃至は六十年にもわたる永い間をおいて一度ずつその弔いが行われるに過ぎなかったという事である。

恐らく、初代の西洋館が、皿山頂上において、創世記に見るような夢を見せ始めたというそれ以来、現在までの間には、そこに住む人々にも様々の歴史は秘かに繰返されてきた事であろう。子は子を伝え、あるいは幾家族かに等しい人数も現在そこには住んでいる事かも知れない。にも拘らず、彼等が云い伝えの如く、約半世紀乃至はそれ以上にもわたる年月を置いて僅かに繰返すに過ぎない至極簡単な葬式の数からみるときは、まるで彼等が現在作っている家族の数は想像すらしてみる事が出来ないではなかろうか！

私はここで人間の命数に関する平均率などを以て、敢えて異人屋敷の秘密を臆測しようとは思わない。がそれにしても、凡そ人間の平均命数を五十年前後とみて、二人の男女、つまり一組の父母が最低限ただ一人の子供を生んだのみとしても、彼等が天命を終えるとき同時的にその「死」が起る異例は別として、ともかく平均二三十年に一度の割合で「死」があるいは葬式が行われて然るべきではなかろうか。まして人間には老死のみが許されている総てではない。男女二人の最も自然な命数を基本にして考えてみるとき、異人屋敷の彼等を襲う「死」の記録と喰違ってくるその余り——残された不自然な年数には果してどういう意味が含まれているのであろう。

——私は、いつしか皿山を登りきって、洋館の方へ通ずる赤禿げた小径《こみち》に佇んでいた。ザワザワと風に騒ぐ熊笹の中に立って黙然と暗い怪しげな空の下に激しく明暗を異にして佇む洋館を見上げたとき、私の頭の中には、その洋館の奥深く訳のわからぬ「死」と「不死」の跳梁《ちょうりょう》するある奇怪な想像が、いきなり目まぐるしく渦巻き始めた。凄いというだけでは現わせない戦慄が、ザッと水の流れるように背筋を走った。

同時に、稲妻の閃くような偶然と云おうか。

私の凝視めている洋館の高い窓の扉が、バタリと明《あきら》かに吹きしきる風の中に音を散らせて開いた。

白い服を風に翻えして、瞬間、まだうら若い女の姿が私を見下《みおろ》した。

が、奇怪にも忽ちその幻影は、暗い風に吹きあおられた如く、消え去ってしまった。

幻か！

夢か！

見直したときはすでに、ピタリと扉は閉ざされていた。

私は押しよせた夕闇に身震いして、そそこに山を下りて来たが、家に帰りつく頃には、トップリ暮れおちた空から、遂に射るような雨が時々激しい風に交って叩きつけ始めた。

と思うと、夜に入ってからは、まるで覆《くつがえ》るような、暴風雨《あらし》！ 雷鳴すら轟くかと思われる土砂降りと、横なぐりに地を払って吹きすさぶ荒風《あらかぜ》が、皿山から麓の一帯を物凄いばかりのしぶきの中に包んでしまった。

奇怪にもその夜、その暴風雨の狂う皿山の頂上には、異人屋敷に煌々《こうこう》と灯《ひ》の色が輝いたのである。

その異人屋敷に灯の輝く頃から、芦原は、蒼ざめた顔に猩紅熱《しょうこうねつ》のような不気味な色を浮べて、落着きもなく黝《くろず》んだ家の中を歩き廻り始めた。

彼の眼は輝いていた。唇には異様な情熱がわなないていた。

六時！

七時——

一しきり吹きすさんだ暴風雨が、ドッと屋根を鳴らして過ぎた。

と、それに続いて、ギョッとするほどいきなり芦原は私の腕を摑んだ。

「おい、見たか！　見たか！　あれを見たか！」

ザッと、吹きつける暴風雨の中へ、私を引っぱり出して、――ムンズと彼は皿山を指さした！　恐怖の暴風雨を透して、私は異人屋敷の窓々を、黒く横ぎる幾つかの人影を見た。

罵しるような真赤な唇で、芦原は笑った。

「ハ、ハ、ハハハハ！」

彼の言葉は暴風雨に吹き散らされた。千切れ千切れに、「永い……永いこと……私は待った！　とうとう……それが来た！　……西洋館には……花嫁が私を……待っている……！」

うむを云わせず私は彼を座敷へ曳きずり込んで、呶鳴りつけた。狂いまわる奴を殴り倒した。

明かに極度の神経衰弱が起す発作であった。

やがて気の附いた彼は、弱々しく起き直った。が、暴風雨の声にまじって、ボン！　ボン！　と暗い家中に時計が打ち始めると、俄かにガッパリ跳ね起きた。

「おい、どこへ行く！」

「頼む！　三日の間、待ってくれ！　三日して俺が帰らなかったら、構わないからあの西洋館を叩きつぶして俺を迎いに来てくれ！」

「駄目だ！　妄想だ！」

私は死物狂いで彼に喰いついたが、意外に跳ねとばして再び暴風雨の中へ飛び出す。

「……灯が……！　……あの中に……！」

ビュウッと吹き過ぎる暴風雨を浴びながら、彼は異人屋敷を指して千切れ千切れに呶鳴った。

「……西洋館の秘密は数……数世紀の昔……在る！　一族はゲル……ゲルマニヤの追放罪人だったこと、並びに中世以降……久しく東支那海を……廻った海賊だったこと、それから九州南……南端に……難破して漂流したのが……北上……内地の中部で金鉱を発見……それだけは俺に判った全部だが、現在……どういう生活をしているかという……まるっきり……ただ彼等の一族がその昔……九州へ漂流する途中……小舟……食物の欠乏のため食……食人癖……もしくは……恐るべき冒瀆……習癖を子孫に……明かだが、いずれにしても俺は……内部の生活……知らない……あるとき……全然……エルダ……娘……娘と神戸で恋……そして皿山の秘密……医者として俺は……君に頼む！　もし俺が……帰らなかったら……皿山……皿山の西洋館には……恐るべき……秘密がある……！」

滝のような雨に頭から濡れながら、彼は叫んだ。

「糞ッ！　……吹け！　吹きまくれ……！」

「……俺はエルダ……エルダを……」

暴風雨の中に彼の声が飛び散った。

とみるまに、彼の姿は脱兎の如く地獄のような闇の底へ駈け走って行った——

3

暴風雨はその夜一夜を荒れ廻って、漸く明けた。

が、翌日も、その翌日も、ドロリと寒く山の峯へ垂れかかった暗い空から雨が降りつづいた。

芦原は帰らなかった。

そして、十四日、一日霖雨《りんう》が降り続いたその夕ぐれになって、芦原の帰りを待つ暗い留守宅へ、一人の異形の人が訪れたのである。

出てみて私は、思わずギョッとした。

薄暗い玄関のたたきの上に、とんがり頭巾《ずきん》を目深《まぶ》かにかむった異様な姿が、長い油引きのレインコートからボタボタ体の周囲に雨の雫をたらしながら、ヒョロリと佇んでいたのである。

私を見ると、頭巾をはねて会釈した。

頭巾の下からは、半白《はんぱく》の髪を固くひっつめにした日本人の老婆が現われた。——水を浴びるようなしゃがれた声で、急病手当の用意をして西洋館へ来るように、芦原から迎いによこされたと述べた。手に持ったカンテラが、ゆらゆらと揺れた。落ち凹んだ眼窪《まなくぼ》で、異様に暗く私を凝視めた。

肌寒い予感にかられながら、私は急いで芦原の医務室へ引返した。グラグラするような気で往診具を捜した。埃にまみれた手下げを捜出《さがしだ》すと、震える手で消毒用《アルコール》綿を用意した。

暮れはてた雨の中へ出ると、老婆は先に立って、カンテラを頼りに私を導いた。

黒い影が、物もいわずに揺れて行く——

雨に濡れて、山道は恐ろしく歩き難《にく》かった。

ともすると足を辷らせて、遅れる私を待つでもなく、老婆は黙々と確かな足どりで山地を登った。幾度となく私は、雨の暗闇へ取残され、あわてて追いすがらねばならなかった。

やがて西洋館へ辿りつくと、老婆はカンテラを掲げて、濡れた鉄門を照しながら、キキキ——と、不気味な音を軋ませる。私は夢中で冷えた体をくぐらせた。

見上げる西洋館には灯《ひ》の気もなかった。

怪しげな山の湿気を吸って、めいるような闇を歩くと、——燈《あかり》のないポーチ！

墓場の戸のような音を立てて、扉が開いた。

雨具を脱いで、皺だらけの朦朧《もうろう》とした姿になった老婆は、燈《あかり》もない拱門《アーチ》をくぐって私を導く。極めて長い、木造の廊下が幾まがりかしていた。暗い、黴くさい匂いの罩《こ》もった所を、老婆のカンテラがユラユラと輪を投げて進んだ。二人の足音が、どこかの隅から隅へ、複雑に響きわたった。

一歩は一歩に追いせまるうつろな音！

私は殆ど息の根の止る思いで、老婆に追いすがって行った。

ユラリと、老婆が立止る。

私を顧りみて指差すところに、真暗な拱門《アーチウエイ》が口を現わしていた。

足を踏みいれて、——思わず私の足は竦《すく》んだ。

夢かと思う奇怪な世界が、薄明《あかる》く眼に映った。

さながら洞窟だ！

朦朧と地底の如き薄灯《うすび》の漂う、広々とした部屋！　あだかも伽藍《がらん》のように、濃き闇の色に塗りつぶされた恐ろしく高い天井！

そのあなぐらのような、寺院のような伽藍の周囲には、奇怪にもズラリと並んだ幾百の不気味な凹みがあり、その一つ一つに怪しげなる等身大の坐像がさながら浮彫の如く動かぬ影を作っているではないか！

遥かにも果敢《はかな》い遠い所に、たった一ケ所、祭火《さいか》のようにトロトロと火が燃えていた。

その火の影に、何やら祭壇の如きものが見える。白い姿が見える！

寂《じゃく》！　として生の息吹きすら聞えなかった。

スタスタと冷たく伽藍の内に響き返る足音を立てて、老婆が先に立つ。——件《くだん》の祭火と見えるものへ、近づいて行った。

と、火の燃える、巨大な香炉の如き燭台の下《もと》に、毒々しく、火の色に隈どられて、物の台に横わる白衣《びゃくえ》の女！

近づいた私の気配に、スックリ、その側《かたわ》らに立上った男があった。

羅漢《らかん》のような怪しげな明暗の影を作って、力なく、女の横わる台に手を突いて立った芦原の姿であった。

荒い呼吸が、肩を波打っていた。断末魔のような眼がギラギラ燃えていた。

倒れるように、私の腕を握って、――苦しい息を吐きかけた。

物も云わずに、狂ったように、女を指差す！　指し示す！

「診《み》てくれ！　瀕死だ！　いいや、――死んだかも、知れない！」

ガックリ頸を折って、女の胸へ打ち伏した。気違いのように白衣を引裂いた。

ギラリと私を、振返る。

夢中で私は、上衣を脱いだ。

かぼそい女の腕を把《と》った。

白い手！　グルグルと私の頭は渦巻いた。震える指先に、女の最後の生と死の闘争が伝わった。

それからは無我夢中だった。――恐るべき血液の異常、混濁か、凝固か！　不可解な患者の現象に、極度に私の頭は惑乱した。見開いた女の眼！　燐火のように燃える瞳！　乾からびた唇！　痙攣を続ける四肢！　鳥肌立つ皮膚！　変色した固い乳房！　何をしたか、何を見たか、殆ど私は覚えていない！　夢中で瀉血《しゃけつ》を行っていた。

怪しげな血潮に、白衣を染め、私の腕を真紅《まっか》に染めて、最後の痙攣と共にガックリ女の苦悶が凝固した。

乱れた頭で、私は立上った。

芦原は倒れていた。

抱き起す腕の中で、朦朧と彼は眼を開いた。

同時に、異様な物音と共に、何かを投込まれたらしい側らの燭台が、ドッと声をあげて燃え盛った。

振返る、――その眼に、巨大な香炉から護摩《ごま》をたくように焔々と立のぼる火の柱を見た。不気味に、黒い姿で、側らを老婆が辷って行った。

「見ろ！　あれを見ろ！」

芦原が囁く。

途端に、私の血は一時に退いた。

見よ！

赧《あか》く暗く火の影に照し出された奇怪なる伽藍一ぱいに、かの浮彫と見えた幾百の坐像が、周囲の凹みという凹みからゆらゆらと歩み出して、不気味にも群がり寄って来るではないか！

私はハッキリ見た。

いずれも女だ。黒木のように乾からびた女の化物！

幾十年、幾百年の昔からカラカラに乾上ったような女どもーー頭巾を冠り皺だらけの服を纏ったその女どもがウジャウジャと……

私は眼を疑った。

彼等の頭を越えて、遥か伽藍の向うの側壁を、階段を、赧々《あかあか》と照し出された見上げるような堂裏の鐘楼へ、愴然とあの老婆が登ってゆく。

「吸血鬼《ヴァンバイア》！」

と、芦原の唇が幽《かす》かに動いた。

「山蛭《やまびる》のむれだ！　血を吸う……山蛭だ！」

「山、山蛭？」

「山蛭！」

と、彼は腕を突き出した。

私は蒼ざめたその二の腕に、真黒い歯型を見た。

「……あの化物……は、男の血を吸う……みな生きている！　男の血で、木乃伊《ミイラ》になるまで……生きている、化物！　エルダ……エルダは……彼等の末裔……たった、一人の娘……結婚して……死んだ！　血を……」

彼の声は弱く、弱く、殆ど途切れ途切れに聞えた。

私は彼の悪夢を呼び醒すように、激しく揺《ゆすぶ》った。

「血を……中毒……死んだ！　日本人の……血！　女郎蜘蛛！　……化物の子孫は……絶え……」

「おい、逃げるんだ、しっかりするんだ！」

「ウム、逃げろ……！」

ガッキリ彼は眼を開いた。

「逃げろ、早く！　火をつけろ！　あの壺を倒せ！」

私は押し寄せた木乃伊の群を一つ振返って、夢中で火の壺の背後へ飛んだ。

巨大な壺を死物狂いで押した。一押し、二押し。遂に屋鳴を打ってそいつが倒れた。

たちまち床へ拡がる火の海！

一跳びで芦原の所へ引返す、ーーそれより早く、よろよろと立上った彼は、意外にも最後の力で壇上に息絶えた白衣の女を抱き上げるとみるまに、転がるように火の海めがけて倒れ込んだ。

炎々《えんえん》と燃え上る火の中に半身現わして彼は叫んだ。

「逃げろ！」

瞬間、私は躊躇《ためら》った。

伽藍に罩《こも》って、殷々と鐘が鳴り始める。

慄然として、次ぎの瞬間、総てを捨てた私は群がりよる化物の間を驀地《まっしぐら》に突き抜け、夢中で走り出していた。

――いつの間にか雨雲の消え去った皿山の空に、猫の瞳のような月が出ていた。

無我夢中で皿山の峯を駈け下りた私は、幾度となく空を焦して燃える異人屋敷を振返った。

ドッと崩れるように焼け落ちたとき、ギラリと陽の砕けるように物恐ろしく飛び散った火花のかたまりを、茂《しげみ》の間から悪夢のように見守った。

どれ位たったたか、フト、気が附いたとき、私の周囲の茂みには、雨露に濡れた草葉がキラキラと冷たく光っていた。――夢か幻か！　悪夢にしては、あまりにも身の毛のよだつ、幻を頭に残しながら、いつしか私は震えるような気持で山を下っていた。

十字路へ来る男

一

丁度ある夏の事であった。

いつのまにか陽《ひ》が落ちて、水の底のような陽かげの気流が街いっぱいに漂い始めるというと、――そのころ毎日のように、どこからともなくその十字路の片隅へ幽霊の如く、姿を現わす一人の男があった。

その十字路の、西側に当るある一角には、樹の繁った広い広い公園があったが、と、その男は、ボンヤリ紫色の黄昏《たそがれ》の中から街へ現われて来ると、打ちみずで濡れたこちらの舗道からスタスタと電車道の敷石の上を横切って、必ずそこの公園の柵の前にある、電気時計と信号燈調節機がボカンと並んだ真下の所へ行って、立つのである。

日によって彼はフランネルの白っぽい服を着ている事もあれば、浅い水いろの華奢な服を着て、帽子もかむらず、毎日、何をするというでもなく、ボンヤリそこへ立ったきり、街々が次第に暗く、灯の色が煌き始めるまで、十字路の、雑沓するあたりを奇妙に眺めて過した。

その十字路は、謂わばその都会の心臓だった。

赤色に塗った市電が、縦横十文字に寝そべったレールの上を、時々、途方もない方角から転って来たり、または街の真中へ頑固な塀のように立ち塞ったりして、つまり電力を貪り食っていた。

しかもそのグルリでは、タキシーやら、銀色や青い色のバスが貪慾にふくらんだ図体で絶えまもなく転がり廻っているといった塩梅《あんばい》で、十字路一面に、車という車と、人々の群が、恐るべき渦巻を描いていた。

けれども、その風景の一体どこがそれほど気に入ったのか、――所詮は、都会の無感覚にも習慣化されてしまった動力の一つに過ぎない風景ではないか。

にも拘らず、その生きた幽霊のようにボンヤリ現われてくる男は、多くの場合、ブッキラボウにズボンに片手を突っ込んで、来る日も来る日も、同じ場所からひどく人間ばなれのした眼で、その渦巻を眺めて過す。

そして、その十字路の渦巻が、やがて次第に黒ずんで行って、遂には陽の消え残った上空で、街の響きにかき消されて、音もなく蝙蝠《こうもり》がハタハタと翻り始める頃になるというと、またいつの間にやら、朦朧《もうろう》と夕闇のどこかの隅へ男の姿は消えて行ってしまった。

ある夕べ、やはり時計の下へ立つその男の側《かたわ》らへ、音もなく一人の警官が足を止めた。

「君、君! 君は一体、そこで何をしているんです?」

振向いた男は、やや驚いた顔で白服の警官を見直したが、やがて、ニヤリと一つ笑をもらせると、

「僕ですか? ――いや、別に何をしているのでもありませんがね」

暮れゆく人気の中で、男の声はのどかに漂った。

「しかし君、君はこの頃、毎日いま時分になるとここへやって来るじゃありませんか。そうでしょう?」

と警官は、男の卑しからぬ風采に、尠《すくな》からぬ敬意のある言葉を使って云った。

「さよう。仰有《おっしゃ》るとおり、毎日やって来ます」

「フム。――君は何ですか、絵でも画いているんですか」

と、警官は、男の長い髪の毛や抜け上った白い額、さては納りかえった態度を、たがめすがめやりながら云った。

「絵を? いや違います。ハッハ、いや御心配には及びませんよ。僕は別に不届な人間ではありません」

「君は一体、どこの人です」

「いや待って下さい。強《し》いてお訊ねになるのでしたら、お話ししないでもありませんがね、しかし僕が毎日ここへやって来る理由をお話ししても、多分あなた方にはお判りにならないかも知れませんね。なに、住居はあんまり遠い所でもありません」

ハハア、狂人だね! ――と、そう思った警官は、徐《おもむ》ろに体を開いて、

「とにかく、ちょっとそこの交番まで来てくれませんか」

と、近くのボックスの方へ誘った。

けれども男は、

「コウバン?」

と、声を挙げて、からかうように一つ笑った。

「しかし、何ですよ、交番なんかで僕のことを根ほり葉ほりお訊きになっていると、あんた方は、僕がお気の

毒になってきますよ」

警官は、黙って男の口元を凝視《みつ》めた。

「ハッハ！　いや、交番なんかへお供しなくったって宜しいがな、もしおよろしければ、お話ししましょう――」

とばかり、そこで男は、クルリと甍《いらか》の色に暮れてゆく十字路の方へ振向いた。

手を挙げて、

「あの真中で、僕の妻が、ふみつぶされたのです！」

それっきり、十字路へ向って男は、機械でも止ったようにに突っ立った。

十字路では、相変らず灰色にぼやけてしまった都会の臓物が、右往左往に廻転していた。

「――！」

しばらく男の横顔をみつめた警官は、やがて静かに男と肩を並べて、自分も舗歩のふちへ立った。

「それじゃ、あなたの奥さんというのは、たったこの間、この斜行線のバスにやられた人ではありませんか？」

男は黙っていた。

蝙蝠が人間をからかうようにヒラヒラと飛んだ。

「あれは、全くお気の毒でしたね！」

と警官は男の横顔から眼を離して、十字路の渦を見ながら云った。

「実際、時々ああいう間違いが起るんです。ウッカリ横断している人に、特に御婦人なんかには、交通係りも大声で叱りつけたりするのは考えものでしてね。ハッと思って身を退く、途端に、斜行線でやられるんですよ。まだお若い、それに綺麗な奥さんでしたが……」

「ねえ君！」

と、静かに振向いた男の、マスクのような強ばった顔には、瞳ばかり呪いのように煌いていた。

「若いだの、綺麗だの、慰めるつもりか知れないが、そんな事は云わないでくれ給え！　僕はあんたなんかから、そんなことを云われると、気違いになるほど腹が立つんだ。僕のあの妻の素晴らしい事は、僕より誰も知りやしないんじゃないか！　放っといて下さい！　それに、僕の妻の体はもう、どこにだって居やしないんだ。僕はあの柔かな妻の事をやっと空想の中で、形を失わないように大切に大切にして納《しま》ってあるんだから……ほかから、誰がそんなことを云う権利があるんです！　僕が毎日ここへやって来て、立っているのは、死にたくもない体で、泣きながら死んで行った妻の事をね、君！　空想の中で何遍となく殺させてみているんだ。連続的に次から次へ、妻の白い体を、果しもなくあの怪物に轢《ひ》き倒させては、アッ！　と思って、と思って僕は独りで泣いているんだ。――でなきゃ、こんな！　なんだ無神経な十字路なんか眺めていたって、クソにもなるものか！　僕はここへ立っているだけでいいんです。放っといて下さい。誰にも判りっこない、むしろ楽しい空想なんだ――」

と、男は、そこで一つ、キラリと何やら光った眼で、警官を見返った。

ハハハと、曇った笑いを立てた。そして、それきりブラリ、ブラリと、公園の柵に添って歩き始めた。

夕闇の中に、かすれ込んで行くその後姿をさすがに警官は、佇んだまま暗い気持で見送っていた。

けれども、もしその舗道の上に黙念と後手に組んで突っ立った警官が、立去って行くあの男の、片手を忍ばせたズボンのポケットに、何のつもりか、一本の八寸あまりもあるニッケルの文鎮を握りしめているのを知ったとすれば、ニッケルとその十字路にどんな繋りがあるのか、些か小首でも傾けたことであろう。

あるいはその十字路には、もっと早く、小さな誰の眼にも触れない別のエピソードが、あたかも夕顔の花のように、夕闇の間だけにポッカリ咲いて凋《しぼ》んだかも知れぬ。

二

その十字路からほど遠からぬある裏街に、冷たい夏の夜気をよどませて、朧《おぼ》ろな街燈を所どころに潤ませている静かな通りがあった。

――その、黒々と横わる通りの靄やら霧やら判らぬ薄まくの中からポッチリ一つタバコの火が瞬き始めた、やがてユラユラと漂うような姿で、夕べ夕べに十字路へ立つあの男が通りかかった。

両側の板塀の中から、梢を街燈に染めた厚い樹の繁みが顔を差出して、フンと青葉の香りがあたり一面沈み込んでいるきり。真夜中すぎた夜気のうちには、物音もなく、人の姿も件《くだん》の男よりほかには無かった。ただ、魂を置き忘れたような足取りで、その男は、梢をさす街燈の下を、一つ、一つ、通り過ぎて行ったのである。

が、やがて、とある灯影の下に、フラリと足をとめた。と思うと、ジイワリ頭をあげて、気もなく、梢ちかい燈の下で、白々とまたヒッソリカンと死んだように羽ばたいている盲蛾《めくらが》の儚《はかな》い姿を一つ、しばらく見あげていた、——そのあげくのこと、何やら無心に、ポケットから撮み出すと、さて、ポイとばかり、足元へ投げすてた。

ヒラリ、と白く地面へ翻ったものは、一通の封書——男はしばらくそれを、遠くから眺めていた。

が、やがて夜ぞらを、ビュウン——と、弧線を描いて、星が一つ流れてわたった頃には、男の姿も、いずこへか消えて行ってしまって、路面に棄てられた封書ばかり、ボヤリと漂う靄の底に包まれていた。

ところが、それから間もなく、その裏街を真夜中の散歩に通りかかったある男が、フト、朧ろな灯影の中に落ちているその封書を見つけて、オヤ、とばかり拾い上げた。

ひっくり返してみると——

『真夏の夜の夢』

小首をひねったその男は、靄の中ですぐ封を切った。

かくして、十字路へ現れる男が、どういうつもりでか、夜更けた街に落して行った奇態な封書は、別の男に依って読まれることになった。

がさて、封じ込められていた手紙というのは次ぎの如きものである。

憎むべきは十字路である。

十字路には、車輪の火花から生れた悪魔が息をひそめている。

きゃつは稀にみる透明な悪魔である。

十字路の宙天から、煌々と眼を光らせていて、時々、ガッ！　とばかり腕を振い落して一瞬間に人間一匹を屠《ほふ》り去る奴である。

妻を奪われたその男は、涙も、嗚咽も尽き果てていた。涙を失い、嗚咽を枯らせて、街の幽霊と成り果てて、来る日、来る日ごとに男は、その十字路へ佇んだ。

ああ、白い妻であった。溶けるような、美しい妻であった。

抱かれた妻が、あの眼差で見入るとき、男は妻と己を忘れて、たった一つになって愛撫した。妻というより、彼女というより、男にはもう一つの体だった。

しかるに、生きている世界と、あの死んで行く道とには何というわけの判らぬ暗い膜が、音もなく形もなく張り隔てられているのであろう！　男の妻は死にたくなかったのだ。死ぬるのを、あんなに泣いて、悶躁《もが》いたではないか！　男の眼を見て、泣いた！　そして、縋りついて来た！

生きている世界へ、も一ど這上りたかったのである。

男も、夢中になって妻を引き上げようとした。力一ぱい、妻の体を、震えながら握りしめて、支え上げていたのだ。

――だのに、妻は、ああ、体ばかりをベッドへ残して、どこかへ死んで行ってしまった！

そして男は、一人ぼっち、この果しもない、紙屑のような皺だらけの世界へ取り残されてしまったのである。

男は、泣いた。

うつろに、なった。

翌あさから、男は、異様な一人ぼっちの世界で、眼を覚した。

見廻しても、妻は居なかった。

――眼をさますと、すぐその枕の横でジッと男の顔を見ていた妻が、ポカリと花のように笑った。あの頬ずりのような楽しさ！　あれはいつの事だったのだ！

甘えた鼻づらをすりつけてくる妻の、あの二人きりの、懐しい箱の中のような世界は、一体どこの出来事だったのか！

いつの話だったのだ！

男は、いらいらと寝苦しい沙漠の谷ぞこを転げ廻った。

何ものかを見つめて、復讐がしたかった！

だが男のその復讐には、かたきが居なかったのである。

妻があの都会の怪物にやられたのは物理の必然かもしれない。

だが、そいつを支配したのは、姿なくからまりあった不思議な世界の機構なのである。

たった一つの妻を殺したのは、あの空間に充ちみちた姿なき悪魔、――あれに殺されたのだ！　四次元の悪魔だ！　物理を支配した、一瞬の悪魔である！

そいつに、男は復讐がしたかった！

姿なき悪魔をグルグル追い廻して、男の眼は狂った。胸は煮えた。

そして、日毎に、十字路へ立ったのである。

頭の中では常に、重苦しく何ものかを男は分析しつつあった。復讐の相手を、疾風《はやて》の中で、叫びつつ捜し廻っていた。

かくて、ある日の事である。

その日、男の感傷は、ある不可解なリズムをもって始まった。謂わば遠いどこかで、差招くような得態の知れぬ機会の閃きを感じたのである。

男は窓に立って、疲労した風景の中から、遠い機会の喚き声を聞いた。

――今日こそは！

男は頭の片隅で、ヒラリと幽かにほくそ笑んだ。

その夕ぐれ。

男は、丹念に髭を剃った。

それから、剃りあとをほのかに匂わせながら、水いろの服に手を通した。口笛を吹いていた。

街へ出た。

口笛を吹きながら、ゆらゆらと黄昏のにじんだ街の上を、男の靴が響いて通った。

そして十字路へ現れた。

十字路には、すき透った気流が、満ちていた。灰色の群集が濡れたアスファルトの上をさまざまに急いでいた。雑多な車輪と、その母体が、路面の平面上を、どこかの水平線へ向けて、果しもなく鋭角的に交錯していた。が、男の足どりは、確定していた。ある目的へと、夢想が一直線に結ばれた如く――

今しも、十字路の片隅には、十字路に臨んだ舗道の上に、一人の警官が、黙念と、足をとめて、この都会の暮れつつある精力へ向って、ほくそ笑んだ瞳を落していた。

と、その警官へ向って、男は街をわたってスタスタ真っすぐに近づいたのである。

男はそこで、何をしたか。

黙ってうしろから、
ポン！

と、肩を叩いた。

ニタリと一つ笑って、

「また、日が暮れましたね――」

と、驚いて男の姿を凝視する警官の前に、彼は、どこから涌き出して来るのか、異様に異想的な事を喋り始めたのである。

「――この十字路に日が暮れて、なおどこかの空には、陽のかげの残っている街の空想があなたには出来ますか。その陽の残った街には、ツウィードの色彩と、紫陽花《あじさい》の花の匂いがほのかに流れていて、ブラインドの蔭がヒヤリとした穴をつくっています。この眼の前の暮れた街の姿が、感傷的であればあるほど、その空想の街もキラキラする感傷で僕の眼に浮んできます。たとえば、ある路傍のテラスのある珈琲店《カフェ》で、雨の街を眺めながら珈琲《コーヒー》を啜っているとき、突然、ラヂオの気象通報が、ある南国のクッキリとした夏の陽盛りを放送したとき、――眼の前には、白衣《びゃくい》の姿で木蔭をぬう人力車夫の懐しい状景が忽ち鮮かに浮ぶではありませんか。珈琲店のテラスでね、雨の街が憂鬱であればあるほど、その南国の木蔭の陽盛りは、いかにも鮮かなんです。しかも、一脈の溜息のようなエスプリを以て、浮ぶのです。

ハハ、妻に死なれた男が、この日暮れの十字路に立って、夢想の中で、あの妻の姿を思いうかべる！　――たまらない一瞬間ですよ。むしろ、そのままどこかの空間へ、一直線に妻を追っかけて行きたくなる素晴らしい感激じゃありませんか。しかも、その男は、あなた！　現実の地球面に、しっかりと鎖か何かで縛りつけられているのです。そして、その妻を追っかけて行けないその代りに、ある発作で、何か飛んでもない事をやってのけようとしているのです。

機会ですね。ショックですね。それさえ見つかれば、男はもう相手は何にでもいい立所にある復讐へ飛びついて行こうと、狙っているんですよ。

その男が、あなた、一体何の発作に駆られているか、あなたには判りますか！

――」

三

その翌日も、男の姿は十字路に現れて、暮れてゆく街に佇んでいた。

しかし、まだ何事も起ろうとはしなかった。

四

その翌日も。

その翌日も。

男は依然として十字路に現れた。けれども、まだ何事も起ろうとはしなかった。

五

かくて、幾日か経ったある日の事である。

男は、習慣どおり溜息の中で眼を醒した。

窓の外には、またその日も、暑苦しい夏の一日が廻転している最中であった。

その日、奇妙なことには男の感傷の中で、ある不可解なリズムが、リンリンと、鳴り始めていた。

男は窓に立って、あかね色に疲労した夏の風景を見つめながら、むずがゆく、秘かにほくそ笑んだ。

今日こそ！　何かが起りそうだ。

何かが始まるぞ！　どうもそんな気がする——

陽ぐれになると、男は鏡に向って、丹念に髭を剃り始めた。

剃り痕を匂わせながら、水いろの服に手を通した。

——街へ出た。

ゆらゆらと、黄昏のにじんだ街の陽のかげを、男は、妻に逢う足取りで通りすぎて行った。

そして彼は、あの十字路へ現われた。

十字路には、限りなき街の渦巻きが、暮れて行きつつあった。陽の消え残ったその上空に、音もない蝙蝠が、ハタハタと身を翻えしていた。

こちらの街から、男は、灰色の気流を横ぎりながら、躊躇《ためら》うこともなく、公園の柵の前に立つ例の電気時計と信号調節機の傍らへ近づいて行くのである。

折しも、一人の交通巡査が、今しがた交替した同僚にメガホンを渡したばかりの手持無沙汰な両手を後手に組んで、渦巻く街角を横ぎってコツコツ舗道の岸へ近づく所であった。

街を横ぎったあの男は、その警官めざして、いかにも一つの宿命が結びつけた如く、一直線に近づいて行く

——


警官は、舗道に立つと、十字路へ向き直り、ちょっとヘルメットをぬいで汗を拭いた。

近づく男は、頭の中で、忙しく、宿命と機会を結ぶ緒口《いとぐち》を見つけ出したいと死物狂いになっていた。足は速かったが、気持は、次第に重かった。

警官の傍でちょっと足が止った。

妻よ！

何を機会に見つければいいのだ、何にもない！

警官はヘルメットをかむろうとする——

男はちょっと眼をつむった。

そして、近づくと、
ポン！

と、後ろから肩を叩いた。

「また、日が暮れましたね！」

驚いた警官は、ヘルメットを手に持ったまま、男を凝視した。

——ヤ！

男が、笑った。

「ハハ、いや、またやって来ましたよ！」

男は、十字路の方へ向って立つと、ニタリとまた一つ振返って笑う。

警官は呆気にとられた。

ハハア、此奴だな！　噂の狂人は。

眺め見下した警官は、ヘルメットをかむってしまうと、ツクネンと十字路の方を向いている男に近づいた。

「あなたですか、奥さんが先日お亡くなりになったというのは？」

「左様！　この十字路でね！」

男は顔で笑っていた。

「——お気の毒な！　しかし、あなた、こんな所へ毎日お出でになったって……」

「どうにもならんだろうと仰有るのでしょう？　ハハ、いや、それはそうです。しかしね、僕はこの十字路に何か復讐をしてやるまで、毎日、必ずやって来るつもりですよ！」

「と仰有いますと？」

「つまり僕はこの十字路を組み立てている何から何までが、憎い！　例えばこのコセついた渦巻はどうです！周章てふためいた群集が、パクパク十字路の四方でぶった切られて駈けずり廻っている恰好は、全く、見ていてギリギリするほど呪わしい！　それに、第一この十字路というやつが、非常に性悪く出来ている。御覧なさい、このベラボウな群集の渦巻の前に立ちはだかって、息をつぐ暇もないほどこの十字路は追いちらして凱歌をあげている。青燈が出た、ドッと流れた群集がこの広い広い十字路をまるで半分も渉らない中に、途端に注意燈、瞬くうちに赤燈が出る、すると忽ち無数の車輪がブウンと群集の鼻さきを廻転して行く。次ぎの青燈の瞬間まで、群集はいずれも四方八方の轍《わだち》の真中へ放り出されているじゃありませんか！　そうだ。つまりこの十字路はベラボウに広い広いに拘わらず、青燈が他の十字路と比べて、大変短い！　直角に群集が路面を渉りきれないほど、短い！——短い！」

男の口元を凝視めながら、その巡査は始めて巨人のような微笑を浮べた。

「あ、なるほど、そう仰有るのは御尤もです！　が、実は、これというのもこの十字路に自動信号を適用してあるせいなんでして、御覧のとおり」

と、十字路の中心へ一つ振返って見せた。

「この十字路は、他の十字路に比べて、直角交叉の線よりも、斜行線の方が、まあ我々にとっては重要な交通量を持っているものですからね、これに自動信号を用いるというと、どうしてもこういう不充分な事になる訳で、何でしたら調節機を御覧に入れても宜しいですがね、実は私共もこれには尠からず頭を痛めているのです」

「フム！」

巡査は、この面倒な狂人を早く追っぱらってやろうと、考えた。

愛想よく、

「まあ我々としても、目下その点いろいろと対策中なんですがね、まあちょっと問題の調節機を御覧に入れて説明申上げておきましょうか。ハハハ、どうぞ――」

と、大兵なるその巡査は、腹をゆすって、調節機の方へ男を誘《いざな》って行った。

「あの四隅にある信号燈は、すべてこの箱の中で自動的に調節されているのでしてね」

調節機の小さな箱には、錠が掛けてあった。巡査は、ガチャガチャとそれを開けると、まず、あれ！　と自分で覗き込んで見せる。

「つまり、あれです。そこに丸い鉄の板に目盛を附けたものが自然に廻っていますねあれですよ、つまり円の全角三百六十度を、これだけに分割して、ここからここまでが直角交叉線の青燈。その次ぎの目盛が注意燈。それから赤燈。所で今度この目盛がここまで廻って来ると、斜行線の青燈が出る。それから、注意燈。赤燈。と、こういう風に、まあしょっちゅうグルグル廻っている鉄板の目盛で、信号時間が割当ててある訳です。所が他の十字路だというと、大体円周を四つ割りにした九十度角だけ目盛か廻る間を、各、青、赤の信号と、それに附属した注意燈の、これだけに割当てれば済む所を、大体この十字路がこういう斜行線が重要な変則的な十字路だものですから、普通ならば四分して済む所を更らに斜行線の各青、赤の分まで割当てなければならない訳で、結局、各信号の時間が短くなってしまったような訳なんです。何といっても、円の全角は三百六十度しかないものですからね、ハハハ、いや、全く困りものですが、我々としても機械に頼っているだけに、どうする事も出来ない」

と、巡査が、物理の依って来たる不可抗力の所以を、理屈で喋る間、例の男は、その傍らに突っ立ったまま、口だけは、フム！　フム！　と調子よく肯いていたものの、案外それが妙な顔つきをして、巡査の横顔、頸筋、さては後頭部なんぞを腹でも減ったような眼で見上げ見下し、シキリに怪しげな物色をやっていた。恐らく、途方もなく、ムズムズし始めた顔色であった。

所が、男の飛んでもない頭の中を知るや知らずや、狂人をやりこめた満足で、顔一ぱい人のいい笑いを浮べたこの巨人巡査は、

「誰か立体角を用いた調節機でも発明してくれませんかね。さしずめ、あなたなんかに発明して頂けると、この十字路も、こうまでややこしくなくて済むんですがね。いや、これはまあ冗談ですが、ハッハッハッ！」

と、ばかり、さて、ボックスを閉めて、錠をひっかけた。――その瞬間である！

物もいわずに、例の男の右手が、サッと閃いた。

アッ！

と頸筋を抑えて巡査はよろめいた。

とみるまに、二三歩空を踏んで、舗道へドッサリなまこのように崩れてしまった。

公園の前を通りかかっていた散歩者が、

「アッ、此奴！」

と、飛びかかると、ヒラリと車道へ身を退いた例の男は、ストンとばかり木煉瓦の上へ文鎮を放り出して、ポイポイ両手を払っていた。

――津浪のように、十字路の四方から、その片隅めがけて群りよって来た群集の中で、男は一つ眼をつむってみた。腹の中で、彼は、静かに感傷のピリオッドを打った興奮で呟いていた――

妻よ！

物理と、俺の感傷は、別ものではないか！　鉄の板に目盛のついたような物理で俺の感傷が割切れてたまるものか！　そうだろ。俺は十字路の四次元の悪魔に復讐をしてやった！

十字路の真上に、あかねの空が燃えていた。

魂の貞操帯

1

「鬼女ヘレン」の物語という、妖気身に迫るような復讐の伝説がある――。

　およそ幾百年の昔の事であろう。

　英国《イングランド》のさる国に、姉様《シスター》ヘレンと称《よ》ばれる一人の貴女《きじょ》があったが、偶々《たまたま》愛する男に捨てられて、この世ならぬ恨みを含んだあげく、暴風雨《あらし》の一夜、人住まぬ古城に籠《こも》りおのれを裏切った男に似せて作った小さな蠟人形を、火に焙《あぶ》り、焙り溶かせて、終《つい》に男を呪い殺そうとたくらんだという。しかも、呪われた男は、古城の中で、ヘレンが火にかざす蠟人形がメリメリと溶けてゆくに従い、哀れ顔色蒼ざめて、ついに蠟人形が溶け終った頃、無残にも、胸かきむしって倒れ死んでしまったという。

　――かれこれもう数年前《ぜん》の事であるが私のたった一人の、房子という女学校上りの妹が、神戸じゅうの七八つある新聞へ、難題きわまる応募条件をつけて、ヴァイオリンの出張教授を求むという、広告を出した事があった。

　その特別条件というのが、何と、「但《ただし》、落魄《らくはく》の青年貴族にかぎる」というのである。

　生意気盛りの、謂わば高圧的ロマンチスムに過ぎないと軽く考えて、勿論、私は、鼻で笑って問題にしなかった。

　所が、奇妙にも、その新聞が出て二日目の夕方、ちょうど妹の留守の間に、あまり巷間《こうかん》では見馴れない、明かに貴族姓の名刺を通じて面会を求めた者があったではないか。

　変に面喰らいながら、応接間へ出て行ってみると、途端に私は、思わずも腹の中で、さては妹の奴、いつの間にか恋の味でも覚えたとみえ、飛んでもないカラクリで一ぱい兄貴をひっかけおった――と思ったほどだったが、後で判ってみると、そうではなかった。

　ともかく、応接間の中には、実に意外なほど、素晴らしいローマ貴族のような端麗な顔をした若い男が一人、手摺《てず》れのした黒革のヴァイオリンケースを抱えたまま、端然と腰下していた。

実に――抜け上った真白い額。気品のある長い黒髪、朱を含んだような明瞭なる唇、等々。私は瞬間驚きの目を瞠《みは》ったまま、これほど美しい男はちょっと稀だろうと思った。しかも男の容貌には美男に有り勝ちの女々しいような面憎《つらにく》い所は鵜の毛で突いたほどもなく、精悍《せいかん》な五体には強烈な個性すら漲《みなぎ》り渡っている。という男が、あだかも露西亜《ロシア》人の着ているような古色蒼然たる半外套《ハーフ・コオト》を無造作に纏い、一見して、貴族とすれば、さながら落魄の貴族でもあろうかという、いかにも妹の注文通りの人間。

これが、私がこの物語の主人公、蛾堂良嗣《がどうよしつぎ》という奇怪なる青年貴族を知った最初であった。

が、勿論この名は、私が故あって今ここに仮りにつけた名に過ぎない。

三ノ宮の高架道《ガード》から、ダラダラ坂の山手へ登って、支那領事館の近く、下山手の通から三つ四つ奇妙な方向に足を踏み込んで行くと、いきなりその辺一帯が、都会の雑音から切り離されたような、空虚にも透明な、沈んだ空気に触れる一種の裏町があるが、蛾堂という青年貴族は、その町の中の、一軒、奇妙にも対角線が歪んだような古めかしい家の屋根裏の部屋を借りて住んでいたが、ともかく妹と契約成って、それから数ケ月の間、ヴァイオリンをかかえて教授にやって来た。

妹の様子では、別にこの落魄貴族に一目惚れした風でもないので、ついうっかりしていたが、思えば私は、この貴族とはいえ果して本当の貴族か何かすら判らぬ、曖昧きわまる屋根裏に住むような素性《すじょう》不明の人間に、何の考えもなく、妹を一任しておったというのが、間違いであった。

ある夜不意に妹は家出をしてしまった。

しかも私は、この前夜、彼女の姿を見たのが最後で、それから約一年あまり後の、雪の降る深夜、あの奇怪なる絶え入るような声を聞いたばかり、永久に妹の姿は見る事が出来なくなってしまった。

勿論、私は、妹が家出をした翌日、例の蛾堂の住む、奇怪なる屋根裏を鼻息荒く訪れ、扉《ドア》を蹴ちらすばかり飛び込んでみたのであったが、意外や、部屋の中には、薄明りの中に朦朧《もうろう》と紙屑が散らばっているばかり。――アポロの化身《けしん》の如き蛾堂の姿は、どこに吸い込まれたか、カケラさえも見えなかったのだ。

さてそれから物語は、ちょうどそれから一年ばかり後に飛ぶが、――かの雪の夜の事件の起る、すこしばかり前の日の事である。

私はその日、思いもかけず、韜晦《とうかい》せる蛾堂良嗣から、かなり長い一通の手紙を受取った。

その手紙の中で、始めて私は、おぼろげながら、妹房子の辿った、怪しげなる運命らしきものを知る事が出来たのであるが、奇怪といえば奇怪、今その手紙を少しばかり要約して次に述べておこう。

2

兄《けい》よ――

僕は、兄も御承知のとおり、あんな見窄《みすぼ》らしい屋根裏なぞで、奇怪らしくも幽霊か何かのような暮しをしておりましたが、しかし、この神戸の街じゅうのどこかには、決して屋根裏なぞに住む必要のないチャンとした家を持っているのです。そして僕は今そこからこの手紙を書いておりますと、何故僕が今までそこに住んでいなかったか、そして今そこから手紙を書いているかというのが、この手紙の骨子《こっし》であるかも知れません。

四五年前の事でした。

僕はその頃、気まぐれにも時々ヴァイオリンを掻き鳴らすぐらいが唯一の真面目な仕事で、その他の有り余る時間というものは、いつの間に覚えたとも判らず、日夜、悪魔に魂を預けたほども金に飽かせて放蕩の限りを尽しておりました。獣《けだもの》じみた無頼漢《ぶらいかん》にならなかったというのがせめての事で、高価な外套にくるまり、白絹のマフラアを巻き、タキシードに身を装っているというだけの事で、一皮めくれば実に無頼の徒と寸分違わぬ下劣きわまる血がたぎっていたにほかなりません。

呪うべき美貌を資本《もとで》に、チラリ視線の端を投げたばかりで幾人の女が闇から闇へ泣きながら沈んで行ったか判らないのです。僕には、その目まぐるしくも僕の寝室を幻影のように後から後から通り過ぎたと見る間にパッと淪落《りんらく》の淵に陥《お》ちこんで行く女の姿を見る事が、あるいはその頃は、むしろ得意でもあり、惨忍な喜びでもあったのかも知れません。

所が、ある時、僕は、その頃どこか上海《シャンハイ》あたりから帰って来たばかりという、ある奇妙な母娘《おやこ》二人の人間に出会いました。

同じ放蕩仲間からそれとなく教えられて行って、始めて、あるホテルに住んでいたその母娘の者を知ったのですが、どういう経歴の荒波をくぐって来た人間か、母親の方は、四十近い、すでに色香も失《う》せる年頃でありながら、見るからに腕に覚えのありそうな、滴るような妖艶きわまる女で、日本へ帰って来るまでにも、至る処の高級なホテルなぞに住んで豪華な取引きをして暮してきたと見え、まるで貴婦人のような気品を誇らしげに見せながら、心憎いほど社交界風の仕種《しぐさ》なぞも、心得ているのですが、いうまでもなく、これは一種の高級売笑婦だったのです。

けれど、運命の糸というものは不思議な所にあるもので、僕はその母娘に会った刹那、タジタジするほど道具の揃ったその母娘の色香により、むしろ、娘を一目したばかりでそこに云いようのない胸の躍る気持をそそられてしまったのです。

ちょうど僕が訪れるまで、母親と二人何か楽しく語合《かたりあ》っていた所らしく、僕の姿を見るより早く、寛いだお下げに編んだ髪を閃かして、羚羊《かもしか》のように奥の部屋へ逃げ込んで行ってしまったのですが、僕はその一種云われぬ清楚な、何か清々《すがすが》しいような空気をまき起した後姿が、それまでの僕の腐肉を啜るような悪食《あくじき》の習慣の中で、ヒラリとばかり清らかな慾望を感じさせたのでした。そこで僕はいきなり、母親に向って、何も考えるひまもなく娘の方を求めたのですが、所が言下に、

「あれは娘です！」

馬鹿を云うなとばかり、ピリリと気魄《きはく》の籠った声で拒絶をされて、僕は思わず、オヤ！　と思いました。

けれども僕は、何を考えるより先に、ついその母親の言葉に、何を！　という反感をあおられたものですから、ヨシきた、それならばいずれそのうちにだとそれから、暫らくの間というものは、母親一人とうまくバツを合せていて、スッカリ心を許させてしまった頃を見計らい、ある時、母親の留守に、訪ねて行くなり出て来た娘を抱きすくめてしまったのです。

所が、どうせ淫売の娘は淫売と、それに似たり寄ったりぐらいに思っていた僕は、いきなり生命《いのち》がけで暴れ出されてギョッとしました。しかも、思わず手をゆるめた隙に逃げ出した娘は、何と思ったか、卓《テーブル》へ駈け寄ると、ちょうそこにあったナイフを、いきなり逆手《さかて》に持って自

分の胸に当てたではありませんか。

驚きました。僕はそのジッと僕を凝視《みつ》める真黒な瞳をみるとタジタジする思いで、思わず、

「お前は、僕を嫌いなのか！」

すると娘は、

「いいえ」

と、やはり、キッと僕を凝視めながら、答えるのです。

「そうか、嫌いでなかったら、それじゃどうすればいいのだ？」

と、思わずも獣慾から目覚めた気持で問うと、娘は、やがて静かにナイフを置きながら、

「お母さんに話して下さい。それからならば、また妾《わたし》に話して下さっても構いませんわ」

と、答えるのです。

一足飛《いっそく》びに書きますが、こうして僕は、思わぬ事からこの久賀子《くがこ》という淫売の娘と結婚する事になったのですが、その結婚の時、僕は思わず向う見ずにも、娘を愛するあまり、わざわざ白金の方《ほう》三寸ばかりの台に僕の写真を焼きつけ、それを浮彫りにした精巧なメダルを作って、永久愛の証拠として娘の清楚に着飾った胸に掛けてやりました。

「これは僕の魂の貞操帯だよ！　真心かけて、これには僕の心も魂も籠っているよ！」

と、そんな事まで云いながら。

その結婚式の夜、奇妙にも、久賀子の母親は、漂然とどこかへ立去って行きました。

無頼の放蕩から目覚めた僕と、とても淫売の娘などと信じられないほど清楚な久賀子との生活は、最初の一年ほどの間は実際この上もなく幸福そのものだったかも知れません。けれども、いかに純情とはいえ清楚とはいえ、性愛に長《た》けた母親の血をうけた娘には、到底、奔放する性愛の奥義の血潮は隠しきれなかったとみえます。一ケ年間、ムズとばかり僕に愛され抱かれ続けた久賀子は僕のため性愛の極致でもさながら誘発された如く、やがて気のついた僕の眼の前には、単にこの娘が母親のイミテーションとしか映りませんでした。ムチムチと妖艶に肉肥りしてきた胸のあたりからは、咽《むせ》ぶがような官能の匂いが立ちのぼって、真黒い双眸《そうぼう》からは、汚わしくも露わな情慾がたぎっているという、完全なる一匹の女怪《じょかい》です！　僕はすっかり彼女に愛想をつかしました。

ところが、ある夜、僕は、真夜中に至って不意に夢を破るギャッという妻の声に眼を醒しました。見ると、ど

うした事か、久賀子は真ッ白いシーツを紅《くれない》に染めて、双眼からポタポタと血潮を流しながら転倒しているではありませんか！　しかも、その側《かたわ》らには二寸ぐらいのペンナイフが、両端の刃をサッと開いたまま投げ出されているのです。

驚いて僕は抱きかかえ、意外な事を聞きました。

妻は、永久に僕の愛を独占するため、最初眠っている僕の双眼を突き刺すつもりだったが、眠っている顔を見ると急にその勇気が挫《くじ》け、代りに自分が盲《めくら》になって永久愛されたいつもりであったと云うのです。——何か女独特の不可解な衝動から行《や》ったに違いありませんが、それを聞いた僕は思わず慄然としました。ああ何たる無智でしょう！　僕は盲になった妻を愛する所か憐れむ所か、ムラムラと嫌悪の情を感じたばかりです。それから間もなくだったのです。僕が妻から逃げ出して、あの屋根裏の部屋へ飛び込んだのは——。

僕はその妻から逃げ出すとき、家も財産もすっかり、愚かにも盲《めし》いた妻に呉れてやるつもりでした。しかし、旅行をするという僕の言葉を信じた妻は、僕が立去るとき、凝《じっ》然と見えぬ眼で僕を見守りながら、

「旅行はどれくらいかかるおつもり？」

と訊きます。

「さあどれくらいかかるか今の所は判らないね」と云うと、

「一年ぐらい？」

「いやもっとかかるだろう、三年と思えば間違いないだろうが……」

すると妻は、見えぬ眼をかしげながら、こんな事を云ったじゃありませんか。

「そう。じゃ、三年間待っていますわ。けれど、もしその三年の間に、妾を裏切ったりなさったら、それこそ妾、その女も一緒に、ひょっとすると貴郎《あなた》を呪い殺すかも知れませんよ！」と。

斯くして、僕は妻から逃げ出し、あの屋根裏でロマンチックにも浪々とした気分で暮すうち、僕は、貴下《あなた》の妹房子と出会う事になったのです。そして、いかにもあの通り、房子は僕の所へ家出をして来ました。

けれども僕は、すでに家系も、氏も忘れて、一介の放浪者として、ヴァイオリンを奏《ひ》きながらでも永久房子を愛して行くつもりでおりました。勿論僕は妻の云った呪いの言葉には些かさえも気にかけず、実際再び僕は妻の所へ帰って行く必要もない決心でいたのです。

所が、房子と暮し始めて早くも一年近くも経ってしまったつい先頃の事でした。

僕はある日、やはりヴァイオリン教授の口でもないものかとあれこれ新聞を眺めるうちに、フトこんな広告が一週間もつづけて出ているのに気がついたのです。

「病重《やまい》し。今一度貴郎《あなた》に会いたし。久賀子」

その時、申上げなければなりませんが、房子は僕の子供を受胎して、相当身重の体でした。そして、彼女は、僕の本当の素性は勿論、新聞の事も何も知らなかったのです。

で、僕は、これほど妻が執拗に広告を出す所を見れば、あるいは妻はよほど重態なのかも知れないが、——もしもあの妻が死んでくれたらと、再び僕はヒラリと吸血鬼のような妻が息をひきとった姿を幻想しました。そして僕は、房子と再婚する想像すら描きながら、彼女には一応何気ない理由を云い含めておいて、永らくぶりで自分の屋敷へ帰って行ったのです。しかし、それがよもや房子の見納めになろうとは考えてはおりませんでした。

帰って行ってみると、果せるかな妻は、顔蒼ざめたまま病床に横わっていて、見えぬ眼で僕が帰ったと聞くと、痩せ細った手を差のばしてくるのです。その姿を見るとさすがに僕も哀れをもよおして、すぐさま寝台に近づき、心ゆくまで痩せ衰えた体を抱き締めてやったのでした。所が、涙さえ浮べて手さぐりに僕へシッカリ縋りついてきた妻は、暫しがほど顔すりつけたまま泣いておりましたが、矢庭にそれが、僕をギョッとするほど弱い体で力一ぱいはねるではありませんか！

見えぬ眼を見開いた骸骨のような形相《ぎょうそう》で、

「ああ、女の匂いがしますわ！」

僕は、瞬間、物の怪《け》に見竦《みすく》まされたような気がしました。

我にもなく、しまった！　という気で、立竦《たちすく》んだまま、異様なる妻の顔を凝視めておりましたが、——ああそれからというものでした。僕は、殆ど二十日ばかりの間というもの屋敷からも、いや、妻の病室からさえも、一歩も出て行く事が出来なかったではありませんか！

異様にも妻は、僕がちょっ身動きしても、

「どこへいらっしゃるんです！」

と、見えぬ眼で物凄くも凝視め、僕がちょっとでも、あたりにいないか、気配でも聞えなかったりすると、ガバと寝台へ跳ね起きて、あたり構わぬ声で泣き叫ぶのでした。

そして、殆ど、夜という夜は、夜どおし僕の寝台をピッタリ自分の傍へ並べさせて、不気味にも痩せ細った麻幹《おがら》のような手で、僕の片手を握りしめたまま眠るのでした。

——まるきり、この世ながらの餓鬼地獄だという気がしました。

僕はその間、久賀子にどんな物凄《ものすさ》まじいたくらみがあるとも知らず、二度ばかり、愛する房子へ手紙を出して、当分帰れない事情になった事を知らせておきました。所が、今にして思えば、ゾッとするような、あの夜の事です。

その夜、フト僕が、淡い眠りから醒めてみると、何時頃でしたろう、シンシンと霜降るような真夜中で、並べ合せた寝台の上では、妻は呼吸《いき》も弱く眠りに落ちている様子でしたが見れば、いつの間にか僕を握り占めて眠った手が、心でもゆるんだように空《むな》しく離れて、ハタリと、シーツの上へ落ちています。僕は、思わずソッと寝台へ起き返ってみました。が妻は、いかにも気息淹々《きそくえんえん》と、徒らに悪夢でも辿っているのか身動きもせず、手を離した事も知らず、眠りつづけています。

で、僕は、急に力を得て、高鳴る胸を抑えながらソッと寝台を抜け出し、二足三足、扉の方へ歩いてみましたが、依然眠りつづける妻を見ると、しめた！　とばかり、一秒を千分するような思いで開けた扉から、脱兎のように駈け出すと、そのまま房子の所へ帰って行ってみたのです。

所が、意外にも、帰ってみると房子の姿は見えず、隠れ家のその部屋の中には、薄白く人気も絶えた埃さえ溜っているではありませんか！

僕はその真夜中、ガタガタ震える思いで、隠れ家のお神を叩き起して聞いてみると、房子は僕のいない間に子供が生れたらしく、それから暫らくは僕を待っている様子だったが、つい四五日前、見かけない中年過ぎた貴婦人のような女が、一人訪ねてきたと思うと、その翌日房子は子供を抱いて漂然どこへか立去ってしまったと云うのです。

僕は、訪ねた女と聞いて、直ちに、妻との結婚式の夜、奇怪にも漂然立去って行った久賀子の母親の事を思い出しました。が、怪しくも何かに呪われているような慄然とした気持で、それから大急ぎで、再び屋敷へ走り帰ってみると、——どうでしょう！　いつの間に立上ったのか、部屋の中には、死人《しびと》のように妻が佇んでいます。

ギョッとした僕の気配を物凄くも逸《いち》はやく覚った妻は、あだかも死神の笑うような顔で、ケラケラと一声高く笑いました。

「お莫迦《ばか》さん。よく帰って来ましたわね！　これから妾がどんな呪いを貴郎《あなた》達にかけるか、思い知らせてあげますから……！」

「久賀子！」

と、僕は、思わず慄然とその空《うつ》ろに眼の見えぬ妻へ叫びました。

けれども妻は、一足、二足、不気味にも、よろけるように壁の方へ後退《あとずさ》りして行きながら、結婚以来ズッと胸に掛けつづけていた例のプラチナ・メダルを取りはずし、

「――ここには貴郎《あなた》の魂が籠っているのでしたっけね？」

そして、いきなり狂ったように、そのメダルに頬ずりをして、

「ああ、妾の夫！　恋しいひと！」

と、奇怪にも、妻はそのまま、壁の扉まで後退りして行って、突き当ったと見る間に、身を翻えしてその中へ駈け込んでしまったではありませんか。

僕が走り寄った時には、パタリ！　と扉は重くも閉って、その向うから、

「よく覚えておいで！　いつか約束をした三年目の日がもうすぐ来るのだよ、その日が来るまでは生かしておいてあげよう！」

別人のような声で、ケラケラと今一度妻の笑う声が空《うつ》ろに聞えたと思うと、それきり物音一つしなくなりました。

ちょうどその扉の向うは、大昔に建てた僕の家の、最頂上にある望楼《ぼうろう》から、地下室の酒倉まで続いている石畳の階段が通っている所です。妻はどうやら、壁づたいに酒倉の方へ降りて行った様子――

僕は思わず物凄い声をあげながら部屋を駈け出し、その真夜中、屋敷中の人間を悉く叩き起して、狼狽《うろた》え騒いで妻を捜索し始めたのでした。

けれど、扉をこじ開け、多勢一塊りとなって、蹇地《まつしぐら》に石畳の階段を駈け降り、酒倉の前まで行ってみると、――大昔、特別作りの花崗岩《みかげいし》で異様なる引戸を作って塡《い》れた地下室の扉は、いかんせん、あらん限りを尽して押せど突けど、ピタリと閉ったきり身動き一つしないのです。向う側から恐らく何かでシッカリ押えられているとも思われ、幾十年の埃にまみれ墓穴の扉の如く立切った

まま――ああそして妻は今日に至るまでそこに閉じ籠ったきりなのです。しかも、何をしているのか、寂《せき》として気配一つさえ聞えないのです！

さらば、兄よ。

斯くして僕は今、何かの方法で異様にも妻から呪われているに違いありません。シッカと、メダルを握りしめ幽鬼の如く、燃え上る火を見えぬ眼で凝視めて佇む妻の姿がありありと見えるような気さえするのです！　ああ、僕は、あるいはこのまま永久に、この世から消失して行かなければならないのかも知れません。閃くように房子の幻影が浮びます。いずこへ立去ったのか、哀れにも愛すべき女でした。

さらば！

3

――朝から降り始めた雪が、鳥の羽根を投げるように霏々《ひひ》として降り積る夜ふけ、私は、いきなり、けたたましく鳴る電話の呼鈴《ベル》で眼を醒した。

受話器を取るなり、飛び込んだ声、

「お兄《にい》さま。お懐しいわ！」

と、弱々しくも、公衆電話から呼ぶ妹の声ではないか
――

「房子！　この夜ふけに雪の中で、どこにいるんだ。何でもいいからすぐ帰って来い。いいか。どんなに心配したか知れないんだぞ」

といえば、

「でも妾、帰れないんです」

「莫迦をいえ。どこにいるんだ。云え、迎えに行ってやるから……」

と云いながら、私は、急に何か身をもがいて泣き出したような赤ン坊の声を聞いた。

「お兄さま。お聞きになった？　これ妾の赤ン坊よ」

「ウム、聞いた。ともかくすぐ帰ってくれ、いいか、房子、頼む！」

所が、急に、私と房子の間に交換手の声が荒々しくも飛び込んだのだ。

「お時間です。お時間です……」

アッと思って、思わず、

「房子！　房子！」

と呶鳴ったが、それきりプッツリ電話は断《き》れてしまっ

た。

呆然、電話口を凝視めているとき、奇怪にも私は、何か家の中のどこかで、聞き馴れぬ人の気配を感じたのだ。

オヤ！　と、急いで部屋の扉を開けてみると、何と、いつの間に這入って来たのか、永らく空《あ》いたままになっている房子の部屋の前に、スックリ蛾堂の姿が佇んでいるではないか！

ゾッとしながら、

「おい！」

と、声をかけると、蛾堂は振返った。

蛾堂はその夜、例の屋根裏に住んでいた頃とはまるきり違い、堂々たる洋服姿で、雪まみれになった帽子《ソフト》を目深《まぶか》にかむっているのだ。

「どこから這入ったんです？」

「いや、済みません。つい房子を訪ねて……」

「しかし房子は、あれっきり帰って来ないんですよ。たった今妙な電話を掛けてきたきりだが、一体……」

と、云いかける間もなく、

「そうですか。いや、誠に申訳ありません」

と、意外にも蛾堂は、そのままクルリと向うむきになって歩き出すのだ。

「おい、君！　待ち給え！」

しかし早くも蛾堂の姿は見えなかった。

私は殆ど夢中で、寝巻の上から外套《オーバ》を羽織った異様な風態で家を飛び出したが、出ると、蛾堂は、ちょうど五六寸も雪の積り、なおも霏々として降りつづける朦朧たる街の向うをユックリ一人で歩いている。

思わず雪を蹴ちらし、二三間《げん》駈け出したが、急に私は、このまま蛾堂の後を蹤《つ》けて、どこへ帰って行くか突きとめてやろうと思いついたのだ。

顔にかかる雪を払い、ギク、ギクと、滅法足のめり込む雪を踏んで、こうして私は、ものの二十間《けん》ばかりの間をおきながら蛾堂の後を蹤け始めたのであるが、所が、奇妙にも蛾堂は、公園裏から中山手の通を抜けて、人気のない街を宇治川づたいにどこまでもどこまでも降りて行ったと思うと、とうとう高架道《ガード》をくぐり抜け、元町裏から大廻りに米利堅《メリケン》波止場まで出てしまった。

およそ十二時近くの事であろう。

波止場の前の、日本郵船の建物のあたりには、降りしきる雪の中に、霞みをおびた街燈の灯《ひ》がボンヤリ漂っているきりカラン、コロンと、碇泊している船から物淋しい何かの音が聞えて来るほかには、寂《せき》として雪の音ばかりである。

蛾堂はそれから波止場づたいに、第二、第三と、次ぎ次ぎに波止場を越えて歩いて行きながら、時々、何やらあたりの雪景色でもシミジミ眺める様子で、立止ってはちょっと見廻し、また歩き出すという、さながら逍遥でも楽しむ風情で、とうとう異様にも長々と深夜の雪道を歩き廻ったあげく、ガランと人気のない神戸駅までやって行って時刻を見ると、やがてスタスタと足ばやに引返し始め、駅前の広場から雪まみれのまま相生橋《あいおいばし》の高架道《ガード》下の方へ歩いて行くのだ。

駅の時計はちょうど十二時寸刻前の所――。

私は、異様に長道をひきずり廻され、ヘトヘトに疲れた足で、いささか腹立たしくも、行手に朦朧と、ともすれば降りしきる雪に掻き消されるような蛾堂の姿に狼狽《うろた》えながら、懸命に追っかけた。

声も途絶えた市電の通とブッ交《か》いに、斜めにかかった薄暗い高架道《ガード》の下目がけて、蛾堂は雪道の右手を何を急ぐのか殆ど走るばかりに足ばやに行く。私は、その後を、通りの左側から追いながら、いまや高架道《ガード》の下にかかった蛾堂がスタスタと市電を越えて行く姿を見ながら、同じく、雪道の右側へ渡ろうとした。と――

オヤ！

ちょうどその時、スタスタと市電を渡り、高架道《ガード》下の斜めに開いたような薄黒い煉瓦壁のきわへ上って行ったはずの蛾堂の姿が忽然《こつねん》として見えなくなったではないか！

降る雪に見違えたかと、あわててその場へ駈けつけてみたが、ちょうど彼の姿が見えなくなったあとには、不気味にもベッタリ「狙撃兵」の活動ビラが大きく一枚はりつけてあるきりだ。まるきり、その煉瓦壁の中へ吸い込まれたとしか思われない。

ギョッとして、思わず私は街じゅうを振返って見たが、三方雪に閉ざされた無人の通には、佗しくも眠たげなる街燈の色ばかり、霏々として降る雪の中に掻消されつつ漂っている。

そして、ちょうどその時、遠く数丁離れた山手の福音教会から、降る雪を掻きわけて、重々しく、やっと辿りついたような十二時の鐘の第一声が始めて聞えてきたのである。

……カアアン……クワアアン……と、雪のため千々《ちぢ》に乱れたような鐘の音《ね》を聞きながら、私は暫し、凝然《じっ》として、声もなき等身大の活動ビラの中を異様な気持で凝視

冊

論創社
TEL 03-3264-5254
FAX 03-3264-5232

光石介太郎 著

光石介太郎探偵小説選

本体3,600円+税(5%)
定価3,780円

ISBN978-4-8460-1269-4
C0093 ¥3600E
9784846012694

注文数

日本文学
注文カード

文学

67

書

介太郎探偵小

N978-4-8460-1269-4 C0093 ¥36

めていた。

基督《キリスト》を盗め

(1)

ちょうど降誕祭の前日のことである。

湊川公園《みなとがわ》の展望台から、雪もよいの空の下の夕闇のかかりはじめた神戸の街に、点々キラキラと灯《ひ》の瞬きはじめるのがみえた。

照山《てるやま》はベンチへ腰をおろして、ジッと上着の襟をたてたまま、歯をくいしばって寒さをこらえていた。

いっそ船乗りにでもなろうかと、暮れもおしつまったその日、海岸通りにある近海航路協会の船員係をたずねてみたが、ここでも態《てい》よく追っぱらわれてしまって、あまつさえ懐中無一文。喰うものも喰えず、フラフラと新開地の活動街をうろつき廻ったあげく、ベンチで野宿するつもりでこの湊川公園まで上って来たのだが、胃袋の底からデングリかえるほど腹がすいている。

あれこれと、何とかして物を喰う分別を考えながらしばらく震えていたが、ふと気がついてみると、眼の前の砂利のなかに、ちょっと火をつけただけで踏みにじったらしいウエストミンスターのすいがらが落ちているのだ。

畜生、浅ましいなあ、と思いながら、しばらく睨みつけていたが、とうとう喫いたい誘惑にまけて拾いあげると誰か火を貸すものはいないかと見廻した。

と、その鼻さきへ、いつのまにか行きすぎかけて立止ったような黒ラクダのオーバを着た、白い口髭を短く刈りこんだ一人の紳士が照山を見つめて立っていた。そして、視線があうと、

「これを喫いたまえ」

金のシガレットケースを差出した。赧《あか》い顔をして、照山が一本とりあげると、マッチを渡しながら、

「失業してるのかね、君は」

「そうです」

すると紳士は、何か考える風をしたが、

「そうか。じゃ君にひとつ頼んでみよう」

といいながら、照山と並んで腰をおろした。

「飯はくったのかね?」

「いいえ、まだです」

「そうか。人生、飯と寝台がもっとも肝腎だ。飯と寝台のためには時々人間は思いきったこともしなくちゃならんものだが、君が厭でなかったら、ひとつ充分に報酬のでる仕事を頼もう。ときに君は、失敬なことをきくが、まだ泥坊はしたことはないだろうな?」

「……」

「いや、気を悪くしないでくれ。僕のたのみたいことが泥坊かそれに近いような冒険と戦慄《スリル》のあることだからそういうんだが、報酬はまず二千円というところかな。それも働きづめじゃない、たった今晩一晩でいいんだ」

「えッ、二千円?」

「そうだ。どうだね、やるかね」

「ええ、そりゃあ……といってもしかし、泥坊みたいなことじゃ、僕……」

「君、僕の顔をみたまえ。僕がたとい人を使ってでも泥坊をするような人間にみえるかね? どんなことを頼むにしても、泥坊でないことは後でわかるよ」

「……」

二千円ときいた瞬間から、照山の頭には霊感のように、金を握って満州へゆきたいという考えが閃いた。その思案するような半分気のりのしたような顔をみていた老紳士は、

「じつは今日、僕はこんなことを頼める人を捜して歩いとったんだよ。ともかく腹がすいていては何もできない。どこかで飯でも御馳走しながら段どりを話すことにしようじゃないか。来たまえ」

（2）

その降誕祭の真夜なかである。

山手にある、西洋杉にかこまれた一軒の屋敷の裏手へしのび寄った照山が、頃あいをはかって、コッソリ生垣をのりこえた。

すぐ鼻さきに、ボンヤリと暗い頑丈そうな建物がみえる。これが老紳士からきいた、この屋敷の博物館だ。南洋の仏像や支那の美術品などが所せまいほど陳列してあるという。

照山は、背たけほどあるコンクリートの腰壁の出っぱりへ飛びのって、ながいことゴトゴトとやっていたと思

うと、やがてギギッ、ギイッ……と錆びついた鎧戸をあけた。その内側にはピタリと閉った鉄格子の硝子《ガラス》戸がある。蠟燭をとり出して、火をつけると硝子を焼きはじめた。根気よく一時間ばかりも蠟燭の燈《ひ》をひねくりまわして、とうとう橙《だいだい》ぐらいの大きさの穴をあけると、手を突っこんで把手《ハンドル》をひねった。硝子戸をあけると、なかに鎧戸式のブラインドが下りている。紐をひっぱってスルスルとたぐりあげると、照山は真暗な部屋のなかへすべりこんだ。

プウンとまず博物館くさい古物《こぶつ》のにおいがする。懐中電燈をひねったとたん、壁の上から南洋土人の悪魔の面《つら》が睨みつけているのが燈《あかり》のなかに浮いた。電燈をふりむけるとものの一丈《じょう》もあるトーテム・ポールの毒々しい色を塗っ悪魔だ。そのつぎにはニュウブリテンの椰子《やし》の葉づくりのノッペラボウな悪魔だ。てかてかの仏像や、奇妙な土人の首飾りなんぞが、なるほど所せまいほどギッシリならんでいる。

照山の命じられた目的物は、南米ブラジルの金銀を鏤《ちりば》めた長櫃《ながびつ》の上にある円筒形の細長いものというのだ。照山は、長櫃らしいものをさがして、懐中電燈でてらしながら、埃だらけの絨毯《じゅうたん》のうえをソロリソロリと奥のほうへ歩きはじめた。

と、ちょうどそのときだ。暗い部屋のどこかの隅で、カチリと扉《ドア》のあく音がしたと思うと、すばやくその扉がまた閉る音がした。ギョッと、懐中電燈を消して、音のしたほうを凝視すると、たしかに人間らしいものが、ジッと闇のなかで息を殺している。

しまった！　とおもうまもなく、いきなりその人間が照山めがけて飛びかかって来た。髪の毛の逆だつような恐怖と狼狽を感じて、ひっ摑えられた手をふり払うと、死物狂いで照山は組みついてくるその人間へぶつかって行った。

殴り倒すと、自分も勢いあまってぶっ倒れた。そのまとっ組みあって転がりながら、照山の頭には大勢の人間に寄ってたかってふん縛られて警察へ突きだされる所が閃いた。だにのように執念ぶかく縋りついてくる相手が蒼くなるほど怖くなって、転がりながら所きらわず滅茶くちゃに相手を殴りつけた。ところが、殴られながらその人間が不意に、

「おい、はやくあれを持って逃げろ！」

と息をきらせながらいうのだ。

エッと、飛びおきて、うしろへさがると、息もたえだ

えになったようなその人間が、ヒョロヒョロと立ってい
って、部屋のなかへ燈をつけた。

みると、カラーもネクタイもひん歪《まが》って、上衣の破れてしまった老紳士、——意外にもその夕方照山にこの博物館へ忍びこめといったその老紳士当人が、口髭を鼻血で真赤にそめながら、スイッチのそばの壁にもたれてゼイゼイと肩で息をついているのだ。そして照山へ顔をしかめて、妙な風に笑ってみせると、

「もういい。早くそれを持って逃げてくれ」

「ど、どうしたんです。一体、なに……」

「何でもいい。はやく逃げろったら。そら、その長櫃の上だ」

と、せっかちに一隅の長櫃を指さして、

「はやくしないかッ。ぐずぐずしてると大変なことになるぞ。そら誰か来た。はやくしろったら！」

うろたえた照山が、夢中で円筒形の妙な鋼鉄の管《チユウブ》みたいな細ながいものを小脇に抱えて、窓のほうへ駈けだすと、うしろから、

「昨夜《ゆうべ》云ったことを間違うなよ。云ったとおりするんだぞッ」

息をきらせた老紳士の声が追っかけた。

(3)

その明けがた、まだやっと六甲山《ろっこうざん》の頂《いただき》が白みはじめたばかりのころ、照山は、三宮《さんのみや》の場末にある円宿《えんじゅく》ホテルを叩きおこしていた。

貧民宿みたいなぼろ洋室へつれて行かれると、

「さき払いだろう？　払っとく」

前の晩、飯をくいながら紳士から渡された十円札を擲みだして、さてひとりになると、しばらく照山はシミだらけの木製寝台へ腰をおろして、頭をかかえながら、思ってもいない博物館のなかで出あった老紳士というのが一体どういうわけなのか、考えてみた。どうも判らない。

例の円筒形のチュウブをとりあげてみると、はじめは鋼鉄か何かだと思ったが、どうやらこれは新合金のジュラルミンとかシルミンとかいう軽金属らしい。長さはおよそ二尺、直径が三寸ほどある。そして、上から約五分の一ぐらいのところに、茶筒の蓋のような切目があって、厳重に封をしたところへ、ひっぱればひとりでに封の切れる丈夫そうな絹糸の口糸がチョッピリ頭を出している

のだ。

つい好奇心にかられて、照山はその口糸をちょっとひっぱってみた。軽く封が切れるのだ。思いきってグッと糸をひっぱると、ズルズルと糸がぬけて、同時にドアエンジンの圧搾空気みたいなプシュッという音がした。

「ははあ、空気をぬいてあったんだな」

ひとりごとを云いながら、蓋を抜いて、何の気なしに管《くだ》をさかさにすると、いきなりストンと彼の手をぬけて床へおちた豪華な油画が一枚、帯のようにクルクルとひろがったのだ。相当時代がかった古びたカンヴァスで「キリスト」の画《え》である。煙草をすいながら、シナシナと重い手ざわりのするカンヴァスを椅子の背にひっかけて、彼は、ドキドキするような気で、老人から命じられてその日のうちにすることになっているスケジュールを想いだしてみた。午後八時に元町通《もとまちどおり》の珈琲店《カフェ》キルギスの二階で一人の女にあって、その女にこの絵を渡すことになっている。

急に途方もないロマンチックな事件のなかへとびこんだような気がして、照山は口笛をふきながら手ばやく画をもとのとおり納《しま》いこむと、廊下へ出て、ボロ時計の時間を見てくると何ケ月ぶりかでひとりで寝るベッドへもぐりこんだのである。

シミだらけでも、公園のベンチにくらべれば極楽だ。ものの十五時間あまりも一足《いっそく》とびに眠りとおしてしまって、眼がさめたときは女と会う約束の八時をとっくに飛びこしていた。

大あわてにあわてて、例のチュウブをかついでホテルをとび出すと、自動車をひろって元町のキルギスへ息せき切ってかけつけてみた。どんな女かしらないが、会うことになっていた女は、しびれをきらして帰ってしまったかも知れないと思いながら、階段をかけあがって、見廻すと、ズッと向うのほうの鉢に植えたゴムの樹のこっち側でボンヤリ椅子にもたれていた女が、すばやく照山をみつけて合図をした。

(4)

真黒なアストラカンの外套に、赤いトーク帽をかぶった美しい女だ。表情のある大きな黒瞳《くろめ》でジッと照山をみながら、真向いの椅子へ窮屈そうに腰をかけた照山がちょっと頭をさげると、真珠みたいな白い歯をみせて軽く頭をさげた。

「遅くなってすみません。じつは寝すごしてしまったんです。二三ケ月ロクに寝てなかったものですから。でも、僕みたいな人間が上って来るなりよくすぐ判りましたね」

ヘドモドしながらそんなことを云うと、

「ええ、でもあなたじゃないわ。それよ」

と、女は照山が露台へ出る仏蘭西《フランス》窓へたてかけた例の管《チュウブ》を眼で差して、

「わざわざもって来て下さらなくても、あなただけでよかったんですのに」

「でも、もし大切なものだったらと思ったものですから」

「封が切れてるのね。御覧になったの?」

「ええ、実は何だろうと思ってつい好奇心にかられて見てしまったんです。すみません」

「そう。いえ、いいの、御覧になっても」

と、いいながら、女は硝子ごしに暗い露台のほうへ眼をそらしていたが、急にふりむいて、

「あなた、新聞を御覧にならなかったのね?」

と、外套のポケットから折り畳んだ夕刊をとりだした。

「これがいちばん詳しく出てる新聞なの」

照山はいきなり「クリスマス深夜の惨劇」という見出の大きな字にギョッと唾をのんだ。あわてて読んでみると、およそ次のような記事である。

……今暁三時頃、美術品蒐集家として知られ南洋開拓会社々長芦屋由之介《よしのすけ》氏邸宅の私設博物館へ窓硝子を焼き切って侵入した怪盗が、おりから就寝前の見廻りに来た芦屋氏と格闘の上、所持のピストルで同氏を射殺逃亡した。秘蔵の泰西画《たいせいが》一枚が盗まれており、警察では現場に遺留されたピストルを手掛りに犯人厳探中であるが、この泰西名画は、芦屋氏以外には誰も、作者名も画題も知っているものがない由緒ある逸品であったという。

なお芦屋氏は南洋開拓事業に失敗以後、最近はほとんど破産状態となっており、その財政的理由やその他で、令嬢槙子《まきこ》(二一)さんは、予々《かねがね》寺林子爵の二男正春氏と婚約の間がらでありながら、その結婚話も思わしく進まずにいたところ、たまたま芦屋氏のこの奇禍で、同氏加入のABC三会社から保険金百三十万円が槙子さんへ支払われることになり、破産から一躍百万長者になった令嬢が気まずくなっている子爵家との話をどうするかという興味ある話題を師走の街に提供している……。

読みおわって、照山が呆然としていると、

「なぜあなたは芦屋さんを殺したの？」と、女が云うのだ。

「いいや、僕は絶対あの人を殺さなかった」

「だってチャンと新聞にそう出てるじゃありませんか」

「これは嘘です。たしかに何かの間違いです。第一僕はピストルなんか持っていませんでした」

「駄目ね、あなたは」と、女はちょっと笑って、

「だってあなた現にその盗《と》ってきた画を持って歩いてるじゃありませんの。警察では画を盗んだ人間を捜してるんですよ。警察へとっ摑ってから、いくらあなたが殺さなかった、ピストルを持ってなかったといっても、誰もそれを相手にしなかったら、どうなさるおつもり？」

照山は黙っていた。唇をかみながら俯向くと、不意に女が、

「芦屋さんはあなたに、盗ってきた画をここで私に渡して報酬を貰えと云ったんでしょう？」

「そうです」

「いくら？」

「二千円です」

すると女はまた眼をそらして何か考えていたが、

「ようございます。芦屋さんが約束しただけのお金を差上げますわ。ただし、というのも変ですが、じつをいうと私のほうも、芦屋さんが殺されたためにすこし事情が狂ってしまって、直接私からその報酬を差上げることができなくなってしまったんです。それに、せっかくあなたは持って来て下すったけど、その画も私が受取ることができなくなってしまいましたの……それで、おはじめてのあなたに無理いうようですけど、これからひとつ私のお頼みすることを聞いて頂けませんかしら」

「どんなことです。しかしあなたは僕が芦屋という人を殺したと思ってるんでしょう。――僕だって、いくら報酬をもらったって、殺人の嫌疑を受けたりするのは厭ですからね」

するとは、ちょっと笑いながら頭をさげて、

「ごめんなさい。あなたが違うと仰有《おっしゃ》ることを信じておきますわ。それに私、あなたがこれから私のお頼みすることを聞いて下されば、あなたをこの妙な事件から無事に救いだしてあげられる自信があるんですけど……。いかが？」

と、女はジッと照山をみて、そしてそのまま振りむくと、店の女の子を呼んで、便箋と封筒を持ってこさせた。

照山へ隠すようにしながら、何か短い言葉を一言書いて厳重に封すると、

「絶対になかをみてはいけませんよ」

笑いながら差出した。照山が赧い顔をして、ちょっと頭をかくと、

「見なくても、あすの晩、もういちどここであなたとお会いして、お頼みしたことの結果を伺いますから、そのとき何をこのなかへ書いたかお話ししてあげますわ。重要なことがたった一つだけ書いてあるんです。それが絶対にあなたへ何も迷惑がかからないようにお守《まもり》となってくれるはずですわ。これを、あす私のいう所へもっていって、先方へ渡して、これから私のいうとおりのことを先方と上手に応酬してきて頂きたいんですの」

(5)

翌日の午《ひる》すぎである。

須磨《すま》の離宮《りきゅう》まえにある寺林子爵の邸宅を、ルンペンの恰好そのままで、照山が訪ねていた。堂々と玄関からのりこんでケゲンな顔をしている取りつぎの女に、

「芦屋さんの盗難のことで伺ったと、云って下さい」

これは前夜、アストラカンの女から教った言葉である。するとまもなく、てきめんに「どうぞ、お上りを」といって出て来た。

ついて行くと、おそらく劣等客専用の客間らしい。それ相応のソッケない八畳の間へ通されて、待っていると、まもなく所謂三太夫という奴らしい、羽織袴に子爵家の綻紋いかめしい老人がでてきて、照山へ劣等なみにちょっと頭を下げると、

「早速ながら、御用向は？」

照山は黙って女の手紙を差出した。

そして相手の表情をみていると、老人は、癇癖《かんぺき》らしく、眉をしかめてビリッと手紙の封を引裂いたが、読むというよりチラリと一瞥しただけで、ギョッとしたような顔をあげた。が、さすがに急いで咳ばらいにまぎらせて、

「ちょっとお待ちを！」

あたふたと出ていった。それから、二十分、三十分、容易に姿をみせなかったとおもうと、やがて帰ってきた老人、わざわざ照山の真正面へ四角ばって坐ると、

「品物は只今お持ちで？」

「いや、持ってません」

「失礼ですが、手紙を書いた方と、お知合でも？」

「そうです」すると、

「ちょっとお待ちを！」

とまた出ていって、しばらくして引返して来ると、

「いかほど御入用でしょうか？」

と、沈痛な顔色をありありと浮べてきいた。

「二千円です」

「二千円！　それはあんまり……まるで強迫……」

「強迫かなにか僕は知りません。僕はただ三方まるくおさめるために使者としてやって来たにすぎないんです。おまけに事件で僕は少からず迷惑していることがあるんです。二千円ぐらいは、お宅の秘密を永久に葬るために使者になって来た僕へお払いになっても、当然な報酬だということを僕は聞いています」

と、腹をすえて、女からああ云えばこう云えと云われていたとおりのことを口うつしに喋って効果いかにと注視していると、しばらく四角ばったまま考えていた三太夫が、

「承知しました」

と、頭をあげた。

「といっても、いますぐというわけにも行かないが、もう一二時間ほどして、もう一度お訪ね下さるまいか。そのとき品物と引替えに金を用意しておきます」

「いや。こっちも用のある体です。午後四時に、神戸駅で待っていましょう。そっちへ来て下さい」

(6)

師走でにぎわう元町通から、珈琲店《カフェ》キルギスの二階へ駈けあがってみると、前夜の女は、同じ恰好したままやはり先に来て待っていた。夜である。勇敢に大跨《おおまた》で女へちかづくと、

「ああら、見違えるようにハンサムになったのね」

照山は、出来あいながら、神戸一流仕立ての颯爽《さっそう》とした服装をしていた。

「いや、これは淑女《レディー》に対する礼儀のつもりです」

「私、あなたがお金を受取ったら、もうそれっきり来ないかと思っていたわ」

「槙子さんに！」

と、照山はだしぬけに名を呼んで、

「僕がそんな腹の底からのルンペンのようにみえます

か？」

名をよばれて、しばらく女はハッとしたような黒瞳を見開いていたが、急にその眼を細くして笑った。

「まあ、知ってらしったの？」

そして、いつのまに持っていたのか、シャープペンシルでメニュウの上へなにか書きながら、

「お金のこと、うまく行ったんですのね？」

「行きました。僕はあなたが、寺林子爵の家へ行けと云われた時に、咄嗟にあなたが子爵家と婚約していた槙子さんだと気づいたのですが、まだそのほかのことは判らない事だらけです。第一あの手紙に何が書いてあったんです。そして、どういうこれは事件なんです。なぜ、あなたのお父さんは僕に御自分の家へなんぞ泥坊にはいらせたんです」

すると、女は黙って、何か書いていたメニュウを照山に見せるのだ。「レンブラントのキリスト」と書いてある。

「え？　レンブラント？」

「あのキリストの画は、いまからちょうど十年前の一九二七年の復活祭の夜、モスコーの美術館で五枚の名画が盗まれたうちの一つですの。三人の犯人のうち露西亜《ロシア》人のココリエフとフェドロィッチという二人の画家だけが掴まって、コレジオの『ホーリーファミリー』と『ヨハネ』と、チチアンの『エコ・ホモ』ピザノの『刑罰』とこの四枚だけが帰ってきたんですが、『キリスト』だけがまだ帰らず、もう一人の犯人もまだ掴まっていないのです」

「ホウ。するとあの画は……！」

「そう。あの画が盗難にかかったのは、寺林子爵がモスコーにいた間のことです。私はあなたに持っていって頂いた手紙にただ、『レンブラントのキリストを、この人の報酬と引替えにお返しします』とだけ書いておいたんです。なぜあの手紙を寺林家で怖がったか、しぶしぶでもお金を出したか、それでお判りでしょうね？」

「……」

「私はおっしゃるとおり芦屋という人の娘ですが、じつはあの人の養女なのです。あなたは美術愛好家の異常心理というものを御存じかどうか知りませんが、私の養父が私が正春という人と婚約した前後に、寺林家からあの『キリスト』を盗んだらしいのです。寺林家からその嫌疑がかかっていたのと、事業に失敗したための財政の立てなおしに、養父《ちち》は、あなたにあの画を盗ませて、そ

して自分は殺されて保険金を取るつもりだったらしいのです。事件が公《おおやけ》になって、書が盗られたということがわかれば寺林家ももともとあの『キリスト』は素性《すじょう》のよくない所有物だったのですから、あきらめるでしょうし、そうしておいて、あなたから私がまた『キリスト』を受取ってとり戻すという方法だったのです。いくら美術品を愛するって、死んでからも自分の物にしておきたいなんて随分妙な心理ですわね？」

「でも僕は、絶対に芦屋さんを殺しませんよ」

「ええ知ってます。はじめて云いますが、養父はあなたを逃しておいてから、自殺したんです。いかにも格闘のあげく殺されたように装って。私あてに、キルギスでこれこれの人と会って画を受取るようにと書おきがしてあったんです。だけど私、詐欺みたいなことしてまで保険金を欲しいと思いませんので、そっくり神戸の慈善協会へ寄附してしまいましたの。だから私、孤児《みなしご》になったうえに、今では全く無一文ですわ。そして、黙って『キリスト』の画は寺林家へ返してやろうと思ったんですけど、養父があなたにお金をあげる約束をしたそうですから、その約束だけは果すつもりで、あんなことをして寺林家からお金を出させたんですの」

と、淋しく笑って槙子は立上りながら、

「子爵家なんかとの婚約はもうコリゴリですわ。これから私、体ひとつで働くつもりですの。またお会いしましょうね」

ちょっと可愛く頭をさげて、それきり槙子は、スタスタとキルギスの二階を降りてゆくのだ。

異様に淋しげな印象が残った。

照山はちょっと呆然としていた。が、いきなり満洲ゆきは止めた！　と心に叫ぶと、急いで女を追って階段をかけおりた。

「槙子さん！　槙子さん！」

類人鬼

　さて本題に入るに先だって、私は一応、私の父親が臨終の間際までもとり憑《つ》かれていた、世にも忌わしい執念について、お話ししておかねばなりません。それがどんなに世の常ならぬ無惨な執念であったか、そしてそれがどんなに私の一生を不幸にしてしまったかなどという事はこれから私がお話しして行く中《うち》には読者諸君にもお分りになるでありましょう。

　私の父相川竜三は、所謂《いわゆる》百万長者と云われる身分でありました。けれども、精神的にはけっしてはたの見るほど幸福な人ではなかったに相違ありません。なぜといって、彼はあの蛇蝎《だかつ》の如く世間から忌み嫌われる金貸業で百万の財を作ったのですから。そのためには最愛の妻にさえも逃げられてしまったのです。私の母親は、私が生れると間もなく、金貸業の非道の恐ろしさに堪え兼ねて逃げてしまったのです。

　それにしても、私はまあ何という不幸な子供であったのでしょう。父は逃げて行った妻を、私の母を、どんなにか憎んでいたか想像に余りあることですが、いや妻ばかりでなく、父は世の女性という女性を悉く心の中で呪っていたに相違ないのです。常々父は、世の中の有りとあらゆる女は皆私とお前の敵《かたき》なのだ。私はそれに復讐をしてやりたいのだと、口癖のように云い云いしていたことですけれど、さていよいよ末期《まつご》という時、父は枕元へ私を呼んで次のような遺言をしたのです。

「私が死ぬとすぐ、お前は、気に入った女を探しに旅立ってくれ。そして、世の中で最も愛する女が見つかったら、その時こそその女に父の恨みを晴らす存分の復讐をしてもらいたいのだ。世の女達がアッというような恐ろしい復讐がしてもらいたい。そのため私は、お前を今まで育てたのだから。もしもお前が立派に復讐を果すことが出来たならば、私の財産はソックリお前に譲ってやろう。が、もし復讐を果すことが出来なかった場合、私は前に、一文《いちもん》も財産を譲ることが出来ないのだ」

ああ何というこの世ならぬ遺言でありましょうか。私は、父親の野辺の送りを済ますとすぐ、いわれた通り愛する女を探しに行かねばならなかったのです。さもなければ、私はただの一文も父親の財産を使うことさえ出来ませんでした。世の中にこれほど皮肉な、そしてこれほど不幸な事があるものでしょうか。私は愛する女性に復讐せんがために、その愛する女性を探し出さねばならなかったのです。

けれども、生れてよりまだ母の愛というものを知らぬ、私自身にも、果して真《しん》に世の女性を憎悪する気持が無かったと断言出来ましょうか。妻を憎み女性を憎む父親の呪詛に満ちた言葉を日夜くどくどと聞かされているうちに、いつとはなく父親の呪われたる気持が、青春の私にものり憑《うつ》っていなかったとどうして云えましょう。いやそれ所か、私という人間は、愛する女性を見つけ、そして彼女に心ゆくばかり復讐するという事を考えるだけでも、何かしら悪夢のような、ゾクゾクするある種の戦慄を覚えるほど奇妙な人間憎悪の感情にとらわれた青年でさえあったのでしたから。

さて、こうして私はおよそ三年ばかりも愛する女性を探して歩きました。（その費用だけは、月々財産管理に当っていたある弁護士から、私の所へ送り届けられていたのです）そして大阪のある所で、理想の女性を発見したのが、これから述べる小金井静子でありました。彼女は、大阪の天王寺《てんのうじ》から、およそ一里《り》ばかり東方、百済《くだら》という町にある、金糸館《きんしかん》といって、主に関西地方の子供絵本を印刷発行している、ある財産家の令嬢だったのです。世の中に、これほど理想の女性はまたと二人とないと云っても過言ではありますまい。私はその令嬢に接近するため、どれほど人知れぬ苦心を払ったか知れませんが、遂にその金糸館の、外交員に雇われることに成功したのです。自分で云うのも変ですが私は容貌には少なからず自信がありました。そして、世にも不思議な復讐の情熱も加って間もなくその令嬢と恋を語らう間柄になってしまったのです。

それは、真実恋には相違ありません。けれど、何という恐ろしい恋だったのでしょう。もし世の中に、青白く燃える冷血の恋というものがありとすれば私の恋こそはそれだったのです。私は、彼女に、次第に哀れっぽく話を持ち掛け、到頭彼女を誘惑して、家を逃げ出しました。そして、大阪南河内郡道明寺《どうみょうじ》の近く、玉手山《たまてやま》という山に、昔豊臣方の落人《おちうど》が身を潜めたという「隠れ穴」を見つけて、一時そこへ身を潜めたのです。

それから後のことは、昨年六月頃の諸新聞が「岩窟の和製ターザン」というような見出しで相当大きくこの事件を書き立て、読者諸君も既に御存じの通り、私達は捜索隊に発見されるまで、まるで仙人のようにボロボロな姿になって一月余りもじっと隠れていたのです。なぜ、そんな所へ私達が隠れたかと、不思議に御考えになるかも知れませんが、それこそは私の奇怪な復讐の第一歩でありました。山露に打たれ、樹の根や岩に擦り切れて、まるで山猿か元始人《げんしじん》のような赤裸な姿になってしまった静子が、まだ私の愛を信じ切って、じっと身を潜めているのを見る時、私の心は無惨な冷笑と云い知れぬ復讐の快味にワクワクするのでした。そして、頃合いを計って、私一人山をおりて、わざと捜索隊に摑まると、当然私達は別々に引き離されねばならなかったのですが、その時私は、僅かな隙を見て、静子の耳へつとある事を囁いておいたのです。そして静子は両親達へ、私は警察の人達へ、それぞれ引き離されて行ったのでした。

ところで、私は捜索隊に発見されて、わざと格闘などした時、ふとした機会《はずみ》に顔面に受けた打撲傷が、日が経つにつれ、醜い黒痣《くろあざ》になって残ってしまって、今でもその痣は残っているのです。けれど、それは後のお話として、物語は今年の初め頃へ飛ぶのですが、さて、静子は、私とそのようにして別れてからというもの、勿論筋書き通りのお芝居ながら、全く別人のように憂鬱になってしまって、毎日「死にたい死にたい」と云いながら暮しておりました。それに、事件が起るまでは、あれほどふるようにあった縁談も、事件後はパッタリ無くなるし、自然静子の両親達ははたの見る目も気の毒なほど、静子のことを心痛し初めていたのです。

これこそ私の待っていた機会だったのです。私は、まず最初に、兼々《かねがね》金糸館に出入りしていたある商人を、多額の金で買収して私の見合写真を一枚持たせると、静子の所へ縁談の申し込みに行かせました。云うまでもなくその見合写真は、写真屋に、私の醜い黒痣を巧みに修正させ、同時に、静子の両親達には私だということが分らないようにスッカリ容貌まで変えさせてあったのです。けれども、静子には、別れる時打合せがしてあったのですから、私だということがすぐ分るのです。静子は待ち構えていた所ですから勿論嫌応《いやおう》はありません。娘が乗り気になったのを見ると、両親達はいずれ彼女を一日も早く嫁がせたかったに相違なく、一も二もなく仲人《なこうど》に立った商人を信用してしまって、いよいよ令嬢を結婚させようという話になりました。

ところが私の方では、話がそう決まると、第二段の工作として、一見無理難題と見えるようなことを条件に、改めて先方へ持ち出したのです。それは、私という人間が、非常に孤独癖のある人間嫌いであること、だから結婚の段取りも、見合いは写真の交換だけで済まし、結婚式など全然行わず、両親は結婚の当日、単に令嬢を花婿の待っているホテルの一室の、廊下まで送って来るに止《とど》めること、などでありました。この奇妙な条件には、さすがに両親達も一時は不安を覚えた様子でしたけれど、でも、翻って考えてみれば、せっかく令嬢が乗り気になっているに拘らず、いま自分達が躊躇している間に令嬢にもしもの事でもあってはと思ったのでありましょう。どうかと思っていた、私の無理難題の条件も、ソックリ承知したと仲人を通じて云ってきたのです。

それにしても、何というそれは、奇怪なる結婚でありましたろうか。

私は結婚の当夜、堂島のあるホテルの一室で、やがて来る花嫁の静子を待っていたのです。私は、わざと古びた洋服を着て、顔の黒痣には鉛筆の粉まで塗って、より醜い容貌になって、ただ一人待ち構えておりました。やがて約束の八時となると、廊下に足音が聞え、間もなく花嫁が部屋の外へ一人残されて、附添って来た両親達が立ち去って行く気配が聞えました。もうすぐ部屋の扉《ドア》が開《あ》いて、静子が入って来るでしょう。私は、静子が醜くなった私の顔を見て、もし驚きの声を上げ、怖がる様子でも見せようものなら、一飛びに飛びかかって、思う存分最後の復讐を成し遂げるつもりでいたのです。

やがて扉が開いて、角隠《つのかく》しの姿のまま静子が入って来ました。私は、飛びかかる身構えをしました。けれども、意外にも、静子は私の顔を見てアッとかすかな声を上げたばかりでした。急に、角隠しの附いた文金《ぶんきん》の鬘《かつら》を脱ぎ捨てると（静子は元来断髪だったのです）ワッと私へ駈け寄り、胸へ取り縋って泣き出したではありませんか。私は意外なほど、呆然として、泣き初めた静子を見守るばかりでした。けれども、心の中では、よしそれならば別段復讐は急ぐこととてはないのだ、その中機会を見て思う存分復讐すればいいのだと、やがて、さり気なく泣いている彼女を取りなだめ、自動車で大阪駅へ駈けつけると、すぐさま復讐の新婚旅行へと旅立ったのでした……。

　読者諸君、しかしながら、私は真に静子へ復讐を成し得たでありましょうか。いや私は遂に父の遺言に背いてしまった、この世ならぬ不孝の子供でありました。富よりも愛のなお強き事を初めて知ったのです。現在私達は、人も羨むほど幸福な日夜を送っているのです。

　さて以上で私の不思議な物語は終りをつげました。けれど、ただ一つ、ここにある重大な疑問が残されています。私は、果して以上の物語が、私自身のものであったかどうかを疑問に思っているのです。なぜといって、こんな変てこなお話が実際に有りうるものでしょうか。何もかも、私自身探偵小説家として、妄想のなせる仕業《しわざ》でなかったと、どうして断言出来ることでしょう。

秘めた写真

　夢みるような眼をして彼女はいうのである。

「アマ色の髪の毛をキレイにわけて、とても男性的な額が高くって、碧《あお》い眼ったら、まるで神秘の青ぞらみたい。ちょっとでも声を聞いたら、誰だって惚れ惚れするわ……」

　と、まるで夢のくにの彼方《かなた》でも憧れるみたいな切ない表情で、胸をいだいて、こう何となく婉《えん》に空を見あげるのだ。

「さいしょに出逢ったのは、ハンプ州のニュウ・フォレストっていう森のなかよ。とても深くて美しい森で有名なとこなの。乗馬の遠のりに行ったその人と、やっぱり乗馬に行った私とが、パッタリその森のなかで運命的な出逢いかたをしたってわけねえ！　二度目のとき出逢ったのは、私がモントリオールへ公演にゆく途中、サザンプトンから乗った大西洋航路の船のなかだったわ。そうねえ、船がニュウファンドランド島のレース岬をまわってゆくときのことは、たった昨日《きのう》のようによく憶えてるわ……緑いろの島には、白い家がポツポツと並んでるし、空はクッキリ晴れて、鷗《かもめ》はロマンチックにマストの上で舞ってるし、デッキチェアに私とその人とふたり並んで、ウットリその島を眺めてるの……とても立派な英国人で、バレエには理解はあるし、文学には造詣はふかいし、そのうえ何ともいえない優しくって……ああ、だめ！　ああもう云えないわ私、云ってると切なくなるの」

　唇まで震わせて、淋しげにニンマリ笑うと、彼女は追想をひめて浮びあがった涙を、いかにも切なげに小指のさきで拭うのである。

　彼女というのは、最近帰朝した、木桜嬰子《きざくらえいこ》というバレエの女王だった。

　十四のときからヨーロッパへ渡って刻苦《こっく》十余年、バレエの女王となって今度はじめて日本へ帰ってきた。名声もさることながら、琢《みが》きあげた美貌！　バレエできたえた見事な姿態！　彼女はいまや女ざかりだった。

彼女が帰朝したことが新聞のトップを飾ってでると、幼なじみの譲次《じょうじ》は、とるものもとりあえず東京へかけつけて、十余年ぶりに帝国ホテルで彼女と会った。大勢の貴顕淑女にとりまかれた彼女！　悠々せまらざる社交と愛嬌をみせる彼女！……その彼女と譲次は、十年もももっと昔には、房総半島のある浜辺で、まいにち貝殻をひろったり、ふたりともまる裸でピチャピチャと水を浴びたりした仲である。

その後、彼女がヨーロッパでバレエの女王となるあいだに、彼のほうも浜松に楽器会社をおこして、功なり名をとげていた。けっしてバレエの女王と結婚しても、女王を辱《はずかし》めるような人間ではない。しかも彼女は、彼の十余年間の瞼の恋人だった。だから彼は、おそるべき羽《は》ぶりになった彼女には驚きながらも、躊躇もなく求婚を申込んだのである。

だが、よもやと思った彼女にはすでにヨーロッパに恋人があった。

彼女はいう――

「ある理由で私、その人と、とうとう結婚できなかったのよ。だけど私その人に約束したの、あなたの生きているあいだはゼッタイに私、ほかの人とは結婚しませんって。だからわかってくれる、譲次？　あなたのお志《こころざし》ほんとに有難いと思うけど、私その人に追想の操《みさお》を守りとおしたいのよ。ゆるしてね」

なんということだ、彼女はその恋人の写真を寝てもさめても胸のなかへ抱きしめているというのだ。しかも彼女は、その恋人がヨーロッパ某国名門のある貴族とそっくりの人だというだけで、誰にも恋人の名をいわない。写真もみせない。これはまさに新聞記者にとって雀躍《こおど》りするような特ダネではないか！　聞きつけた新聞記者がワッとばかり彼女をとりまいて、恋人に似ているというその貴族の名を嗅ぎ出さんものと、テンヤワンヤ追っかけまわすと、とっ摑えられた彼女はホンノリ顔を染めたまま、謎のようなことをいうのである。

「その人、だけど決して美男子なんかじゃありませんのよ。どっちかというと、顔はみっともないほうかも知れませんわ。だけど私、そうねえ、あんまりキレイな男の人は好きじゃないと云ったらいいのかしら……ともかくそのニュウ・フォレストで最初に出逢った人は、私の理想の恋人だったたんですのね」

やがてこの、覆面貴公子に似た恋人がヨーロッパにいるという一大センセーションをまき起してしまった、彼女の帰朝第一回の公演は、絶讃々々で大成功のうちに終った。

だが一方、無残にも失恋のいたでを負《お》った譲次は、その鼎《かなえ》のわくような彼女の名声をあとにして、淋しく東京をたって行った。そしてウツウツとした気持で、まもなく楽器会社もそっくり人手に売りはらい、故郷の房総半島の浜辺に小さいバンガローを建てて隠棲してしまったのだ。

かくして、二年がすぎた。

だが彼女はますます隆盛だった。

新聞は、彼女の公演があるたびに、ほとんど演芸欄の全部をさいて批評し、絶讃した。——〝恨むらくはあまりに空想的にすぎる演技！　だがその容貌のおとろえることなくば、彼女はおそらく永遠のバレエの女王たり得よう〟と！

また三年たった。

そのころ、新聞には、彼女が容貌のおとろえを防ぐために砒《ひ》素《そ》を常用しているらしいという記事がでた。

海のみえる丘の上のバンガローで、雨の日も、かぜの日も、彼女と無邪気に遊んだころのことを追想し、心やさしくも彼女の成功を祈りつづけていた譲次が、その記事を読んで、口にもいえない苦しみを味っていたということは、誰ひとり知らない。

そしてまた五年の歳月がすぎた。

譲次の頭には、はやポツポツ白髪《しらが》のすじがまじりはじめていた。

何もかも寄る年なみのせいだ。この五年のあいだに、いつのまにか彼女のことは、新聞に出るたびに段々小さくなって行って、ついには一行の批評も記事も出なくなってからだいぶになる。十年の歳月は、人々に覆面貴公子に似た恋人のことも、彼女のことも忘れはてさせたのだ。

と、その五年目のある日、譲次は、そのなつかしの彼女が、ある片田舎の施療病院に附きそう人もなく、淋しく病いの身を横たえているという小さな新聞記事をみた。

急いで譲次が駈けつけてみると、何という彼女の変りよう！　十年の年なみに搗《か》てて加えて、永年砒素を常用し衰えゆく容色と闘いつづけていた彼女は、いまは見るかげもなく砒素の毒素におとろえはてて、あまつさえ、明日をも知れない体だった。

「ああ、よく来てくれたのね！」

と、彼女は病みほうけたまま淋しく笑った。

だが、彼が駈けつけた夜、あえなくも彼女は、施療院の見すぼらしい病室で息をひきとってしまった。

が、その息をひきとるとき、彼女は譲次の手をシッカリ握りながら、云ったのだ。

「あなたに、私、告白しなきゃならないことがあるの……ねえ、あなたは、私の恋人のことを憶えているかしら？」

「ああ、憶えているよ」

と、死にゆく彼女のため、譲次は、昔の情熱をとりもどして泣いていた。すると、彼女は、痩せさらばえた手を震わせて、懐から、銀側の美しい飾りのあるロケットを取りだして、

「このひとよ」

と、さしだした。

今こそ、秘められた彼女の恋人が見られるのだ！　受取った譲次は、涙をふいて、何やら胸とどろかせながら開けてみた。と、一目みたきり、ハッとしたように、彼は驚きの目をみはった。

思いもかけず、その中型のロケットに秘められていた写真は、英国の貴族W公だった！

ちょうどその頃アメリカの名流夫人と浮名を流して世界じゅうで騒がれており、また若かりしころは落馬と平民的とで有名だったあのW公ではないか！

譲次の手はブルブルと震えはじめた。

「まさか……まさか！」

「いいえ、そうよ。その人はまぎれもないあの有名な人なのよ！」

譲次はおもわず呆然とした。

十年まえに、彼女は、某国名門の貴族がその恋人とそっくりだといったが、そっくりどころか、彼女がW公その人と愛し合った仲であろうとは……！

と、彼女は、いまはもう思いのこすこともない風で、グッタリ、ベッドへ倒れると、ちょうどあの十年まえと同じように、夢みるような眼ざしで云うのである。

「……それは、私がロンドンで初公演したときに、はじめてお目にかかって、そのとき頂いた写真なのよ。それ以来、私すっかりその人に恋のとりこになってしまったのねえ！　だけど、ずっと以前にあなたに話したような、ニュウ・フォレストの森ではじめて出逢って、そして愛されたというのは嘘。……ニュウ・フォレストでも、

船のなかでも、私その人にはほんとうに会ったけど、みんな遠くから御挨拶しただけなの。ただ私が、もしその人のほんとうの恋人だったらと、いろんな勝手な空想してみただけよ。新聞の批評でも、いつか云ってたわね。私の弱点はあまりに空想的にすぎることだって……私、空想しながら死んでゆくの。馬鹿な女だと思う？　ゆるしてね、譲次！　空想の写真の恋人なんかに操をとおして、あなたに悲しい思いをさせたりして、私、悪かったわね……」

そして、彼女は死んだ。

息たえた彼女を、譲次はいつまでも呆然とみつめていた。

鳥人《リヒトホーフェン》誘拐

一九一八年、四月二十一日――この日の夕闇せまるころ、西部戦線のアミアン上空で、マンフレッド・フォン・リヒトホーフェン大尉が戦死した。

　撃墜者は、カナダ出身のA・L・ブラウン大尉ということになっている。そして、大戦後の今日まで、ブラウン大尉は記録上リヒトホーフェンの撃墜者として公認されてきているのである。

　けれども、リヒトホーフェンが戦死した一九一八年の四月といえば、ちょうど大戦のほとんど末期近くで、両軍ここを先途《せんど》と激烈無類の攻防戦を繰返しているまっ最中だった。そういう両軍ヘトヘトになって戦っている大戦乱のまっ最中に、二三の口述者と、ただらしいという漠然とした目撃者があったということだけで公認された記録に、果して間違いがなかっただろうか?

　当のブラウン大尉ですら、当時自分があの恐るべき「血の男爵」リヒトホーフェンを撃墜したなどとは夢にも思っておらず、リヒトホーフェンが戦死した日の、それも夜になってから、藪から棒に上官から「おめでとう。到頭リヒトをやっつけたね!」なんぞとほめられて、面《めん》喰《くら》っているのである。

　果して彼が撃墜者だったかそうでなかったかという事は後の事として、こういう疑問が起るには、次のようないきさつがあったのだ。

1

一九一七年、つまり、リヒトホーフェンが戦死する約半年ばかり前の九月下旬、ちょうど、聯合軍側の航空隊根拠地になっていたクードケルクが、まだ独軍の集団爆撃で占領される暫くまえのことである。

　当時地上戦線の、戦況の重点は主としてフランデルンの方面にあった。ダンケルンに英軍の有力部隊が集結していて、来る日も来る日もカンブライ附近の総攻撃！　独軍の逆襲！　と西部戦線一帯が丸坊主になるような猛烈な攻防戦がつづいていた。

コークール附近に、独軍のバヴァリア航空隊第七七号と、プロシヤ航空隊の本部その他があり、そしてカピーにはリヒトホーフェンの率いる三葉機《さんようき》編隊の大隊本部がひかえていた。が、問題はこのカピーの航空隊だ。有名な赤塗《あかぬり》戦闘機隊というのがこれで、太陽が登ってから沈むまでの、わずか半昼夜のあいだに、いわゆるリヒトホーフェンの機体全部を真赤に塗った「十二機編隊群《ヤグド・シュタフェル》」が戦線の中間地帯にあらわれさえすれば、かならず大なり小なり聯合軍側の航空隊には犠牲者が続出する有様である。

しかも、最初その十二機編隊は、リヒトホーフェンの一機だけが赤塗で暴れ廻っていたのだが、そのうち聯合軍側がリヒトホーフェンの赤塗機ばかりを目の敵《かたき》にして狙いはじめると、急に独軍はかの十二機編隊を全部真赤に塗りかえてしまった。つまり聯合軍側からみれば恐るべきリヒトホーフェンがいきなり合計十二機になって現れた勘定だ。

聯合軍側の航空隊は、そのころ訓練を受けたばかりのパイロットが多数英国から送られて来ていたが、遺憾ながら彼等にはまだ実戦の経験というものがなかった。無鉄砲に二千米《メートル》の上空で赤塗機と立廻りをやる者は時々現れるが、実力の差はどうすることもできない。片っぱしから射墜《いおと》されてみすみす犠牲者の数がふえるばかりだ。しかも聯合軍側は当時どういうものか一種のスランプ状態で、有力なパイロットが一人もいなかった。

クードケルクの米国航空隊にいるシカゴ出身の三名のアメリカ士官が「三人血盟」という奇怪な陰謀を企てたのは、ちょうどそういう時だった。

主謀者は、ダロウという戦闘員中尉だが、どういうことから彼がこんな陰謀を企てるようになったかというと、ある女性から来た手紙を読んでむかッ腹をたてたのだ。

九月下旬のある夜、英国航空隊本部で催された将校交歓会R・F・C《ローヤル・フライング・コース》の晩餐会から分隊宿舎へ帰って来てみるとその手紙が来ていた。

「……右も左も戦争々々と、この大戦争の中であなたは一体何をしてらっしゃるんです。リヒトがあれほど暴れ廻っているのに誰一人彼をやっつけることが出来ないなんてアメリカの恥辱です。あなたは何のために航空隊へお入りになったんです。あなたは従軍のとき私になさった約束をどうなさるんです！」

手紙の主はRというダロウ中尉の婚約者だったというが、サンザまくし立てたあげく、

「聯合軍にはリヒトを射墜す勇士はいないんでしょうか。私は二ケ月まえに特志看護婦になってこのダンケルンの近くの野戦病院へ来ていますが、毎日運ばれて来る夥《おびただ》しい負傷兵を見ながら口惜しくって泣いています。リヒトホーフェンを射墜して下さい。でないと私は、あなたに会いません。これきり手紙もあげません。この手紙で何かあなたに奮起して頂けたら幸いですけど……」

畜生！　よし、リヒトホーフェンをやっつけてやる。しかも全聯合軍がアッというような方法で！

同志は同じシカゴ出身の偵察官アンダアスン中尉と、隣りの分隊にいた同じ出身のステイヴァース中尉のこの三人である。

最初企てたダロウ中尉の計画というのを簡単にのべると、当時聯合軍側の戦線では部分的戦線の勝利があるたびに、いわば士気を鼓舞する目的で戦勝祝賀会というものがしばしば行われる慣しであったが、上官から一兵卒まで祝賀気分にひたる。来るべき次のその祝賀会の夜、同志三人で飛行機一台ぬすみ出して戦線をとびこえ、カピーへ乗り込んで問題のリヒトホーフェンを掻っぱらって捕虜にして連れて帰ろうというのだった。

中尉の目論んだ詳細な手筈を列挙すると、

一、使用する飛行機は中古《ちゅうぶる》でもいいから複坐式《ふくざしき》偵察機のこと。なぜかというと、偵察機には写真と無電機が装備してあって、その装置をソックリ取りはずすと三人乗ってもどうやら飛べる。

一、けれども首尾よくリヒトホーフェンを捕虜にしたときは、三人のうち誰か一人犠牲になって敵地へ残らなければならない。

というのは、大戦当時のあらゆる飛行機が、まだ極力重量の制限を要した幼稚なものだったことを考え合せると頷けることで、行きの三人はどうやらいいとして、いざ帰りにリヒトホーフェンを加えて四人となると、とうてい飛行機がもたなかった。

それでは最初から二人で行ったらどうかということになるが、リヒトホーフェンの奪掠《だつりゃく》作業は、いうまでもなく敵地の真只中でやることでいずれその辺には縦横無尽に歩哨線が張りめぐらされているに相違ないのだ。いざ首尾よくリヒトホーフェンを掻っぱらって逃亡すると

いう一刻をあらそう場合、どうしても一人は飛行機の操縦席でスタートの用意をして待っていて、その間に大急ぎで捕虜を積込まなくちゃならないということになるだろう。とすると、あらゆる場合を考慮して、どうしてもあと二人の手が要るとみなければならないのだ。

「しかし、みたまえ!」

と、ダロウ中尉は、二人の前で机をブン殴った。

「現在聯合軍のパイロットがみんな上空恐怖病にかかっているのは何のためだ! 君たちは僕の計画を子供だましか、でなきゃ不可能な事だというかも知れないが、現在われわれが空中戦で勝味がないとすれば、こうでもするより方法がないじゃないか! リヒトホーフェンが捕虜になったというだけで、我々聯合軍がどれだけ士気をあらたにすることが出来るか考えてみたまえ。問題は、やれるかやれないかということより、我々ヤンキー魂にうったえて、やるかやらないかということにあるんだ!」

「判った。よし、やろう!」

「じゃあとへ残る者はサイコロで決めよう」

「いや。僕が残る」

と、アンダアスン中尉が云った。

「もし君たち二人無事に捕虜を連れて帰ることができたら、都合がゆるせばまた迎いに来てくれたまえ。僕はいやしくも偵察官だ。それまでどこかへもぐり込んで待っていることにする」

「そうか。有難う!」

かくして三人のアメリカ士官は、決行まで絶対秘密をまもる誓約をむすんで、秘かにウイスキーの乾杯をしたのである。

勿論、軍律は一切の独断行動を厳禁している。上官へ知れればどんなことになるか判らなかった。ただ三人の行為が既定事実となって成功してしまえば、たちまち全聯合軍航空隊の救いの神として勇名とどろくのは、絶対に間違いのないことだ。

2

ところがこの秘密計画がたてられてから三日目に、思いがけない椿事《ちんじ》が突発した。

というのは、その日の暮がた近く、何を血まよったのかヒョロヒョロと聯合軍航空隊の上空へ独軍の一機が現れたとおもうと、止せばいいのにアッというまにステイヴァース中尉が飛び上って行って、大立廻りのあげく貫通銃創を負《お》って墜落すると、そのまま病院へ担ぎこまれてしまったのだ。

相手の飛行機は、アルバストロス型複坐偵察戦闘機で優秀なやつだが、これもほとんど墜落状態で飛行場の一隅へめりこむほど猛烈に着陸した。偵察員は旋廻銃を握ったまま頭を撃たれて死んでいたが、操縦者のウェルベルという独逸《ドイツ》少尉は、二三ケ所打撲傷を負ったきりで、飛行機からノコノコと降りて来たと思うと、いきなり手をあげて、そのまま本部のほうへ護送されて行った。

ステイヴァース中尉は瀕死の重傷だった。

病院へ駈けつけたダロウ中尉とアンダアスン中尉は、死んだようにベッドへ横わっている中尉を見ながら、

「コン畜生。こいつのおかげで、オジャンだ」

×　　×

ところがその夜、何と思ったかアンダアスン中尉がノコノコと航空隊本部の副官室へ現れて、ウェルベル少尉の取調べがすんだら、折入って自分の分隊へ払下げにしてもらえないだろうかと、妙なことをシキリに頼んでいた。

「払下げ？　ハッハッハッ、君、払下げにしてどうするんだね。え？　食量品は確か充分に行きわたってるはずだがね」

「はあ。別に食ってしまうつもりじゃないんでありまず」

「じゃどうするんだ。まさか首に縄をつけてアクロバットをやらせるつもりでもないだろうがね」

「いえ、じつは直接捕虜から聞いてみたいことがありまして、膝をまじえていろいろ聞いておけば、また今後の戦闘方針に参考にもなろうかと思いまして……」

云々《うんぬん》と、しどろもどろ、それでも執拗に喰いさがっていると、

「そうか。じゃまあ連れてゆきたまえ。ただし捕虜一切の責任は君にあるぞ」

鬼の首でもとったようにアンダアスンが分隊へとんで帰って、ダロウ中尉と二人、開放厳禁の札を貼った一室でまちかまえていると、やがて捕虜のウェルベルがつれられて来た。見たところ、二十三四の学生々々した青年だ。痛々しいような繃帯こそあっちこっちへ巻いているが、ウェルベルは、米国士官をみると案外元気のいい顔

で笑いながら、パンと踵《かかと》を鳴らせて独逸式の敬礼をやった。

「どうだね、傷は痛むかね」

「ナイン。有難《ダンケ》う」

そして、ちょっと赤い顔をしてモジモジしていたと思うと、急に学生らしいうちとけた態度になって、妙なことを云いだした。

「実はぼくはアメリカ人なんです！」

「ホウ」

と眼をむいて見せたアンダアスン中尉が、

「君はアメリカ人か。すると、さしずめ俺は独逸皇帝《カイゼル》というところだな」

「いえ、本当なんです。嘘じゃないんです」

と、ブロークンな英語と独逸語をチャンポンにまぜながら話すのを聞いてみると、なるほどシキリにアメリカ人だというのも無理はない。合衆国の北西部地方に生れた例の独逸系アメリカ人だ。六歳のとき両親が死んで以来、ハンブルグに住んでいる伯母にひきとられたが、幼時に育ったアメリカのことがどうしても忘れられないのだという。しかも、大戦の勃発と同時に強制徴兵されて空軍の戦闘部隊に編入されたが、アメリカが参戦して以来どうしても機関銃をうつ勇気が出ずに、むりに偵察隊の方へ転勤させてもらっていたというのだ。

「戦線を退《ひ》かせてくれと何度も頼んだんですが、むしろ叱りとばされて、ウカウカすると銃殺されかねない有様だったんです。で僕は、それ以来何とかしてアメリカ軍の方へ飛んで来たいとおもって、その機会ばかり狙っていたんです」

聞いていたアンダアスン中尉が、ニヤリと、ダロウ中尉の耳へ口をよせて、

「どうだい、何とかなるだろうと思ってもらって来たんだが、調子がいいじゃないか。こいつをスティヴァースの代りに使おう！」

そして、ウェルベルへ笑いながら、

「リヒトホーフェンのいる所を知っとるか」

「知ってます。隊にいないときはカピーの村はずれにある仏蘭西式珈琲店《エスターミネ》へ行ってます。可愛い独逸娘《メッチェン》がひとりそこにいるんです」

3

一九一七年、十月。——六月以降、聯合軍はイーペルンを差はさむ両地帯にあらゆる地上軍を集結させて攻撃準備をととのえたうえ、七月三十一日を期して開始された大会戦は、敵味方秘術をつくして遂に三ケ月余におよんでいた。ために、独軍第四軍団司令部は順次航空隊をフランデルン方面に集結させてこれが八十余隊をこえるに至ったという。十月八日の独軍第四軍団司令部の発表に、

「ビッグスショート附近ニ英軍ノ砲兵大部隊集結シ、猛烈ナル砲撃続行シツツアリ」

当時、地上戦線では独軍側の旗色が非常にわるく、そのため「地上戦闘著シク困難トナルヤ、航空隊ヲシテ一時聯合軍戦線後方ノ爆撃ヲ中止セシメ、戦線ニオケル猛烈ナル爆撃ヲ以テコレニ代ラシメ」たりしていろいろと形勢挽回につとめたが、どうしてもいけない。依然として英軍陣地からの砲撃は猛烈をきわめる有様で、作戦上それが不利であることが判ると、ふたたび後方爆撃へ転換させるという混乱状態だった。

こういう戦況に、わずか数日先だつ十月三日。この日、英軍の猛砲撃につぐ歩兵大部隊の決死的攻撃で、ウユーチボーゲン、イーペルン等の独軍陣地は夜にいるとともに大敗を喫して、後退のやむなきに至っていた。

一時戦線は沈黙状態で、めずらしく独軍陣地からの不気味な砲声も聞えず、夜に入ってから聯合軍の戦線一帯は、ホッと一息ついたような例の祝賀会気分が横溢したのである。

クードケルクの村々の、分隊宿舎の窓には蘇ったような明るい灯《ひ》がチラチラと見えた。

リヒトホーフェンの誘拐計画を実行するにはこの夜をおいて以外にない。八時すこしまえ、静かに、這うような音をたててまずアンダアスン中尉がウェルベルをつれて飛行場の片隅へあらわれた。数日まえウェルベルが飛んで来たアルバストロス機は、周囲に棒杭が二三本うちこまれたまま置いてある。ガソリンは夕方コッソリ満たしてあった。エンジンの点検もすんでいる。待つほどもなくダロウ中尉が宿舎の方からコッソリ忍んで来た。

米国士官二人は、てばやく棒杭をひっこぬいて、ウェルベルを操縦席へ押しあげた。プロペラアを廻転させて

おいて、二人が後部席へわりこむと、静かに飛行機は滑走はじめた。離陸さえしてしまえばこっちのものだ。二人がヒヤヒヤしている間に、飛行機はあざやかに地上をはなれて、村から一哩《マイル》東方、森の梢をかすめるようにして飛びあがった。

エンジンは不思議なほど調子がよかった。爆音を聞きながら、米国士官は窮屈な所で身動きもせず、自動拳銃を握ったまま操縦席の独逸人を見まもっていた。カピーまで直線コースで約八十哩。戦線をとびこして、星もない闇のなかでエンジンの音ばかり聞きつづけにおよそ一時間たらずもたつと、やがて操縦席のウェルベルが体をのりだして、あちらこちら闇のなかの下の方を見廻しはじめた。とおもうとうしろを振向いて合図の手を振った。

みるまにグウッと高度をさげて行ったが、エンジンをとめたまま、着陸地をさがしながら半周すると、小さい丘を一つ二つかすめるように飛びこえ、草原のなかへ軽くバウンドうって着陸した。

「カピーです。村まで半哩ばかりですが、歩哨線に気をつけて下さいよ」

草原のなかには、物音ひとつせず、降るような虫の音《ね》が聞えていた。米国士官はあたりを見廻してゾッとするような寒気《さむけ》が襲うのを感じた。ウェルベルは先にたってコッソリ歩きはじめる。ついて行くと、すぐ草原を出て、そこは暗い丘を横断する村の細道らしい。丘を越すと、機上からは見えなかったギョッとするような手近なところに、樹の茂みのある三階建の家《うち》の灯がみえた。

「とまれ！　誰かッ」

とたんに歩哨線にひっかかった。米国人二人はドキリとして闇のなかで固唾をのんだ。

「航空隊第四中隊K・ウェルベル少尉。ほか二名」

「はっ、失礼しました。お通り下さい」

約二十ヤードばかり、ガサガサと野茨のなかを歩いて、樹の茂った家へ近づくと、ウェルベルがそっと二人へ囁いた。

「あれが旅館《イン》です。あの階下の珈琲店《エスターミネ》へ今じぶんはたいてい来ていると思うんですが、もしいなかったら宿舎の方へ御案内しますから、隠れてしばらく待っていて下さい」

ウェルベルは、二人を窓ぎわの樹のかげへ押しこんでおいて、スタスタと珈琲店《カフェ》のなかへはいって行った。樹の間からソッと窓のなかを覗いていたダロウ中尉が、急にアンダアスン中尉の袖をひっぱって、

「おい。見ろよ！」

4

ちょうど窓からみえる左手よりの扉《ドア》の前に、小柄な独逸航空隊の服を着た青年将校が一人、向うむきのまま煙草に火をつけるところだった。が、ウェルベルが聯合軍の飛行服を着たままはいって行くと、振向いて驚いた顔をしたのがハッキリ窓の外から見えた。ああその顔！　まぎれもないリヒトホーフェンだ！　一九一六年彼がまだロシア方面の東部戦線で騎兵少尉だったころ「牝豚《めすぶた》」というあだなをつけられたあの有名な優しい顔だ！　子供のような金髪！　女のような柔和な眼！

　しかもそのそばに、話にきいた独逸娘《メッチェン》らしい金髪少女がひとり立っていて、リヒトホーフェンが振りむくと一しょに、驚いた顔をして、ウェルベルを凝視《みつ》めた。おそらくウェルベルは独軍ではすでに戦死したことになっていたのだろう。たちまち珈琲店《カフェ》の奥の方からドヤドヤと飛びだして来た独逸将校たちに取りまかれてしまった。

　そして、いずれ捕虜になったのを逃げて来たという偽の苦心談でも喋ってるのだろう。外の二人は首をすっこめたまま、ものの半時間も待たされたが、やがてコッソリと出て来たウェルベルが窓の下へやって来て、

「いま男爵は隊へ帰りますから、あそこの暗《やみ》で、いいですか、僕は一足あとからここを出て、できればあなた方の手伝いをしておいて、ともかく一度隊まで偽の報告に行って来ますから。なに後から飛んで帰りますよ」

　ウェルベルが急いで引きかえして行って、間もなく、固唾をのんでいる二人の所から五六ヤード前方へ、件《くだん》のリヒトホーフェンがひとり出て来て急ぎ足で向うへ行きはじめた。

　米国士官は、珈琲店《カフェ》の前を、遠廻りに駈けぬけると、いきなりリヒトホーフェンへ襲いかかった。アンダアスンがタックルすると同時に、ダロウ中尉が拳銃の台尻で頭をブンなぐった。物もいわずに倒れた問題の大物を、夢中で傍《かたわ》らの暗がりへひきずりこむと、一息つく暇もなく胴体と足を二人でひっ抱えた。珈琲店《カフェ》のまえを夢中で駈けぬけると、今にもどこかから狙撃されるような気持で、首をちぢめたままもと来た道を転がるように走った。一足おくれて出ると云ったウェルベルを待っている暇もなにもなかった。めくら滅法飛行機のおいてある草原の

方へ駈けだすうちに、さあことだ！　二人はギョッとばかり思わず立止った。

十字路《クロッス》になった村道のわかれ道のほうから、灯《あかり》を消した自動車が一台、猛烈なデコボコ道を喘ぎ喘ぎやって来るのだ。

「シマッタ。おい此奴《こいつ》を歩かせろ！」

と、アンダアスンが急いで囁いて、二人が、リヒトホーフェンを立たせると同時に、自動車が数ヤードむこうでエンコした。グリリ……グリリとやっていたと思うと急にエンジンをとめて、乗っていた人間が何やらひとりごとを云いながら降りてくると、パタンと扉をしめてこちらへやって来た。といってもすぐそれが鼻のさきだ。暗がりのなかで向うもギョッとしたらしい。急に立ちどまると、

「おい！　そこで何をしとるか！」

リヒトホーフェンを両方からひっ抱えたまま、米国士官は固唾をのんだ。いざといえば討死をする気で、思わず腰の拳銃へ片手をやった。

「なぜ黙っとるかッ！」

声から判断すると相当な上官に違いない。が、この独逸軍人が懐中電燈を持っていなかったのはもっけの幸いだ。

「コラア。畜生、こんな所へ来てやがる！」

と、実に危機一髪というところへ、独逸軍人の声を聞きつけたらしいウェルベルがドカドカと走ってきて、いきなりその軍人の前へ直立不動の姿勢をとった。

「閣下！　相済みません。これは酔っぱらいであります。時間外の飲酒をみつけて連行する途中隙をみてまた逃げだしたのであります」

「ウムそうか。貴様は何隊の者か」

「ハッ、航空第四中隊の者であります」

「そうか。——時間外に酔っぱらうとは怪《け》しからん奴じゃの。御苦労。よし連れて帰れ」

米国士官は暗がりのなかで、出来ればウェルベルに手を合せたいような気がした。ところが件の独逸軍人は、米国士官のすぐ横を通って向うへ歩きだしたと思うと、驚いたことには急に二三歩後《あと》もどりして来て、

「おい、第四中隊の者！」

「ハッ？」

ウェルベルが度胆をぬかれたように、あわてて上官と米国士官の間へはいって直立すると、意外にも上官は云いにくそうな声で、

「……貴様、その、どこかうまい酒を飲ませるところを知らんかの」

ああ戦場と酒！　上官は酒ときいて急に誘惑にかられたらしい。

「ハッ。知っております」

「なら、教えろ」

「では閣下、私が御案内いたします」

ウェルベルはあわててそう答えると、鼻さきまでやって来た上官をひっぱるようにして、先にたってどこか藪かげのようなものの方へはいって行った。

何と、米国士官二人は完全に汗まみれのまま身動きもせず暫らく突立っていたが、二人の靴音が聞えなくなると同時に、矢庭にリヒトホーフェンを肩へひっ担いで草原のなかを滅茶々々に飛行機のほうへ駈けだした。

闇のなかにボンヤリと飛行機の胴体がみえだしたころ、二人の魂は天外へとんでいた。われを忘れてかけよる拍子に、先に立って走っていたダロウ中尉が草の根に蹴つまずいてひっくり返った。アッと思うまに、リヒトホーフェンの体とアンダアスンが厭というほど折かさなって倒れた。

「畜生、はやくはやく！」

二人は同時にとび起るなり、再び男爵を担ぎあげた。が、ああ神はまだそのころリヒトホーフェンを見捨ててはいなかった！　二人の腕のなかで正気にかえった男爵が猛烈に暴れながら、これが貴族の御曹子《おんぞうし》かと思うような毒舌をふるってわめき散らしはじめた。

「黙れ、リヒト。貴様は聯合軍の捕虜だぞ！」

一目散に飛行機へ駈けよりながら一喝くらわすと、

「何だ、リヒト？　冗談じゃない、俺は砲兵隊の獣医《ヴエタリナリアン》だぜ。おい獣医を捕虜にしたつもりでなかったら、ともかく一ぺん降してくれ！」

鮮かなイングリッシュだ。が、さすがにこいつには面喰って、二人はいきなりその男を地上に抛りだすと、あわててマッチをすってみた。——このマッチが運命の境界線だった。が、マッチに照らされた男の顔は、まぎれもないリヒトホーフェン！　柔和な顔！　やわらかい金髪！　畜生……どこまで落着きはらった軍人だ！

クソとばかり、いきなりダロウ中尉がとびかかったが、男爵の軍靴でいやというほど急所を蹴られてよろめいた。

そのときすでに怪しいマッチの火を見た歩哨線のどこかで、パンパンと実砲を空へ放つ音がした。帯剣と恐怖の軍靴の音をたてて、周囲から独逸兵が駈けよって来る！

「駄目だ！　おい射て！　射て！」

生捕りどころか、もうこうなれば呪いのリヒトホーフェンを殺さなければ損だ。リヒトホーフェンがいると思うあたりへ二人は滅多やたらに拳銃をぶちこんでおいて、転がるように飛行機へとびついた。

ダロウ中尉が、一生のうちに二度とはそんな真似ができないほど素早く操縦席へかけのぼる。間髪をいれずにアンダアスンがプロペラアを廻しておいて機翼をかいくぐって飛びついたときにはアルバストロス機は猛烈に風を切って滑走していた。飛行機の周囲を無数の小銃弾が唸ってとんだ。右翼の張線が一本ピューン——と切れて、支柱の木《こ》ッぱが危く喰《くら》いついているアンダアスン中尉の顔へ散りかかった。中尉が半分空中で軽業を演じながら、後部席へ頭から転がりこんだときには、アルバストロス機は無念のカピーをあとに猛烈な急上昇を演じて真暗な空へまいあがっていたのである。

5

クードケルクの飛行場から数哩はなれた戦場跡の荒地のなかへ着陸して、丘へぶつかってひっくり返った飛行機から命からがら這いだして来た二人は、しばらくボヤリと独軍陣地の空の方をやるせない気持で眺めていた。

「俺はもしリヒトホーフェンがあれで死んでいなかったら、思いきって空中衝突で彼奴《あいつ》をやっつける！」

と、ダロウ中尉が呟いた。二人は飛行機の方へ物もいわずに歩きながら、肚のなかではめいめいリヒトホーフェンがあの拳銃の盲《めくら》うちで死んでいてくれたらいいと考えていた。

×　　×

けれども、リヒトホーフェンは、その翌日にはもう例の赤塗三葉機で、まるきりトンボでも追っぱらうように聯合軍の飛行機を追いまわしていたのである。

ついに「三人血盟」は、こうして失敗に終ってしまった。

ウェルベルという奇妙な独逸人は、脱走したことがバレてあるいは銃殺にでもされたのか、ついにそれきり聯合軍の方へは帰って来なかった。重傷を負ったステイヴァース中尉も、間もなく病院で死んでしまった。

そして、その翌年の四月二十一日、つまり、リヒトホーフェンが戦死したと、ちょうど同じ日にダロウ中尉が戦死している。で、結局「三人血盟」のうち、いまに残っているのは当時の偵察官アンダアスン中尉一人ということになるが、ダロウ中尉がリヒトホーフェンと同じ日に戦死したということに、筆者が冒頭で述べた疑問の鍵がある。

アンダアスン中尉の奇怪な手記を掲出するまえに、リヒトホーフェンの戦死した当日の独軍側の記録をのべてみると、R・シュタルクという中尉がこういう事を書いている。

「当日私は、例のごとくアミアン上空を飛んだが、そのとき戦線の上空でリヒトホーフェンの三葉機編隊《シュタフェル》がさかんに活躍するのを目撃した。そして、その日の夕刻ごろ一台の赤塗機が敵機を追ってまっしぐらに高度をさげて行くのをみた。その赤塗機のあとから不意にあらわれた敵機が一台これもまっしぐらに二機を追跡して行ったが、考えてみるとこれがリヒトホーフェンの最期だったのだ……」

この、後から追跡した一台というのが、一般には、カナダ出身のブラウン大尉で、そして彼がリヒトホーフェンを撃墜したということになっているのだ。けれども当日独軍は偶然にも赤塗戦闘機を二台失っている。ということを云っておいて、最後にB・アンダアスン中尉の手記を述べると、彼は、

「クードケルクが独軍に占領された後、私は思うところあって戦闘部隊に転じていた」と、前おきして、

「当日私は、ほとんど夕闇せまったアミアン上空で、最後の戦闘のつもりで折から遭遇した一台の赤塗機へ背後から攻撃を開始した。その刹那、不意に横あいから現れた一台の味方戦闘機がまっしぐらに同じ赤塗機へ突き進んだのだ。その戦闘員が手をあげて合図するのが見えた。見馴れた機体とその合図で私にはすぐそれがダロウ中尉だということが判った。ダロウ機は意外にもそのまま射撃をせずに、赤塗機へまっすぐ体あたりをして行った。私の前方約二百米のところでこの二つの機体は直覚に空中衝突をすると忽ち赤塗機は機翼を大破して鳥のように落ちて行ったのだ」

「事実、一部のあいだでは、現在でも、リヒトホーフェンの赤塗機が墜落当時機翼を失っていたということから、彼は空中衝突でやられたのだと云われていることは覆うべくもない事実である。私はしいて公認されている事に刃むかうつもりはないが、カピーの失敗以後常々ダロウ中尉が、男爵は空中衝突でやっつけるよりほかにないと云っていたことを考え合せると、当日私の目撃した事柄には味うべき一種の神秘があるように思う。その当時ダロウ中尉が、その赤塗機をリヒトホーフェンだと認めたのかどうかは知るよしもない。しかし赤塗機へごく接近したとすれば、当然ダロウ中尉は、当時の慣わしで機体に描かれていた相手の正体――旗印を見きわめることができたはずだ。何にしても最も重要なことは、彼がそのまま墜落戦死して、何を彼から聞くこともできなくなってしまったということだ」といっている。

つまりアンダアスン中尉は、以上二つの場合、いずれの赤塗機がリヒトホーフェンだったかということに婉曲な皮肉を匂わせているのである。

筆者は第三者として、そのいずれとも断定することは出来ないが、空中戦という直接審判者のごく少いところで演じられた事件では、こういう疑問や臆測が起るのはまたやむを得ないだろうと思う。

遺書綺譚

実業家ともなれば、まったく多忙々々で、なかなか最愛の妻にも愛の手をのばすこともできぬものらしい。

当年とって四十一歳の洋三氏は、親ゆずりの実業家とはいえ、自分の会社の社長と、三つの親戚会社の重役とを兼ねている眼の廻るような忙しい体だ。やっと一週間の暇をみつけて、新婚旅行以来絶えて愛妻同伴で東京を離れたこともなかった洋三氏は、芳紀《ほうき》まさに二十と三歳の孔雀《くじゃく》のごとき久美子夫人を伴って、中禅寺湖《ちゅうぜんじこ》々畔のZホテルへ休養に来たが、ところがホテルに滞在中も、東京からはいや長距離電話が掛かる。神戸からはいや直接要談の重役が駈けつけて来る。おちおちと水入らずで湖畔の景を楽しんだり、ボートの快速を味ったりする暇もない。

とど、結婚以来五ケ年忍びにしのんできた久美子夫人の鬱憤が爆発した。

「ええ、ようございますとも！　どうぞたんと会社の御用ばかりなさいませ。どうせ私《あたくし》なんか、足手まといの荊妻《けいさい》愚妻《ぐさい》豚妻《とんさい》の飾物にすぎないんでございましょうから……」

「ば、馬鹿なこと……」

「相済みませんでございます。どうして私こんなに馬鹿に生れましたか、それが口惜しいんでございますわ。ええ、ございますわ。馬鹿は馬鹿なりに、もすこしノンビリした暇人と結婚すれば宜しかったんでございますわ！」

さすがにはしたない罵詈雑言《ばりぞうごん》は飛ばさないが、握りしめていた麻のハンカチを可憐な両手でビリリと引裂いて、トンと足踏みをしたと思うと、夫人の両眼から口惜しげな涙がポロリと落ちた。

「そ、そんな無理を云ったってお前……」

泡を食った洋三氏が夫人をなだめにかかると、途端にまた電話のベルだ。

さすがに洋三氏は場合が場合だけに、すぐには受話器もとり兼ねていると、

「どうぞ私には御遠慮なくお聞き遊ばせ。私なんかより受話器や重役のほうがよっぽど御大切なことは私よオく存じ上げておりますから」

「困るね、そういうことを云い出すと。ま、まあ涙でも拭きなさいよ」

「いいえ、私のことはどうぞお構いなく！　ほんとに何の因果で私こんな結婚など致しましたやら……」

その間《ま》もベルは鳴りつづけた。我慢がしきれずに洋三氏が受話器を取上げるのを見ていた夫人が意地悪く怕《こわ》い顔をして、

「申上げておきますけど、これだけは御承知おき下さいませね。もうもう私我慢がしきれなくなりましたので、これからは思う存分したい放題のことをさせて頂きますから。中上げよう申上げようと思いながら今まで黙っておりましたが、もうとうからあなたの弟さまの信一様が私になにだってこと、私よく存じております。信一様と私が万一のことになりましても、御責任はスッカリあなたにございますから、どうぞそのおつもりで……」

「な、何⁉　信一が？」

洋三氏は受話器の口を押えて、思わず大声をあげた。

「そればかりか、私、もしあなたがお亡くなりにでもなりましたら、思う存分あなたの財産はみんな使ってしまうつもりでございます。では大変お邪魔申上げました。おゆるし下さいませ」

それきり夫人は、ただならぬ気色《けしき》でスッと隣室へ入って扉《ドア》を閉めてしまった。

残された洋三氏は、いきなり受話器へ、

「ウルサイッ、気《き》をつけろッ！」

ガチンと叩き断っておいて、何やら部屋のなかを暫く歩き廻っていたと思うと、急に憤然と部屋を出ていった。

それきり洋三氏はホテルへ帰らない。

そして翌朝、中禅寺湖の真只中に洋三氏が前夜ひとりで漕ぎ出したまま、ドボンと主《ぬし》を失ったとみえるボートが、洋三氏の名前入りの白麻の上着をのせたまま、ブカブカ漂っているのが発見されたのである。

小事が大事を惹起《ひきおこ》したわけだ。愛すればこその夫人のヒステリーが、遂に前途益々多々有望の実業家をひとり完全に殺してしまった。

夫人の悲歎は目に余るものがあった。

魔の中禅寺湖からは死体も上らず、泣く泣く夫人が東

京へ引上げて心ゆくばかりの葬儀を営んでから三日目に、夫人の所へ法定相続人の件についてお目にかけたいものがあると称して、見知らぬ弁護士が一人訪れた。

応接間へ通しておいて、黒ビロードの喪服を纏った夫人が、愁いを含んで会ってみると、チョビ髭を生やした貧弱な男が、

「始めまして。さて予々《かねがね》御主人様が御指定の通りお亡くなりになりましてから、なか二日をおいてここに持参致しましたものがこれで」

差出したのは、クルミ材のかなり大型の箱だ。

ニッケルの下げ環に紐でぶら下げてある鍵で、夫人が何ならんと蓋をあけてみると、ニョロリと現われたのは、五六尺あまりの麻の太縄である！

とぐろを巻いているその下に、一通の印判《はんこ》を捺《お》した書類がある。取出して読んでみると、

一、遺産相続ノ件、動産及ビ不動産ソノ他一切コレヲ妻ニ不譲《ゆずらず》。コノ縄ヲ以テ遺産トナス。

一、余ノ妻久美子ハコノ縄ニテ自殺シ余ノ後ヲ追ウベシ。

右法定執行権ヲ以テ命ズ。

一、但シ右二条ニ不満アラバ、余ガ本邸東南隅ニアル椎木《しいのき》ノ西側ヲ掘ルベシ。コレヲ以テ余ノ夫権執行権ノ保留ト見ナス。

読むなり久美子はワッと泣き出した。もはや恥も外聞もない。事もあろうに芳紀二十三歳の妻が遺産の太縄で首を縊《くく》って、夫の後を追うとは何たることか！

チョビ髭の弁護士が、よよと泣き崩れた夫人へエヘンと咳ばらいをして、

「申上げます。御主人様は御不幸にもお亡くなりになります前に、大陸事業に動産も不動産もスッカリ注ぎ込んでしまっておられましたが、お亡くなりになると同時に未完成事業の株が暴落して、その、今や、御主人様の財産はビタ一文《いちもん》もございません次第で……」

「いいの。放っといて頂戴！」

「は。しかし、その遺書の最後の条に椎木の下を掘れとございますが……」

「嫌だってば、嫌よ！　私なにもお金に目がくらんで夫と結婚したんじゃありませんからね。トットと帰って行って下さいな」

「は。いやしかし私も家督弁護士として、奥様に遺言書の履行を迫る権利がございます」

いやにガラリと、強引な態度になって、チョビ髭は無

理やり夫人を邸内東南隅の椎木の西側へ連れて行って、カチンカチンと自分で樹の根もとを掘りはじめた。埋《うず》めて間もないとみえて、立ち所にコロリと転がり出したのは茶筒みたいなブリキ缶だ。中から一枚の書類が出てきた。

恭々《うやうや》しくチョビ髭が皺をのばして差出した書類を、ふくれ面《づら》をして御機嫌斜めな夫人がひったくって読んでみると、

「可愛いお人形さん。驚いたかい。僕は死んでいないよ。会社もつぶれていない。財産もまだ山ほどある。お前は、僕が死んだら財産を使っちまうだの、信一と妙なことをするだのと云ったが、本当に僕が死んだら、とってもそんなことをする気になれないということが判ったかい？　さだめしお前は泣いてるだろうな？　さ、だからもう、あんまり僕に酷いことは云うんじゃないぞ。そら、僕は今すぐ生きたままで現れる――」

夫人の後から、ソッと洋三氏が現れて、いきなり夫人を目かくしした。

「嫌です嫌です！　あなたは嘘なんかお吐《つ》き遊ばすから私大きらいでございますわ！」

毛むくじゃらな洋三氏の両手にひっ抱えられて夫人は嬉しまぎれの駄々をこねたが、

「コラ、まあお聞きったら。いいかい。僕は会社を売っちまうことにしたよ。もう手続きさえ済めば天下晴れての浪人だよ。それでも嫌かい？」

「嫌よ嫌よ……」

「嫌かい。じゃ仕様がない。実は欧洲旅行をするつもりで二人分の船室を申込んでおいたが、お前の分だけ早速取消すことにしよう」

「ウフン」

と、仔豚みたいに鼻を鳴らして、ドシンと夫人が洋三氏の懐へ飛びこんで行った。

煉瓦塀のきわで、一列縦隊の向日葵《ひまわり》の花が大口あいて笑っている。

廃墟の山彦《エコオ》

プロローグ

華手《はで》なアロハの着流しで風を切って行くリーゼントスタイルの青年。パンパンガール。鯨《くじら》のベーコンという当世流行の妙なものを、新聞紙で抱えたサラリーマン。煙草の吸がら拾い。等々、銀座の表情は戦争前とまるきり変ってしまったが、美も醜もひっくるめて有りとあらゆるものが日がな一日ゾヨゾヨと通りつづけ、キリキリ舞いをし、あっちこっちへさまよう銀座の真理にはちっとも変りはない。驚くべき群集である。この真昼間の銀座を歩く二人の画家。ブラシみたいな髪の毛が悉く逆立ちしたような凄い頭をした三室東弦と後輩の駒木純である。新橋から尾張町の方へ、まるきり流れ藁が一面に浮いた洪水のなかを迷惑そうにノロノロと泳いで遡《さかのぼ》る泥鰌《どじょう》みたいな恰好で、雑多な人の流れをかいくぐっていたが、この三室東弦が、だしぬけに駒木の腕をひっ摑んで云うのだ。

「オイ、向うを見ちゃいかんぞ」

驚いた駒木の鼻先へ牡牛さながらのでかい三室の眼玉が近よっていた。

「例のモデルがいやに颯爽としたなりでやって来るんだ。ぶつかるのは可哀そうだから、——廻れ右ッ！」

そのまま駒木の腕を摑んで、側《かたわ》らの商店窓の前へ引っぱり込んでしまった。ところが、ちょうどしる粉屋の前と来ていた。窓硝子《ガラス》の中にはしい、しる粉のサンプルやくず餅の皿などがチンマリと飾ってある。三室はクスクス笑いながらあわてて駒木の腕を引っぱって横這いのまま隣りの金物屋の前まで行くと、安全剃刀《かみそり》や煙草ケースなどの並んだショウウインドウへ仔細らしい顔をして覗き込んだ。

「黙って通るのを見ててみろ。話にきいた復員の御亭主というのらしい、腕を組まんばかりにして凄いナリをして買物包なぞ持ってるぜ。いつのまに金をもうけたのか知らんが、まさに当今奇蹟の時代だからな。おれだってあの女から、とってもいい人だなんてほめられてるんだから、今さら邪魔なんぞしに現われて肚のなかでアラ嫌だなんて思われるのは心外だからな……」

三室が真面目なのか冗談なのかわからないことをブツブツ云っている背後を、一組の男女が人の流れと共にショウウインドウの中に小暗い影を映して通りすぎた。

やがて金物屋の窓硝子を離れた二人の画家は、しばらくこの男女の後姿を見送っていたが、たちまち彼等の姿は人ごみのなかにまぎれ込んで行く……。

二科系を往く三室東茲の傑作と称せられた絵に「廃墟のエコオ」と題する一枚の裸婦像があるが、画題の由来は、一般には詳《つまびら》かでない。単にひとりの裸婦が青色のソファに寝そべっているだけの図で、視《み》た者は、出品当時だいぶ首をひねったということだが、無理もない。しかし奇妙に視ているうちに、なるほどこれが廃墟の山彦という意味かというような、一種の嫋々《じょうじょう》たる詩韻のようなものが身に迫って来るものがあったと云われている。ただこれは視た者が勝手に想像しただけで、本当の画題の由来は三室東茲以外には誰も知った者がいない。一昨年の秋ごろまではまだ生きていた油絵のベテランと称せられた佐田巌と、駒木純の二人は一部分真相は知っているが、それも三室からの、また聞きに過ぎないのだ。ただ面白いことには、この事件で佐田巌の鋭い観察眼がモデル女の秘密のかげを奇《く》しくも見破り、探偵小説にでもなりそうな色彩を帯びたということである。

一

ことの起りは佐田巌がある酒場で、三室、駒木の二人を相手にウイスキーなぞを舐めながら、冗談みたいに、近ごろのモデル商売の女たちはどうもいかがわしい稼ぎもやるとみえて、不潔な感じがしていけない、ひとつ秋の作品には新聞広告をして素人《しろうと》のモデルを掘出してみないか、なぞと云い出したことにある。すると酔っぱらった三室東茲が、生酔い本性たがわずで早くもバーテン台にお額《でこ》をくっつけるほどグラグラしていた体を急に伸して、

「いいね。賛成だぜ。しかし、何だぜ、条、条件として提案者の巌先生が、費用万端ひきうけてくれなくちゃ駄目だぜ」

「ああ、引きうけるよ」

「そうか。そ、それなら無条件で賛成だ。おれ、詮衡《せんこう》委員として飛切りのが現われるまでねばるぞ……いいのが見つかったら、どうだい、秋の制作展にゃ三人同じ題材で、コ、コンクールとしゃれちゃおうじゃないか。なあ、駒木、きさまも遠慮せずにだな、巌ちゃんが費用は持ってくれるそうだから、ク、クジ引きで順番なんかきめてな、きさまもそのモデル、使え。なアに、素人なら恋人にしたって、構やせん。何なら、女、女房にアッセンしてやろうか」

あげくは酔っぱらいの三室の高笑いで終ったが、佐田の提案は満ざらの嘘でもなく、それから間もなく彼の名で「絶対に素人に限る」という一段十行ばかりの新聞広告で裸体モデルを求めることになったのである。すると、時あたかも興業界の裸体アトラクションがそろそろ流行する潜伏時期だったというわけでもなかろうが、果して素人の中からそう勇敢な女性が飛出すかどうか多少の懸念がないでもなかったに拘らず、広告が出てから四日目ごろからポツリポツリと佐田のアトリエに応募者が姿を現わしはじめ、前後十日ばかりのうちに都合七人の応募者があった。もっともこの七人目の出現で、あわてて主催者側は募集締切りの貼紙を門前へ出すことになったのだが、この七人目の女性というのが、正しくも掘出中の掘出物で、日本人ばなれのした恐ろしく均整のとれた姿態、ルノアールの裸体画をそのまま生きた人間に再現したような桜色の見事な肌、おまけに、ジロジロと無言で眺めている画家たちの眼玉をはにかみながらモデル台で衣服を脱ぎ捨てた瞬間、思わずうならせるような官能美が全身から噴出するかに見えた――まことに肉体の豪華版そのものと云えた。明かに処女ではなかった。しかし素人の世界で、再びこれほどの肉体の宝庫とも云うべきものが得られるかどうか疑問でさえあった。躊躇なく採用ということにきめて、三人はクジを引き、順番をきめて、まず最初に当った三室東茲が描くことになって意気揚々と自分のアトリエへ連れて行ったものだ。

ところが、それから四日ばかり後の夜、いつもの酒場で、芥川龍之介そこのけの憂鬱な顔をした佐田巌がひとりツクネンとウイスキーを舐めているところへ、妙にボンヤリした曇った表情で三室東茲が現われた。

「どうしたい」

と、いきなり佐田に薄笑いでからかわれると、三室はキャタツ型の凭《もた》れのついたバーテン椅子へ馬乗りになったまま、ブラシ髪の壮烈な顔を常日頃になく元気のない

恰好で二三度掻き廻してから、

「駄目だね。妙に描けなくて……どうもいかん。オイ、ウイスキー」

佐田は黙ってニタリと笑ったきりだ。三室はウイスキーのグラスを摑んだまま、

「どうにも焦々して仕様がないんで、得体が知れないよ。どだい……あの女、見れば見るほど惚々《ほれぼれ》する代物だが、ポーズさせて、さて描きはじめる、いいかね、すると何だか知らないが、妙に飛んでもない間違ったものを描いてるような気がしてくるんだね。まるきり新編怪談みたいな話だが、表現しようと思うおれの頭のここんとこにある、こうモヤモヤしたこいつがスウッと妙に遠くへボケちまって、はて何を描くつもりだったんかななんて妙な気がしてくるから、妙だよ。はじめてだね、こういう経験は」

「惚れたのじゃないのか」

薄笑いのままポツリと佐田が云う。すると三室は案外殊勝な顔で一つうなずいてから、

「実はおれもそう思ってみた。——しかしだね。惚れたとすると、もっとジカにおれの気持が何とかこう直接朗かになったり憂鬱になったり悩ましくなったり色々とそういう容態が現われて来そうなものじゃないか。実はそうでもないいんだ。おれだって現に女房に死なれてモヤモヤしてる生身の体だから、あるいはどういう弾みでどういうことになるか知れたものじゃないが、まず今のところ自制して自制できる状態ではいる——とすると、おれをあれほどヤキモキさせる得体の知れない妙なものの原因というやつ、一体何だね……例えて云うとだね、いきなり何だかあの女の体をひっかいて、切口をつけて中をのぞいてみたいような気持だと云えば、どうだ」

「冗談じゃない。君ひとりのためにそういうキズ物にされてたまるか」

二人は思わず吹出したが、三室は吹き出したおかげで少しは肩のしこりでも抜けたように、やがてポケットから手作りの妙なパイプなどを取出してひねくりながら、

「いや、こんな妙なことを云うと、君なんぞ悪達者な男は茶化すばかりだとは覚悟の手前だがね、真面目な話、昔ある雑誌の漫画で見たことがあるんだ。四枚つづきの漫画でね、最初のコマでは股のつけ根のすぐ下から額ぶちに隠れちまってる妙に思わせぶりな裸体画が展覧会にぶら下ってるんだね。すると次のコマで、シャッポをアミダに被ったトンキョウな男がこいつをシゲシゲ眺め

ていてね、三枚目のコマでは、この男があたりの様子をキョロキョロ窺っている。最後のコマは、いいかい、その額ぶちの下わくがこわれちまってダランと片方へぶら下ってるところでね、アミダの男がスタコラ逃げ出すあとから監視人が呶鳴りながら追っかけてる——判るかい、シャッポの男が裸体画の額ぶちをだね、もうちょっとちょっとと思いながら、とうとうこわしちまう、この気持だね、廻りくどく云うと。そういう妙に物足りない、いらいらするような気持だね、つまり」

「なるほど、廻りくどい神経衰弱だな」

「そう冷かすなら、まあ自分で一度やって来て見ろよ。人のことばかり面白がってるが、案外おれの云うことが納得いったら、どうする?」

二

下北沢にある三室東茲のアトリエである。

チーク材の床を張りつめた四十畳敷きもあるような白塗りのアトリエの中は、片方が大きなフランス窓になっていて、芝生に臨んだテラスに続いているために、庭の若萌えの緑の反射をうけ、ポーッと全体にうす緑のかかった沈んだ空気が漂っている。フランス窓につづいた一方の壁ぎわに一段高くなったモデル台の上には、青色のビロードのソファがある。そのソファの上に波うつピンク色の絹布を敷いて、片肱を手枕にしたまま、長々と素晴らしい例のルノアール風の肉体を横たえたモデルの吉川節子が、こちら向きに、女体の秘密の隅々まで余すところなくむき出しに、真黒い瞳で静かに三室のカンバスの方を見つめている。すでに裸体の羞恥を克服して、モデル馴れのした大胆な静けさである。三室東茲はスキーズボンにワイシャツ一枚という無造作な恰好で、パレット片手に盛に三室独特と云われる強烈なブラウン系統のペイントをカンバスへなすりつけているのだ。——実物とはだいぶ実感の違う、やや肢の短い裸婦が、腰の隆起をおそろしく誇張して描かれ、胸のあたりで奔放な曲線が大きくうねると見るまに、頸から顔へ至ると俄然視覚へクローズアップしてくる黒髪と黒い瞳のフォービズム風の形のくずれた美女が、燃えるような生彩を放ってヒタと画面の中から視る者の眼を凝視している。明かに感覚的な遠近法をもった精力的な構図で、あるいは最後のタッチ次第では三室東茲の傑作の一つになるかも知れないような、多分に野心的な作品であることが、いきなり視る者に迫ってくる。しかし、どこが気にくわないのか、さっきから三室はパレットの上でペイントを合せてはブラシをカンバスまで持って行って躊躇する。また合せ直してはカンバスへ持って行って止める。明かに行詰りか調子の狂った様子で、しきりにブラシを下すのをためらっているのだ。その三室の背後の壁ぎわから、組立て椅子におとなしく腰を下したまま、佐田巌と駒木純の二人が、三室とモデルを見比べながら黙って煙草などくゆらせている。テレピン油の重苦しい匂いが強く流れていた。と、急に三室がやけでも起したように、パレットとブラシを束にしてサイドテーブルへ投出すと、

「ご苦労さん。……もういいよ」

モデル台の節子へ云うと、ズボンへ両手を突っ込んで、二三歩カンバスの前を無駄歩きした。そして、

「今日はもう帰ってもいいよ」

冷淡なほど素っけなく節子へ云っておいて、黙って見物している壁ぎわの二人の方へ仏頂面《ぶっちょうづら》を作ったまま近づくのだ。モデル台の上で体を起した節子は、暫く不安な眼で三室の後姿を見ていたが、やがて敷いていた絹布をクルリと巧みに体へまきつけて起き返ると、ソファの蔭へ廻って着衣をはじめた。

ブラウスとスカートを着け終ると、そのまま節子は横むきに、何か思いまどっている様子で、ソファの蔭へ突っ立っている。体に比べてやや小柄な頭をした可憐なその姿には、まるきり叱られた飼犬か何かみたいに、従順で、悲しげなものが見えた。三室は佐田と駒木の側へ来てパイプに火を入れると、節子を振返って、急に慰めるような笑顔で、

「いやにションボリしちまったな……いいんだよ。思うように描けないのは、こっちの腕が悪いからだ。明日からご苦労さんだが、もういちど描き直し。君に関係のある事じゃないから、気にしないで明日も来てくれ給え」

チラリと眼を返した節子が、

「ええ」

そして、誰にともなく頭をさげて、足元から手さげ袋を取上げると、悄然とした様子でアトリエを出て行った。

「面白いね……まるきり新劇の舞台稽古でも見てるようじゃないか。本気でやってるのか芝居をやってるのか知らないが、案外君も演出家じみた才があるんだね。新発見だよ」

アトリエの扉が閉ると同時に、佐田巌がからかうように三室を見上げた。三室は怒ったような顔をしてフランス窓の方を眺めたまま突っ立っていたが、こう云われると振向きざまに、

「冗談じゃない。だけど、どうだい……見たかい」

「ああ見たよ。お生憎《あいにく》なことに、君の云うような変てこに廻りくどいことは感じなかったが、しかし、俺は別のものを感じたね。こいつはまあ君と俺の感覚の差というやつかも知れないが……」

「何だね、その別のものてのは」

「はっきり云うと、あの女には恐らく何かあるね」

「ちっともハッキリじゃないじゃないか。チョッ、人をじらせて喜ぶ悪い癖だアな、君の」

佐田は笑いながら、

「というのは、ちょっとまだ俺の想像に不行届きのところがあるからだが、俺の云う意味は、少くともあの女現在普通の精神状態でないということさ」

「何だい。じゃ気違いかい」

「馬鹿云っちゃいかん。立派なものさ。頭がしっかりしてればこそ普通の精神状態じゃないというんだ……何か重大なことが起ってるんだね。あの女はそいつを我々に隠している。ひょっとするとあの女の一生を根本的に支配するような事件かも知れないね。例えば沢庵和尚《たくあんおしょう》や宮本武蔵みたいな悟道に徹し一芸に秀でた人間ならあるいは、そもさんとばかり見破ってしまうかも知れないが、残念ながら俺にはそこまでは判らない」

「じゃ、どうすればいいんだ。結論を云ってくれんか」

「つまり一度君が直接話をしてみるんだな。あの女の人生とか生活とかに直接触れれば簡単に判るような気もするんだ……ひょっとすると、俺の感じたようなことが、実は製作上の君の感興というやつを混乱させて、ああいうシャッポの漫画だの、切口をつけて覗いて見たいだの、という妙なものになってるのかも、それは判らない。とにかく一度怒ってみろよ」

「怒る？　――どう怒るんだ」

「どうって、そりゃ一々怒り方まで説明するわけにも行かんが、そこは適当に君の演出技術を使うのさ。要はあの女の人生に一歩近づいてみることにあるんだから」

三

その翌日、三室東兹は節子がアトリエへ来るのを待ちうけると、すぐには製作にはかからず「今日は描くのは止めたよ。その代り昼飯でも食べに行こうじゃないか」そして「昼飯を食うのも仕事の一つだよ。だい一お互に食物を食わなくちゃ生きてられないからね」

昼ちかくのことだった。冗談を云いながら連出すと、下北沢の駅前からタクシーを拾って新宿へ走らせた。そしてある中華料理屋へ上ったが、この節子という素人モデルは元来が無口なのか、それとも普段と変った三室の行動に漠とした不安を感じたのか、道々自動車の中でも一言も喋らず、カニ玉なんかを躊《ため》いがちに口へ運びながらも時々卓ごしに明かに疑心のこもった眼で素早く三室を眺め、ふと何か物いいたげな様子を見せることがあったが「来たな」と三室が固唾をのんで待っていると、そのまま切なげに言葉をのみこんでしまう。それきりだ。

胸に一物ある三室は、食事がすむと、附近のある骨董屋《こっとう》の二階にある珈琲《コーヒー》店へ誘って近々と向い合ってから、はじめて卓へ肱づきなどとして顔を近づけ、

「君、何かいま、困ってることでもあるのかい」

と、だしぬけに始めた。節子は瞬きをして、ちょっと三室を見つめたが、すぐ質問の意味を漠然と覚ったのか、急にうなだれるように俯向いてしまった。そしてそのまま小さく横にかぶりをふった。消え入りたいような風情である。三室はその綺麗にカールした頭を見ながら、

「いいかい。今日はちょっと僕手ごわいかも知れないよ。だけどこのままじゃこっちがやり切れないからね。――隠しちゃ困るんだ。何だか暴君的なことをいうようで君にとっちゃ迷惑かも知れないが、本当をいうとだね、せっかく君を掘出物だと思って我々は期待してたんだが、そいつが少し見当が狂いはじめて狼狽してるんだ。いいかね、これは別に君自身が悪いという意味じゃないよ。君は、こう云っちゃ何だけどモデルとしては完璧だとさえ思っている。つまり外的条件としての君の肉体美だね、これくらい素晴らしい体はまず他にはちょっと類がないという気がするんだ」

俯向いたまま、節子の耳たぶが少し赧《あか》らんだ。

「ところが何だか知らないが、妙に描けないんだね……つまり君を描こうとすると妙に他に気になって仕様

のないものが感じられて、こいつが邪魔をして困るんだ。自分の腕の悪いことを棚に上げて云ってるようだけど、しかし例えばだね、非常に不道徳な人間は、顔を見ただけでも何となく不道徳らしいものが感じられる。堕落してる者には顔にも体にもそういうものが現われている。秀才は秀才らしい。馬鹿は馬鹿らしい。また娼婦は娼婦らしい。すべてその人その人の生活なり精神状態というものは、顔や体の美醜にかかわらずどこかにチャンと現われて、見る者には判るんだ。そら、こないだ、佐田が僕のアトリエへ来てただろう……あのとき君が帰ったあとで、どうも君には何か複雑な事情があるんじゃないかと、あいつが云うんだ。どこからそういう判断が生れたのか僕には判らない。また君にしたって、我々が口うるさく何だかんだと君の私生活にまで口を入れるようじゃ嫌になって仕事をつづける気がしなくなるかも知れないがね、そうなると我々の失望も大きい……というよりも恐らくガッカリしちまうだろうね。だからこうやって君に腹臓なく何でもあることをスッカリ打明けてもらいたいと、こう思って実はこんな所へひっぱり出したんだが……」

熱心な口調で喋りながらふと三室は自分の心の中をみつめるように、口をつぐんだ。佐田の云った「惚れたんじゃないか」という言葉がふと頭に浮んだからだ。なるほど嫌にむきになっている自分を振返ってみるとそういう気がしてこないでもない。アトリエの中で遠慮会釈なしに眺めることの出来る節子の肉体を思い浮べると、さながら口の中へ唾でもたまってくるような気がすることがある。——だが裸体モデルにかりそめにもそういう肉欲的な気分を覚えることは、画家として堕落の一歩だと云っていい。三室は思わずブルンと頭をふると、俄かにたどたどしくなる気持を覚えながら、

「まあ、そういう訳さ。僕たちの我ままをひとつ大目に見てくれよ。その代り、何か事情があるんだったら、僕でも誰でも必ず力一ぱい君を助けるよ。これは約束するからね。ザックバランな気持を話してくれよ。ね」

節子は俯向いたまま、黙って自分の膝の上のスカートの皺を無意識らしく伸し伸ししていた。しかし明かに一種の感動状態にあることは見てとれた。

「金の問題で困ることでもあるのかい?」

節子が小さく頭を横にふった。

「じゃ家庭の問題?」

これも違う。

「男の問題？」

すると節子は小さくうなずきながらノメリ込むように深くうなだれた。その赧く染った耳を見ながら、三室は心の中でウームとうなった。

「構わなかったら、話してくれないか。僕たち人の男女問題を冷やかしたり茶化したりするほどもう年も若くはないし、出来れば加勢でも応援でもしてあげたいね」

すると暫く俯向いたままジッと何か考えていた節子はやがてキッとした顔をあげて、

「ご心配かけてすみません。だけど、いいんです。私が自分でハッキリ致しますから」

眼の色に異様な力さえこもっていた。

「そう」と三室は不思議な気持でその眼を見ながら「まあ僕たちが別段出しゃばらずに済むなら、その方が結構だが……」

「ええ。有難うございます。じゃ、ご迷惑でしょうが、一週間ばかり、休ませて頂けましょうか」

非常にハッキリした言葉である。

「そりゃいいよ。都合のいい時に出て来てくれたら。ただ愛想をつかして逃げちまわない約束だけはしてくれるだろうな。俺が佐田に叱られるからな」

「いいえ、決してそんなことしませんわ」そして少し考える風をしたが「それじゃ、ちょうど一週間目に、いつもと同じ時刻にお仕事場へ伺うって、お約束しておきますわ」

妙に顔は蒼ざめてはいたが、このとき節子の顔に微かな笑《えみ》が浮んでいるのを、三室は見た。

四

不思議なモデルが何をするつもりで一週間と日限をきって休んだのか、まるきり誰にも見当がつかなかったが、確かに、予感というか虫が知らせるというか、節子が姿を消して以来どこかで何事かが起りつつあるという気は充分に感じられた。

「本当にあの女、一週間たったら姿を見せるつもりなんかね、一体……」

三室東兹が首をひねると、

「来るよ」

と、佐田は済している。

「どういうところからそうハッキリ云えるんだね」

「なに、単にあの女が我々をひどく頼りにしているらしい気がするからだよ。しかし、それじゃ君は、一体どういうところからあの女が来ないように思うんだい？」

そう云われてみると、なるほど三室自身も大丈夫やって来ると肚の底で信じている自分に気がつくのだ。ただ何となく、一週間という日限をきって、奇妙なモデルが本当に休みはじめたことがハッキリしたとき、三室の心の中には確かに一種の空虚さが生れた。云ってみれば、一週間のあいだあのモデルの姿を見ずに過すということが、ひそかに物足りない気持を起させたと云えるのである。

約束の一週間目が来ると、どういうつもりか元来朝寝坊で有名な佐田巌が早朝から三室のアトリエへ姿を現わした。そして佐田から後からやって来いという使いを受けた駒木純が追っかけるようにやって来ると、二人して春寒のアトリエにストーヴなぞたかせてあたりはじめた。押しかけられた三室もノンビリと食事などしているどころではない。縞鯛みたいなたて縞のピジャマ一枚で、ソワソワとアトリエと居間のあいだを行ったり来たりして、まかないの婆さんに作らせた朝飯のトーストを珈琲茶碗片手に囓り囓り歩き廻るというせわしない恰好だ。

「だいぶ昂奮してるようですね」

とコッソリ駒木が佐田に耳うちすると、佐田は「ああ」と声もなく笑って「先生自分では気がつかないらしいが、あの女に参ってるのさ」

「そうかも知れませんね。あの様子じゃ……だけど本当にあのモデルは来るんでしょうか」

「来るさ。見ててみろ、時間より早目に現われるから」

なるほど佐田巌の予言どおりであった。十時を少し過ぎたころ、暫くアトリエから姿を消して居間の方へ行っていた三室が、あたふたと喜色をみなぎらせた顔で、

「おい、来たよ。来たよ」

そのあとから、節子がためらい勝ちにアトリエの戸口へ姿を現わした。そして二人へおじぎをすると、立止って、

「ホントに勝手なことをしてご迷惑おかけしました」

すると三室が横合いから、

「もう用事はすんだの？」

「ええ」

「今日から始めてもいいの？」

「ええ」

まぶしそうな顔で言葉すくなに三室へうなずくのだ。

ところがこの時まで煙草をすいながらジッと節子を見ていた佐田巌が、何と思ったか急に三室へ、

「いやにあわてるね。それほど急ぐ絵でもなかろうし、今日一日ぐらい始業式なみに特別休暇を出すのが本当だぞ」

ふざけたような言葉だが、しかしこのとき妙にこの言葉には意味ありげな響きがあると誰にも感じられた。三室も駒木も佐田をみつめ、同時に節子の眼が素早く佐田と三室のあいだを往復した。

「うむ。まあ……そうだな」

と三室が曖昧な顔で顎《あご》なぞ撫ぜていると、佐田は節子をストーヴの方へ招いた。

「まあこっちへいらっしゃい。ほかに用がなかったらゆっくり遊んで行ったらいい……」

「ええ、有難うございますけれど……」

「僕は別に悪意に衣を着せて云ってるんじゃないよ。——我々三人、あなたに好意こそ持っていても、悪意なぞこれっぽっちも持っちゃいない。何も今日からあわてて仕事にかからなくちゃならんという訳でもないし、ホントに構わなかったらゆっくりして行き給え。それとも帰った方が君の都合なら帰っても構わないし……ただ僕たちがあなたに注目している、云いかえると、こうやって我々三人ガヤガヤしていても我々はあなたに給料を払う立場にあるんだから、妙に訳のわからないことは云わないつもりだが、しかし別の意味で君には我々多分の興味を持っていることは確かなんだよ。これは君が素人だけに、単に画家とモデルという関係だけでなく、もっと親切味や愛情みたいなものがあるという意味だが、だから君もそういう点で僕たちに不要な気苦労はしなくてもいいが、ただ、自重しなくちゃいかんね。かりそめにも自分を虐待したり捨鉢になったりしちゃいかん。心に余ることがあったら遠慮なく僕たちに相談したまえ。いいかね」

心なしか、佐田の顔には普段には見られない優しさのようなものさえ浮んでいる。三室や駒木はそういうことを云う佐田の心中が見当つきかねて、ポカンと眺めていた。だが奇妙にも節子だけには佐田の言葉が通じたとみえて、急に眼を輝しながら、

「有難うございます。それじゃ今日はこれで帰らせて頂いて宜しいでしょうか」

「ああ、そうなさい。そして明日から元気にまた来て下さい。待ってますよ」

五

節子の姿が消えると、同時に佐田はガラリと今までの穏やかな態度をすてて、何やら殺気立ったような顔つきまでしながら、

「おい、すぐあの女の後をつけてみろよ」

三室に云った。三室が何か云いかけると、

「いいから俺のいう通りにやってみろ。それでもし何かが起ったら何でもいいからあの女の命だけは守ってやっておいて、電話でなり何なり居場所を知らせてくれ。俺たちはここで待ってる」

真剣な佐田の態度におされて、三室が出て行くと、佐田は暫く何やら考えていたが、やがて駒木を振返って、

「あの女、ひょっとすると自殺を計るかも知れないよ」

「え？　どうしてです」

「理由はまだ判らない。しかしアトリエへ入って来た様子で僕はそんな気がしたんだ。本人は努めて明朗に振舞っているつもりだが、気をつけて見ると何だか捨身に肚をすえた人間だということがすぐピンと来る。つまり怖いもの知らずの澄み切った心境さ。三室先生が追っかけて行って何が起るか知らないが、あるいは来月あたり、俺たちあの二人へ結婚の贈物でもするようなことになるかも知れん。あるいはもっと陰惨なことが起るかも知れんが、要するに三室先生の運次第という訳さ」

×　×

スプリングコートの襟を立てて、ソフトを真深かに被った三室東兹がガラにもなく尾行を試みて節子の後からつけて行くと、彼女は小田急で真直ぐ新宿へ出たが、駅の前の公衆電話の列へ並んで順番を待つとどこかへ電話をかけ始めた。三室が咄嗟の機転で新聞売場から売のこりの実話新聞を買って半ば顔を隠しながら電話ボックスへ近づいて聞いてみると、節子はどこかの病院らしい所へかけたが相手が外出中だったらしく、ボンヤリ電話ボックスを出て来た。そして駅前のアスファルトの広場へ立って暫く何か考えていたが、急にまた駅の出札口の方へ引返して池袋までの切符を買った。下手くそについて廻るので三室は時々相手がだしぬけに動くと、ぶつかりそうになることがあったが、彼女の方が一心に何か考え

て放心状態にあるらしく、きわどいところで見つかりもせずに、どうやら池袋までつけて行くと、姿も見失わずに駅の東口の雑沓のなかへ流れ出した。節子は駅を出るとあたりの人ごみには目もくれずに、環状道路を足早やに大塚の方へ歩いて行く。そしてロータリーを越えて、さらに堀之内界隈の焼野原につづくアスファルトの道路を辿って行くのだ。このあたり、池袋の復興商店街から比べると確かに十年ぐらいのテンポで復興がおくれ、アスファルトの二十間《けん》道路の両側はいうに及ばず殆ど見渡すかぎり去年からの枯草原、夜などは多分に鬼気せまるものがあるに相違なかった。節子は二十間道路を五六丁行くと左へ折れて、瓦礫の散乱した一間ばかりの小道を辿って行く。行手に半焼けになった梢の半ばに新緑の芽を吹きはじめた榎《えのき》の古木がそびえ、その下に奇妙な円筒形の煉瓦建の建物が見える。三室が背たけほどもある枯草の株のかげから見送っていると、節子は、どうやら以前は相当大きな屋敷でもあったらしい石の門のあいだを入って、荒れ果てた廃墟の庭と覚しい所に佇んで、しばらくその向うにある煉瓦の建物を眺めていたが、やがてフラフラするような足でその建物に近づくと、赤錆びた小さな潜戸のような鉄扉を開けて姿を消した。普通の建物の三階建ぐらいはありそうなその煉瓦建ての二階と三階あたりには、ボロボロに硝子の破れた窓がついていたが、別に節子の姿は二階にも三階にも現われる風でもない。暫くボンヤリ見上げていた三室は、急にヨシとばかり肚をきめた風で、ノコノコと建物に近づいて節子と同じように小さな鉄扉をあけて覗き込んでみた。真正面に二階へ上るコンクリートの階段があり、その左手がガレージ風の土間になっていて、その奥の方に一ケ所ボンヤリと電燈らしい明りの洩れている所がある。近づいてみると、地下室の降り口になっていて、傾斜の急な階段がつづき、階段下から急角度に右へ廊下のようなものに続いているらしい。

足音を忍ばせてコッソリ降りて行ってみて驚いた。——階段を降りきった右手に、長さはものの三十間はあろうという幅の広い歩廊のようなものが忽然と現われたが、しかもこの歩廊たるや地下のトンネル内がそのまま一つの居間になっているという白塗りの豪奢なもので、天井にはダイヤのような飾電燈が輝き、暗赤色の贅沢な絨毯《じゅうたん》が敷きつめられ、高価なソファやロウンジ・ファニチア等々、完全に一箇の居間であり寝室であり応接間であり食堂であるという、夢のような風景である。その一ケ所のテーブルの上には、さながら酒宴のあとともも見える酒瓶とグラスが散乱して、むちゃ苦茶に煙草を喫ったらしい夥《おびただ》しい吸殻の盛上った灰皿や、ハムの塊やチーズなどをのせた大型の西洋皿までシンカンとした無人の気配のなかに散らかっていて、側らのソファには脱ぎすてた男の上衣まで、たった今しがたのことのように放り出してあるのだ。おそらく空襲時代の避難場所に作られたものに相違ないが、それにしても、温かい人の気配もなく、死の如き沈黙のみなぎったこの驚くべき贅沢な部屋のなかは無気味を通り越して鬼気の迫るものさえあった。しかもこの地下の部屋には、更にもう一段地底へ降りる地下室でもあるとみえて、テーブルの近くの食器棚のかげに、半ば扉の開いた薄明るい地下室らしい入口が見えるのだ。しばらくアッケにとられて息を凍らせていた三室は、やがてテーブルに近づいて、西洋皿の上からハムの塊を取上げてみた。明かに切口は黒ずんで、だいぶ日を経たものだと知れた。すると、この酒宴のさなかに突如息でもとまったような恰好で残っている部屋の中は、何を意味するのであろう。節子という奇妙なモデルは何のためにこの廃墟へやって来たのか……ところが、再びハムを皿に戻そうとした拍子に、さながら何日ものあいだ同じ恰好で皿へもたせかけてあったと思われる鋭い肉切庖丁が、ガタリと大きな音をたて、皿を滑りテーブルへ転がった。地下室の空気を乱す最初の音だった。意外に大きい音に三室は思わずギョッとした。と、それと同時に、半開きになった扉の向う側に、鉄製のタラップを飛上るように一息に駈け上る靴音が聞え、アッと振返る間もなく飛出して来た節子が、真正面から三室に突き当ろうとした。

だが、節子は恐怖の眼を見開いたまま、危くぶつかりそうになった体をかわすとみるまに、泳ぐような姿勢で三室をすりぬけると、グルリと三室の体を半廻転してからすがりついた。そしてまるきり化物でも見たように口ばかり異様にパクパクと動かしながら、三室を遮二無二表の方へ引っぱり出そうとする。

「どうしたの！　何か居るの！」

節子は蒼ざめ、息を切らしてやたらに激しく首をふり、その眼には涙さえ浮んでいるではないか。三室はいきなりその節子を押しのけて、たったいま節子が飛出した扉口から半身突き入れてみた。果して物置きや貯蔵庫に使用されているらしい地下室だった。鉄製のタラップが冷たい光りを放って地底まで続いている。が、その途中に、円形を描いた中継所のような舞場《おどりば》が一つあって、タラップはそこからくの字型に折れていた。狂ったように引き止める節子の手を払って、一足タラップの上から体を乗出して地下室の底を見下した三室は、その舞場の真下のあたりに一人の男が両手をひろげ、仰向きのまま死んでいるのを見た。明かに舞場のあたりから転落した様子で、上衣を脱ぎチョッキ一つになったその男の顔は、半ば潰れ、どす黒い血痕の中から眼を見開いていた。

「わたしが、殺したの……」

という切ない声がしたと思うと、いきなり三室の背後から、仆《たお》れかかるように節子が顔をふせて、すすり泣きをはじめた。

六

——節子には婚約者があった。戦争末期のころ大陸へ応召したが、節子は他に身寄りのない人間で、婚約者の出征中ひとりで働いているあいだに、野間木というその雇主にだまされて、ある日その焼け残りの煉瓦建ての二階にある書斎で、睡眠剤入りの飲物をのまされ、処女を奪われた。

「君はその体で婚約者が帰って来れば、何食わぬ顔で結婚するつもりか」

などと暗に自分と結婚しろと野間木に云われ、節子は二度三度と男の云うままにされたが、婚約者が病みついた体でシベリアから送還されてくると、思わず暗い気持で狼狽が起った。そしてやはり身寄りのない婚約者の治療費を稼ぐために、モデル広告を見て密かに働きはじめたが、汚れた体のことを考えると婚約者と結婚することも躊らわれ、さりとて野間木と結婚する気にもなれない。婚約者が全快すれば、いずれハッキリした身の処し方をしなければならなかった。ジレンマに陥った節子は、いっそ野間木を殺して、自分も死にたいと考えながら、機械的に働いているうちに、三室と佐田から内心の動揺を見破られ、発作的に、すでに婚約者にもこの動揺が見破られているのではないかという恐ろしい気が起りはじめた。そこで三室から一週間の休暇を貰うと、半ば自棄的に野間木を訪れて、焼け跡の地下室で狂態の数日間を送った。匕首《あいくち》を懐に呑んだような気持で、隙があれば野間木を殺して自分も死のうと思いつづけたが、なかなかその機会が見つからず、酔乱のあげく嘔吐の出るような抱擁と自暴がつづいた。そして、とうとうある日、地下の物置きに戦争前から貯蔵してある洋酒の瓶を取りに行く野間木について降りて行くとき、節子の頭にはポオの短篇小説にある「アモンティラードの酒」という復讐談のことが閃いた。酔っぱらった野間木が節子の肩をひっかかえるようにして、タラップの鉄板を踏みはずし踏みはずし危い恰好で降りて行く……タラップの途中にある舞場まで来たとき、節子は今だと肚をきめると、うるさく纏いつく野間木の腕を払い、乱れた髪を撫でつけると、再びよろめきかかる野間木を振りむきざま、力一ぱい突き飛ばした。もんどりうって地下室の底へ落ちた野間木は頭を割って、そのまま即死した。地下室には僅かに死体から洩れる酒の匂いが漂ったきりだ。

それから数日間、節子は街から街へさまよいつづけていたという。死ぬことは簡単であったが、何ものか心の中に死を急ぐことを引きとめるものがあった。婚約者に会う気もしなかった。ただ今さらに罪の恐怖に脅え、もしも野間木が怪我をしただけで生きていてくれたら、身を投げかけて、あやまり、野間木の妻となってざんげの一生を送っても構わない……もしや生き返っていてくれはしないかという気持と、あのまま死んでいた方がいいという矛盾する奇怪な気持が入りまじりながら、それから毎日廃墟の地下室を訪れ、殺害の現場を覗きに来ていたというのだ。

池袋と大塚の間にある省線の切通しの堤の上である。三室と節子が並んで腰を下している下を、幾台もの電車が凄いスピードで通りつづけた。節子が途切れ途切れに話しおわると、三室はしばらく黙って省線の砂利道を見下していたが、ふと、

「その野間木って男、自分で落っこって死んだんだろう?」

ひとりごとみたいに、節子の顔も見ないでつぶやいた。

「いいえ、わたしが突き落したんです」

「何いってるんだ。野間木って奴も君も酔っぱらってだね、酔っぱらいが酔っぱらいを突き落したって、どこにそんな証拠があるんだい」

「でも……」

「でももクソもあるか。君はバカだよ。何だね、いかにも悲劇の主人公になったようなつもりでいたって、今どきそんなの流行《はや》らないんだぜ。人ごとながら腹が立ってくるよ。僕は案外これで気が短いんだからね……バカバカしい。さあ行こう」

三室はいきなりズボンの尻を払って立上ると、後も振向かずにスタスタと堤の上を歩き出した。そして躊らい気味について来る節子へ、向うむきのまま、叩きつけるように云った。

「酒をくらって、勝手に地下室へ落っこって死んだ奴なんざ放っとけよ。要するに罰が当ったのさ。それより僕は君をモデルにして明日からでも描き直さなくちゃならんのだからね……一度その、君の婚約者という人と一緒に遊びに来たまえよ。歓待するよ。それとも僕らに見せられないほど大事な人なら、無理に連れて来たまえとは云わないがね……」

ハッハッハッと、空を仰いで、独りで笑った。

節子は堤の上に暫く足をとめてその三室の後姿を見送っていたが、ふとその白い小柄な顔に泪がにじむとみるまに、にわかに駈け寄ると、三室の背中へ囁くような言葉をかけていた。

「先生！　有難うございます。とっても、先生は、いい方ですわ……」

三室は振返って、

「そうかい。有難う！」

そして、子供みたいに勇んだ様子で、両手を振りふり池袋の方へ歩きながら、

「ああ描けそうだな！　描けそうだな！」

ニコニコとはしゃいだ顔で、二度ばかり熱情的な言葉を吐き出したが、そのとき三室の頭には、ふと南の風が送り込んだような「廃墟のエコオ」という妙な言葉が浮んでいた。

ぶらんこ

［O大で心理学を講義しておられるF教授を、あるとき私たち数名の学生が私宅で囲んだとき、群集心理が話題になると、誰にもあまり話してない珍しい話をしようかと語りはじめられたのが次の話である。教授は温厚な中老紳士で嘘をいうような人柄ではない。若い頃ホフマンや、シャミッソーの文学を愛好されたことがあるというから、とにかく事実とすれば不思議な話である。しかもそこには過去の現実と眼前の現実の奇妙なダブリかたがあってどちらにもそれぞれ別個の現実性を感じさせられた。つまり珍しいといわれたのはそのことで、教授も意識的にそれを強調されたような所がある］

例の渡鳥《ワンダーフォーゲル》という金を使わない徒歩旅行が学生の間に流行りはじめた時分のことだ。ぼくたちX高独文科の学生五人で作っていたグループが、あるとき紀州の人跡未踏の山嶽地帯を歩き廻ったことがある。人跡未踏というと少々大袈裟だが、とにかく和歌山県の中南部には大塔山をはじめ一〇〇〇メートル前後のいたるところに滝のある深山がいくつも入り組んで凄く厚味のある山嶽地帯を作っていて、通路といえば蜘蛛の糸のようにかぼそい杣道がところどころにあるきりだ。これに踏み迷ったが最後一週間ぐらいは人里にも出られないことがあるというのが、ぼくたちの魅力だった。

七月中旬のある日、ぼくたちは大阪から和歌山県の南端を廻る鉄道で三重県との県境にある新宮《しんぐう》という所までいって汽車をすてた。そこから熊野川を遡り、十津川へはいって、さらに上流へ和歌山県の東側を歩きながら、赤木川という直角に流れている川に出てから、その川づたいに県の中央部へ遡行する。つまり熊野川や十津川は南北たての線で、この赤木川が横の線、この横の線が県の山嶽地帯で点々のリーダー線になるが、この点線区間を越えると、ふたたび日置川という紀伊水道へ直角にそそぐ横の線につながるという訳で、その中間の点線区間が何日かかるかわからない渉破コースXという、渡鳥《ワンダーフォーゲル》本来の気ままなコースでもありぼくたちの狙いでもあった。

このとき一行には、ぼくの妹がゲストで参加していたから、総勢六名、各々五日分ぐらいの食糧を用意して大きなリユックサックをかついでいたが、なにしろ今のように便利な登山用具などそう簡単に買えない時代だったし、その頃の学生の蛮カラ傾向も手伝って、その武装姿たるやまことに物凄まじい。飯盒だのフライパンだの鍋だのというものを一面にリユックへぶらさげたのが歩くたびにジャランガランと騒々しい音をたててぼくたちが通りすぎる沿道の人々を驚かせる。しかしぼくたちは元気一杯、とにかく最初の二日間でたての線から横の赤木川へ折れて赤倉岳という峻嶮の麓を廻って野営をするという第一行程までは別に問題もなく順序よくはかどった。

ところが、その点々のリーダー区画へはいった三日目に妙なことが起った。正午頃にはぶつかる筈の大塔山附近の分水嶺がどうしてもわからなくなったのだ。なにしろぼくたちの辿っている道は谷の上や山の岩肌の途中というような所に辛うじてそれとわかる程度にのこされた杣道みたいなもので、これをはずれたらどこへ迷いこむかわからないのだから、継続する道を見つけて歩くだけで一苦労の上に、その道が磁石でみると、途方もない所へ連れてゆきそうで、あわてて引返しはじめると、今度は見覚えのない山の中へはいって行く。またあわてて引返すと谷の底へおりてしまうという調子で朝から陽暮れ近くまでひどく曳きずり廻された。あとで誰かがあの日は六〇キロ以上も歩いたといったが、事実その通りだった。行けども行けどもますます迷いこんでしまうようで、いくら渡鳥でも迷ったとなると心細い。しまいには誰も物をいう者がなくなるし、夕暮れ近い山と山のあいだの空間でぼくたちの背負っている炊さん道具だけがジャランガランと妙に澄んだ音で鳴っている……あれくらい嫌なことはなかった。仕方がないから、とにかく水のある所までいって野営しようということになって、そろそろ暗くなりはじめた所を盲滅法ピッチをあげていると、どうしたはずみか突然眼の前で道がひらけた。そのときぼくたちは差し渡し一キロぐらいの盆地のふちのような所に立っていて、黄昏の色が絵具を溶かしたように沈んでいる盆地の中に灯の色がポチッとひとつ見え、どこかで、ドウ……という滝の音が聞えている。嬉しかったね。あった！　とその灯の色をみて一斉に叫んだぐらいだ。どこをどう走ったかわからない。一散に山を駆け降り、ところどころ背丈より高く茂っている草の中を目茶苦茶に走って辿りつくと、そういう人里離れた所に不思議なくらい壮大な館風《シャトウ》の建物がある。外壁が煉瓦作りの外国人の住むような邸なのだ。窓という窓はどこも真暗だが、階下の一ケ所だけが灯油でも燃しているような色で明るい。何となく鬼気迫るという感じなので、邸の内庭まで駆けこんだぼくたちも、さすがにちょっと立止って顔を見合わせていた。すると煉瓦の迫持《せりもち》に積みあげた潜戸のような所からカンテラをもった老人がひとり出てきて、ぼくたちに声をかけた。腰も曲がりかけて、顔中白髭で埋まったような老人だが、ぼくたちが道に迷ったというと、中へはいれといって、埃だらけの広間のような所へ案内して、ほかには誰も住んでいないから炊さんも自由にやっていい。貸してやれる寝具もないが、どこへでも好きな所で眠れというんだ。案外親切なので、ぼくたちは急に元気をだして、内庭で火を焚いて炊さんをやり、広間の埃だらけの椅子やテーブルを寄せ集めてローソクを立てた所で食事をはじめた。ところが、その間中老人は広間の隅の椅子に腰をおろしたまま、じっとぼくたちを眺めている。まるで白髭に埋まった置物みたいに身動きもしないのだ。ぼくたちを監視しているのかというと、そうでもないらしい。どことなく従僕らしい謙虚さのなかに人が懐かしくてならないという気持がにじみでたような恰好なんだ……食事が終ってから、広間の中が高原らしく妙に底冷えがするので、ぼくたちが暖炉で火を焚いていいかと訊くと、かまわないという。そこで荒れ果てた庭から枯木なんか拾い集めてきて、ぼくたち六人古風なマントルピースのついた暖炉を半円形に囲みながら、その真中へ老人を坐らせて、きいてみた……どうしてこんな所にこんな邸があるんです？……すると老人は……これはな、いまは死に絶えてしもうたが、前垣というもと中国地方の殿様だった子爵の持物でな、以前はこの野っ原が牧場になっておって、ホルスタインちゅう乳牛が沢山おりましたわい……老人が指さす暖炉と直角になった横壁の上に三枚の油絵の肖像画が掛っていて、燃える火の射影をうけて薄暗く明滅していた。はっきりとはみえないが、どうやらその二枚は、明治のハイカラ風俗をした威厳のある中老夫妻で、もう一枚は白い服を着て奇妙な形の鞦韆《ぶらんこ》にのっている若い婦人なのだ。その美貌の婦人の顔形だけが絵具のせいか妙にはっきり見えたが、貴族らしい華麗な顔貌にかかわらず眼をつむっているのが、肖像画にしてはおかしいという気がした。が、老人は……あの左のお二方が先代の殿様ご夫妻でな、右の一枚のほうが勢津子様といわれるこの館の最後のお方じゃ。わしはこの方が亡くなられてからもう二十年もひとりでここに住んできましたのじゃ……そこでぼくたちが……最初からこんな山の中に牧場があったんですか、だいぶ以前の話らしいですが……と何かどういう所に平仄の合わないものを感じたので、訊いてみると、老人はかぶりをふって……それはな、勢津子様が、やはり京都の華族様から義興という方をお婿に迎えられてまもなく、お気の毒にも天然痘にかかられてな、そのことは明石に大きな邸があったのじゃが、気性のお強かった勢津子様は、一面にあばたができて醜くなってしもうたご自分の顔や手足をみるのをお厭いになって、両方の眼を自分でつぶしてしまわれた。誰もいないご自分の部屋で、ボンネットに使う長いピンでな、グサッと刺して血だらけになっておられた姿は、いまでも眼に見えるようじゃが、それから先代様がオランダからホルスタインを輸入されて、ここへ牧場を作って、お邸を建てられた。つまり、醜くなった勢津子様が世間から離れてお住いになれるようにとのお心使いからじゃった。まもなく先代様はお二方とも亡くなられて、それからいろいろとあったが、とど勢津子様もブランコで亡くなられた。薄情なものでな、ご一家が死に絶えてしまわれると、使用人はわし以外にはひとりもいなくなる、誰もこんな山の中へ訪ねてくる者はなくなる、館は見られるとおりの荒れかたで、そうじゃな、わしはもう十年以上も人の顔をみたこともなかろう。肖像画はもう一枚義興様のがあったが、誰もこなくなってから、わしはその肖像画を焼いてしもうた……

話の様子では、どうもその勢津子という婦人のかかった天然痘は、Variola Vera といわれる真痘でしかも痘疹が皮膚全面を覆う密痘というやつだったらしい。この密痘は顔と手足のさきばかりに痘痕をのこして、衣服にかくれる体にはあまり残さないという皮肉なものだ。あたら美貌と若妻の誇りを奪われた勢津子という婦人は、自分の両眼を潰して視覚という現実の窓を閉めたばかりか、それ以来夫との間も拒絶してしまって通したらしい。いわば劣等感《インフェリオリティコンプレックス》を夫に対してそういう逆説行為で堪えきったのだろう。使用人の寝しずまった深夜、鍵をかけて閉した勢津子の部屋の前で、義興が音をころして扉をたたき、小さく妻の名を呼びつづけていることが屢々あったという。それから数年たって、最初の事件が起った。

老人の話によると、先代というのがどういうつもりでホルスタイン種をそういう不便な山嶽地帯で飼うことにしたのかわからないが、もともとホルスタインは飲用乳牛種のもので、バター製造には不向きなのだそうだ。生乳は飲む以外にはたかだかチーズの原料になるぐらいに過ぎない。その頃はもう先代夫妻は死没してしまっていたが、義興はそういう所を考えたのか、数十頭にふえたホルスタインの搾乳を大阪や和歌山のプラントへ出して国産チーズのさきがけを作ったらしく、サラブレッド種の馬を二三頭いれて、まるで牧童そこのけの恰好で使用人たちと毎日牧場を駆け廻っていた。すると、ある日、この義興が牧場で何かに驚いて棒立ちになった馬から振り落されて、鐙に片足とられたまま一〇〇メートルほど曳きずられる事件が起った。附近にいた牧童たちがすぐ追っかけて轡をとったので大したことはなかったし、蹄にもかけられずにすんだのだが、全身に打撲傷と擦過傷を負った義興はしばらく寝こんでしまった。ところがそれから四、五日のちに、ひょっこりと邸の内庭へ髪の毛に紅いかつらの花など麗々しく飾った山窩《オゲ》の娘がひとりはいってきて、使用人がとがめると、若旦那が馬から落ちたそうだがこの薬をやってくれといって、何だか怪しげな一握りの草の実を差出した。この娘は暫くまえから附近の滝のある深い淵の側へ小屋をかけて、流針で鰻をとったり縄針というもので川蟹をとったりしていた摂津地方から流れてきたらしい一族のもので、陽に灼けているが、アイヌの娘みたいに眼が大きく、きりっとした顔立ちのなかなか捨てがたい野生美の持主なのだ。短い飛白《かすり》の着物のすそをお俠《きゃん》に端おったまま、指のひらいた素足で突っ立っている。馬から落ちようがどうしょうがおまえたちの知ったことじゃない。帰れ帰れと、腕を摑んで追い出そうとすると、娘はピョンと身軽にとびのいて、若旦那はあたいの恋人だもン、お腹ンなかには子供がいるんだ、とまあ普通人の言葉でいえばそういうことを大きな声で叫んだそうだ。おまけに、ここの奥方はあばただらけのくせに若旦那を寄せつけないから夏その代りにあたいが可愛がってるんだ、おまいたちこそ知ったことかい、と毒舌をふるった。おのれ、と使用人たちが追いかけると、娘はすばしこく庭中を逃げ廻ったあげく、遠くのほうから赤ンべえをしてサアッと走っていってしまった。そのときちょうど勢津子の部屋の窓があいていて、庭の騒ぎを部屋の中で聞いていたことは誰がみても確かだった。心配した使用人たちがすぐ娘のあとを追って、小屋《せぶり》にいる一族の所へいって問いただしてみると、まあ娘が子供ができたといったのは彼ら一流の嘘だとわかったが、半面確かに義興が彼らに金や品物をやって娘とそういう関係があったらしいことは、いろいろと金目のものや義興の持物を持っていることから判った。そこで使用人たちが協議して、義興には内密に邸の賄金の中からかなりの金を彼らに与えてその日のうちに淵のそばを立ち退かせることにした。が、その真夜中に、勢津子が二階の窓から内庭へ飛びおりて自殺を図ったのだ。ドスンという不気味な音を聞いて駈け出してみると、両脚を砕いた勢津子が悶絶していた。命は助かったが、両脚を切断されて、それきり膝から下がなくなってしまった。

天然痘にかかり、自分で両眼をつぶし、更には自殺を図って両脚を失った一人の女の姿を描いてみると、どことなく自虐の凄味が感じられる。よほど気性の強い女性だったことがわかるのだが、それから勢津子は鞦韆にのりはじめた。このぶらんこは、内庭に屋根より高い支柱を立てて、それからたらした一〇メートルぐらいの綱の先に、膝から下を覆う箱をつけたものに腰をかけるようになっていて、普段は勢津子の部屋の窓の下に止めてあるが、のるときは盲目の勢津子がひとりで窓から出て、腰をかけてから建物の外壁二ケ所に滑車でとめてある引綱を離す。そうすると、ぶらんこは一〇メートルの長さで半弧を描きながら地上すれすれの所で大きくゆっくり揺れる。ぶらんこをやめて部屋へ帰るときは、使用人が引綱をぶらんこにかけて二人で窓の所まで引上げるのだ。これが両脚を失ってからの勢津子の唯一の運動になっていたらしい。

ところが、それから一年ばかりのちに、義興の縁戚に当るやはり華族の令嬢が、英国から帰ってきてしばらくこの牧場に滞在したことがある。背の高い、どことなく新らしい型の女性を思わせる寡黙がちの女性だったそうだが、義興がこの女性のとりこになったのだ。英国仕込みの乗馬姿の令嬢と義興がよく轡をならべて遠乗りをすることがあって、誰の目にも二人の間がかなり進んでいることは明らかだった。使用人たちはいずれもハラハラしながら気を揉んでいたが、勢津子は自分の部屋にいるだけで、盲目特有の鋭さをもって、無明のなかにこの二人の姿をじっと追っていたに相違ない。

ある夕方、邸の横手にある廏舎から、轡をならべた二人が姿をあらわして、内庭をななめに横切りながら牧場のほうへ出て行こうとした。そのときちょうど数名の使用人が庭にいてこれを見ていたそうだが、突然、その真ッ只中へ、空からふるように、勢津子をのせたぶらんこが虚空を切って振ってきたのだ。最初から引綱をはずしていきなり窓ぎわから振りおろしたらしく、扇がたに空を切ったぶらんこ綱の狙いは恐ろしいほど的確だった。大きく振りきってしまう寸前に、今しもそのぶらんこの直線上を行き過ぎたばかりの、片方のサラブレッドの尻を思いきり叩きつけていた。飛び上がるような嘶きをあげて棒立ちになる。その馬に驚いてもう一方も棒立ちになる。一瞬おいて、男女を鞍の上にしがみつかせたままの二頭は、まっしぐらに牧場を突ッ切って狂奔して行った。馬を叩いて、ひっくり返るほどよじれたぶらんこは、そのまま大きく弧を描いて空へ舞い上がるとみるまに、一直線に引返してきて、建物の外壁へまともに重い末端を叩きつけていた。無慙に骨の砕ける音が内庭中に響いた。目のくらむようなこの出来事に誰もはちょっと茫然としていた。が、やがて鎖の切れたように、何もつけていないぶらんこ綱の端がゆらゆらと地上近く揺れるのをみて、はじめて我に返って狂気のようにその場へ駈けつけたときは、みじんに砕けた箱ともども勢津子は地上に落ちて血に染ったまま絶命していた。

やがて狂奔した馬を追っていった別の一行は、一キロ離れた牧場はずれの滝のある深い淵の面《おもて》が、異様に泡だち、そのすこし下流に令嬢の帽子が浮んで、静かに流れているのを見たきりだった。馬も人も影すら見えなかった……

どこか合理性があるようで、一面どこかにこの現実世界とのつながりに断層のかげのあるような、こういう奇怪な話を老人から聞き終って、ぼくたちが残りすくなになったローソクを吹き消し、広間のあちこちにゴロゴロと横になったのは、そろそろ十時を過ぎる時分だった。——が、まもなくぼくは「オイ」という友人の声で眼を醒ました。同時に、何か四ン這いになったまま奇妙な顔をしてぼくを覗きこんでいる友人の顔と、その顔のバックにひろがる青磁色の朝の虚空の広さをみて、驚いて飛び起きた。前夜の邸は跡かたもない。いや、跡はあった。ぼくたちのいる周囲には、煉瓦を積んだ建物の外壁が、ところどころ崩れかけたまま残っていた。が、屋根や階上に当る部分は、底が抜けたように地上へ崩れ落ちて、あちこちに風雨にさらされた残骸が残っているにすぎないのだ。広間もなければ肖像画もなかった。異様な廃墟が朝の光の中に散らばってそこら中に草が茂っているきりだった。おい、あれをみろ……と誰かが指さした外壁の崩れ残りの内側に、一体の白骨がこちら向きになって、つくねんと腰を掛けていた。ちょうど前夜の老人がじっとぼくたちを眺めていたと思われる辺りの所だった。頭も体もきれいに肉を落してしまったその白骨は、危く崩れ落ちる寸前という恰好で、腐った椅子に腰を掛けている。ところどころに衣服の名残のようなものをまといつけているきりだった。そういえば前夜の老人が着ていた衣服をぼくは思い出すことができなかった。これがあの老人か……と友人の一人が、白骨に近づいていった。すると、まるでその足音にも堪えかねたとでもいうように、いきなりその白骨はカツカツという乾いた音をたてながら、椅子と一緒に崩れて地上へばらばらになってしまった。いまでもぼくの耳にはその骨と骨の触れ合う音が残っている。が、あたかもその白骨の崩れかたには、何もかも話してしまってこれで安心だとでもいっているような所があった。唾をのむぐらいの間をおいて、ぼくの妹が何だか間の抜けた悲鳴をあげた。すると、その悲鳴に驚いたように、ケケケケ……という異様な啼き声をたてながら、すぐ近くの草むらから一羽の大きな黒い鳥が飛び立ったのだ。ぼくたちはこの鳥の飛び立ちかたに水を浴びるような恐怖に襲われて、いきなりその辺へ散らかっている各自の荷物を拾いあげると、一散に廃墟の中から逃げ出していった。群集幻覚というものは確かにある。しかし一行六名が、同じように老人の話を聞き、同じように広間の肖像画が暖炉の火影に彩られるところまで見ているのが、不思議でならなかった。山の中をさまよった一行が、ようやく人里を見つけてホッとしたのはそれから三日目のことだった。

豊作の頓死

一

　都会まで出るには、湖水を渡る焼玉エンジンの発動機船で二時間半もかかるか、バスにゆられて鉄道のある所まで行き、そこから湖水の北の端を大廻りする汽車で四時間のあいだ退屈ざましにガヤガヤ喋り続けなければならないという、大変なところである。

　見渡す限り、のっぺりと年中水を溜めている水田地帯で、その所々におかめの鼻のように有るか無しかの丘があったり、田圃の真中にほうきを逆さにして並べたようなポプラの樹が見えたりしている。

　日蓮宗妙光寺のある部落は、湖水の岸辺に沿って、このポプラの樹がやたらに繁っている戸数四十九戸の小部落だが、その四十九戸の中たった一軒を除いてすべて妙光寺の信徒だったから、月に何回かは低い丘の上にある寺の道場から賑やかなドンツク太鼓の音と、部落中の者が集まって喚いているのかと思うような南無妙法蓮華経の一大合唱が聞える。

　部落の外れに発動機船の船着場があり、そこから部落の方へ通じる道と二股になっているもう一本の茅の繁った小径をだらだらと丘の上へあがって行くと妙光寺があるが、道場へ達するまでの道の両側はどちらも寺の畑で、白菜、蕪、大根などが青々と作られ、寺男の玄造が雨でも降らない限りいつでもせっせと鍬をいれたり肥をまいたりしている。

　豊作が頓死するすこし前に、住職の茲晃が白衣のまま、角毛子《かくもうす》という宗匠頭巾のようなものを被って杖を突き、畑の中の道に現われて、玄造とこんな話を交わした。

「田後楽の後家が豊作とできとるちゅうが、おまや知っとるかい」

「ああ、とっくからだっぺや」

「そうかい。わしはきのう、すっぽん田の婆さんから初めて聞いてな、あの我利々亡者の豊作と、どこが良うて出来おったかと笑うたが、そうかい、おまや知っとったのかい」

「しょっちゅう忍んでくようだで、よっぽど気にいったんじゃなかっぺか」

「どっちがじゃ」

「後家のほうだっぺよ」

「そうかい。おまや見たことがあるのかい」

「あるとも。暗くなってから米背負う大風呂敷頭からかむって田圃の畦《くろ》づたいに豊作の裏口からはいってくだよ」

　茲晃は齢六十で、子供のころ骨折した右足がひどくちんばである。長さがかなり違うから、歩けば一足ごとに酔っぱらった山車《だし》みたいに右左へひどく体がゆれるが、だるま大師のように白い眉毛のあたりが毛深く、日蓮宗の行者独特の鋭い眼光をそなえていたから、杖を突いてジッと立っている所はなかなか威厳がある。いつも白衣と二枚重ねに着た黒衣の上から、折五条《おりごじょう》という房のついた金色の襟みたいなものを掛け、角毛子を被って杖を突き、大ちんばをひきひき部落内は勿論近在の信徒たちの間を南無妙法蓮華経、南無妙法蓮華経と歩き回っていたから、おらとこの亭主が酒ばかり喰らってどうしただの、息子の嫁がどういうものか腹ばかりこわして段々痩せて行くので使い物にならないだのという愚痴やら家うちのいざこざは、表向きである限り大抵知っている。茲晃もこれに対して、相変らず飲んだくれるようなら泥鰌《どじょう》を味《み》醂《りん》づけにして杯に一ぱいずつ飲ませてみろとか、腹をこわすのは田圃で冷えるせいだ、げんのしょうこを煎じて飲ませてみろとか、いろいろ指針を与えているが、しかし、できたはれたというような話はなかなか茲晃の耳に入らず、はいってもよく様子が判らない時には、寺男の玄造から詳細を聞くことにしているのだ。

　玄造は殺人犯の前科もちで、以前はゆすり半分の乞食をして歩いていた。あるときこの部落へきて荒し回ったあげく妙光寺の玄関に立ち、茲晃からおまえのような懶者《ならずもの》にやる金はないわいと断わられると、相手をちんばと見くびって、なにをこの卒塔婆《そとうば》書きめと入墨のある腕をまくったとたん、嫌というほど横鬢を数珠《じゅず》でひっぱたかれた。玄造は顔半分を真赤にはらせて玄関前にあぐらをかいたまま二日ほどウンウン唸ったりわめいたりしていたが、その前を素知らぬ顔でちんばをひきひき出入りしている茲晃を見ているうちに、たかが数珠でひっぱたかれただけなのに鉄棒で殴られたほど堪《こた》えたことが何となく薄気味悪くなりはじめたとみえ、やがて茲晃の白衣の裾をつかまえて、もう乞食はしねえ、寺で使ってくれと、頭を下げた。

「眼がさめたか。それじゃ使ってやろう。畑の肥かつぎでもしろ」

そのまま寺に住みついて六年ほどになる。四十は二つ三つ出ているが、分別があるような無いような奇怪な表情でいつも黙々として働き、茲晃が聞かない限り何も喋らなかったが聞けば部落うちの出来事はいつのまにか大抵知っているという不思議な才能があった。

二

部落の船着場から朝夕二度ずつ発着している発動機船で、米かつぎをして東京へ通っている女のグループが三人ほどあり、この中にいる通称田後楽の後家というのが、やす江である。亭主に死なれてから子供二人と亭主の母親を養っており、小百姓だけでは食って行けないので、かつぎ屋を始めてから数年になる。白米の相場が下って一斗当りの手間が七十円にしかならなくなってから、正味一俵の米を大風呂敷に包んで四方八方からカチカチに叩き固めて小さくしたものを平均三個ぐらい、かついだり手に持ったりして、船で二時間半、そこから汽車で一時間半かかる東京へ行き、魚河岸や築地界隈の店に売り捌いてから、また夕方の発動機船で帰ってくるという、とても女とは思えない働きだったが、まだ三十そこそこで、子供の頃わずらった疱瘡であちこちにあばたはあるにしても、顔立ちは悪くなく、重い米をかつぎ始めてからは小柄な体の腰のあたりが見るからに充実して、部落の中でも生唾をのむ男が何人かいたらしい。

亭主がいなければ淋しい年頃だとは誰しも考えることだが、よりにもよってその相手が豊作だということが部落の者には意外でもあり、余計に焼きもち半分の噂に上ることになったらしいのだが、すっぽん田の婆さんがつい調子にのって喋ってしまうまで茲晃が知らなかったということは、ちょっと茲晃にとってもショックでないことはなかった。四十九戸のうち妙光寺に洟もひっかけないたった一軒というのが、豊作であり、おまけにこの男が、あいつの歩いたあとには奇妙に草も生えねえと蔭口きかれるほどの鼻つまみの存在だったからだ。この男は若い頃、年よりのお袋をひとり残して家をとび出し、電気工なんぞになって北海道や九州という風に流れ歩いたあげく、終戦直後にひょっくり部落へ帰ってきたが、そのときにはとっくにお袋は死んでしまって、百姓家の五間《けん》間口ながら以前あった家屋敷はとり壊され、その跡の三反歩《たんぶ》ばかりの地所と、水田八反歩は、親戚の下田圃《しもたんぼ》の久助というのが預かったような自分のものにしたような形で耕やしていた。すると豊作はこの水田に黙って表札をうち、畑には掘立小屋をたてて居据り、難なく両方取り返したが、それはいいとして、今度は久助から一万円の金を借りると、それでタイル張りの風呂場や廊下のついた豪勢な家を建てて、借りた金の期限がくると畑で作った麦一本を携えて乗込み、毎年一本ずつ返して行くと開き直った。久助にしてみれば永いあいだ一町一反歩の収穫をただ取りしていた弱味はあるにしても、その頃の一万円は今の金にして二百万円ぐらいには相当したから、一時は久助の隠居が物置で首をくくりかけたりするほどの騒ぎが起った。

その頃から部落の中には、刈り取った稲を田圃に干してあるおだ掛けから盗んでゆく泥棒が頻々と起ったり、湖水で禁じられている刺網《さしあみ》という公魚《わかさぎ》の密猟をする者があって、スクリューに網をひっかけた発動機船が立往生するようなことがしょっちゅう起ったりしていたが、いずれも犯人が豊作だと判ったのは数年たってからである。部落の祝儀不祝儀にはたった一円の金を出すでもなく手伝うでもなく、昼間は実直そうにひとりで田畑へ出て働き、夜になると、何かしら泥棒じみたことや、こっそりオート三輪を乗りつけてくる都会者を相手に闇取引きのようなことをやって、握り溜めた金は現金だけでも数百万円はあるらしいという噂がもっぱらだった。

茲晃はこの豊作を道端でとっ摑まえると、おまえのような我利々亡者はろくな死方をしないぞ。日蓮宗にはいって早く体内にこもっておる三毒の熱を除かにゃいかん。などいつも警告していたが、豊作はとぼけたような、シャレて云えばポーカーフェイスというやつで、

「うんだな。おらも動けなくなったら信心もやっぺが、信心は功徳の余りというでな、まあそれまで我慢すべ」

といった調子である。茲晃が睨みつけて、

「なにが功徳じゃ。ばかいうでない。人に喜ばれてこそ功徳というものじゃ。おまや親父やお袋に線香一本もあげたことがあるまい。そもそも立正安国論に曰くじゃ……」

などと小難しくきめつけられることが度重なると、茲晃がちんばをひきひきやってくるのを見つけるなり、急

いで回り道をして逃げ出すようになった。——この豊作が頓死したいきさつはこういう次第だ。

　最初、雨戸をしめ切った薄暗い家の中で死んでいる所をみつけられた豊作は、ちゃんと夜具の中に横たわっていたが、すっ裸で仰向けになり、まるで掘出されたミイラみたいに両手両脚を真直ぐに揃え、死んでから誰かが恰好を整えたことは明瞭だった。二里《り》ほど離れた町から呼ばれた医者は、ちょっとこの恰好に小首をひねったが、深入りするのは面倒だと思ったのか、および腰のまま四方から取り巻いて見ている部落の衆の眼前で、前夜十時ごろ心臓麻痺で死亡という診断書をかき、小一里ほどある駐在所から自転車で様子を見にきた巡査も別に何とも云わなかったから、そのまま頓死ということで片附いてしまった。

　独り者のことで、誰も葬式のやり手はないし、例の一万円を踏み仆《たお》された久助がともかく喪主ということになって妙光寺へゆき、茲晃と相談の結果、信徒ではないにしても他に寺がないから葬式は日蓮宗でやろうということになり、お通夜の手筈が決められた。

　せめて日頃の罪亡しに、豊作の遺した金でしこたま部落中に飲んだり食ったりさせたらどうだという茲晃の発案で、久助はかねてからの遺恨も手伝い、葬儀万端十万円ぐらいもつかって一つ大振舞いをしてやろうかという気になったから、すぐさま部落中からたすき掛けの神さんや娘連中を狩り集める一方、二里ほどの町まで腹心を走らせて、オート三輪二台に酒八十本と有りだけの魚類を積んで賑やかに運びこませた。豊作の土間にあった五六俵の白米を片ッ端からあけて部落中が食えるだけの飯を次から次へたかせ、たこ、まぐろ、いか、ぶり、さばなどの、夥《おびた》だしい生魚を煮たり焼いたり酢の物に作ったりさせはじめると、部落の者も豊作には義理もへちまもなかったが、祭のように鱈《たら》ふく食ったり飲んだりして日頃の鬱憤を大いに晴らしてやろうと、立つに一杯、坐るに一杯と、酒ばかりひっかけながら、それこそ人からみれば婚礼騒ぎかと思うほどの上機嫌で、時ならぬ出たり入ったりがガヤガヤ始められたわけである。

　ところが、そろそろお通夜の夕膳が始まるという定刻時分になって、茲晃が納所をつれてお経を上げに出掛けてみると、意外にも集まっている連中は、どこを捜しても豊作の金がビタ一文《いちもん》出てこなかったと、火が消えたようにしょんぼりしてしまった喪主の久助をしきりに慰めており、その久助は人々に取り囲まれて、ひとり腕組みのまま坐り込んで、青くなっているのだ。

「なに、金がなかった？」

茲晃もこれにはちょっと驚いたが、台所のあたりもシユンとしてしまって、神さん連中が手を休めたまま固唾をのんでいるのをみてとると、

「よしよし。はじめろはじめろ。豊作のことだ。どこかに隠しておるに相違ない」

そのまま納所に木魚《もくぎょ》を叩かせてお経を上げ始めたが、りょうてんどうしゅうじょう、すいごんにふけん、しゅけんがめつど、こうくようしゃり、げんかいれんぼ……とやりながら、さすがに茲晃も眼の前の棺の中に寝ている豊作がニヤニヤとせせら笑っているような気がしてならなかった。もし金が出てこなければ、久助がまたどえらい葬式代を背負い込む以外になかったからだ。

三

翌日、食いつづけ飲みつづけの葬式が終って、久助がやけくそみたいに残り料理を折詰にまでして持たせた部落の者が、それぞれ千鳥足で引揚げてしまってからも、まだ金の在りかは判らなかった。葬式が終るのを待ちかねたように、あちこちから金を取りに来られて、払いようがなく、さりとて逃げ場もなかった久助は、その翌日から自分の家で布団を被って寝ているというし、部落の中は寄ると触るとそのことで持ち切りになり、どうも豊作の奴、田後楽の後家と寝ている最中に飛んでもない極楽往生をとげたらしいが、それをいいことに後家が金を盗んだんじゃあんめえか、前の晩十一時ごろ、豊作の家から走って帰る所を見た者があるそうだ、などという噂がボチボチたちはじめた。

寺男の玄造は、お通夜の晩に豊作の家へ招ばれて刺身とぶりの煮付を肴に黙々と酒三合ほど飲んだきりで、翌日からは相変らず寺の手入れをやっていた。何を考えているのだか判らないその顔からは、聞いてみない限り部落の噂を知っているのかいないのか、それすらまるで判らなかった。

二日ほど後に、部落へ出掛けていた茲晃が、ちんばをひきひき丘のだらだら坂を上ってくると、畑の中の道へ立ち止って、遠くで肥をまいている玄造に「玄造、玄造」と呼んだ。肥桶をおろした玄造が手拭で顔をふきふき近づいてくると、

「おまや、田後楽の後家が金盗んだちゅう噂を知っとるかい」

「知ってるだ」

「そうかい。何でも後家があの晩豊作の所から走って帰るのを見た者があるというが」

「おらも見ただ」

「おまえも見た？　どうして後家と判った？」

「いま月夜だでな」

「そうか。おまや、どう思うか。その金を盗んだちゅうことは」

「おら違うと思うな」

「どうしてかい」

「けさも船着場に米背負っていただ。いつもとおんなじだ」

「なるほどな」

としばらく考えていた茲晃は、

「金はどこに有ると思うかい」

「判んねえだな。だけども、豊作は電気工やってたぐれえだからな、どっか人の判んねえ所に電気仕掛けなんかで隠してあんじゃなかっぺか。どうもそんな気がするな」

「そうか。じゃまあ今夜おまえ一走りして後家を呼んできてもらおうか。ちょっと訊きたいことがあるというてな」

それきり茲晃は道場の方へ入って行った。

その夜玄造に呼ばれて妙光寺へやってきた田後楽のやす江は、茲晃が一閑張の机の前の白座布団に坐っている書院へ通されると、あまり例のないことなので、それだけで警察へ引っぱられたほど血の気を失い、ふっくらした客座布団をよけ、紺飛白《かすり》のモンペ穿《ば》きのまま畳の上に畏《かしこま》って、おどおどと頭を下げた。毛深い眉の下からジッと見ていた茲晃は、もっとこっちへ来いと差し招いてから、

「おまや、豊作の金ぬすんだちゅう噂をたてられとるのを知っとるかい？」

やす江が俯向くと、茲晃がまた云った。

「どうかい、そのことは」

「おら、そんなことしねえだ」

「そうだろう。わしもそう思う。とにかくおまや日蓮宗の信者だからの。しかしおまえと豊作がえぇ仲だったことは知れ渡っておるし、あの晩豊作のところから走って帰るのを見た者があるでな。ひとつ詳しい話をしてみ

んか」

するとやす江は、懐から何か手帳のようなものを取り出して、

「大方そんなことだっぺと思ったから、これ持ってきましただ。上人《しょうにん》さんに見てもらえば判っぺと思って。おら貰い分だけ豊作さから貰っただけだで」

「なに、貰い分?」

といいながら、茲晃が手帳をとってみると、前半分には米の受け渡しや金の出入りがギッシリ書いてあるが、後半分には何月何日、何月何日という日付が一年分ぐらいの分量で書き並べてあり、その一つ一つに五百円、七百円、三百円という風に金額がつけてある。

「これは何じゃ」

「おらが豊作さとこへ行った日だで」

「ははあ、そうかい。それでこの金の値段は何じゃ」

するとやす江は、あばたのある顔をちょっと赤くして、もじもじした。

「そうかそうか。つまり何じゃろう、時間の長さや分量で違うんじゃな。よしよし。で、貰い分ちゅうのは?」

「豊作さ銭《ぜに》こくれずに裸のまんま死んじまったで……」

「ふむふむ」

「おら、おっかなくなってすぐ帰っぺかと思ったが、貰い分だけ貰わにゃ貰えなくしちまうともったで。算盤《そろばん》はじいて、初《しょ》っからの四万三千六百円だけ貰ってきましただ」

「それまで帳面につけただけで一銭もくれなかったのか」

「うんだ」

「呆れた奴じゃな。で、おまや金の在りかを知っとるのじゃな?」

「うんだ」

「その貰い分の金はどうしたかい」

「子供さとお袋さにシャツとズボン下買ってきただけで、あとは納《しま》ってありますだ」

「そうか。よしよし。まあよかろ。それじゃちょっと豊作のとこへ案内してもらおうか」

茲晃が数珠を片手に杖を突きながら、豊作の家へ案内させると、やす江は勝手知ったように裏口から入って、真暗な座敷に電灯をいれ、奥の間の床柱の前まで連れていった。

この床柱は普通の三倍ぐらいもあるような欅《けやき》の角材が

使ってあり上塗をかけた表面がテラテラと光っているが、茲晃が三尺ほど離れた所に立ってみていると、やす江は床の間に踏み台を置いて登り、天井裏に隠れている滑車に巻き込みになった電気コードを引き下してきて、その一端についているプラッグを座敷の電灯の二股ソケットに差し込んだ。するとどこかでジーッという音がしたと思うといきなり柱の表がパカリと上から下まで皮でも剝がれるように飛び出したのである。

あれだや、上人さんと、やす江が指差したが、それより早く茲晃はその床柱の中が上から下までくり抜きになり、何段も仕切りをつけてぎっしりと夥だしい紙幣が詰っているのをみて、内心驚きの声をあげていた。千円札もあるが百円札もあり銀貨や銅貨がゴチャゴチャいれてある所もある。が、どうみても二百万円や三百万円ではなく、噂にたがわず数百万円は確かにあること間違いなかった。それにしてもだ。この夥だしい隠し金の中から、わずか四万円あまりの貰い分だけ抜き出して、あとは手もつけなかったらしい後家のやす江のやり口には、茲晃も思わず、えらいッ、と口まで出かかったほどだ。しかし、それはあわてて呑み込んで、

「やす江や」と振り向いた。

「おまやすぐ下田圃の久助がとこへ行ってな……いや、それはまずいな。それでは寺まで行ってな、玄造にすぐ久助を呼んでこいと言ってくれんかい。わしはここで待っておる。いいか、すぐ来るように言うんじゃぞ」

あい、とやす江が出て行ったあと、茲晃は立ったまま、馬鹿正直なやす江のこともさることながら、改めてその奇妙な金庫を見直すにつけても、これを予め看破っていたような玄造という乞食上りの男が、ひょっとすると磨けば物になる異様な才能の持主ではないかという気がしてきて、口の中で南無妙法蓮華経、南無妙法蓮華経と唱えはじめた。

大頭《だいもんじゃ》の放火

一

だいもんじゃというのは大阪地方の言葉で体が小さく頭ばかりが異様に大きい、つまり福助のことをいうが、関東も北に近いこの湖の畔りで芥《ごみ》のように住んでいる福太郎がそういう大阪風の呼び名をもっているのは、ある時この湖の名物の一つになっている鴨猟にやってきた東京者の一行のなかに一人の関西人が混っていたからのことだ。

　湖へ出るモーターボートの発着所は、町なかを通って湖へ注ぐ川のやや上流、鉄道のかかった鉄橋際のすぐ上手にあるが、霜の降りているその早朝鴨打ちの一行がガヤガヤとボートに乗り込むとき、当時十八歳の福太郎が、どういうつもりか、そんな所までやってきて、シャツの上から破れた綿入れ半纏《はんてん》を着たまま寒そうに懐手をしてニヤニヤとお追従《ついしょう》笑いのようなものを浮べ、物珍らしげに堤の上からボートのほうを見下していた。

　朝日はまだ湖上にようやく顔を出したばかりで、舐めるように低く差す淡い陽光をまともに受けて立つ福太郎の頭ばかりギョッとするほど大きい姿は、あまり見馴れぬ者には、少々異様にすぎた。やがてモーターボートが快よいエンジンの音を川面にこだまさせながら、ゆるやかに舳で半円を描き、鉄橋を潜って下流へ走り始めたとき、件《くだん》の関西人がいかにも感に耐えなかったという調子で後ろを振返りながら「えらいだいもんじゃがいんねやなあ」と、文字にでも表わせばまるでギリシャ語か何かみたいに見える不思議な言葉を呟いた。だいもんじゃて何のことだいと他の一人が訊くと、この関西人は両手をあげて、片方を額に、片方を後頭部に、両の手頭を当ててパッと扇を開くように前後に開いてみせた。思うにこの男は多少おっちょこちょいじみた機才があったに相違なく、間髪をいれずにこれだとやってみせたパントマイムはみごとに型が決っていたから、一同はなるほどと思うより前に、その男の仕種《しぐさ》そのものに腹を抱えて笑い出した。

　モーターボートを運転していた四十男の雇われ運転士が、これは面白いと思って、それ以来関西人の手真似までしてみせながら云い触らしたものだから、それでなくても常々、福とか福助とか云われ、馬鹿にされていたこの名物男には、また一つだいもんじゃという奇妙な呼び名が増えることになったのだ。

　それから五年ばかり経って、こともあろうに白昼自分の住んでいる堤防下のあばら小屋に火を放って丸焼きにしたばかりか、小屋に閉じ込めた男女三人を蒸し焼き同様にしてしまった福太郎は、湖畔の一軒家とはいえ俄かに上った火の手に驚いた人々が町から駈けつけたとき、すぐ側《かたわ》らの堤防の上にあぐらをかいて、蒸し焼きになる人間が中から戸を叩いたり喚いたりしているボロ小屋が、藁束みたいに勢いよく燃えるのをいい気持そうに眺めている所だった。

「福っ、何してっだっ」

　血相変えた人々に怒鳴られると、

「家燃してるだ」

　と落着きはらって答え、

「なかに人がいるじゃねえか、この馬鹿野郎」

「ああ一緒に燃してるとこだ」

　という調子で、まもなく駈けつけてきた警官にひっとらえられ大して悪びれもせずに連れて行かれて留置場へ放り込まれた。警察では男女三人が全身の大火傷を負って、近くの鉄道病院へ担ぎ込まれても水ばかり飲みたがって到底助かりそうになかったので、死なないうちにこのほうの調書を取るのが忙がしく、罪状明らかな福太郎は一晩そっちのけにされてしまって、調べが始められたのは翌朝のことだった。

「おい、福、たったいま親父が死んだぞ」

　と、福太郎を調べ室に引出した刑事は、型どおりいきなり相手を張り倒すような言葉を浴せたが、子供みたいなジャンパーの上からチンチクリンの袖なし半纏を着て机の前に腰をかけている福太郎は、大頭の下から半眼に刑事を見上げて、うんと云ったきりだった。

「たばこ喫いたいか」

「うん、喫いてえや」

「じゃ喫え」

　と一本出してやると、福太郎は早速手をのばして受取り、火をつけてもらうと、立て続けにうまそうに煙を吐いた。眼を細くしてフウッと煙を吐くという、いかにも満足そうな顔だった。

普通大頭の人間は、その大きさに比例して顔も大きく、目鼻の道具だてもそれに従ってグロテスクに大きいものだが、福太郎のそれは、頭の鉢ばかり人の三倍もある割合いには、顔のほうはそれほどでもなく、絵でみる福助さながらに目鼻や口許にはどことなく可憐な所さえあった。とはいえ背の高さは四尺そこそこでそういう体にこの偉大な頭が載っているのだから、極端にいえば箸の先へ三角の握飯を逆さにして突き刺したようなもので、頭に比べると、喫っているたばこが妻楊子《つまようじ》ぐらい、口へ持って行く片手が赤ン坊の片手ぐらいというのだから、見ているうちに刑事もさすがに笑いがこみ上げてきて、辛うじてそいつを「うまいか」という言葉で誤魔化してしまった。一方福太郎のほうは、刑事が笑いかけたまま酸っぱいような表情をしたのを見てとると「ああ判ってるよ」という顔でニヤニヤするのだ。

刑事もこの男が顔見知りの名物男である上に、相手がこう達観したような顔でいると、何となく砕けた調子で調べが進めやすい。

がらりと態度を変えて、

「それにしてもえらいことをやったもんだな、福」

と慰め顔にやりはじめると、何を思ったかそこで福太郎は、

「咲坊生きてっか?」

と病院へ担ぎ込まれた女のことを訊いた。

「いや、あれはゆうべのうちに死んだ。まだ生きてるのは屑繁だけだが……」

「死んじまうけ?」

「多分な」

「おら死刑になっぺ?」

「そうだな。まあどういうことになるか判らんが……」

「死刑は首に縄かけんだっぺ?」

「うん、まあな」

と刑事が重ねて言葉を濁すと、

「おらの首に縄かけても、吊ら下ったとき頭からひっくら返って逆さになっちまわねえかな?」

これには刑事もちょっと唾をのむ思いで相手をみつめた。――なるほどその言葉にはいかにも真実性を伴った吹き出すような可笑しさがあった。しかし、それと同時に、何というか、福太郎が二十三歳の今日まで人々の物笑いの的になりながら自嘲や卑下に耐えてきた我慢づよさのすべてといったようなものと、その福太郎自身首を

くくられる瞬間の恰好にまでハッキリと自分の宿命的な姿を有り得る状態で描くことができるという、決して頭の悪い人間には出来そうにもない証拠を見せられるような気がしたからだ。

二

二百五十平方キロの面積をもつこの湖の沿岸には、およそ五千人に及ぶ漁民が住んでいる。魚族はこの湖の名物になっている公魚《わかさぎ》、白魚《しらうお》のほか、鯉、草魚《そうぎょ》、鮒、うなぎ、雷魚、手長えびなどという種々雑多なものが豊富にいたから、鑑札をもっている漁民はそれぞれの流儀に従って生計をたてているが、これらの漁民のなかにも内水面漁業調整規則というものに従って湖へ注ぐ川の部分だけで投網や筌《うえ》という竹網の一種を許されている者があり、いわばこのクラスが最小規模の日暮らし漁民ということになるのだが、実はそのもう一つ下に、組合にさえ入れば鑑札がなくても許される自由業のつくし漁というものに従っている一族があるのだ。つくし漁というのは、二間《けん》ばかりの弾力のある篠竹につけた糸の先に鈎《はり》をつけ、ドバみみずや蛙を餌にして川辺《べり》の真菰《まこも》や蘆《あし》の茂みの間に一晩差しておき、翌日早朝に、鈎をのんでまだ暴れているうなぎや雷魚を拾って歩く置鈎《おきばり》の一種だが、仕掛けのある何十本という篠竹を川辺に差したり取ったりして歩くには、笹葉舟《さっぱぶね》という舳も艫《とも》も同じ恰好をした平たい舟を、長い水棹《みずさお》で小器用に操ってゆく。獲物は川魚問屋で相手にしないから、町の料理屋へでも魚屋へでも勝手な所へぶら下げていって、なにがしかの日銭を握って帰るという、まず漁師とも云えない半端者の生業だった。このつくし漁でどうやら生計をたてているのが福太郎一家なのだ。

一家といっても親父の留吉と福太郎のたった二人のことである。川の鉄橋から下流の両側は、田圃もあるがほとんど一面の葦原《よしはら》で、水狗《かわせみ》や剖葦《よしきり》などという小形の水鳥が無数に棲んでいるばかりで、堤防際にある福太郎一家のボロ小屋には無論電灯もない。堤防のおかげで辛うじて吹曝しを免れているが、強い風が吹く時には土台ごと葦原のなかを転がって行きそうなことが度々ある。堤防の斜面に、いつごろ生えたものか、冬になると葉を落して丸坊主になってしまう、かなり太い黄櫨《はぜ》の木が一本生えていて、時々この枝から枝へ福太郎親子がひっ被《かぶ》って寝る破れ布団が干してあったり、薄黒くなったシャツや股引きのたぐいが風になびいていたりする。

留吉はまだ戦争が始まる遥か前ののんびりした時代に、東京で紺の脚絆に尻からげをして、薬箱の引手の環をジャッカジャッカと鳴らして歩く定斎屋《じょうさいや》をしたり、一里《り》歩くのに半日もかかる金魚売りをしていたというが、誰も留吉の本当の前身を知っている者はいない。まだほんの子供だった頭でっかちの福太郎を連れて、この葦原にひょろりと現われた留吉は、小屋を建てて住みはじめてから水棹三年櫓八年といわれる笹葉舟の棹さばきをいつのまにか覚え、福太郎チョコリンと胴の間にのせて、せっせと漁をしていたが、やがてその福太郎の鼻の下に薄黒い毛が生えはじめた頃から、漁のほうはまるで福太郎に任せてしまい、自分は隠居気取りで焼酎ばかり飲みひたるようになった。

酔えばくだを巻く相手は福太郎ひとりだが、その巻き方には常に一定の型のようなものがあって、

「やい、福助、てめえのおっ母《かあ》は、お米といってな、亭主のおれと六年も連れそったあげくに間男しやがったんだ」

留吉がそういうと、すっかり聞き馴れている福太郎はニヤニヤしながら、

「それで生れたのが、おらだっぺ？」

という調子である。

「うんだ。てめえにも一度みせてやりてえくれえの別《べっ》嬪《ぴん》だったが、ざまあ見やがれ、生れたのがてめえみてえな化物ときてやがら」

「死ぬとき泣きながら、たとえ化物でもこの子を頼んますと、拝まれたんだっぺ？」

「うんだ」

と留吉は洟《はな》みずをすすり、

「何度かてめえを化物見世《みせ》へ売り飛ばしちまおうとも ったか知れねえが、畜生と思いながら、まあそのおっ母に免じて、てめえみてえな半人足でも育ててきたんだ。それを思えば毎日焼酎の五合や一升は安いもんだ」

「わかったよ。それもこれもお父うがおっ母に惚れてたおかげだっぺ？」

「うんだ」

と、こういう具合だから、何のことはない、留吉の黴の生えたような愚痴が結構酒の肴になり、親子の愛情みたいなものが、こういう奇態なやりとりの中で交歓されていることにもなるのだ。が、さてその福太郎が放火を

するようなことになったのは、どういう訳かということだが……。

三

ある日、福太郎がひとりで小屋の中であぐらをかき、せっせと置鈎の仕掛けを作っているとき、堤防下に二三人の足音が聞え、開き戸をあけっ放しにしてある入口から、町で屑繁という通称で呼ばれ、煮ても焼いても食えないことで有名な、五十五六になる屑物屋の繁太郎という男が、ぬっと姿を現わしたと思うと「よう、いたな」と、そのまま上り込んできた。そのあとから一杯飲んできたらしい留吉、そのまたあとから赤い着物を着た若い女、という順でぞろぞろ狭い所へ上り込んでくると、その女が「福ちゃん、こんにちは」と床に敷いてある畳代りの筵《むしろ》に手を突いて、まあ一応恰好のついた挨拶をするのだ。福太郎が眼をぱちくりしていると、屑繁と留吉はそれぞれ手に一本ずつ持っていた二級酒の瓶を筵の上に置きながら、

「おい、福や、おめえももう年頃だっかな、女房が欲しかっぺと思って、おれが世話してやったぜ。ま、この姐《ねえ》ちゃんとは、まんざらの知んねえ間柄でもなかっぺからな」

などと屑繁が云うあとについて、留吉が、屑繁の父ちゃんがああ云うんだ、仲人《なこうど》してもらって、すぐ仮祝言《しゅうげん》あげちまえ、荷物はあとからくる、と寝耳に水のことを云うのである。そうすると差し詰めそこに来ている姐ちゃんなるものが仮祝言の相手だということになるのだが、さすがに福太郎は胆を潰したような顔をしてその姐ちゃんをまじまじとみつめた。——町の二業地にまだ十四五軒の安物の上り屋があった当時、福太郎はたとえ自分が人間並みでなかったにしても、金さえ払えば一応の客待遇を受けることができたから、時には崖から飛び降りるような思い切った気持で出入りもしたし、誰でも人目につく大頭で入ったり出たりすれば勢いその辺中の女達が福太郎のことは必要以上に知っているということにもなった訳だが、いま福ちゃんこんにちはなどと馴れ馴れしげに挨拶したのは、当時咲乃という源氏名で出ていた女で、見るからにそういうことにはふさわしい性格を持って生れたような人間だったことを福太郎は知っていた。無論屑繁もいう通り、お互いに知らない間柄だとは云え

なかったのも道理、確かに福太郎は一二度この女に金を払った覚えがあったのだ。

驚愕から次第に警戒の眼の色になりながら、福太郎はあっけにとられたように彼らを見守っていたが、屑繁も留吉もそういう福太郎にはお構いなく、早速二級酒の瓶をあけて、冷やのままやりながら「いや、目出度《めでた》い目出度い。これでおいらも思い遺すことはない」だの「おい福や、来年あたりは孫でも作ってな、父ちゃんを安心させてやんな。いいな」などと、てんでに尤もらしいことを手放しで云うし、咲坊は咲坊で屑繁が懐に携えてきたひげかわ包みのタコやまぐろのぶつ切りを、いそいそと皿に盛ったり、酌をしはじめたり、煮えきらない福太郎を中心に、妙な調子で飲めや歌えとやっていると、夕方近くになって咲坊の荷物だという目の覚めるような友禅の布団一組に行李一つを運送屋みたいな男がリヤカーで運び込んできた。

ここまで真実らしくなってくると、相手が少々泥水に汚れていても着崩れていても、福太郎にとっては正に夢心地ということにならないはずはなく、やがて飲めない酒を無理に飲まされた福太郎が真赤な顔をして、いい気持で歌いはじめたり、ちょっと普通人の社会では想像もつかないような怪しげな仮祝言の夜が更けて行った。

四

ところがである。

留吉はもとからある破れ布団にくるまり、こっちはまるで火がついたような派手な友禅布団へ一組になって枕を並らべるのだから、鼻のくっつきそうな小屋の中でも夜だけは親子も別々だし、確かに福太郎は咲坊と夫婦に間違いはなかったが、やがて十日経ち二十日経つうちに、福太郎はまことに奇妙なことに気がついた。――福太郎が置鈎をしに川へ出ている、夕間詰めの二時間ぐらいの間や、あるいは何だかんだと留吉から用を云いつけられて小屋にいない間を見計らうようにして、あまりその辺では見かけない洋服男が、キョロキョロしながら堤防づたいにやってきて小屋へ入ってゆく。川の対岸で何やら用ありげに往ったり来たりしている男をみると、留吉が大急ぎで蘆の間にもやってある笹葉舟を漕ぎだして運んでくる。小屋へ入った男は、三十分か一時間ぐらいも経つと、またキョロキョロしながら出てくるが、そのあいだ留吉はたばこを喫いながら堤の上に立ったり蹲《しゃが》んだりして、どこか見張るような恰好をしているのだ。どう考えても、屑繁と留吉が共謀で、稼ぎ場を失った咲坊のためにあれやこれやと取り持ちをして、その代りに頭をはねる契約ができているとしか思われなかったが、怪しげなのはそればかりではなかった。判でおしたように、三日目三日目には、屑繁自身が焼酎などぶら下げながらこっそり小屋へやってきて、この時はどういうつもりか留吉咲坊の三人で、入口の開き戸や蔀《しとみ》になった覗き窓の下し戸にまで中から鍵をかけてしまって、小屋全体がひっそり静まり返るのである。

これがどういう訳なのか遠くのほうからはちょっと見当のつかなかった福太郎は、やがて抜き足で小屋の外まで近づき、薄暗い所でクスクスと忍び笑いをする咲坊の声を聞いたとき、カッと耳まで熱くなるような気がした。仮初《かりそめ》にも咲坊と夫婦だということが、人目を誤魔化すための態のいいダシにすぎなかったらしい上に、小屋の中で三人が何をふざけているかという想像までついてみると、それでなくても永年人まえにひけ目を感じ続けてきた福太郎は、屑繁や咲坊はおろか留吉にまで文字通り半人足に思われて馬鹿にされていたのだという、煮え返るような口惜しさが体中を駈けめぐった。それでも我慢づよく、素知らぬ顔をして二日ほど漁に出ていた福太郎は、やがて例によって屑繁が焼酎をもって小屋へやってくる三日目に、ほどよい時刻を見計らい、留吉には町で映画を観てくると言ってブラリと外に出て葦原にかくれ、しばらくたって、ひょこひょこと堤防づたいにやってきた屑繁が確かに小屋へ入ったのを見定めると、一目散にエッサエッサと町の金物屋へ走って行って、輪になった十六番の針金を一束買って肩にひっかけ、またエッサエッサと駅前のガソリンスタンドへ走って行って有り合せの瓶に石油一升を分けてもらってから、燕がえしにまたエッサエッサと鉄橋近くの田圃まで走ってきた。この地方の田圃には、ノーボッチと称する藁束をサイロウ型に積上げたものが至る所にあるが、福太郎はその中から五六把の束を抜き出して小脇に抱え、またエッサエッサと堤防を走って小屋の見える所まできて立止り、暫らく戸締めになっている小屋の様子を窺っていたと思うと、抜き足のまま斜面にある黄櫨《はぜ》の木の所まで降りて、針金の一端を木の幹にギュッと縛りつけてから、輪になったほうを伸ばし伸ばし、足音を盗んで小屋を一廻りした。

小屋を一巻きした針金は開き戸と覗き窓の蔀を外から

縛りつけ、中にいる三人は檻のなかへ閉じ込められたようなことになるが、福太郎はあくまでも念入りに、まるで一寸法師が鶏を摑まえるような恰好で抜き足のままグルグルと小屋の周囲を堂々めぐりして、がんじがらめに縛り上げてしまうと、抱えてきた藁束をほぐしほぐし、小屋のまわりに並らべて立てかけ、その上からたっぷりと石油をふりかけて廻りはじめた。この時ようやく何かの気配を聞きつけたらしい留吉が小屋の中から「福か?」と声をかけるのが聞えた。しかし福太郎は、瓶を抱えたままツと足をとめて、聞き耳を立てながら黙っている。すると「なあにあの野郎、いまごろボヤッとして裕次郎でも観てんだっぺ」という屑繁の声が聞え、つづいて「あ痛た！　なにさこのだいもんじゃの親父……」という咲坊の笑いを含んだ嬌声が聞えた。

ニヤリと笑った福太郎は、やがて石油を撒き終ると、懐からマッチを取りだした。人を殺すなどというどぎつい感じのものはこのとき福太郎の心の中のどこにもなかった。復讐などというものでもない。ただあるのは、つまらぬことをやっている人間三匹を、南京虫でも退治するように小屋もろとも燃してしまうという、何か清々《せいせい》したものばかりだった。

死体冷凍室

……自分で云うのもおかしいが、その頃おれはまだ東京のある官立大学に籍を置く極めて真面目な学生だった。男と女は、いつもその辺を歩き廻っている動物の牡《おす》と牝《めす》のようなもので、知合ったり恋に陥《お》ちたりする動機は一〇〇パーセントが気まぐれみたいなものだが、それにしても青森県の小役人の悴《せがれ》に生れて、向学の志に燃えて上京すると同時から、バイト探しに血道をあげなければならなかったおれのような学生が、その女と恋に陥ち、そして一生を台なしにする道を歩くことになったということは、どう考えても運命の気まぐれすぎる出来事でしかなく、夢から醒めてみたらいつのまにか……とでも云うよりほかなかった。クリスマスパーティの会員集めのアルバイトで偶々《たまたま》知合ったその女は、谷由紀子といい、おれより二つ年上で、ビビアン・リーのように顎《あご》が綺麗で、確かに理知的とも云える美貌をもっていた。しかし、いくら理知的にみえても所詮は悲しいほどの女体の持主だったのだ。知合ってから二度ほど誘われるままに、牛込にあるかなり高級なそのアパートへ遊びに行くうち、突然おれはその女と激しい抱擁に陥ちた。その抱擁はまるで最初からためられていた恋が堰《せき》を切って流れるにも似ていて、おれはのたうつ女体の凄さに髪の毛の逆立つような戦慄を覚えたが、この悪夢のような出来事の後で、おれは初めて彼女の内縁の夫が銀座に赤い白鳥《レッドスワン》というキャバレーをもつ有名な興行師の日野透で、ちょうどその日野が黒人ジャズ楽団のプロモーターとして渡米中なのだということを打明けられたのだ。——寝耳に水の驚きだったが、おれたちの破局の道がここから始まるのだ。

悶々《もんもん》として過ぎた二か月ほど後のある日、おれは突然おれの下宿へ迎いにきた日野興業からだというキャデラックで、顎の四角い、ひどく無口な三十男に伴われながら、芝浜松町の近くにあるビルへ連れて行かれて、その六階の社長室で日野透に会った。意外にもその部屋には由紀子もきていた。おれを見ると蒼《あお》ざめた顔で椅子から立上ったが、その全身はまるで傷ついた水鳥のように薄汚れた憔悴《しょうすい》を現わしていて、日野との間に何が起ったかをまざまざと物語っていた。日野は大きな窓を背にして社長机の前に坐っていたが「学生さん」というのが彼の最初の言葉だった。

「この女がどうしてもあんたと一緒に暮したいと云うんだが、どうだね、この辺でひとつ肩代りをしてくれては。俺みたいな者より、インテリ学生のあんたのほうが好きなんだそうだ。しかし、云っておくが、俺がまあせっかくこうやって取り持つんだから、あんたもインテリ学生ならインテリ学生らしく、最後まで立派に責任を持たなくちゃいけないぜ」

日野はでっぷりと横に肥って、かなり小男らしいが、眉が太く、色の白い顔の左の頬に古い切創のようなものがあるほかは、別段普通の人間と変りのない穏やかな風貌をしており、そう云いながら、頰笑《ほほえみ》さえ浮べていた。しかしおれが何を云う暇もなく、すぐ由紀子に向って、

「どんな苦労をしても離れませんと云ったことを忘れるなよ」

といい、そして、もういい、行けというように顎をしゃくった。年の頃四十二三になるだろうか。おれは前後を通じて一回しかこの男には会っていないが、ある意味でこの時の彼の態度は非常に立派だったと云ってもいいだろう。おれは何か負目《おいめ》を受けた悲しい気持で、その日野の背後の窓をとおして、前年の暮に完成したばかりの東京タワーがすぐ間近かに聳《そび》えている高々とした姿を眼にとらえた記憶がある。

それからまもなく、おれと由紀子は、谷中の墓地附近のアパートで蜜月のような同棲にはいった。しかし、やがて四月ほど後には、亀戸の近くの三流アパートに移り、由紀子は新小岩の盛り場にある酒場のホステスになって通いはじめた。おそらく彼女にとって、昨日に変るそういう落魄《らくはく》ぶりは心細かったに違いないが、一面どこかには、おれがあと一年で官立大学さえ出れば、という、女らしい漠然とした期待と虚栄があったことも確かである。おれは女と同棲していることなどは、勿論郷里へは隠していたが、そういう健気《けなげ》とも云える彼女に逆に刺激された恰好で、昼は大学に通い、アルバイトを続け、そして夜は酒場が看板になる頃を見計らって、必ず新小岩の駅まで彼女を迎いに行くという、甘ったるい学業と恋愛の二筋道に陶酔していた。意外にも黒い影が絶えずおれた

ちの行動を見守っていたことを露ほども知らなかった。

　三月ほど後の九月の下旬、例の中京方面を襲って全国に五千人の死者を出したと云われる台風十五号の余波が、東京方面にも荒れ狂った夜のことである。風雨を冒して、いつものように新小岩まで迎いに行ったおれが、早目に店を切上げてぬれながら駅までやってきた由紀子と一緒に国電で帰り、亀戸駅の東口からガードの下を潜って西荒川線の都電の通りへ出たのが、十二時すこし前ごろだった。街には全く人影がなく、吹き飛ばされた看板の千切れや板片《いたきれ》のようなものが散乱している所を、おれたちは滝のような横なぐりの雨にあおられて傘もさせず、レインコートの前を合せてずぶ濡れのまま、水神森のほうへ少し歩いてT字路信号機のある所から右に折れた。そこから竪川という溝臭《みぞくさ》いクリークにかかった木橋を渡ると、その真正面が巨大な硝子《ガラス》工場になり、左が鋼材工場、——夜は暗い城壁に囲まれたような全く無人の一角だが、その工場の間の暗い道を突き抜けてゆくとバラックばかり立ち並んだ場末町に入って、その裏町の工員寮の多い所におれたちのいるアパートがあった。折しもおれが右側になり由紀子が左になって、肩を抱き合せながら山の頂きのような曲率の大きい木橋を渡り、風雨に逆らって傾斜のついた橋の袂《たもと》を小走りに駈けおりようとする時のことだ。おれはいま通り過ぎた右の橋際に何やら人の気配を感じて振り向こうとする矢先に、バサッという異様な音をたてて右腕が斬《き》り落されたのを知った。まるで空から降ってきたような感じでおれの片腕が雨のしぶく路上に転がった。たたらを踏んで振り返った眼に、背の高いレインコートの男が日本刀を地ずりに持って立っているのが映った。橋の際にもう一人いた。悲鳴をあげておれに縋りつく由紀子を、危い、と押しのけると同時に、それを待ってでもいたようにもう一度日本刀が雨中にきらめいて、おれの左腕は肩の下から皮をつけたままぶらさがったのである。この二度目の一撃でおれの意識は急に薄くなって、丸太のように前のめりに仆《たお》れてゆきながら、生温《なまぬる》い自分の血を感じ、魂《たま》ぎるような由紀子の叫びをどこかで聞いたような気がしたきりだった……。

　右は肘の上から、左は肩の附け根のすぐ下から、おれが生れもつかぬ腕無しの片輪になって亀戸附近の病院を退院したのは、それから四十七日も経った十一月の半ばのことだった。出血多量で殆ど死にかけていたおれが辛うじて助かったのは、由紀子が応急手当と体力の回復に惜しまなかった全量一万二千ccにもおよぶ連続輸血のお蔭だったが、あれこれと詮索するまでもなく、この雨中の襲撃者が日野の指令で動いた人間だったことは疑うべくもない。おれが仆れるのを見すまして由紀子には危害も加えずに立去った男は、よほど人を斬ったことのある熟練者《てだれ》だったらしく、おれの胴体には掠傷《かすりきず》ひとつなく、ただわずかに最初の一撃で背後から右腕を斬ったとき刃先が余って傷をつけたらしい刀痕《とうこん》がレインコートの右の脇腹へ線を引いたように一筋のこっていたきりだったという。おれは思わず身震いした。さすがに警察では、凶器が日本刀だったことと加害者が腕だけ斬ってわざとのように致命傷を避けていたことなどから、この事件が決して偶発事ではないとみたらしく、おれがまだ昏睡を続けている間も、どうやら物が云えるようになってからも、何かあるだろうと執拗に事情の聞き出しにやってきたが、これに対して由紀子もおれもまるで重なる後難をいい懼れでもしたように、橋を渡った途端にあらしの中で突き当った二人組と喧嘩になった挙句だということで必死に逃げてしまった。おれたちは相手がおれの腕だけ斬って殺さなかったということに却って云い知れぬ不気味な威嚇《いかく》を感じて、もし日野がこれだけで気がすむというなら、泣き寝入りをしてもいいつもりがあったのだ。——

だが、なぜおれは、辛うじて助かったなどと嬉しそうに云ったり、後難を懼れるなどと生温いことを云う必要があるのだろうか。おれが両腕を失って生き永らえたということは、それ自体おれが一足飛《いっそく》びに人生の終着駅へ到達したということと同じだった。おれの頭には、初めて芝のビルで日野透の云った言葉が異様なサスペンスとなって蘇《よみが》えり、みごとに彼の思う壺にはまったと気がつくよりほかなかった。

おれたちはそれからほどなく、一層惨めな落魄ぶりで、葛西橋近くの堤防際にある、ひん曲ったようなマッサージ業の二階の割部屋になった三畳一間の貸間へ引き移っていった。その界隈《かいわい》一帯には、おそらくこの世で最低と思われる暮しの人々が住んでおり、おれたちの借りた割部屋の隣には大道易者の老人とその娘だという奇妙な親子がいて、板仕切り一枚距《へだ》てて何だか為体《えたい》の知れない彼らの暮しぶりが筒抜けに聞えるという所だったが、おれはここへ引き移ると一緒に大学へは退学届を出して、そのまま郷里へは行方不明になってしまうつもりだった。しかし、すでにその頃おれはそろそろ由紀子の重荷になり始めていることに気がついていた。彼女はおれが入院中にあらゆる持物を売れるだけ売り尽してしまっただけでなく、あちこちから金を借りたりして、経済的にはかなり行き詰っていたらしい。が、独りで放っておいては飯をくうにも小便ひとつすることができないおれと同棲している限り、彼女自身もどうにもならないという実情も確かにあった。おまけに便所へ行けば尻まで拭いてやらねばならず、風呂へ行けば男湯までついて入って衆人環視の中で棒のように立っているおれの体を洗ったり拭いたりしなければならないというのでは、なるほど最初は男と女がくっつく方便だった愛情などというやつも、いつか溜息《ためいき》の出るような忍耐だけになり、眉を顰《ひそ》めるような嫌悪になって、やがては顔を見るのも厭だという憎悪になってゆくのも時間の問題だったに違いない。飯をくう時には、小さく握った飯の塊りを皿の上に置いてもらって、両手を縛られたようなおれはその上におっ被さって咥《くわ》え上げ、頭を一ふりしながら口に頬ばるのである。次第に口の業《わざ》だけは達者になったが、いかにも犬のようだと思うとその度おれの頬には口惜し涙が伝わった。由紀子もやりきれなかっただろうが、おれもやりきれなかった。時おり金の工面に出掛ける彼女を、寝ころんだまま待っていたおれが、顔をみるなり遅いと云って怒鳴りつけたり、煙草の咥えさせ方が気にくわないと云って、いきなりその手に噛みついたりすることもしばしばだったが、その度キラリと彼女の眼に光る憎悪の片鱗《へんりん》を見ながら、おれはむしろ、いつこの女がおれから逃げ出すだろうかと、そんなことを意地悪く待ち構えていたような所があった。

果して、その年の十二月の末も押し詰ったある日、どこかへ金の工面に出掛けていた彼女が一度帰って、買物に行くと云ってまた出て行ったあと、まるで手切金のような三万円の金が部屋にたった一つある世帯道具の茶箪《ちゃだん》笥《す》の上の姫鏡台の上に置いてあって、それきり彼女は帰らなかった。とうとうやったなと思ったが、すでに覚悟をしていたおれは別にあわてもしなかった。理窟から云えば、もともとおれが片輪になったのには、彼女にもその半分だけは負うべき責任があって、おれを捨てたとなれば、おれはその半分だけの責任を彼女に復讐することで償わせることができるのである。しかしもしここで復讐を企てるとすれば、彼女のこともさることながら、むしろ直接おれの一生を台なしにした日野透に対して何かの形で一矢報いてやらなければ気がすまなかった。隣部屋の易者は、由紀子が逃げたと聞くと、一つ行方を占って進んぜようなどと筮竹《ぜいちく》や算木をひねくり始めたが、おれはそれはともかく試みにノブという二十二三になる丸ぽちゃな顔をしたその娘に小便の手伝いを頼んでみると、いいわよ、と却ってそんなことには格別興味のありそうな顔をして事もなくやってくれたので、おれはこの娘に日当千円ずつ払って身の廻り一切を頼むことにして、殆ど三畳一間、寝ころんだきり、日野への復讐を考え始めた。――二年ほど前におれはやくざの足を洗ったという男からある奇妙な復讐方法を聞いたことがある。それはいかにもやくざらしい馬鹿げた復讐手段だったが、しかし両腕もなく孤独の絶端にあるようなおれにとっては、たかだかそれくらいの復讐が分相応という所ではなかったか。おまけに場合によっては逆に奴等を使って由紀子を捜し出せるかも知れないという利点もあった。正月の三個日がすぎ、七草がすぎ、十日ほどの間その復讐方法の可否を考えていたおれはやがて心にきめて、ノブに手伝わせながら職業別の電話帳から東京中のタクシー会社と葬儀社と花環屋から適当そうなのを五六十ばかり拾い出し、一種の連想法で電話番号を頭に叩き込んでから、一月中旬のある日曜の朝を撰《えら》んで、新しく買った赤と黒との格子柄のシャツに黒ズボン、その上からレインコートという気障《きざ》な服装のままノブを伴って有楽町まで出てゆき、そこからノブに別れて独りで西銀座の並木通にある赤い白鳥の前までやって行くと、ちょうど筋向いにあったサンボアンガという喫茶店の二階へ上って、レジーの前の電話器を外してもらってから、ちょっと沢山電話をかけるが金は纏めて払うからと断っておいて、シャツのポケットに差してきた鉛筆を口に咥えたままその尻でゆっくりタクシー会社の番号を廻しはじめた。

「こちらは銀座の赤い白鳥ですが、社長の日野が昨日急逝して、いまキャバレーで告別式をやってる所です。これから参列者を青山斎場へ送り込むのに車が十台ばかり欲しいんですが、なければ手許にあるだけ大至急店のほうへ廻してくれませんか。料金は事務所で前払いしますから伝票を忘れずに願います」

サンボアンガは階下がフルーツパーラーで二階が部屋を薄暗くしたムード喫茶になり、日曜の朝だったからお客はまだそれほど入っておらず、ステレオのジャズ音楽が掛っているので、おれの低い声はあまり他へは聞えなかった。その辺にいる気取った様子の女の子もレジーの女も、最初はおれの恰好をみてその辺の与太者ぐらいに考えたらしく、却っておれから眼を逸するようにしていたから、電話の内容には全く気がつかなかった。しかしおれが立て続けに切っては掛け切っては掛け、タクシー会社や葬儀社や花環屋を夢中で呼び続けている中に、やがてそれと気がついて顔色を変えながら制止を始め、一人の女の子が泡をくったように階下へ走っておりようとした。が、おれは素早くその前に立ち塞がって睨みつけ、黙ってひっこんでろ、と眼顔で云っておいて、また掛け続けた……この方法をおれに教えたやくざあがりの男は、こういう偽電話は確率が物をいう訳で、掛けただけの電話の歩どまりが二三割もあればえらい騒ぎになるから厭がらせにはもってこいだと云っていた。果しておれの電話の歩どまりがどれくらいになるかはまるきり見当がつかなかったが、しかしそのおれが、やがて鉛筆を投げ出して窓際の椅子へ行って腰を下したのは、遠くのほうからパトカーや白バイのサイレンが入り乱れて騒ぎの現場へ駈けつけてくるらしい音を聞いてからのことだ。正しくもその時分には、赤い白鳥のある並木道は奇蹟のように次から次へと押しかけてくる自動車で埋ってしまって身動きができなくなり、お互いの車が警笛を鳴らし、怒鳴りあい、まるで火事場が通行止めになったような騒ぎになっていたのだ。おれが頭でシェードをはぐって窓から覗いてみると、道を塞いでしまった自動車の洪水の中に金色の飾りをつけた霊柩車《れいきゅうしゃ》が二台ほど立往生しており、赤い白鳥の表にはひっぱり出された事務所の者が運転手たちに取り囲まれたまま真っ赤な顔をして怒鳴りあっている所だった。いずれ誰かがおれのことを知らせることは判っていたが、おれはしかしこれだけのことを窓から見届けると、何やら落ちてゆくような空《むな》しい安堵感と疲労を覚えて、椅子に凭《もた》れたまま眼を瞑《つぶ》った。二人の男が足早やに二階へ上ってきたのはそれからすぐだった。誰かが犯人は窓際にいる腕のない男だと知らせたのだろう。男たちはまっすぐにおれの傍へやってくると、黙ったまま外へ出ろという身振りをした。おれはこの男たちに小突かれて階段をおりながら、これは間違いなく只事ではすみそうにないと覚悟をきめた。できればおれは警官に捕まりたいと願ったが、男たちはまるでその裏をかくように、表の騒ぎのためザワザワしているフルーツパーラーの中を横切って裏の勝手口からおれを連れ出し、溝板を並べた細い小路を通って大廻りしながら電通ビルの附近まで行って、そこに停っていた大型の外車らしい乗用車にのせて新橋のほうへ走り出した。新橋駅の前を通り抜けてすぐ右手のガードの下へ向ったので、日野の事務所へでも連れて行くのかと思っていると、そのガードの下を潜る時おれはいきなり脇腹に当身をくって気を失った。それから後は気がつきかけると顎の下へパンチをくい、また気がつきそうになるとぶん殴られ、二三度そんなことが繰返された朧《おぼ》ろげな記憶があるがやがてそのおれがはっきり意識をとり戻したのは、何かの工場か倉庫の地下室のような所へドサンと投げ出された時である。男たちはすぐ出て行きかけたが、おれは素早く起き返ってその背後から怒鳴った。

「由紀という女を捜して来い。あいつに半分だけの責任があるんだ……」

男たちはちょっと振り返っただけで、扉に鍵をかけて立去った。あぐらをかいて見廻すと、そこは上塗りのコンクリートが所々剝げ落ちている厚い煉瓦《れんが》に囲まれた所で、広さは十畳敷きぐらい、出入口の真上の壁に裸電灯が一つ点いているきりで、他には何にもない。おれはその奇妙な所へ時間にすればおよそ二昼夜余りも閉じ込められていたのだが、どうやら港を往き来するらしい発動機船の音や、時々象の叫ぶような船の汽笛が聞えたことから推すと、川崎か横浜あたりの港の近くではなかったろうか。

その間に二度ほど猿のように額のせまい男が様子を見にきて、紙に包んだパンを投げて行ったが、おれは食わなかった。壁の際まで躙《にじ》り寄って行って、飲まず食わず、自分の汚物によごれたまま、壁に凭れて何となく奴等が日野の指令で由紀子の行方を捜しているのではないかと想像していた。すると果して三度目の夜になったと覚しい頃、扉の外に数名の足音が聞え、突然、黒いスカートに白のセーターという普段着のような様子をして髪を乱した由紀子が、突き飛ばされるように入ってきて、その後から一年前に見覚えのある顎の四角い男と他に三人ばかりの男が続いたのである。

この男たちが一体おれと由紀子をどうするつもりだったのかは知らない。が、おれは由紀子を見るなり、その男たちには目もくれずにすぐ立上っていた。どこに隠れていたのか、由紀子は哀れなほど質素な空気を身につけており、突き飛ばされて立ち直った所に立ったまま、おれの顔を凝視した。恐怖と疑惑と不安……明らかに心の動揺するすべてのものを織りまじえたその眼の色を見ながら、おれはふとこの女と恋に陥ちた頃のことを蘇えらせた。しかしおれたちをここまで破滅に導いた愛の痕跡などはその眼の中のどこにもない。

「もっとこっちへ来い。一言いうことがある」

おれがそう云うと、ちょっと躊躇《ためら》いを見せた後、非常に冷たい様子で二三歩近寄った。同時におれも近づいてゆき、間合いを計って、おれはいきなりその顔へ唾を吐きかけたのだ。そして、アッと云って思わず楯にしたその手に躍りかかって、電光のように二本の指先を口に咥えていた。悲鳴をあげながら振り解こうともがくのを、おれは一気に壁際まで押しつけていって渾身《こんしん》の力で歯をかみ合わせた。おれの唇からは腥《なまぐさ》い血が滴たり落ち、二三度失神に陥ちいりかけた由紀子は、やがて眼を釣上げたまま呻《うめ》きをあげて、背で壁を這いながらずり落ちていった。殆ど同時におれは斜め背後から一発の消音銃声を聞いて、背を射抜かれた。続いてもう一発。おれは由紀子の上に折重なって倒れ、急速に薄れてゆく意識の中でおれを裏切った女の指先を二つ床の上へ吐き出した。

やがてその夜更けに、おれと由紀子は裸にされたまま、大型乗用車のトランクに押し込められて、どこか遠くの枯草の茂っている河原のような所に持っていって投げすてられた。寒夜の空には星が輝いていた。そしておれたちを運んだ乗用車のエンジンの音が次第に遠のいて行ったあと、由紀子の乳房の下には、一発の弾痕がのこされていた。

翌日の午すぎ時分、群がる弥次馬《やじうま》の中を病院車で運び出されたおれたちの死体は、いまある大学医学部の死体冷凍室に横たわっている。冷蔵庫のような白い琺瑯《ほうろう》びきの扉が幾つもある冷凍室のチェンバーには、それぞれ番号があって、由紀子のが7、おれのが8。――おれよりさきに解剖を始められた由紀子の骨を刻む鑿《のみ》の音が悲しくも聞えてきたが、しかし、おれはこの殺人の謎を全然未知の外側から丹念に探り出そうとするこれらの人たちの作業が何か非常にもどかしく、心許ない気がする……。

あるチャタレー事件

貴子はいきなり笑い出した。

「なにがおかしいんだ」

ぼくが不機嫌にいうと、貴子はそのぼくへ流し目みたいな妙な眼付きをくれながら、

「そりゃあ訊《き》いてみてあげてもいいけど、それであなたは、由紀ちゃんが決定的にそれを認めてしまったら、どうするつもり?」

「別れるね、絶対に」

「あら、そう。相当おのぼせで一緒になったらしいけど、あれは一体どうなったの?　ケロリ?」

ぼくが黙っていると、貴子は不意に片手を伸して、テーブルの上で握りしめているぼくの片方の拳骨《げんこつ》をチョンと叩いた。

「私本当のことをいいましょうか。あなたが由紀ちゃんと結婚する前、都合によったら、私があなたと結婚してあげてもいいと思ってたのよ。知ってる?　知らないでしょう。私この年になるまで、片道切符で振られたの、二度目よ。いつだったか、あなたと由紀ちゃんが、寒い夜、アパートの前の暗い所でキスしてるのを見て、その体のくっつき方で、あ、こりゃあだめだと思って諦めたのよ。いわば恋仇《こいがたき》みたいなものだから、いい気味だといってやりたいけど、それもちょっと可哀そうね」

所は西銀座のレストランの二階である。そろそろ夜の八時近くのことで、一頃《ひところ》混んでいたその二階も、大方は食事を済ませた者が姿を消してしまって、まだテーブルに残っているのは、ぼく達のほか二三組しかなかった。

貴子はぼくより一つ年下の三十四才である。グラフィックデザイナーとしてはかなりな腕をもち、月に二十万円ぐらいは稼いでいる独身者だった。昔風にいえば姥桜《うばざくら》もいいところで、亭主の三人ぐらい持ち変えた末、男なんか飽き飽きしているようないないような怪しげな雰囲気を持った大年増のはずであるが、四十近くまでさ

んざ遊び歩いたり金を溜めたりしてから、ようやく結婚に踏み切る女性が多い現代では、貴子ぐらいの年配の独り暮しはザラにいる。ショートカットにした頭の恰好が、どことなくインテリ臭くて近寄り難い印象を与えるが、なかなかの美貌で、胸のあたりには相当うまみのある体臭をひそめているような所があった。気にいった男がいないからというのが貴子の独身の弁であるが、その彼女も、あのほうだけはどうやら不特定多数の男の中から択り好みをして、こっそり処理をしているらしい。ぼくが恋愛結婚した由紀子の従姉《いとこ》で、ぼくと由紀子がキスをしていたうんぬんというのは、由紀子がまだ貴子のアパートで同居している時分のことだ。由紀子もそのころ同じデザイナーをしていた。印刷会社の美術部にいるぼくが仕事の上で知合って、二年ほど前に結婚したが、最近ぼくにはその由紀子のことで憂鬱極まりない問題が起っているのである。少々ぼくも自棄《やけ》気味だったから、貴子から片道切符で二度目だとかぼくの女房が恋仇だとかいわれると、ちょっとばかり身にしみた。

「そうかね、そんなムードがあったのか。知らなかったね」

「もう時効にかかってる話よ」

「それもそうだが、しかし、都合によってはというのはちょっとごあいさつだな」

貴子は暗い窓のほうへ顔をそむけたまま、唇を反らせながら黙って笑った。遠くの空に数寄屋橋界隈《すきやばしかいわい》のネオンが小煩《こうるさ》く光ったり消えたりしていた。

「意思表示ぐらいしてみればよかったんだ。ぼくも都合によってはきみと結婚してやったかも知れないぜ」

ぼくがそういうと、貴子はキラリと振向いて、時計を見ながら、

「出ましょうか。ついそこに私の行きつけのバアがあるから、ちょっと附合いなさい。討論《ディスカッション》みたいなことは飲みながらいうことにして……だけど、女ってものは、時々男からみたら何を考えてるか判らないようなことをやりだすことがあるから、まあそれは覚悟してらっしゃい」

――九月の半ばに、ぼくの家へ強盗がはいったのである。

発見者は隣家の大鳥夫人だったが、まず発見の最初は、大鳥家の若いお手伝いさんが、午后三時ごろ、使いに行った井ノ頭線の駅附近の街から、買物籠を下げて帰ってくるとき、大鳥家の向う隣にあるぼくの家から、見

馴れぬ開衿《かいきん》シャツの中年男が一人出てくるのを見たことだ。この辺りは世田谷区の外れに近い小住宅街で、細い道路の両側には、竹籬《たけまがき》や板塀などが立ち並んで、よくコソ泥などの稼ぎ場になる所だった。大鳥家にはイヌを飼っていたが、ぼくの家にはいない。その男は、ぼくの家を出てくると、すぐ駅のほうへ足を向けかけたが、その方向にお手伝いさんの姿をみると、急に踵《きびす》を返して、反対方向へ急ぎ足に立去って行った。どうもそのようすがうさん臭い気がしたので、お手伝いさんは家へ帰ってから、大鳥夫人にそのことを伝えた。

「集金人か何かじゃなかったの?」

「いいえ、奥さま、あれはどうも泥棒らしゅうございますよ」

ぼくの家は、わずか三部屋の小《ち》っぽけな平屋だが、ぼくが勤めに出たあとは、女房の由紀子が一人でいる。平常ぼくの家と親しい大鳥夫人は、途端に首を締められて死んでいるぼくの女房を眼に浮べて、急に心配になった。すぐお手伝いさんに留守番をさせておいて、サンダル履きのままぼくの家へ行って玄関から声をかけてみると、返辞がない。その代り、玄関から一つ向うの茶の間のあたりで、人の唸る声と、体ごと何かにぶつけているような物音が聞えた。大鳥夫人は四十何才かだが、女もこれくらいになると少々のことには魂消《たまげ》ないらしく、これは縛られたまま、まだ生きているなと、とっさにそう思って上って行ってみると、案の定、両手両足を縛られたぼくの女房が猿ぐつわをはめられて、もがいているところだった。

この出来事は白昼の強盗事件として、ちょっと新聞にも出た。——盗られた金は給料の遣いのこりの二万円ばかりのものだったが、この時の強盗が捕まったのが、それから三ヶ月たった十二月の下旬のことだった。

やはり世田谷区のある街の会社員の家へ、午后二時頃押入ったが、この時はタイミングが悪かったのか、ぼくの家のようには行かず、留守居の細君がひどく騒いだものだから、隣近所の者が一斉に飛び出して追いかけ回し、逃げ惑った男はとうとう袋小路へ追い詰められて、寄ってたかって押えつけられた。ところが、この男がこのときやったのが暴行未遂で、警察へ突き出された彼は、四月に杉並区で一件、七月に世田谷区で一件、さらに九月になって同じ世田谷区のぼくの家で一件、都合三件の婦女暴行と強盗をやったと自供したのである。

新井庄八という、芝区の製薬工場の守衛長をやっている男で、手口は、週に三日ある日勤の夜、世田谷と杉並の境界線あたりの飲み屋を歩き回って、そろそろ夫婦生活が機械的になってしまった勤め帰りのサラリー族が、安酒に憂さを晴らしながら馬鹿ばなしをやっているのに耳を傾け、まず子供のいない夫婦暮しで、細君が小綺麗そうで、あわよくば少々小金ぐらいはありそうな家の見当をつけ、暫らくの間その家を偵察してから、いよいよ襲撃に移るのだが、その時は、午后二、三時頃の留守居の細君が一人で多少気分がたるんでいる頃、流し場でザアザアと水道の音が聞えている時、この二つを見計らって、ズカッと玄関から上りこんでいって、水の音にまぎれて気がつかずにいる細君の後ろから、いきなり首を締めて引き仆《たお》し、用意の猿ぐつわをはめて畳のある所まで曳きずってくる。大抵これでグッタリしてしまって、抵抗の気力を失ってしまうのだそうだ。両手を縛っておいて、一時間ぐらいもおもちゃにしてから、悠然と身づくろいをして立去るのだが、そのとき必ず女の両足を縛って動けないようにしておく。金を盗るのは行きがけの駄《だ》賃《ちん》で、どうやら強盗そのものは本当の目的でなかったらしい。恰幅のいい、なかなかの好男子でもあって、すっとぼけたような顔をして、一年ほど前に女房と別れてからこういう行為に興味を持ちはじめたと刑事に述懐したそうだが、いわば更年期現象を起してスーダラ節を地で行ったような、精神的に着崩れてしまった男だったのだろう。

とにかく警察では、自供がある限り、被害者からその裏付けをとらなければならない。気の毒なのは、七月に押入られた家の若い細君だった。事件当時、盗られた金が三千円ほどの端た金だったし、家の中でひっそり起った事件だったものだから、縛られた両手を自分で解くとき擦りむいた傷も夫にはひた隠しにして、何気ない顔ですましていた。しかし新井が捕まって、被害状況の取調べが始まると、勿論警察では極秘でやったつもりだったが、いつか隣近所の噂にのぼりはじめて、夫にばれると、半狂乱になって小田急へ飛び込んで自殺してしまった。

ぼくも最初は新井の自供のことなど夢にも知らなかった。しかし、ぼくの不在中に由紀子が何度も警察へ呼び出されたり、発見者の大鳥夫人が呼ばれたりしはじめると、何となくざわついた空気がその辺に流れているような気がして、これに気がつかないほどぼくも頓《とん》馬《ま》な亭主ではなかった。由紀子がばかに泣き虫になって、何をいってもすぐ泪《なみだ》ぐんだりするのが、どうもおかしいと思っていたら、すでにその頃、現場検証にやってきた検事の一行から、被害当時の実演までやらされていたのである。こうなると、一体第三者というものは、親切なのか残酷なのか、あとになって判った所によると、大鳥夫人は警察へ呼ばれたとき、次のような甚だデリケートな証言をしていたのだ……猿ぐつわをはめられてもがいている由紀子の手を解いてやりながら、何気なく放った夫人の目に、茶の間の縁側の、閉まっている障子の内側に、由紀子の白いパンティーが丸めたようにして置いてあるのが映った。ハッとした夫人は、足の被縛を解き終るとすぐ立上って、まだ畳へ坐ったまま朦朧《もうろう》としている由紀子に訊いた。

「なにか盗られた?」

「ええ、お金を……」

「いくら?」

「二万円ほど」

それだけきくと大鳥夫人は家を飛び出して、表通りの赤電話で一一〇番を呼んでおいてから、五六分たってもう一度ぼくの家へとって返したが、そのとき由紀子は台所へ立って行って、フラフラする体で水を飲んでいるところだった。夫人が由紀子を僅かの間でも一人にしたのは、女の情けのつもりだったが、果して夫人が二度目に家へ引返したときは、障子の内側のパンティーは姿を消していたという。

「それで? 由紀ちゃん自身はどうなの? それを認めてるの?」

行きつけのバアだという所へぼくを連れて行った貴子は、ぼくと並んでスタンドに腰を掛けると、矢継ぎばやにそう訊いてから、バーテンの作って出すハイボールを、いきなり半分ほどもゴクゴクと咽を鳴らして飲んでしまった。なにか腹でも立てているような乱暴な飲み方だったが、奇妙なことには、飲みながらそのグラスの横からばかにギラギラする目でぼくをじっと見ていた。一月中旬近くの寒い夜のことである。貴子はバアへ入っても、頭から黒いネッカチーフを被ったままだったから、黒く縁どられたその顔が、ルックス度の低い照明の中で、ホウ、と見直したくなるほど美しく見えた。

「気を失ってたから、よく判らないというんだが……」

「女ってものはね、あとでもそんなことはハッキリ判るものなのよ」

ぼくは苦笑しながら、

「しかし判らないというものは仕方がないじゃないか。

あるいはハッキリしてても隠しているのか、それは判らないがね。だから、きみから女同士の遠慮のない所で一つ確かめてくれと頼んでるんだ」

「人ごとながら、女であることが情なくなるような話ね。寒気がしてくるわ」

そういって、カウンターに肘づきのまま、ちょっと手に持ったグラスを見ていたと思うと、

「だけど、モーパッサンだったかな、女はコップみたいなものだといってるわね。過ぎ去れば日々に新たなりって」

「冗談じゃない。好きで自分を汚すのは勝手だが、場合が違うだろう」

「いえね、私のいうのは、あなた達が結婚なんかしてるからいけないということなのよ。かりに私がそんな目に遭ったらどうなの？　誰があなたみたいに騒いでくれる人がある？　恥をさらすのは私自身だけよ。そうかといって私がそれきり男から相手にされないかといえば、そうでもないでしょう。時が経てば、——経たなくったって、私を好きだという男が、すぐまた何かといって近づいてくるわよ。結局男からみれば私が洗ったコップと同じだということなんじゃない？　パブリック・ラトリーンなんて男達がよく使う失敬な言葉もあるじゃないの。所属がハッキリしてるのといないのとの相違だけだという、観念の問題よね。とらわれざるコップよ、御身《おんみ》幸いなれ、だわ」

そういって、声を立てて笑うと、残りのハイボールを一息に飲んでしまって、黒ちゃん、と中年のバーテンを呼んだ。

「気の遠くなりそうな強いのを振ってくれない？　何が何だか判らなくなって、このお連さんを上手に誘惑できそうなのを、よ」

真面目なのか、ふざけているのか判らなかったが、そのバーテンがまた、承知しました、といって、どういうつもりかぼくのほうへ意味ありげなウインクをして見せたのである。

よく苦笑する晩だったが、ここでまたぼくは止むを得ざる苦笑を浮べて、その夜ぼくが貴子とどこかのホテルで浮気をする所と、目下浦和市の実家へ帰ってしょんぼりしているはずの由紀子とを、半々状態で眼の中に浮べた。悪いことに由紀子は妊娠していた。九月の事件のあと、ショックのためか四五日寝込んでいたが、それから一月たっても妙に顔色が冴えず、どことなくようすがお

かしいので訊いてみると、メンスがないと訴えた。なんだ、子供ができたのならそれでいいじゃないかとぼくはいったが、そのとき由紀子はすでに子供の素性に疑いをもって内心煩悶《はんもん》していたのだ。十二月になって新井のことがはっきりしてから、ぼくが、その子供は堕《おろ》せというと、由紀子はハッとした顔をして、それから泣きだした。疑いはもっていても、まさかぼくからそうズバリといわれるとは思っていなかったらしい。

とにかく暫らく実家へ帰っていろとぼくにいわれて、ぼくの不在中に荷物を纏めて帰って行った由紀子の心事は察するに余りがあるが、こっちもやりきれなかった。貴子がその気なら、一つ憂さを晴らしにハメを外してやろうかと、自棄《やけ》くそみたいな浮気の虫を起したのは男の下司《げす》根性というやつだったかも知れない。しかし貴子は、バーテンの作ったエリート・デ・サブレーとかいう蠑螈《いもり》の血みたいな赤黒い妙なカクテルにひどく酔っぱらって、ぼくと一緒にバアを出ると、しゃっくりをしながら、

「さ、さっきのことは二、三日待ってらっしゃい。わ、私から、確かめたげる」

ぼくの肩を一つぶん殴っておいて、ひょろひょろしながら一人でタクシーを拾って帰ってしまった。何のことだ！　と思っていると、それから四日目の一月中旬の連休あけの火曜日に、会社へ電話を掛けてきて、

「今夜うちへきてくれない？　由紀ちゃんに会ってきたわよ」

「で、話はどうだった？」

「なにいってるの。電話でそんな話ができますか。とにかく七時にうちへいらっしゃい」

高飛車に出られて、ぼくがその夜貴子のアパートへ行くと、部屋へ入ってドキリとしたことには、洋室と二間続きになった煌々《こうこう》たる和室のほうに、眼の醒めるような友禅布団をかけた電気炬燵《こたつ》が作られ、その上にのせた欅《けやき》の一枚板の上ではガス管をひいたすき焼鍋が、ちょうど時刻を見計らったように湯気をあげはじめているところだった。

「誰かくるのかい？」

「とぼけたことをいってないで、さっさと炬燵へお入んなさいよ。あなたから見れば、私はあばずれかも知れないけど、こうみえてもまだこの部屋には男ッ気を一度もいれたことがないのよ」

濡れたように赤い鮮明な唇で、ジョニーウォーカーの封を切ったりする貴子が、これがまた思いがけない和服

姿だった。海老茶の着物に御納戸色《おなんどいろ》というのか、くすんだ色の羽織を打ちかけた腰長の立ったり坐ったりが、ひどくなまめかしい。

「由紀ちゃんのことは、男の逆立ちを想像してみるといいわ」

差向ってすき焼をつつきながら、ものの五六杯もグラスをあけた頃である。貴子は鍋から煮えたカリフラワーをつまみながら、澄した顔をして、そういった。

「逆立ち……?」

「女が逆立ちする場合もあるわ。結婚して二年にもなれば、すこしは変幻自在の夫婦生活ぐらい研究してみるものよ」

「……」

「逆立ちで判らなければ、女と男が一オクターブほどずれてる形だといったら判る? シャレていえば方解石体位とでもいうかな。それでも判らなければ死ぬまで考えてらっしゃい。とにかく由紀ちゃんは、気絶していたからよく判らないけど、離別に価するようなことは奇蹟的に起らなかったような気がするといってるから、結局主題曲がなくて変奏曲ばかりだったということじゃない? 私の想像するところ、この男はひょっとするとクリフォード・チャタレーだったのかも知れないわ。判るでしょう。チャタレー夫人の夫よ」

ぼくがキョトンとしていると、貴子はその眼にギラギラするものを浮べて、声高らかに笑った。

「逆立ちを教えてあげましょうか。だったら、あなたは今夜泊ってらっしゃい。嫌なら帰ってもいいけど、私からこんなに待遇されて、それでも拒絶してゆく勇気があって?」

ぼくはもうその時、どこかを殴られたようなものを感じていた。

「泊ってってもいいのかい?」

「その代り由紀ちゃんには絶対に内証よ。一度あなたも秘密を持ってみるといい。お為ごかしのようだけど、そうすれば由紀ちゃんのことなど恕《ゆる》せるはずよ。たとえどんな怪我でも怪我は怪我じゃないの……」

それから後のことはいうだけ野暮だろう。ぼくはその夜逆立ちを教えてもらうためにとうとう貴子の所へ泊ってしまったのである。

それから三日ほどのちに、一人の女が新井の担当検事の所へ呼ばれた。すでに起訴されて未決に入っていた新井が一年前に別れたという女房だったが、彼女はいろいろ訊かれたあげく、新井が一昨年自動車事故に遭って以来機能障害を起している男で、夜の生活が次第にアブノーマルになりはじめたので、それが煩わしくて別れたのだと述べた。検事の立合いで医者が入念な検査をしてみると、確かにそれに間違いないことが判ったので、ここでおかしいことになったのは新井の自供は病的錯覚によるもので、実際は虚偽の自供に等しく、容疑罪名がすぐ刑法第百七十六条の強制わいせつ罪というものに切替えられたことだ。女三人の被害者は全く濡れ衣《ぎぬ》で、正しく貴子のほうが烱眼《けいがん》だった。検事に呼出されてそのことを聞かされたぼくは、時を移さず浦和市へ電報をうった。

「アレハチユウシセヨ　ゴカイトハンメイ　二三ヒウチムカイユク」

しかし折返しにきた由紀子の返電には

「オソカツタ　アレハシマツシタガ　ヨロコンデムカイマツ　ウレシサイツパイ」

ぼくはこの電報をみて、いまさらのように由紀子が可哀そうになった。第一彼女を迎いに行ったとき、果してぼくは赤面せずにいられるだろうかと——マイナスを稼いだのは、どうやらぼくのほうだったが、しかし、ぼくの体中には、まるで入墨《いれずみ》でも彫られたように、貴子のなまめかしい匂いが層をなして一杯張りついていて、当分ぼくはこの異様な感触からは逃れられそうもないという気がしてならなかったのである。

船とこうのとり

一

問題の殺人事件というのはどんなものだったかということを述べてみよう。これはよく推理小説の型にあるような、主人公が自殺をした、どうも臭いと思ってよく調べてみたら案の定殺人事件だった——というような、持って廻ったものではなく、最初からズバリ殺人事件そのものとして出発している。だから、とにかくこの辺にはいささかの間然するところがない。

殺人事件というのは、例の新抽象芸術派の閨秀《けいしゅう》画家として有名だった姥《うば》ざくらの岩佐真理子が殺された事件のことである。姥ざくらとはいえまだ三十九才。いうまでもなく、彼女はわれわれスバル会々員の中心人物であった。——空漠たる地平線《ホリゾント》の中空たかく素足で歩いている痩《や》せた一対の足首を描いて「男性《ザ・メール》」という題をつけたり、何だかイソギンチャクをのせた巨大な二枚貝をたてに真二つに割ったような妙なものを描いて女性を象徴したりするような奇矯な彼女の絵が、新傾向として名声を博した絶頂期は、終戦後七、八年ぐらいの間だっただろう。やがて彼女の絵は一つの古典となった。そして画家としての表向きの華やかさは去った。そういう所に、彼女の芸術家としての一つの行き塞りと、懊悩はあったに違いない。だが、年増で、美貌で、独身で、ざっくばらんで、才気があって、すべてに派手好きな彼女は、無類の社交家でもあり、善人でもあり、淋しがり屋でもあったから、彼女の周囲には、常にわれわれのような生一本で遊び好きな讃仰者が集まって、決して彼女を孤独にしておかなかった。

スバル会というのは、素人《しろうと》画家たちが彼女を中心にして集まった、例のチャーチル会に似たようなものだが、少々趣きが異っているのは、画をいかにして描こうかということより、いかにして人生を楽しもうかと知恵をしぼる社交サロンのような性質が多分にあったことだ。

このスバル会々員の一人であった僕は、当時この殺人事件をのせた何種類かの新聞を記念品みたいにして今でも保存しているが、大抵の新聞は大々的にあつかい、なかには三日も四日も執拗に喰下《くいさが》って岩佐真理子の私事秘事までほじくり出しているのがあった。秀逸なのは生前真理子が女だてらにスバル会の会員たちをひきつれてよく出入りしていた銀座裏の地下室酒場の化粧室に、事件以来毎夜のように殺された彼女の幽霊がでるなどと書いていたことだ。

十二月二十五日の早朝、世田谷区下北沢にある岩佐邸の階下の寝室で、彼女は貧乏画家でも締めるようなよれよれの黒絹のネクタイで首をしめられて死んでいた。直接の死因はこのネクタイによる絞殺だと判ったが、不思議なことには、解剖してみると、彼女の胃の中に大量の硫酸ニコチンという毒物があることが判り、あたかもこの解剖所見と符合するように、寝台の枕許には錫製《すずせい》のコーヒーポットと、エメラルド色の大型カットグラスのコップが盆に載せたまま置いてあり、そのどちらにも硫酸ニコチンの残量が認められた。またそのポットとコップには、真理子自身ともう一人のどうやら男のものらしい指紋がはっきり残っており、寝台下の絨毯《じゅうたん》の上には、ちょうどポットの半量ぐらいに相当する無糖のブラックコーヒーを流しすてたあとがあった。

これが事件発見当時の情況である。

十二月二十五日の朝といえば大抵の者がピンとくるに相違ない。つまりその前夜は、キリスト教でいう降誕祭《クリスマス》イヴの当夜にあたっている。

われわれの中にはキリスト教信者など一人もいなかったが、クリスマスイヴといえば日本中で気違いみたいに騒ぐ風潮に負けず劣らず、その前夜、二十四日のイヴには、岩佐邸で乱痴気さわぎのようなものが演じられ、深夜まで多数のスバル会々員たちがいろんな酒に酔っぱらってワアワアいっていた。

午前一時頃になって、気でも狂ったようなパーティが一応幕を閉じ、宵の中《うち》から集まっていた二十数名のうち殆どの者は、それぞれ紳士や淑女を取り戻して、おとなしく自動車を呼んだり、歩いたりして帰って行ったが、このとき居残った四名の外来者は、岩佐邸の当時の住人四名と一緒になって、さらに一時間ほど騒いでから、寝《しん》についた。

つまりこのとき岩佐邸にいたのは都合八名ということになり、翌朝も、死んでいる一人を数えればこの員数に変りがなかったから、ポットとコップにあった指紋は警視庁からきた鑑識課の手でこの八名の者に照合されたが、該当者がなかった。邸内には別に不案内な者が忍び込んだような形跡もない。ただ、ポットとコップにあったのと同型の指紋が、乱痴気さわぎを演じたアトリエのガラスの外側にも二、三カ所あったので、すぐこれは警視庁へ送られて、前科者の指紋台帳に照合されたが、これにも該当者がないということになった。

そのうち、解剖された真理子の死体から、彼女が絶命する「短時間まえ」に誰かと「かなり濃厚な情交を結んでいる」ことが判って、残された体液から血液型がとられたが、事件前夜岩佐邸に居合せた七名のうちの男性三名は、捜査官から順次真理子との情交の有無を質されたとき、いずれもこれを否定している。

実際は、このとき三名の男は知らないうちに捜査官から血液型の照合をやられているのだが、結論的には該当者がないことになり、一応加害者は外部から侵入した人間ではないかということになった。

第一に、その人間と真理子が情交をもった可能性があること。第二に加害者は最初硫酸ニコチンという除虫剤で真理子の毒殺を図ろうとしたらしいこと。第三に、それにも拘わらず加害者は自分の締めているネクタイで絞殺したこと。

これらの三つが同一の人間の手で行われたという観方と、それぞれが異る人間によるものか、またはどれかの組合せが同一人で他の一つが別人という観方と、この五つからなる観方をもとにして捜査が進められたのだが、まだ捜査当局のほうに具体的な収穫が何もでないうちに、事件は、一カ月ばかり経ってあっけないほど簡単に解決した。

東京で発行しているある新聞の、翌年一月二十七日付千葉版紙面の片隅のほうに、白血病の放浪画家が、睡眠薬自殺を図ったという小さい埋草記事のようなものが出ている。

唐沢良介という四十四才になる元四科系画家の成れの果てが、千葉県九十九里浜につづく毛蟹の棲む海岸の葦原のなかで睡眠薬自殺を図ったが、持病の白血病のため、むしろそのほうで重態だという記事である。

ところが、その翌日の都内版本紙の社会面では、俄然この唐沢良介が岩佐真理子殺害事件の真犯人としてクローズアップしているのだ。

自供によると、唐沢は戦後二年ほど真理子の愛人として下北沢の邸で同棲していたが、その後この関係にヒビがはいって別れ、白血病に冒されたうえ浮浪者の仲間にはいるほど落ちぶれていた。そしてたまたま拾い読みした新聞の文化欄で、白血病も金さえかければ治療の可能性があり、すくなくとも何年間かは寿命をのばすことが出来るらしいことを知って、無性に金が欲しくなった。

真理子に無心をするつもりで、下北沢へ出かけたのが、ちょうどクリスマスイヴのことで、折から岩佐邸では乱痴気さわぎのパーティの最中だったというが、唐沢は寒い戸外で永いあいだ震えながらこのパーティが終るのを待っていた。やがて一時ごろになって大部分の者が帰って行って、さらに居残った者が一時間ほど騒いで、ようやく二時ごろ一同が寝室へ引き取ったらしいことをみすまし、更に念入りに一時間ほど様子を窺ってから、午前四時頃、塀を乗りこえて忍び込んだ。

勝手を知ったアトリエのほうへ廻って、階下にある真理子の寝室へはいってみると、真理子は泥酔したまま、ベッドのなかで大鼾《いびき》をかいて眠っていた。酔えば気が大きくなって、やたらに無いものまで人に呉れたがる癖のあることを知っていた唐沢は、ちょうど幸いだと思って、静かに揺り起したのである。

ベッドへ起き直った真理子は、寝呆けているらしく、しばらくフラフラしながら唐沢をみつめていたが、やがて、

「ああキミか。何なのさ、いまごろ……それにしても汚い恰好してるんだねえ、無心にでもきたの？」

ぞんざいな口をきかれたのは、どこかに同棲時代の名残りがあるからだと解釈した唐沢は、無心には違いないが、じつは白血病の治療の金が要るんだ、捨てると思って貸してくれないかというと、

「ちょっとお待ち。眠ってたところだから、話がちっとも頭にはいらないやね……」

などと、二三度頭を振って、

「何だって？　白血病？　つまりお金が要るというんだろう？　よし、わかった……ただし、一万円だけ……お金はあそこのキャビネットの抽斗《ひきだし》にはいっているからね、あんたそこから持って行ってくれないか……だけど一万円以上は駄目だからね」

それきり面倒くさそうに、ごろりと横になりそうなので、唐沢はあわててもう少し多く貰えないかと云いかけたが、真理子は泳ぐように片手を振って、

「……借金だらけで二進《にっち》も三進《さっち》もゆかないんだよ……とにかくいま何時？　四時？　まだそんな時分か……じ

ゃ、わかったね、一万円だけ持って行っとくれ、わたしは眠るからね。しかしとにかく悪酔いして気分が悪くてならないんだ。あんたね、済まないが帰る前に台所の冷蔵庫からクールコーヒーを持ってきてくれないかな。多分あるはずなんだ。容器《いれもの》は知ってるだろう？　ノンシュガーでね」

　それきりベッドへ寝転がってしまった。

　このとき唐沢の頭に窃盗の意思が閃いた。

もしキャビネットの有金を盗んで逃げれば、相手はいくら酔っていても、翌朝になれば朦朧《もうろう》とした記憶を辿って、ゆうべの唐沢がやったと思い出すに相違ない。――いっそのこと殺そうか！

　唐沢が台所からブラックコーヒーのポットを持ってきたとき、真理子は再び鼾声をあげて眠っていた。このコーヒーは、普段から深酒の癖のある真理子が、悪酔いふせぎにいつもハウスキーパーの布川伊知《ふかわいち》という少々変った女性に作らせておくものである。唐沢にはふとこのコーヒーの匂いから一つの連想が起った。……花卉《かき》の好きな真理子は広い庭中に花壇を作って、あらゆる種類の花を植込んでいるが、泥だらけのシャベルやレーキが放り込んであるアトリエ横の園芸小屋には、埃だらけの棚の上に、ボルドー液を作る硫酸銅やバラの黒斑病に使うノックメートなどの劇薬から、砒酸鉛、デリス剤、ＢＨＣ粉末、ＤＤＴ乳剤、硫酸ニコチンなどという毒性のある農薬類が所せましと並んでいるはずだった。この硫酸ニコチンという油虫退治に使う薬剤が、一種独特の芳香を放って、あたかもブラックコーヒーそのものの匂いがするのである。唐沢には硫酸ニコチンにどれほどの毒性があるのか判らなかった。しかし、ニコチンというアルカロイドの一種を硫酸で処理してあるこの製剤に、勿論一定の毒性があることは考えられるところだ。――よし、これ飲ませてみよう！　心に決めて、ポットのコーヒーを寝台下の絨毯へ流し、園芸小屋へ行ってみると、果して埃にまみれた三百グラムの硫酸ニコチンの瓶がある。この中身をポットに移して寝室へ引き返すと、唐沢はコップに注いでから、鼾をかいている真理子を起した。

「コーヒーだよ」

　背中を片手で抱き、コップを口に当てると、真理子は眠そうに眼をつむったまま、「メルシー」とかいいながら一息に飲みほしてしまった。

　と思うと、急に眼をあけて、

「おや、あんた私に変なもの飲ませたね」

真赤に充血した眼で見据えられた唐沢は、急に怖くなったが、当の真理子は酔っぱらっているから中途半端で、そのまま面倒くさそうにゴロリと横になった。

この姿をみて、唐沢は、まるで死にかけた猫に恐怖を感じて一思いに叩き殺してしまうような狂暴性が起り、寝台の枕もとのほうへ廻るや否や、自分のよれよれの絹ネクタイを外して、いきなり真理子の首を力一杯締めつけたのだ。

真理子が絶命すると、急いでキャビネットの中を捜してみた。しかし、なかには想像したほどの金はなかった。あったのは三万円そこそこのものだ。しまったと思ったが、すでに遅く、唐沢はこの有金を摑んで逃げ出した。もとよりこれくらいの金では白血病の治療などは思いもよらず、結局犯罪感と絶望感に苦しめられながら、だらだらと使い果したあげく、故郷に近い九十九里浜の南端まできて、死ぬ気になった……というのである。

一ミリ立方中の白血球が二十四万という物凄い病状で、T病院に担ぎ込まれ、輸血と酸素吸入で命をつながれながら唐沢の自供したことは、事件当時の現場状況とも一致したし、指紋を取ってみると現場にあった指紋とも符合したから、臨床尋問に立会った検事も、唐沢が加害者に間違いないと判断した。それではその夜真理子と肉体交渉を持ったことはないかという尋問に対して、それはなかった、第一自分がこんな体ではそういう気持も起らなかったと否定した唐沢は、やがて次第に容態が悪化して翌日未明に死亡、結局その唐沢が事件の真犯人ということになり、自然真理子と情交を持ったのは誰かということもうやむやのまま、事件は落着したのである。

しかし、捜査当局が、いくら常識的範囲内に焦点を合わせても、その夜真理子と肉体関係を結んだものが浮んでこなかったのは当然のことで、じつはその当人が僕だった。

捜査当局は、解剖所見から、それが真理子の殺される「短時間まえ」とみた。しかし、この短時間ということは、甚だ漠然とした概念的なものである。僕がその日真理子と大田区池上町のあるホテルへ行ったのは、彼女の死亡時刻とされた二十五日の午前四時頃から逆算して大体九時間か十時間ほど前に相当する二十四日の午後六時頃のことである。

ここで大上段に法医学上の論拠を引用するまでもなく、男性分泌物内容の生存時間には、かなりの巾があるから、生存情況から事後の経過時間を判定することは、十時間でも二時間でも大差ないことになるのではないか。たとえば肉体上の痕跡というやつも、あるいは新聞がセンセーショナルに記述したような「かなり濃厚な」云々ということも、観念的な問題として、取りようではどういうことにもなるだろう。

とにかくその二十四日の午後六時頃、クリスマスパーティが岩佐邸で開かれるに先立って、僕と真理子女史との間に秘密な情交があったことは、まぎれもない事実であり、しかも彼女は、僕とそういうことをやったあとで、殺されるまでのあいだ、他の誰ともそんなことをやる時間的余裕がなかったということも、明瞭だった。つまり岩佐真理子は、死に土産に僕と人生最後の歓を尽したということになり、その辺のところに新聞記事が伝える解剖所見の曰くがあった訳だが、しかし、こういう理窟じみたことが必要になってくるのは、もっと後からのことで、いよいよ僕はこの辺で僕自身に起った命がけの大事件というのを述べなければなるまい。

二

僕は約十カ月ほど前から、樫村雪江という、蒲田のある有名な料亭の令嬢と婚約を結んでいた。

諸君は令嬢などと云えば、たちどころに金と色気が交錯する飲んだくれ相手の水商売や、ぶったくり主義の会席料亭を連想するであろうが、この樫村雪江の親父は、ちょっと臍《へそ》まがりの硬骨漢として有名な人間でもあったし、料亭そのものからして神前結婚式場などのある壮大な規模を持ったもので、がさつなお色気や不見転《みずてん》根性などは毛の先で突いたほどもどこにもなかった。家族の住む所は料亭敷地に隣接はしていても、両者の間には劃然とした区別があり、店の経営とか空気とかいうものには全く縁のないそういう家庭で入念に育てられた樫村雪江という女性には、それこそ下手な上流家庭の娘など足もとにも及ばないような令嬢々々した所があった。

日本橋ではお江戸の昔から連綿と続いた海産物問屋の三男に生れた僕は、なるほど甘ったれの柔弱きわまりない厄介者だったかも知れないが、岩佐真理子の主宰するスバル会にはいったとき、会員のなかにこの樫村雪江という女性がいるのを発見して、はっとばかりこれこそ最良にして最大のわが一生の伴侶に違いないというインスピレーションにうたれたのである。若い結婚年齢の女性に図々しく接近するぐらい屁《へ》とも思わなかった僕が、この樫村雪江に対してだけは妙に足が竦《すく》んで直接行動に出ることができなかったのも、不思議だった。つまり、がらにもない恋のとりこになったというやつで、僕は親父やお袋は勿論のこと親戚中までかけずり廻って同情をあつめ、樫村家の真正面から総攻撃を加えてもらって、ようやく惚れた相手に売約ずみの札をぶら下げることに成功した。

ところが、僕の一身上重大なことが起ったというのは、こういうことだ。

岩佐真理子の殺人事件がともかく解決してから二カ月ほど経った、四月はじめのある日のことである。

突然僕の家に、樫村家のほうの媒酌人《ばいしゃくにん》に予定されていたあるタクシー会社の社長夫婦がやってきて、甚だ今となって申上げ難いことだが、予て御当家と樫村家とで結ばれている婚約を解消して頂けまいか。という出しぬけな申入れである。

媒酌人夫婦と対談した僕の親父は、商人《あきんど》とはいえ、江戸時代から続いた大店《だな》の当主として、多少の反骨もある。頭も古いし、いまだに来客と対談中はフィルターつきのタバコなんぞふかしているが、独りでいる時はキセルを使用しているような変に懐古趣味の所があって、まずどこからみても半世紀ぐらい時代感覚にずれのある人物だったから堪《たま》らない。――ようがす。解消しろと仰有《おっしゃ》るなら解消して差上げましょう。が、たとえご媒酌人であろうと、こういう話に御代参を立てられて、安直にこうしろああしろということでは当方として、いま直ちにはいそう左様ですかとは申上げかねます。解消しろと仰有るなら、こちらは未練もヘチマもございませんが、樫村家のご夫婦と婚約のご当人がガン首を揃えて御出での上、じつはかくかくの理由でと手を突いて詫《わび》を入れてからのことに致しましょう……。

つまり問答無用というやつである。僕は客間の襖の隙間へ及び腰になって耳を押しつけながら、胸を轟《とどろ》かせて聞いていたが、親父はこのときよほど腹を立てていたに相違ない。樫村家の親娘をつかまえてガンクビ云々などと云い切った言葉には僕のほうがヒヤリとしたぐらいだ。

媒酌人夫婦は、しばし沈黙ののち、じつは仰有るとおりが本筋だが、有態に申上げると夢にも思わなかった奇々怪々な事件が起りまして、樫村家の方で上るに上れないような仕儀に立ち至りましたもので、御怒りはご尤もとは存じながら止むなく手前どもが代参に……云々と弁解を続けたが、親父はソッポでも向いているらしく、媒酌人がいかに何を喋っても、むっとして取り合おうともしない。やがて媒酌人は進退きわまったという恰好で、それでは手前どもは一応立ち帰りまして、全力を尽してご意向に添いますよう取り計らいましてございますから、四五日のご猶予を……などと一方的に平謝まりに謝って、そこそこに退散して行った。

親父はまるで隠し女にでも振られたような気難かしい顔をして、家中の者を怒鳴りつけるし、この僕に向っては、結婚できなければ穂高へ登ってクレバスへ飛び込んで自殺するなどというから、親戚中を動員して目鼻をつけてやったら、みろ、この始末だ。大体貴様が一文《いちもん》にもならない小汚い絵ばかり描いてノラクラしていることが愛想尽かされる最大原因だ。ちっとは上の兄貴二人を見習って、鰹節《かつぶし》の撰別法でも覚えながら、実直な商人《あきんど》修業でもやってみたらどんなものだ……などときめつける始末である。

なるほど小汚い絵ばかり描いて云々には僕たるもの一言もないが、さりとて僕が一文にもならない絵を描いていることと、樫村家から婚約解消を申入れてきたということとの間に、親父の云うごとき論理的なつながりがあるとは、いささか納得しかねるのである。論より証拠、解消申入れにきた媒酌人夫婦の言葉からして、奇々怪々な突然事件が樫村家のほうに起ったからだというのではないか。僕自身のことを顧みても、じつは婚約条件となっているこの期間中のデートは週一回というのを真面目に守って、先週彼女に会った時には、一緒に映画を観て夕飯を食い、自動車で蒲田の自邸まで恭々《うやうや》しく送ってから別れただけだし、車の中でこの次のデートにはフランスからくるシャンソン歌手を一緒に聴こうと約束してあるだけのことだ。それから僅か四日か五日のあいだに、僕自身が相手から結婚するに足らざるノラクラだという、突然変異に類する新たなる評価が生れる余裕は全くどこにもなかった。

いかにも僕は岩佐真理子とホテルへシケこんだりしている。この点僕としては些か良心に恥じない訳にいかないが、しかしその出来事も決して昨日や今日のことではない。当の真理子がすでに四カ月も前に死んでしまっているからには、この浮気も時効にかかっていると云っていいようなものである。

僕は、貴様も貴様だが、樫村家も樫村家だ、あんまり小商人なみにナメた真似をするなら樫村家を相手どって訴訟を起すなどといきまく親父に、媒酌人がああいうからには、いずれ奇々怪々な突発事故というやつがあってのことに相違なく、何が奇々怪々なのか、それを確かめるまでは、そうむきになってがなり立てなくてもいいだろう。と、唾を飛ばせて樫村家の肩を持ちはじめるし、一種の賢夫人といっていいお袋も横から口を出して親父をなだめるし、ともかく樫村家のほうから何とか具体的な解消理由を云ってくるまでは、穏便に見送ろうということになった。

ところが、それから四日目に、今度は思いがけなく当の樫村雪江から、僕あてに速達の郵便がきた。

手紙の要旨をかいつまんで云うと——自分も非常に残念に思うが、解消申入れの理由は、同封した書類の通りで、自分自身にあなたと結婚する資格がないことになったからに他ならない。これについてどんな臆測を逞ましくされても軽蔑されても致し方ないが、しかしいかに奇怪でも、自分にはその原因に毛頭覚えがない。そのことだけはハッキリ申上げておきたい。どうか悪い期待をいくばくかの間だけでもかけさせたことについては恕《ゆる》して頂きたい。自分にとっても悪夢だったというよりなく、これ以上両家の間に正式な婚約解消の手続きでいざこざが起れば、私自身ついには身の置きどころがなくなって、死ぬよりほかないから……路上で知合って路上で別れた身許も判らない一人の女だったということで、すべてを忘れて頂きたい。私はいずれどこか遠くの修道院にはいるつもりでいる——云々とあり、僕が飛び上るほど驚いたのは、その同封された書類というのが、何と医者の書いた妊娠証明書というやつだったのだ。

おまけに、その証明書を書いた医者というのが、五反田で永年産科婦人科をやりながら、まあかなり流行《はや》っている僕のお袋方の大伯父に当る変人だった。

僕はこの驚愕に価いする雪江の手紙を読むなり大伯父を電話に呼び出したが、長谷川町子の描くところの漫画的老人そこのけの風貌を具《そな》えて、その行動も極めて漫画的存在として親戚中に通っているこの大伯父も、さすがにこの奇怪な事件にひっぱり出されただけあって、電話に出てくるなり、おう、おう、おうと意味不明な感嘆詞を三つばかり連発してから、

「なに、速達を出したか……！」

沈痛らしい唸り声をあげた。

「フウム、そうか、いや、こっちからも電話しようと思ってたところだがな……じつは今朝本人が母親と一緒にやってきてな、黙って診察をしてみてくれというで、診《み》てやると、おまい、証明書にも書いておいた通りじゃ。うん、しかも、本人はまるきりマリヤ様の処女受胎みたいな話になるじゃろうが……」

「処女受胎？」

「うん、まあそういうことになる。しかし、医者のほうから見ればだな、原因のない結果というものは有り得んわい。もちろんおれは入念に検診してみた。しかしだ。じつのところ、処女とか非処女とかいうものは、きわめて観念的なものでな。たとえば結婚式をあげて二日目の女をのせて診べてみても、それが一体結婚前に完全なる処女だったのか、一夜にして処女を失ったのかというようなことは、所見上、医者にとっては極めて曖昧なのが実情だというわけだ。うん、早くいえばじゃ、一度や二度では、というより、とかく粗漏の多い新婚早々の者には、外見上非処女のようでもあれば、そうでもないような者もあるというのが、よくあってな、うん、まことに頼りないと思うかも知れんが、帰するところは、本人に覚えがあるとか無いとかいうことを決め手にする以外にない。本人がないと云えば、そうかと信用するほかなかろうが。高等動物の悲しさじゃ。信用するとすれば、マリヤ様の奇蹟みたいなことになるというわけでな。実際の妊娠状況は三カ月から四カ月の間というところかな……」

僕は不甲斐なくも震えながら、どもり声を出して大伯父に喰い下った。

「で、では、結、結局、覚えがあるとか無いとかを、科、科学的に実証する方法は、ないんですか」

「いや、あることはある。――女の血液と、男の分泌物をとだな、混ぜ合せてみると、経験者の血液には抗体というものができておるから、ちゃんと化学作用を起して判るという方法はある。しかしそんなことを今ここでやってみても、おまい、本人がとっくに妊娠しちまっとるのじゃ、どっちみち堂々めぐりの悪循環というやつだろうが……だから、おれはそこまでやってみるのは徒労だと思って、やらなかった。しかし、とにかくほかの医者からこういう訳の判らない妊娠証明をとっても、結婚回避の口実のように思われては心外だから、恥を忍んで八百長の利かないおれの所へやってきたという所をみても、あれはおまい、本人にしてみれば相当思い切った英断だと思っても良かろう。向うも降って涌いたような出来事に面喰らってもいるし、残念にも思っていることが逆説で説明がつく。もって冥すべしじゃ、うん、しかしおれも永年女ばかり扱ってきていても、こういう訝《おか》しなことにぶつかったのは初めてでな、いま持ち合せの文献をひっくり返して調べてる最中で、まあ、何とか判断のつくものにぶつかったら、おまいのほうへ電話をしてやろうと思っておったところじゃ、うん」

僕は、大伯父に礼を述べるのも忘れて電話を切ると、しばらく電話口に立ったまま呆然としていた。

まるで雲をつかむような話である。実際のところ、僕は、処女も非処女も区別のつかないような産科婦人科だったら、即刻廃業しちまったらどうだと云ってやりたいぐらいの気持だったが、一面大伯父のいうように、すでに樫村雪江の妊娠が動かせない限り、処女か非処女かを論じてみても始まらない道理である。——問題は、いかにして妊娠したかという事柄である。勢い妊娠したとすれば、生あるもの悉く具える雌雄の理によって、それは何者かの男性の作用であることだけは、まぎれがなかった。

この何者かの作用による云々という明白なる論理性が頭に浮んだ途端に、僕は頭へきた。そうやたらに人の婚約者の神境が訳の判らない人間に荒されて堪ったものではない。いわんや雪江本人がいささかも身に覚えがないというならば、だ。

よし、畜生、こうなればもはや婚約だの結婚だのということは二の次、三の次でもいい。この奇妙きてれつな婚約解消を止むなきに至らしめた人間を、命にかけて捜し出して、横面の一つもぶん殴ってやらなければ、気がすまない。

僕は樫村雪江の手紙と大伯父の書いた妊娠証明書を、親父とお袋の前にならべ、埃がたつほど畳を叩きながら、声涙ともに下る熱弁をふるって、絶対に樫村雪江が進退きわまって自殺でもしかねなくなるような表だった騒ぎは止めてくれ、僕自身いま直ちに探偵となって、この訝《おか》しな話の謎をとく。すべてはそれからにしてもらいたいと、江戸時代から続いた大店のプライドがどうの世間態がどうのとしきりにそんなことばかりに拘泥《こだわ》って、即時樫村家との宣戦布告を主張する親父をどうやら慰撫することに成功した。

それから二日間、僕は自分の部屋に閉じ籠って、お袋が心配するほど飯も食わずに考え続けたあげく、とにかく第三者的な角度から、次のような一応の理論へ到達したのである。つまり、要するにだ、僕の推理の拠点は、雪江の妊娠が目下三四カ月になるというのなら、その三四カ月を溯《さかのぼ》った頃のある時点において、何かがあったに違いないという所にあった。——ところが、そういう時点を三四カ月溯った所に求めた途端に、ボウッと幽霊のように姿を現わしたのが、すでに述べたような前年十二月二四日のクリスマスイヴの乱痴気さわぎのことだった。

記憶を辿ってみるまでもなく、あの気違いじみたパーティが幕を閉じたあとで、岩佐邸に残った八名の中には、まぎれもなく樫村雪江がいた。

当夜の女性は、岩佐真理子と、ハウスキーパーの布川伊知、樫村雪江、そのほか真理子の内弟子として岩在邸に住み込んでいた二人の若い女性、という都合五人である。このうち真理子は唐沢良介に殺されて、すでにこの世にいない。薄情なようだが、このさい僕としては、殺された真理子のことなど知ったことではなかった。問題は当夜の宿泊者の一人である樫村雪江が得体の知れない妊娠をしたという限りにおいて、まず疑うべきは、その岩佐邸に同宿した三人の男のうち、いずれかということになりはしないか。

僕の眼には、あたかもこの疑問に応えるかのように、次々と三人の男の面つきが浮んできた。

十二月二十四日の夜、雪江は、八時ごろから開始されたパーティで、甘口のカクテルなどをひどく飲みすぎたものだから、普段の慎しみも淑女ぶりもなくなってしまって、午前一時ごろ、第一パーティが終ったのを機《しお》に、僕が帰ろうと誘っても、

「いやあん、もっといるんだ。あなたもつきあってぇ……」

馬鹿みたいにカクテルドレスのまま片脚をあげて、ステンとひっくり返り、アトリエの真中に立てて豆電球を飾りつけてあるヒマラヤシーダーを押し倒して、梢から降ってきた雪綿を頭からかぶったまま、

「アーメン」

などとふざけてしまって手がつけられず、そこへまた物凄く酔っぱらってしまっている真理子がよたよたと近づいてきて、

「駄目ッ。帰るんだったら、あんたひとりでお帰り。結婚式を挙げるまでは、いくらフィアンセでも、他人だよ、わかったね……男ってえもの、どれもこれも助平ばかりだから、女が酔っぱらったりしてると、すぐ、ネ、ネ、とか云ってホテルへ引っぱり込みたがるからね、ほんとに……」

バイオリニストの岩本マリが、ベートーベンコンチェルトを奏《ひ》くときみたいに、サテンのイーブニングにザンバラ髪という勇壮なお化けみたいな恰好をして、僕を睨んだ。

僕は苦笑しながら、よっぽどそのとき、それじゃ僕も泊めてもらおうかなと、口まで出かけたが、何しろ周囲八方からは同じように酔っぱらってしまって遠慮も思いやりもない連中がゲラゲラと大口あけて笑いながら、真理子と僕を見ている所ではあったし、いまさら僕が雪江と一緒に泊るなどと云い出せば、まかり間違えば雪江にまで恥をかかせることになりかねないものがあったから、残念ながら痩《やせ》我慢《がまん》を張ることにして、ゾロゾロ帰りはじめる連中と一緒に岩佐邸をあとにしたのである。

なるほど真理子が云った通り、女が酔っぱらって普段の慎しみも正体も失っている時は、男にとって一つのチャンスである。岩佐邸に残った八名の男女は、それから一時間ほど騒ぎ続けてから寝についたというが、邸内が寝静まったそれから後において、正体なく眠っている雪江の部屋へ三名の男のどれかが忍び込んだという想像は、決して下品でも思い過ぎでもないはずだった。

それでは一体誰かということだが、その晩岩佐邸に泊った男は、アラン・ボニエというフランス人、矢数東一郎という茅ケ崎辺に住んでいる黴の生えたような日本画家、もう一人がスバル会々員仲間でもなかなか好男子で定評のあった岡田晴久という少壮実業家という、この三人である。

この三人が、その晩岩佐邸に居合せた男性のすべてであったことは、殺人事件の当時明らかにされた通りだ。

ボニエは、四十才ぐらい、背はフランス人の定石通りあまり高くないが、詩人か映画監督みたいにどこかに哀愁をたたえた都会的な美男でもある。矢数東一郎という日本画家は、半白髪の総髪を由比正雪みたいに長く垂らして、老眼鏡をかけている六十ぐらいの爺さんだった。

ボニエは勿論のこと、たとえ中老でも爺さんでも、女のことだけは決して油断ができないことは百も承知だったが、しかし僕は、このボニエも矢数もすっ飛ばして、いきなり岡田晴久という少壮実業家に疑惑の焦点を向けることに躊躇しなかった。

なぜなれば、この岡田晴久という男は、有名なレージン自動車製作会社の御曹子《おんぞうし》で、自らも副社長という肩書きを持っている四十一才の好紳士であるが、前年秋頃から、冴子という美貌の夫人との間に離婚沙汰が起って、あたかもクリスマスの当時は、調停裁判でもみあっている最中だった。冴子夫人もスバル会の会員で、東郷青児えがくところの美人画がお馴染みの現代的窈窕《ようちょう》さとでもいったような、変に生々しいあどけなさのある女性だったが、聞く所によると、離婚沙汰の原因は、夫人の不貞だというのが専らの噂だったのである。

自分の女房と、こういうごたごたで三カ月来気を腐らせている壮年者が、かりにも著名会社の御曹子といえば女に不自由をするようなことはないにしても、酔っぱらった勢いで、ついふらふらと紳士の道を踏みはずすようなことが起らなかったとは、誰も保証の限りではないだろう。クリスマスパーティにも、冴子夫人は現われず、ひとりでやってきた岡田が、紙のとんがり帽子を被って、フラダンスを踊ったり、シードルやインデアンカクテルという真理子考案の舌の痺れるような殺人カクテルをちゃんぽんにあおって、カクテルジャケツの襟をびしょびしょにしながら、奇声をあげてふざけ廻っていたのは、見ようによれば、自棄《やけ》くそを起して、最初から勝手にしやがれと今流行のビート族の親戚ぐらいの気持に陥こんでいたのかも知れないのだ。

お義理にもまともな精神状態でいる者は一人もいなかったと云えるような夜のことである。深夜僕の想像するようなことが起ったにしても、ムード自体に不思議はない。かりに岡田が後になってシマッタと気がついたところで、口を拭ってすましていれば、神様もあっけに取られるようなことで終るのだ。

僕はこの岡田という奴が最も怪しいと、単刀直入、この男から探りをいれてみることに心を決めた。

三

レージン自動車会社というのは台東区にある。

まず僕が、仇うちにでも臨むような昂奮の態で、その日、電話をかけて岡田の在否をきくと、甘ったるいビジネス用の女秘書の声に続いて、

「やあ、しばらく」

何も知らぬげな岡田の声がいきなり聞えた。

残念ながら岡田という男は僕より何十年も年長である。執拗《しつこ》いようだが、お江戸の時代からの老舗《しにせ》を誇るわが家には、長幼《ちょうよう》の序という厳しいしつけがあって、目上《めうえ》に向っての言葉使いには殊のほか口やかましい風習があった。普段そういう風習に慣らされている僕は、たとえ喧嘩腰で臨んでも、相手が目上とあると、つい丁寧な言葉が飛び出してくるのである。どうにも恰好のつかないこと甚だしい。

「ええ、しばらくでした。お元気ですか。そうですか……ところで、早速なんですがね、あなたもご出席になった去年の岩佐先生のクリスマスパーティですね、じつはあの晩のことで、ちょっとお伺いしたいことが起ったものですから、その、お差支えなかったら、どっかでお目にかかりたいと思うんですが……じつはあなたにも少々関係があることなんです」

僕がそういうと、岡田は、

「関係があるって、なに?」

と云ったが、それには返辞を待たずに、

「あ、そう。じつは僕のほうにも君に会いたいと思ってたことがあるんだ……そうだな、君いまどこにいる? 家? じゃ、すまないが有楽町のプレス会館の上にある実業クラブで、僕の名を云って待っていてくれないか。十五六分たって用がすみ次第すぐ行く」

こういう次第で、僕が一足さきに実業家クラブへ行って、待っていると、間もなく、いずれ自家用車を自分で運転してきたに相違ない岡田が瀟洒《しょうしゃ》な背広に蝶ネクタイという恰好で、姿を現わした。

その岡田は、有楽町のガードが低く眼の下にみえる窓ぎわへ僕を案内していって、蒸しタオルで両手を拭きながら、紅茶を命じ、最敬礼をしたギャルソンが立去ってゆくと、

「聞きたいことって、何……?」

例の少壮実業家らしい充実した色白の顔に、奇妙な微笑を浮べながら、僕の顔をみた。

「じつは、僕にもちょっと不思議に思うことがあって、おりがあったら聞いてみたいと思ってはいたんだ。が、なにしろあのパーティーの翌日は、起きぬけからあの殺人事件だろう? おまけに僕自身も家内とごたごたしていた最中だったもんだから、つい今日まで延びのびになっちまったような工合でね……で、まあ、君のほうの話

というのが、どんなことが、それから先にきいてみようじゃないか……」

僕はこの岡田の喋るあいだ、ジッとその顔を凝視《みつ》めていた。

しかし、岡田の茶色の虹彩がはっきり見える両眼は、この男の頭の確かさを思わせるような輝きをもって、僕のほうへ一直線に固定しており、何とも訝しなことには、逆に僕のほうの話に深甚な興味を抱いているのではないかというような所さえある。――こいつは、ちょっとこっちの思い違い《ミステーク》だったかな！　そう思った途端に、意気地なくも僕の敢闘精神はヘナヘナと腰が折れてしまった。

「いえ、それが、つまり、その何です……最近ですね、じつは、僕が婚約していた例の樫村雪江の話が潰れちまいましてね、いろいろ考えているうちに、どうもあの晩のパーティにそれが起因しているらしいことが判ってきたもんですから」

「僕に関係があるというのは、そのこと?」

「ええ、じつは……」

いきなり岡田が大きな声で笑い出した。

「冗談ではない！」

いかに何でも僕は、これほど岡田に笑われるとは思っていなかったが、当の岡田は、広いクラブの中のあちこちでお上品に談笑している実業家らしい面々が、一人のこらずこっちを振向いてみるほど大きな声で一しきり笑い続けてから、

「いや、失礼。――だがね、君がどういうことをこの僕にこじつけているのか知らないが、君の婚約の話と僕に何か関連がありそうだというのは、こりゃあ全く濡ぎぬというものだ……君の現在の心境を想像すれば、それは心から同情できる。しかし、はっきり云うと、僕は君の婚約がうまく行こうが行くまいが、知ったことじゃない。うまく行けば、それはスバル会の一員としてご同慶に堪えないが、うまく行かなかったから、僕に関係があるというのは、どういう論理から出ているにしても、実際僕から云わせれば飛躍も甚だしい……まあ僕の想像するところ、君の婚約が駄目になったのは、パーティの夜僕が樫村君にチョッカイでも出したからだと考えてるからじゃないかという気がするが、なるほど僕は当時家内とごたごたしている最中だったことは、だった。だからと云って、まだ僕は人の婚約者に手を出すほどは落魄《おちぶ》れてはいない、とでも云うつもりだったらしい。

……」

が、急に岡田はこのとき言葉を切って、不審そうな眼で僕を見た。あたかもその眼の色には、不意に自分の頭に浮んだことを追っかけているというような所があった。

と、おもうと、

「変だね、どこか似ているような気がするね」

「何が似ているんです?」

「いや、いま僕が喋っているうちに、不意に両方から妙なイメージとイメージが接近して、写真の二重焼きみたいにピタッと重なり合って、おや、これは同一のものだという気がしたんだ。そう思った途端に消えてしまったが」

それから岡田は、瞬きするぐらいのあいだ話を切って僕を見ていたが、

「そうか、まあ話しているうちに出てくるかも知れない」

独り言のように言うと、テーブル越しに僕のほうへ顔を近づけて、声を落しながら話しはじめた。

「じつは、いま僕は君の話が飛躍だという話をしながら、家内のことが心に浮んでいたんだ……恥を云うことになるがね、ぼくが去年の秋から家内とごたごたを始めたのは、九月二十一日の夜、家内が僕に無断で外泊をしたことからなんだ。翌朝九時ごろ、スッと帰ってきたが、幽霊みたいに血の気がなく、憔悴《しょうすい》していることが見ただけで判った。当然、僕は不貞をやったな、と解釈した。詰問すると、全然ちがうと云う。ではどこで泊って何をしてきたのだと訊くと、黙っている。云えない所をみると、やはり不貞だなと云うと、何を思ったか逆襲してきて、あなたは昨日の昼間、岩佐先生と強羅《ごうら》ホテルへいらっしたでしょう。そのとき何をなさいましたか。私は不貞も何も働きませんが、あなた自身先生となさったことは妻に対する不貞ではないのですか? と、こうなのだ。——いや、これには実のところ参った。家内の云う通り、その前日僕は岩佐女史にひっぱり出されて強羅へ行ったことも事実だし、妻に対する不貞ではないかと云われるようなことがあったのも事実だった。これは今だから話せるのだが、岩佐女史とはそういうことが二度あった。その二度目の時が問題の家内の外泊とかち合った時なのだが、僕は家内から逆襲されて、オヤと思った途端に、なぜそんなことを家内が知っているのかという疑問が、まずピンときた……いいかい、勿論僕も家内も当時はスバル会の会員で、下手な絵を描くことが目的というより、何だか、ああいう会の雰囲気のようなものが

好きで、始終岩佐邸に出入りしていたのだから、岩佐女史などは先生というより、どっちかといえば遊び仲間の小母さんみたいなものだ。従ってお互い遠慮がないから、何かの弾みに女史が家内に、しっかりおしよ、あんたのご亭主はとんでもない浮気者で、論より証拠わたしが誘ったら強羅までついてきて、こうこうだったなんて悪ふざけを云ったと、無理に考えれば考えられないでもない……しかし、いくら何でも人間の常軌として、そんなことが考えられるかい？　おまけに、家内が外泊したのは九月二十一日の夜で、帰ってきたのが二十二日の朝だ。その家内が二十一日に僕と女史が強羅へ行った話を女史から聞くというのが、そもそも訝しいことになる。つまり僕と女史が強羅へ行ったのは二十一日の午前中で、東京へ帰ったのが晩の七時頃だった。それから僕が女史に別れて自宅へ帰ったとき、すでに家内は午ごろ出掛けたということで、家にはいなかった。そうすると、この家内が女史から強羅ゆきの話を聞いたりする時間は、どこにある？　万一、家内が、東京へ帰って僕と別れたあとの女史とどこかで出会ったりすることがないでもない。そういう偶然の機会に女史から強羅ゆきの話を聞いたと、かりにしておいてもいい。それと家内の外泊を結び合せれば、万々一家内は女史に勧められて岩佐邸へ泊るようなことになったという風にも解釈できるが、それならなぜ家内はその晩岩佐邸に泊ったと、はっきり僕に云えないのか。つまり、家内が僕の強羅ゆきを知っていることと、外泊の事実には、どこからみても筋の通った関連性がない。ばらばらなんだ。――これをひっくり返して云えばだ、おそらく家内は、二十一日に偶然誰かと強羅へ行って、僕と女史がきていることを目撃した。だから、自分の外泊の事実は僕に云えないが、僕と女史が強羅へ行ったことだけは責めることができる……そういうことになりはしないか？　家内と一緒に強羅へ行った奴が男か女かなどと開き直るまでもない。誰が強羅くんだりまで女同士の同伴で行って一泊してくる奴があるかい。語るに落ちるというのはこのことだと、僕はその点を追求して、家内と真向衝突になった。これがつまり、あのころ調停裁判でやりあっていたポイントで、じつのところ、子供はないし、調停裁判でも完全に喧嘩別れになって、今年の二月から家内は僕と別居しているというのが実情なんだ……が、はてね、一体僕は何を君に話すつもりだったのか……ああそうか、君の話とどこかが似ているということだったな。しかし一体どこが似ている気がしたんだろう……君からは別段詳しい話は聞いていない。単に婚約が不調になった……不調になった……そうだ、その不調になったということだ」

岡田は沢蟹みたいな毛の生えた白い手で、パンとテーブルを叩いた。

「つまり、君の婚約が不調になったということと、僕と家内との間が不調になったということだ。概念的にこいつは同じものだ。——どういう理由で僕がそんなことに気がついたのか知らないが、ともかく二つ並べれば、似ていることになりはしないか。君にはそんな気がしないかね」

岡田はまともに僕の眼を覗き込むような顔をした。なるほど確かに概念的な表現では似ている所がある。だが、僕は、その岡田の指摘する相似点に気がつくよりさきに、じつはもっと奇妙な類似点のようなものが心に浮んでいた。

岡田の云うことは、つまり、お互いの配偶者のあいだが不調になったという大摑みな点だが、僕の気がついた類似点というのは、云わばそれをもう二三歩おし進めた所にある。簡単に云えば、岡田の場合も、僕の場合も、岩佐真理子と関係したその日に、それぞれの悶着の原因らしいものが起っているということだ。勿論これは、樫村雪江の妊娠がクリスマスパーティの夜に起因しているという想定をもととしてのことだが……もっとこれを詳しく分析してみると、次のようなことになる。

僕も、岡田が真理子と情交があったという点については、アレエ？ という気持で、何でえおまえもかというピエロじみた独白《せりふ》が頭の中を走ったほどだ。が、こういう雑音を一切抜きにして、端的に理論づけると、岡田は九月二十一日に真理子と強羅へ行き、その同じ夜冴子夫人が意味不明な外泊をして、それが原因で夫婦関係が破綻をきたしたという。

一方僕の場合は、十二月二十四日に真理子と池上町のホテルへ行って、その夜雪江が岩佐邸に泊り、それから何カ月か経って、婚約に不調をきたすようなことになった。

そうすると、岡田と真理子、僕と真理子、ということの二つの情交事件を、あるモヤモヤとした奇妙な事件の頭部に相当するものだとみなして、結論的に岡田と僕のそれぞれの配偶者との間が潰れることになったという事実を尻っぽの部分に相当するものだとしてみると、その中間になければならない何ものかの胴体というやつが、つまり、岡田の場合は冴子夫人の外泊であり、僕の場合は雪江が岩佐邸に泊ったということなのではないか。換言すれば、岡田夫人の外泊も、雪江の岩佐邸に泊ったことも同じ意味合いのものではないかということだ。

岡田夫人の場合は、その外泊は未だに意味不明のベールを被っている。雪江の場合は、とにかく岩佐邸に泊ったということでは誰も何とも文句の余地がないほど一応筋が通っている。しかし、この両者の外泊と宿泊がもし同じ意味合いのものだとすれば、不幸にして雪江はそのため妊娠した──妊娠するには男が必要だということから推すと、明らかにそこには雪江の婚約者としての不貞があったということになり、たとえばその雪江の不貞が、自発的なものであるか、術策に陥った偶発的なものであるか、または完全暴力に屈した止むを得ないものであったかという類別は、情状酌量上の参考にはなっても、肉体上における不貞の事実に変りがない。つまり、実質的に雪江が不貞だったとすれば、同じ意味合いのものとして外泊した岡田夫人も不貞だったことになり、幸い夫人がそのとき妊娠しなかったというだけのことに過ぎない……。

一体こういう理論上の発見が、どういう事実を暗示することになるかと、僕が唾をのむような気持で一歩進めて四辺を見廻したとき、途端に、僕の眼に浮んだのが、アラン・ボニエというフランス人のことだった。

僕はそのとき初めてこのフランス人が持っている重要な存在理由というものを見落していたことに気がついた。

僕の保存している真理子殺人事件の記事を載せた新聞には、ほとんど例外なく、真理子とボニエとの間に十一才になるマリアンヌという隠し子があることをスッパぬいている。

ボニエはアメリカの国籍を持ち、戦前諜報部員としてあちこち飛び回ってから、戦後東京支局の資料分析課へ派遣されて、アメリカ人の夫人と子供と一緒に日本へやってきたが、あるパーティで真理子と知合ったのがきっかけで、しばらく情交を続け、やがて真理子がボニエの子供を生んだ。この恋愛事件がボニエの家庭をさわがせたので、二人の間はそれ以来一応手が切れたことになっている。だが、現在十一才になる混血美少女マリアンヌが預けられている茅ケ崎在の日本画家矢数東一郎という真理子の義兄の所には、しばしばボニエが人目を避けながら姿を現わすという噂がある……スッパぬき記事の大要はそういうことだった。

僕は、ボニエにも、矢数という日本画家にも、問題のクリスマスパーティで出会ったのが最初だった。勿論パーティでは真理子からそれぞれの紹介を受けたが、それは単なる名前だけのことで、事件後新聞がスッパぬくまでは、その二人がどういう縁故でパーティに出席していたのか、まるで知らずにいたのだ。

しかし、そういう事情が判ってみると、ボニエがその夜パーティに現われたということは、どうやら手が切れたことになっている真理子とボニエの間がその後も隠れて続けられていたと考えられる節が多分にありはしないか。また、同時に、真理子の義兄に当る矢数東一郎がきていたということには、真理子とボニエの関係がそういう親戚筋にも半ば公認されていたとみられていいものがありはしないだろうか。

こういう推測を前提にしてみると、依然ボニエと情交関係を続けている真理子が、時おりよろめき然と岡田や僕と火遊びをやることは、ボニエにとって面白かろうはずはない。真理子を真正面から責める代りに、彼女と情交を結ぶ男たちの配偶者ばかりを狙って、次々と復讐行為を企てるということは、決して有り得ないことではなかった。——第三者からみれば、僕の解釈は、変に持って廻った作り物のようにも見えるだろう。だが、すくなくとも岡田と真理子が強羅へ行った日に、夫人の訝しな外泊が起って、翌朝青い顔をして帰ってきたり、僕が真理子とホテルへ行った日に、樫村雪江が岩佐邸に泊って、その邸内にボニエが居合せ、それから何カ月かたって雪江の妊娠という奇怪な現実が降って湧いたということは、単にそれだけでも僕の想像が論理性のない飛躍だとは云い切れないものがあるのではなかろうか。

まずこの調子で、転々と疑いの方向をむけ変えてゆくと、最後にはまた半白髪の矢数東一郎まで怪しいということになって、それこそ僕は親父の云う通り途方もないおっちょこちょいだということになるかも知れないが、おっちょこちょいでも軽卒でもいい、僕は昨日にかかわる数段立派な論理性をもって、ボニエを怪しむべきほぼ六十パーセントの確信を得たという気がしたのだ。

……が、このとき、僕はふと、僕のすぐ眼の前で岡田晴久が幼な顔をして僕を眺めているのに気がついた。忘れていたが、僕は有楽町の実業クラブで岡田と向き合ったまま、論理性確かな自分の頭の良さについてニヤニヤしながら陶酔していたのだ。

ああそうかと、夢から醒めた気で、照れかくしに冷たくなった紅茶を啜ると、僕はその岡田に向って取ってつけたような質問を発した。

「そうだったのですか。よく判りました……しかし、あなたがさっき云ってられた不思議なことというのは、どんなことなんですか」

するとと岡田は、一瞬僕のピントはずれの言葉をいぶかるような顔をして、僕を凝視めたが、案外そういうことには拘泥らないたちだとみえて、今度は不意に、ミステリー小説の筋書でも話す時のような生真面目な顔を僕のほうへ近づけて、

「それはだね、君はもしかすると気に病む話かも知れないが……例の君の婚約者だった雪江さんにだね、何か夢遊病者のような癖はなかったかね？」

「え？　夢遊病？」

僕は思わずオウムがえしに奇声をあげた。

じつのところ、僕にはまだ雪江と同じ屋根の下で寝た経験がなかったから、その彼女に夢遊病のようなものがあるのかどうかも知らない。しかし、どういうものか、僕は岡田の言葉を聞くと同時に、不意に、裾の長いネグリジェを着た雪江が、深夜の岩佐邸の薄暗い廊下を夢遊病で彷徨《さまよ》っている幻影をみた。それと一緒に、その雪江の夢遊病が、何か思ってもいなかった事件に関連がありそうだというギョッとするような気持が起ったのだ。思わず僕の顔面神経が硬直していたらしい。

意外にもそのとき、岡田の片腕がスッと伸びてきて、テーブル越しに僕の肩を叩いて、

「この話、やめようか」

僕はその言葉を聞いた途端、閃くようにこの男が信ずるに足る男だという気がした。心が温かそうだというのでは、まだ言葉が足りなかった。云うに云われない思い遣りの気持が僕の心をうったのだ。僕は感激して、頭をふり、

「いや、止めないで下さい。すっかり話して下さい……たとえどんな話でも僕は聞きます。婚約はオジャンになったが、僕は実際あの女が死ぬほど好きなんです！」

何を喚いたか自分でも判らない。とにかく渾沌《こんとん》とした狼狽のなかで、僕は続けて話してくれと嘆願したらしく、岡田はやがてそのクリスマスパーティの夜更けに岩佐邸で起った奇怪な出来事を話しはじめた。

一見それは雪江という女性が怪しげな謎に包まれたような話だった。

しかし、岡田は、驚愕した僕の心を忖度《そんたく》したらしく、最後に、

「だからと云って僕は別に樫村君がこの殺人事件に関係があると、思っている訳じゃない……ただ、何かあの晩、僕たちの想像を絶するような変な事件が、同時的にか、並行的にか、あの邸のなかで起っていたらしいということなんだ」

と、つけ加えた。

とにかくこの岡田の話は、その翌日僕が岡田の建策で、下北沢の岩佐邸へ乗り込んでゆき、真理子の死後もその邸に止《とど》まっているハウスキーパーの布川伊知という奇怪な女性と対決するときまで、保留しておこう。

なぜなれば、僕はこの辺りで、産科婦人科の大伯父が演ずる所の名探偵ぶりというやつを述べなければならないからだ。僕は当時、この大伯父を頭から馬鹿にして、問題にしなかった。ところが、結局最後の土壇場へきて、僕はこの伯父には、すっかり兜《かぶと》を脱がされることになった。云わばこの事件で、大伯父は優秀なタレントの一人だということを自ら証明することになったのだ。

四

実業クラブで岡田晴久との会談を終って、いささか雪江のことで憂鬱な気持になりながら、家へ帰ってくると、待ちかねていたようなお袋から、留守中度々《たびたび》五反田の大伯父から電話があって、何やら急用がありそうな口ぶりだったと、云われた。

あまり気はすすまないが、お義理みたいに五反田へ電話をかけてみると、せかせかした恰好で電話口へ現われた大伯父が、

「おい、おまい去年の暮あたりの雪江の交友範囲を全部知っとるか」

という出しぬけな質問である。

「全部かどうか知りませんが、ある程度は知ってるつもりです」

「無理に全部でなくてもいい。知ってる限りいまここで云ってみろ」

そこで僕が岩佐真理子をはじめ、知っているだけの十二三人の名前を挙げると、大伯父は電話の向うで一

人々々書き留めているらしく、僕がそれだけですと云うと、フウム、おまいもいれて男が三人か、とか云いながら首でも捻っているらしい様子だったが、やがて、

「この最初に云った岩佐真理子てえのは、去年の暮に殺されて新聞に出ていた女画描きのことか」

「そうです。じつはその晩に雪江が岩佐邸に泊ったりして、その夜更けに何だか変なことが起っているらしいんです。たったいま、そこには名前をあげなかった岡田晴久という、やっぱりその晩岩佐邸で泊った自動車会社の副社長に会ってきましてね、その変なことの片鱗《へんりん》を聞いてきたとこなんです」

「変なことの片鱗て何だ。云ってみろ」

僕はこのとき、処女も非処女も判らないヘボ医者の癖に出しゃばりたがるのはいい加減にしたらどうだと、肚《お》の中では思ったが、しかしこれで怒りだすとなかなか怕つかない人物だということを承知しているから、当らず障らず、岡田から聞いてきた大体の話をして聞かせると、例の夢遊病のところへくると、

「なんじゃ？　夢遊病？」

僕と同じような声をあげて、

「ははあ、なるほど、こいつは少々複雑怪奇だわい」

「そうなんです。で、僕はあした、ともかく岡田の入れ知恵で、下北沢へ行って布川伊知というハウスキーパーに会ってみる訳なんですが……伯父さんのほうでも、雪江の事件には何か見当ぐらいついたんですか」

「うん、まあちょっとな……」

大伯父は妙に言葉を濁して、

「しかし、こいつはおまい、そうなると一応全面的に検討してみる価値があるが、その岩佐という女画描きが殺された時のことを、おまい、詳しくおれに話せるか」

「そりゃ話せますがね、しかし、それなら、あの当時の新聞を僕が豊富に持ってますから、それを読んでもらったほうがいいんじゃないですか」

「そうか。そりゃあうまい工合だ。早速誰かに届けさせてくれ。――それから、おい、あしたその布川という女に会ったら、あとで電話でいいから会談の模様を聞かせろ。新聞とその女の話で大体のことは判るだろう。いいな」

と、まあこういう次第で、僕はその翌日、布川伊知に会った。

そのいきさつは次の通りである。

下北沢の駅へ降りて、代田町のほうへ十五分ほど歩く

と、広々とめぐらした大谷石の塀の内側に、そのあたりで専ら岩佐御殿と呼び慣わしている大きな邸がある。

もとはある華族の邸だったものを、終戦後、全盛時代の真理子が、数百万円を投じて買い求めたものだ。アトリエはそれから作ったものだというが、建物は現代風のゴチック式洋館とでもいったような、すんなりと屋根の先が尖った広大なもので、それはとにかく、広々とした塀の内側は、よく金持ちの家にあるような山水模倣のごてごてしたものでなく、実際のところオリンピックでも開けそうなほど広い。花が好きだった真理子は、この広い庭のあちこちに無数の花壇を作って、まるで種苗会社のカタログをぶちまいたように、有りとあらゆる種類の花を色とりどりに咲かせていたものだ。

　下北沢のほうから邸へ近づくにつれて、まず大谷石の塀の上から、黄金色に赤の覆輪をもったマダム・メイアンという豪華なクライミングローズの花が一面に咲き乱れている仕立棚が見えはじめるが、細長い窓を無数に持った建物の二階のあたりは、どこもカーテンが閉めきりになり、主人公のいない邸の哀愁感といったようなものが、見る者の心をうってくるのは争われず、門まで行ってみると、鉄の鋲《びょう》が点々と頭を出した部厚い木の扉はピタリと閉って、最近、人の出入りもあまりないらしい。わずかに、門の横についた潜り戸を押すと、分銅をつけた鉄の鎖がガラガラと空《うつ》ろな音を立てて、あいた。

　僕は、この潜り戸からはいって、一面に縮緬《ちりめん》砂利を敷いた門内を、玄関のほうへ歩くあいだ、あまりに寂寞としたあたりの様子に、ついどこか遠くの海浜にある季節はずれの別荘へでもきたのかと思うような錯覚をおぼえたぐらいだ。

　ベルを押すと、だいぶ時間をおいて、中から鍵のかかっているオーク材の扉がそっと開かれ、問題の布川伊知が姿を現わした。

　僕はこの女性を見るたびに、いつも浮世絵の、眉を剃り落とし、お歯黒《はぐろ》とかいうものをつけて、漆黒の歯並らびを漏れるようにみせてエロティックに微笑む女性の姿を連想する。――眉は剃っているのかと思うほど淡く、黒《くろ》瞳《め》が女性の哀しさをおびて深く、濡れたように滑らかな顔、首筋へかけての肌がすき透っているほど青白い。これらの趣きが、まぎれもなく現代の中に生きており、あたかも彼女の体中の肌からは窈窕たる囁きが声もなく囁かれているような奇妙な気分が、こちらの心に伝わってくる。

真理子の姪に当る女性だというが、真理子よりは三つ四つ若く、おそらく三十五六というところに相違ない。かつて原謙という画家か画家くずれのような男と結婚したが、なぜかすべての男に嫌悪を抱きはじめて原謙と別れ、それ以来神秘につつまれたような独身を押し通して男を近づけないという、何か伝説のような噂がこの女性の身辺にはあった。

原謙という男は、真理子の生前、時々この所に姿を現わすことがあったから、われわれスバル会の会員たちもその風貌だけは知っている。しかも、おそらく会員たちの中で、この男とまともに言葉を交わした覚えのある者は一人もなかったに違いない。ニヒリズムというか、孤独主義というか、アパッシュめいたこの男の風貌には、人を寄せつけず、人にも近よろうとしない心の冷たさのようなものがいつもつきまとっていた。

伊知はこの男と別れてすでに十年以上にはなるらしい。それにも拘らず、なぜ原謙という男が時々岩佐邸に現われるのか、われわれには判らなかった。いずれにしても伊知の持っている奇妙なムードというやつは、永らく保ち続ける独身の抑圧から滲み出るものの仕業だったらしいことは間違いなく、男にはコリゴリしたと云わんばかりの顔をしながら、しかも異様に男をひきつける被嗜虐性じみた女くさい雰囲気たるや、かなり女ずれしているはずの僕でさえ時とすると眼を見ているのが息苦しくなるようなことが度々あった。が、さてこの伊知は、扉をあけて僕を一瞥すると、静かに一礼しておいてから、内玄関の二間《けん》巾もある式台の上まで引き返して、改めてそこへ膝を突きながら、

「しばらくでございました」

丁寧に頭を下げるのだ。礼儀に叶っているといえば叶っているが、礼儀が叶いすぎて訪問者のほうで鼻白むぐらいそっけのないことも甚だしい。おまけに、さて何用か、という面持ちで僕をみつめた伊知の眼は、僕の訪問が至極迷惑だったという気持をはっきり表わしていた。

「じつはちょっと訊きたいことがあってきたんですがね……」

僕はわざとブッキラ棒にやってのけてから、先廻りをして「ご迷惑でしたか?」といってみた。

「いえ、そんなことはございません。不調法でございました。どうぞお上りになって……」

それではと云いながら、遠慮なく靴を脱いだ僕は、伊知が先にたって本館廊下を通り抜け、馴染み深いアトリ

エのほうへ連れてゆくあとについて歩きながら、こっそりベロを出したものだが……さて、このアトリエに入ってからのことである。

真理子が生きていた頃、そこいら中にあった描きかけのカンバスだの、絵具まみれのぼろ布だの、クレヨンみたいな画架だのというものは、いつのまにかどこかへ片附けられてしまい、硝子《ガラス》のはいった広々としたアトリエの一隅にはカーペットを敷き、茶卓や椅子のセットが置かれて、あたかも小じんまりとして応接間のようなものが出来ていた。

伊知はその茶卓の前に僕を坐らせると、本館のほうへ引き返していって、やがて錫のトレイにコーヒーポットを載せて姿を現わした。トレイのポットからは微かな湯気が立ち、挽きたてらしいコーヒーの強い香が流れたが、僕はそのポットが例の殺人事件の小道具に使われたのと同じものなのをみて、すくなからずギョッとした。

伊知はしかし無神経なのかとぼけているのか、澄ました顔をしてトレイを茶卓に置くと、コーヒーを注いだカップと、ミルクつぎ、砂糖いれなどを、どうぞご自由に、という恰好で僕のほうへ差し向けるのだ。

何だか胆だめしでもされているような調子で、畜生、と思ったが、僕もあとへは退《ひ》けないから、悠然と砂糖をいれ、ミルクを混ぜ、丁寧にかき廻してから口へ運んで、

「まえと同じコーヒーですね」

「ええ、好みが伯母と同じなものですから、ずっとこれを……」

「このポットを見ると、思い出しますね、先生が殺された時分のことを」

僕はいささか皮肉をこめて云ったつもりだったが、

「ええ、早いものです。もう何カ月もたってしまって」

これではまるでノレンに腕押しというよりなく、どこからみてもとぼけているのだとしか思えなかったから、僕はコーヒーを二口ばかり啜ると、いきなり単刀直入本題へ突っ込んで行った。

「じつはね、お伺いしたいのは、先生が亡くなった前の晩のことで、あのとき確かスバル会の岡田さんのほか、ボニエさん、矢数さん、それから僕の婚約者の樫村雪江の、この四人がここへ泊りましたね。ところがその晩、この雪江にちょっと変なことが起って、それを知っているのがあなただということを聞いたんですが……覚えてますか？」

すると伊知は、いかにも何のことだろうという恰好で、

色っぽくちょっと首をかしげてみせ、

「さあ、あまり物おぼえがよくありませんので、ちょっと何だったか……」

僕はこの伊知の恰好をみて、早く云えば挑発されてしまった。とぼけるのもいい加減にしろと、肚の中ではすっかり癇癪を起して、

「雪江が夜半に二度ほど夢遊病みたいに廊下を歩き廻って、そのあとからあなたがついて廻っているはずです……いいですか、あの晩階下には岩佐先生と、ボニエ、矢数さんの二人が泊って、寝室は同じ階下にあるあなたの寝室とはかなり離れた所にあった。二階には、お客の岡田さんと雪江の二人、この二人の寝室は一本廊下の端と端とに離れた所にあって、同じ二階の内弟子の須藤敬子と上方渚の二人一緒の寝室が、雪江の寝室とほとんどくっついた所にあった……ところが、この話を僕にしてくれた岡田さんの云う所によると、午前三時頃、つまりみんなが寝室へ引きとってから一時間ほど経った時分に、雪江が何だか夢にでもうなされたように泣きながら、須藤と上方の部屋から、あなたに肩を抱かれて出てくると、自分の寝室へ連れ込まれるのを見た。これが一度です……それから、また小一時間ほどたった四時前後の時分、今度は雪江が、ひとりで階下のほうから、スッと夢遊病みたいな堅い表情で上ってくると、そのまま自分の寝室へはいって行って、扉を閉めた。すると、すぐそのあとから、あなたがちょうど雪江を監視でもするような恰好で上ってきて、二、三分間その部屋の前に立っていてから、急いで階下へ降りていった。これが二度目……この二度とも、ちょうど雪江が夢遊病で邸の中を歩き廻ったのを、あなたが保護を加えて連れ帰ったという風にみえたと、岡田さんは云っているのですが、その翌朝になってみると、先生が殺されていた。しかも殺されたのが、ちょうど午前四時ごろの時分だと判った――そうしてみると、雪江が二度目に自分の寝室へ帰ってきたのが、ちょうどその頃で、その雪江に部屋の前までついてきて、それから急いで降りていったあなたは、もしかすると、階下で殺人事件とかち合っているのではないかと考えられる可能性が生れることになるのです……すくなくとも、あなたは唐沢の姿ぐらい階下で目撃しているのではないか。いや、もし目撃しなかったとしても、すくなくともあなたはすでにその時分には先生が殺されたことを知っていたのではないか。いずれにしても、雪江が二度も廊下を彷徨い歩いたことは、単なる偶発的な出

来事だったのか、それとも殺人事件と表裏一体の出来事だったのか……こういういろいろな疑問が、深夜のそういう出来事を通じて想像されると、岡田さんは云っているのです」

一息に喋りまくって、効果いかにと伊知の様子をジッと見た。

伊知はしばらく僕の眼を凝視めていてから、静かに眼を伏せた。その恰好には、どこにも心の動揺らしいものはみえなかった。だが、僕は伊知の体中でただ一カ所、和服の膝の上に行儀よく揃えて指を組合せた両手が、まるで新興宗教のお祈りでもしているように、ぶるぶるとわざとらしく痙攣《けいれん》的に動いているのをみた。——あたかもそれは、思わず震えてくる両手の動きを、巧みに誤魔化すための行だとでも云わんばかりに！

岡田晴久は、パーティの夜、あまり飲みすぎたせいで却って眠られず、ほとんど夜明け頃まで眼を醒していたが、立て続けに襲われる水分放出の生理要求に我慢しきれず、二階の寝室を四五回出たり入ったりしているうちに、雪江の夢遊病的行為を二度とも、部屋を出かけてあわてて閉めた扉の隙間から見ることになった。その二度目の時刻が、ちょうど殺人の行われた午前四時頃に相当していたということは、確かに岡田の云う通り、雪江の夢遊病的行為が殺人事件とは全く別に起った奇妙な事件の断片か、または殺人事件そのものと繋がりのある訝しな出来事だということができるのである。もし殺人事件と繋がりのある出来事だったとすれば、あるいはすでに唐沢という加害者が現われて落着しているこの殺人事件に、いま改めて根本的な訂正が加えられることになるかも知れない可能性があるとは思われないし、岡田も同様の意見をはっきり僕に述べてはいるが、なぜその夜、雪江の行為にそういう怪しいことが起ったか——この謎が究明されないうちは、僕の心は得体の知れない不安から解放されなかった。

僕は黙して語らずという、伊知の俯向いた顔を一心に凝視めていた。

ところが、不意にそのとき、すこし工合の悪いことが起った。

僕のま横の一間ぐらいの所に、手入れの行き届いた大きなガラスが何枚も横に並んだフランス窓があるが、僕が伊知と対座しているちょうど斜め前方に当って、フランス窓を通してかなり離れた辺りに一点黒い人影のようなものが、チラリと動いたのに気がついたのだ。

おや、と顔を振り向けると殆ど同時に、その気配に気づいた伊知が顔をあげ、僕の視線を辿って斜めに振りかえる——間髪をいれないこの間に、僕は、その人影が、アトリエから二十メートルほど離れた花壇のかげから、こちらの様子を素早く窺って、僕が顔を向けると同時ぐらいにまた鼬《いたち》のように素早くひっこんだ一人の男だということを見届けた。しかも、わずか一瞬間の映像だったが、確かにその人影は、伊知の以前の亭主の原謙だという気がした。

人影が隠れたあたりには、アトリエに続く本館建物の袖が突き出しており、その向うにはマダム・メイアンの仕立棚と、長いシュートをのばして蛇のように何本も絡み合っているバラ蔓が、舞台の袖幕のように視界を切っている。

なぜ原謙がここにきているのか。——僕のそういう疑問がまだ形も整えないうちに、伊知が立上って、

「ちょっと失礼いたします」

そのままフランス窓から出てゆくと、隠れた人影を追うように、本館裏のほうへ姿を消して行った。

不思議にも、ちょうどそのとき、僕は本館のほうから、何か人でも呼んでいるような、短かい、女の子の声を聞いた。耳を澄ましたが、声はそれきりだった。幻聴のようでもあれば、実際の声のようでもあった。僕は、ふとその声に何かの空想をそそられるような気がしたが、勿論何をそそられたのか形にもまとまらず、それきりポカンとして、アトリエの中で伊知が帰ってくるのを待ちはじめた。

——僕が訪ねてきたとき、おそらく伊知は、一足さきにきた原謙と本館のどこかで会っていた所に相違ない。ベルの音で伊知は座を立ちながら、誰かしら、すぐ追い返すからちょっと待っててね、とか云いながら、玄関へ現われて僕にとっ摑まり、それきり置いてけぼりをくった原謙が、やがて、永《なげ》えなあ、とか云っている所へ、また誰か別の来訪者でもあったのではなかろうか。そこで原謙が本館の裏から花壇のほうへ廻って、アトリエの様子を窺いにきたという所ではないのか。

この原謙は、問題のクリスマスパーティにも姿を現わして、騒ぎ廻る人々から孤絶したような片隅へとぐろを巻いて、黙々として飲んでいたのを僕は見た記憶がある。

別れた伊知に未練でもあってのことかも知れない。普段でも時々岩佐邸に現われたり、今また僕がやってくるまでのあいだ伊知と二人で秘かに差し向っていたらしい

ところ、あるいは別れたとはいうものの、その別れ方は形式的で、二人の間にはわれわれの窺い知ることのできない持続的な何かがあるのだと解釈してもいいことだろう。

僕が漫然とそんなことを考えていると、やがて伊知がまたフランス窓のほうから音もなく引き返してきて、僕の前に坐るやいなや、

「ああ、そのことでしたか……」

出しぬけにそういうと、まるきり人を喰った調子で、僕の突きつけた疑問の謎を解きはじめた。

一刻前とはまるきり人間が変ったように、活々《いきいき》とさえしていた。しかし、何よりこの恐ろしくタイミングのはずれた調子で始められた伊知の話というやつが、一体信じていいものかどうか……僕はアッケに取られるような気持で伊知の話を聞いていたが、ともかくその伊知の話というのは次のようなものだった。

パーティの夜、一同が寝室へはいったのは午前二時頃だったが、伊知はそれから一時間ばかりすると、真理子の部屋から用があるとき鳴らすブザーで起された。部屋へ行ってみると、樫村雪江が泥酔してカクテルドレスのまま真理子のベッドへふんぞり返っており、よほどもてあましたらしい真理子が側《かたわ》らに立ったまま、伊知に酔いざましのブラックコーヒーを持っておいでと云った。伊知がコーヒーを、例のポットにいれて持って行くと、真理子は雪江を抱き起して「しっかりおしよ、このお嬢さん」などと自分でコーヒーを飲ませてから、伊知に二階へ連れて行ってくれと云った。

すると、急に雪江が立上って、扉にぶつかりながら、「いいのよ、わたし一人で……」と部屋を走り出て、二階へ駈け上って行った。伊知があとから追って行ってみると、雪江は須藤と上方の寝室へはいり込んで、この部屋へ泊るんだと駄々をこねている。これを宥《なだ》めすかして抱え出し、寝台へ連れて行ったのが午前三時頃……二度目はそれから小一時間ほどたった頃、伊知はまたどうしたのか雪江がボンヤリと階下へ降りてきて、自分のベッドの側に立っているのに気がついたので、驚いて二階へ連れて行こうとすると、雪江はその手を払いのけるようにして一人で二階へ上って行ってしまった。伊知はそのあとからついて行って、しばらく部屋の前に立っていたが、急に夜明けの寒さが身にしむのを覚えたから、急いで階下へ降りるとそのままベッドへもぐり込んで、朝まで何も知らなかった……と、こういうのである。

一応筋道は通っている。だが、僕はその話の中で、すぐ九十九里浜で自殺を図った唐沢の供述と食い違っている点に気がついた。

「コーヒーは唐沢という男が先生の所へ持って行ったのではないのですか」

「さあ、わたしそれはよく覚えておりませんが、自分のしたことだけは、はっきり覚えておりますわ」

これではまるで手玉に取られているも同様である。僕は思わず苦笑して、こういう質問方法は打切ることにした。そして趣きをかえてきいてみた。

「岡田さんの話では、どこで聞いたのか、岩佐先生がアメリカのＵＩＴという生命保険に物凄くはいっていたとかいうのですが、それは本当なんですか」

「べつに物凄くというほどじゃございませんが」

「いくらです?」

「五百万円ばかりです」

「受取人はマリアンヌというお嬢さんだったそうですね」

するとと伊知は、非常に奇妙な笑いを口辺にたたえて、ええ、と云った。そして重ねて僕が、もう受取ったのかと訊くと、低い声で一言、

「はい、このほど……」と云った。

五

僕がこの伊知との会見を終って家に帰ると、待ちかねていたようなお袋が、何度も五反田の大伯父から電話があって、まだ帰らないかときいていたという。

僕が約束どおり大伯父を電話口へ呼び出して、大体のことをかいつまんで話すと、生命保険のくだりへきて、

「ほう、五百万円か。ちょっとした額だな。おまいそのＵＩＴという会社の所在地を知っとるか」

「東京のですか?　さあ知りませんね」

「そうか。まあいい、おれが調べる。ところで、おれはこれからちょっとこの件で行ってくる所があってな、帰るのは多分あしたの朝になると思うが……おまいその間に、ええと何とか云ったな、そうそう、須藤と、もう一人上方とかいう二人いた女画家の内弟子の所へ行ってきてくれ……聞いてくる要点はだな、雪江がなぜその晩二人の寝室などへ飛びこんだかということだ。そいつが判れば、大体の筋書はおれの考えていることにピタリだ。

うん、おれが思うに、雪江はまずこの殺人事件に直接関係はないな。おかしなことがあったとすれば、ほかのことだ、うん」

「そうですか。じゃ、ちょっと面倒くさいけど、常磐線の南柏《みなみかしわ》と取手《とりで》ですから、行ってみましょう。しかし伯父さんはどこへ行くつもりなんです？」

「まあいい、それは帰ってから話す。どんな推理小説を読んでみても、おまい、名探偵というものはみんなあとから話すことになっとるじゃろう」

フワフワフワと、まるで電話の向うで、タバコのヤニだらけの大口を開けているのが見えるような声で笑い飛ばすと、それきり大伯父はピシャンと電話を切ってしまった。

僕は漫画然とした大伯父が、ステッキなど突きながら尤もらしくどこかへやって行く恰好を眼に浮べて、まるきり名探偵気取りでいるらしいが、どうする気だろうと、半ば唖然としたが、まあ勝手にさせておけばいいだろう。こっちも雪江の謎が解けるというからには、早速須藤と上方に会ってくる必要があると、直ちに上野駅へ駈けつけた。

上方渚のいる南柏は常磐電車で三十分ほど行った所にある。

このあたりは戦後東京都の住宅都市として新らしく開けた所で、森や林や丘や低地のあちこちに、ベッタリするほど所謂団地族が住んでいるが、切り拓かれた畑や林の中の道を辿って捜して行ってみると、割合い瀟洒な真新らしい住宅に、渚は家族が全部東京へ買物に出かけた所だといって、一人で留守番をしながらテラスの籐椅子で雑誌を読んでいた。

僕が大伯父に云われた通り、質問の要旨を話すと、なぜか急に渚は顔を赤くして、

「私には云えないわ」

「なぜだい」

「なぜって……」

「じゃ誰にきけばいい？　須藤君か」

「あの人なら多分話してくれるわ。あの人案外平気だから。だけど、私からそんなこと云ったなんて云っちゃ嫌よ」

ということで、それではと僕は、また常磐電車で、利根川の鉄橋を越えた取手の町まで須藤敬子を訪ねて行った。

家人が、敬子は裏の山で画をかいているというので、

僕がそのまま競輪場のみえる裏山へ登って行ってみると、大きな松の木の下でダスターコートにベレー帽の敬子が、十号ぐらいのカンバスをイーゼルにのせて写生をしていた。

「あら、どうしたの、こんな所まで」

という敬子の傍《かたわ》らへ並んで腰を下した僕は、単刀直入、渚へ訊いたのと同じことを訊いた。すると敬子は、パレットの上で絵具を合せながら、しばらく横顔を見せて黙っていたが、やがて、

「女学生なんかがよく云うシスターってものを、あなたご存じ……?」

「ぞくにエスとかいうやつだろう」

「そうよ。岩佐先生にはその常習があったといえば、大抵見当がつきやしない? 布川さんがその常任エスよ」

へえ、と僕は驚いた。真理子はそのくせ男にも相当猛烈だったから、ちょっとした凄まじさである。ただ驚いているだけの僕を、よほど血のめぐりの悪い男だとでも思ったのだろう。敬子はチラリとその僕へ妙な一瞥をくれて、

「詳しく説明してあげましょうか。そのエスも先生のはちょっと普通じゃないのよ。——何ていえばいいのかな、ほら離婚さわぎで揉めてたスバル会の岡田さんの奥さんね、あの人が朝早く、先生の寝室から真青な顔をして出てくるのを、私もナギちゃんも見たことがあるのよ。先生は誰か男の人と何するでしょう、そうすると、まるで斬り返すみたいに、その人の奥さんなんかを寝室へ誘い込むのよ。うまく行かない時には、お酒なんか体が痺れるほど飲ませて正体なくさせちまうんだから……一種の変態ね。ハウスキーパーの布川さんが、十何年まえに、原さんて、ほら、あの薄気味わるい旦那さんと別れたのも、それが原因ですって。爾来《じらい》、布川さんは先生の半ば公然の……」

「ちょ、ちょっと待ってくれ。その岡田夫人が青い顔してとかいうのは、いつだった?」

「そうね、去年の九月頃だったかな? 何でも離婚さわぎがはじまる前だったから」

僕は思わず体をのり出した。

「おい、それは何日だったか思い出せないか。岡田夫人を助けることにもなるんだ。たのむ。是非思い出してくれ。たのむ」

「そんなこと云われたって……」

と、敬子は僕の形相にいささか鼻白んだ様子だったが、僕が拝む、頼むと、両手をすり合せると、

「だけど、そうね、あれは確か私が父の所へ電話をかけた日だったような気がするけど……もしそうだったら、二十二日ということになるのよ。私の父、東京のお役所に勤めているので、お給料日が二十一日なの。私は岩佐先生のところにいる時分、いつもその翌日、ひと月にたった一ぺんだけ父に電話を掛けて、それからお役所までお小遣を貰いに行ってたから……」

しめた、と僕は思わず心の中で踊り上った。と同時に、すでにそのときギョクンとするほど大きなショックが僕の心臓の真只中に一突き刺さっていたのだ。

僕はそれきり須藤敬子を山の中へおっ放り出しておいて、あたふたと山の斜面を駈け降り、ふたたび常磐電車で東京へ引き返すと、五反田の大伯父の所へ電話をかけた。

しかし大伯父は三時頃、安全剃刀《かみそり》やタオルをいれた小さい旅行鞄をさげ、ステッキを突きながら家を出たきりだということで、僕がそれから夜半まで狂気のように電話を掛け続けたに拘らず、ついに予言した通りその日大伯父は帰らずじまいに終った。


文字どおり輾転反側しながら夜が明けるのを待って、また電話を掛けつづけたが、その大伯父がようやく帰宅したのは正午近くのことである。いまお帰りになりましたという看護婦を、早く早くとせきたてて大伯父を呼び出した僕は、火のついたように前日の須藤敬子の話をベラベラと告げ、

「そ、そんなことって、実際あるんですかね、一体……」

大伯父はそれに反して、いやに落着きはらっている。自信たっぷりという口ぶりで、

「まあそう周章《あわ》てるな」

「あわてるなと云われたって、これが……」

「だから、今から順をおって話す……とにかく、おれは昨日あれから、UITという保険会社の東京支社へ寄ってな、それから目的の茅ケ崎まではるばる矢数という日本画家に会いに行ってきたんだ。いやあの辺もおそろしく変っていたな。矢数とはすっかり意気投合して、夜の八時頃まで酒を汲み交わしたが、それからおれは久し振りで熱海へ行って一泊してきた。年はいくつになっても、婆さんのいない所でのびのびするのは、やっぱりいいもんじゃ。うん……ところで、おれに判ったこと

は、大体こういうことだ。マリアンヌという娘がいたろうが、うん、あれがクリスマスの半月ほど前に何者かに誘拐されたんじゃな。驚いた矢数が、警察へ捜索願いを出そうと思っとる所へ、東京から岩佐が飛んできて、ちょっと待ってくれと云った。というのは、すでに岩佐の所へ誘拐犯人から二百万円の身代金を出せと云ってきておってな、岩佐はその犯人と会って打合せをすませてきとったのじゃ。岩佐は犯人の名前を云わなかった。だが、二百万円を渡せばマリアンヌは必ず返してくるが、騒げば相手はマリアンヌを必ず殺すはずだという……そこで岩佐がパーティの夜殺される段取りが出来たという訳じゃ。おれがＵＩＴへ行ってきいてみると、すでに保険金の五百万円は一昨日《おととい》はらってあった。代理人で受取ったのが矢数だ。ＵＩＴでは勿論マリアンヌが誘拐されたことは知らなかった……おれが茅ケ崎へ行った時はだな、ちょうど一足違いにマリアンヌを連れた布川伊知がやってきて、マリアンヌを置いてたったいま帰ったばかりだという所じゃった……わかるか、このマリアンヌが茅ケ崎へ帰ってくるまでのいきさつがちょっと面白い。つまり五百万円を受取ったのは矢数だが、布川が東京からきて、そのうち二百万円を受取って帰り、その翌日、つまり昨日《きのう》の午後じゃ。また布川が東京からマリアンヌを連れてきたという訳じゃ。うん。つまり布川が間にたって何もかも取り計らっておる。しかし布川も犯人を知っとるじゃろう。しかし布川も犯人の名は絶対に云わなかった。そうしてみると、布川も一見犯人の一味のようではあるが、そうではないから面白いんじゃ……ＵＩＴの契約規定によるとだな、被保険者が自殺の時は、三カ年間の保留期間にどこからみても保険金目的の自殺だと判ると、支払い停止になって、保険金が棚上げになる。だが、他殺で死んだ時は、いいか、満三カ月たってその期間中に怪しむべき材料が出なければ、支払うということになっておる。つまり、ここで種明しをすればだ、女画家が殺されたのは一種の自殺の変形で――いわゆる嘱託殺人というやつじゃ。何でも岩佐は、下北沢の邸もとっくに抵当にはいってしまって、全く最近は金にも行き詰っていたらしい。絵も売れない。自分の才能にも絶望という所だったようだ。従って自分の娘が誘拐されても、身代金の払いようがない。エイままよ、という訳で、自分で殺されて保険金を取ることになったが、つまりそれが岩佐の最後手段でな、それをまたチャンと計算ずくで割出しておったのが誘拐犯人だという訳じゃ、うん……筋書は岩佐と誘拐犯人とで作った。それにあとから加担したのが布川で、加害者になった唐沢という画家は、岩佐が三万円の報償金で雇ったものじゃ、うまく殺したら寝室にある三万円を持って逃げてよろしいという訳でな。唐沢が万一摑まった時に述べる供述内容というやつも岩佐がチャンと教えておいた……いずれにしてもじゃ、こういう筋書に吃驚仰天《びっくりぎょうてん》したのがボニエと矢数だが、いかに仰天しても、そうでもしなければ二百万円という金は生易しいことでは工面できるものではないし、シュンとしてしまって、結局仕様ことなしに筋書どおりに運ぶのを傍観ということになった。しかし、まさかあのパーティの夜がその日だったとは、ボニエも矢数もまるきり知らなかった。それどころか、岩佐がその晩ボニエと矢数を邸へ招《よ》んで、パーティの出席者の中に犯人がいるから当ってみろなどと云ったものだから、二人とも眼を皿のようにして、おまいたちが馬鹿さわぎをするのを見ておったが、ついに誰が誰やら判らなかった。とにかく岩佐はその殺人パーティの真只中で自分も一緒にジャンスカジャンスカ騒ぎ廻っていたのだから、これも大した度胸だが、何もかもチャンと筋書を知っていて澄し返っていた布川という女も、大した傑物じゃよ。パーティが終って、いよいよみんなが寝室へはいるという間際に、どうやらこの布川が睡眠薬でもボニエと矢数にのませたらしく、この二人は寝床へはいるなりグッスリ眠ってしまって、眼がさめてみたら岩佐が殺されていたという次第じゃ」

「それで結局誘拐犯人は誰だったんです」

「それはおれにも判らんのだ。おれの調べたのは矢数のほうだからな、矢数に判らんものは自然おれにも判らんわけだ。しかしまあ本職の探偵ではないから、その辺のことは勘弁してもらおうか。どっちにしたってこの際誘拐犯人のことなどどうでもよかろうが……」

フワフワフワと大伯父は笑った。いきなり両脚をかっぱらわれたようなものだ。僕は、何のことだと中ッ腹になりながら、もう一つ大伯父に喰い下った。

「ところで肝腎の雪江の話はどうなったんです?」

「ああ、あれか……じつは、おれは雪江を診察してから四五日がかりでいろいろな文献を探してみたらだな、デュホーセットという性科学者の報告例に面白いことが出ているのを見つけたんじゃ。それはだな、同性愛の癖《へき》のある人妻が、亭主と同衾したあとで、独身の同性と一緒に過したら、奇妙にその独身の女が妊娠しちまったという、話なんだ。まるで、お伽《とぎ》ばなしみたいな話じゃが、それはどういう理窟かということは、こういうことには敏感なおまいなどには、説明してきかせなくてもすぐ判るだろう。つまり要点だけ云えば、岩佐という女画家は、殺される前に誰か男と一緒に過したんだな。その晩また、今生《こんじょう》の思い出に、欲ばって雪江を弄《もてあ》そんだものだから、覿面《てきめん》に雪江の妊娠ちゅうことになった。なるほどその雪江に覚えがないというのは、これは当り前のことだな。酔っぱらって知らなかったということも一応いえる。大体結婚まえの若い女が正気を失うほど酒を飲んだりするちゅうことが怪我のもとだ、うん、しかしかりに酔っぱらったりしていなくても、理窟から云えば妊娠するようなことに覚えがないというのは、こいつはおまい、尤も至極な主張だということになろうが……布川もその辺のことは知っていて、おまいに隠しているような気がするが、何ならもう一度会って、もっと突っこんだことをきいてみろ。ついでに誘拐犯人が誰だったかきいてみたらどうだ……もっとも、おれは、多分あの女は今ごろまでボヤボヤと尻っぽを摑まれるような生き方はしておらんと思うがな、うん」

　僕は受話器を持っている手がくたびれてくるようなこの長電話が終ると、しばらく呆然としたまま電話室の中で突っ立っていた。——いや、お見事なものでしたという気持である。難くせはつけても、とにかく素人探偵として粗筋だけは解決がついているのだ。

　やっぱりそうか！　と僕は唸った。というのは、つまり、僕と真理子がホテルへ行ったその同じ日に、雪江が岩佐邸に泊った。そのとき真理子に弄ばれたことが妊娠する原因だったと判ってみると、その日真理子が僕以外の男と接しなかった限り、帰するところは、雪江の妊娠したのは僕の子供だということになる訳ではないか！

　まるで渡船が子供を咥《くわ》えたこうのとりを、こっちの岸からあっちの岸まで運んでいって一人の女に子供を生ませたというように、こういう奇妙なことが起ったというのは、よほど愛《エロス》の神様も僕と雪江を結婚させたくて仕様がなかったからに相違ない。いずれにしても、これはと思うところへくっついたら最後ニョキニョキと手を生やし足を生やして一匹の人間に育ってゆく、小《ち》っぽけな昆虫みたいな生物を頭に浮べたとき、僕は突然はなはだ愉快な気持がこみ上げてきた。

　こうなれば、雪江は何も遠慮も気兼ねもする必要はない。おそらく話を聞けば絶え入るような顔をして赤くなったり青くなったりするだろうが、いかに珍妙無類でも、この奇蹟は、さしずめ帰着すべき所へチャンと帰着する濠洲土人のブーメランみたいな、科学的奇蹟と同質のものだと説明してやればいいだろう。哀れな布川伊知からは、それから二日ばかりたって、一通の分厚い速達状が届いた。

本来この事件は、僕にとって雪江の妊娠事件から出発して、真理子の殺人事件などは傍系も傍系、必ずしも殺人事件そのものの締め括りをつけなければならない義理合いはないのだが、しかし伊知の手紙で判った事件の要点だけはかいつまんでおこう。

伊知はその手紙に、真理子がすでに芸術的にも行き詰り、財政的にも身動きできなくなっていた所へ、たまたまマリアンヌの誘拐事件が起ったので、一種の才人的な衝動というか、身を亡してマリアンヌを助けるという奇妙な逆説行為におぼれたのだと書いている。なるほど逆説行為とでも云わなければ説明のつかない所は確かにあるようだ。しかし、僕はそれを真理子の「母性」の姿だと再確認する気持で今はいる。古くさい観念かも知れないが、帰するところ最後の土壇場で真理子の母性が泣きくずれたのだ。おそらく淋しかったに違いない。いまや真理子は地獄か天国でどんな顔をして絵を描いているのか知らないが、僕がこんなことを云えば、フッ、おだてちゃいけないよ、と云いながら泣き笑いをして、こっそり涙をふく顔が見えるような気がする。

さらに伊知は、マリアンヌの誘拐犯人が原謙だったとはっきり書いている。

僕が下北沢の邸へ行ったとき、伊知がひどく迷惑そうな顔だったのも道理、たまたま、ちょうどそのとき、伊知は茅ケ崎から受取ってきた二百万円を傍らに置き、金を取りにきた原謙と対座のまま、マリアンヌを連れてこなければビタ一文も渡せませんと睨み合っている最中だった。伊知が重大問題をさしひかえている折も折、ノコノコ現われた僕という奴が、伊知にはいかに頓馬《とんま》で癪に障る人間だったか推して知るべしだ。やがてマリアンヌが原謙の手下か何かに連れられてやってきた。あのとき僕は本館のほうで一声叫ぶ女の子の声を聞いたようだと云った。そのまるでピアノの上に鉛筆でも落ちたようなスタッカートの利いた短かい声は、今にして思えば決して僕の空耳《そらみみ》ではなかった。マリアンヌが邸へ連れてこられるなり伊知を捜して叫んだ声だった……ふたたび伊知がアトリエに引き返してきてから、妙に活々としていたことも説明がつくではないか。僕がボンヤリと伊知を待っている間に、本館では伊知とマリアンヌの四カ月ぶりの対面が行われていたのだ。おそらくそこでは涙を流したに相違ない伊知が、アトリエに引き返してから、舞台裏のことなど気ぶりにも見せず、みごとに僕を手玉にとって追い返したのである。

真理子が硫酸ニコチンを飲んでいたのは、彼女もいざとなるとさすがに承知で首を締められるのが怕《こわ》くなって、伊知に命じて園芸小屋から持って来させたのだという。もともとプログラムにはこの硫酸ニコチンのことは入っていなかった。真理子が硫酸ニコチンをあおって、ものの五六分、まだ大した苦悶も始まらないうちに唐沢がやってきて、首を締めた。飛び入りになった硫酸ニコチンのことは、伊知が唐沢に話して、万一供述しなければならない時の打合せをやっておいたのだそうだ。

最後に雪江の「夢遊病」のことだが、これは今さらくどくど説明の要はないだろう。真理子は一同が寝室へ引きとるとき、雪江を抱えて自分の寝室へはいっていった。伊知も勿論これを知っていた。だから伊知は、自分の部屋へ引きとって、真理子の戯れが終るのを待ちながら、さすがに嫉妬で気が狂いそうだったと書いている。

――こうなると僕には、女の気持や生理が全く化物じみて、何が何だか想像外のものだと驚嘆するほかない。雪江が須藤と上方の寝室へ飛び込んで騒ぎ廻ったのは、これはまあ真理子の行為にすっかり動転してしまっていたせいだと説明がつく。彼女はそれが妊娠原因の行為ではないかと知ってはいても、おそらく真理子からしかけられたことは奇想天外というもおろか、一体それがセックスの場にどういう位置を占めるものか、自分にとってはどういうことなのか、全く見当がつかなかったに違いない。勿論彼女は殺人プログラムについては何にも知らなかった。定刻直前になって、この雪江がボンヤリと、物問いたげに、伊知の所へ降りてきたときには、さすがに伊知も仰天するほど周章てたと、書いている。伊知もこのとき雪江が、真理子の行為が一体どういうことなのか訊きたい気持で、ふらふらと自分の所へやってきたのは、判りすぎるほど判ったそうだ。しかし、すでにそのときは、真理子が硫酸ニコチンをあおった直後で、いまにも唐沢がやってくる時刻が近づいていたのだ。

――とにかく、こういう大仕事を済ませたあとで、無事にマリアンヌを茅ケ崎へ連れて行ったとき、伊知はおそらく重荷をおろしてガックリするような気持だったに違いない。僕が伊知の長い手紙を読みながら、その青白い妖艶な顔貌を眼に浮べながら、まるで亡夫の遺志をついで大事業をなしとげた貞女でも見ているような気がしたのは、あながち僕がおっちょこちょいのせいばかりではないはずである。

　なぜ伊知が、こんな手紙を僕の所へよこしたかということは、その手紙の最後の結びになっている一節を味えば判ることだ。

「……せっかくおいで下さいましたのに、たしかに迷惑そうな顔などいたしました申訳に以上のようなことを走りがきいたしました。ただ、どうかマリアンヌがせっかく得た三百万円の遺産のために、こういう話はどなたにもご内聞のまま葬って頂きたいと、お願いいたします。私はこれから伯母のあとを追って、どこかの静かな海へまいります。

　では、お元気で。

伊知　かしこ」

三番館の蒼蠅

山一面の橅《ぶな》の木が、噎《む》せるような若葉の匂いを放って、澄んだ大気の中で陽光にきらめく、五月になったばかりのある日であった。

俺は、永いことかかって、橅の木のあいだの空地に深い穴を掘り、その中に、三番館から石炭カートで何杯も運んだドロドロの腐った死体と、まだ新しい二つの死体を次々に放り込んでから、穴半分ばかりを土で埋めると、ゴム手袋を脱いで、やっと一息ついた思いで、近くの切株に腰をおろしてタバコを喫いはじめた。

頭上を覆った若葉のあいだから、見上げる空は、ややガスのかかった鈍色《にびいろ》でひろがり、ああこれはどこかで見たことのある青空……と気取るまでもなく、それは紛れもなくラファエル描くところの、キリスト降誕の廏《うまや》のバックになったベツレヘムの空の色に他ならない、と気がついた。この期《ご》におよんで、たとえ形容的にもせよ、キリスト降誕の廏のバックの色とか何とか、宗教くさいことを思い浮べるということの、そもそもが、この早朝からの劇的異常事の続発で、疲れ果てていた俺が、いかにもだらしなく参ってしまっていたことの、何よりの証拠だと思われた。

物音一つなく、鳥の声さえしない橅山で、たった独り切株に腰を下している俺は、無性に物淋しく、タバコを喫うにも、しきりに痙攣《けいれん》的な泣き噦《じゃく》りのようなものが伴った。

化粧室で起った異常な出来事に仰天して、どこかへ逃げた女中のみはるは、それきりどこへ隠れたか、それとも足を宙にして三番館から脱走してしまったか、あれきりどこにも姿が見えず、本来なら俺は、ついでにこの女も殺して土に埋めたほうがいいとは判っていながら、さりとて今更彼女を探してみる気力もない。どうせ三番館は綺麗さっぱり空家《あきや》になる運命にある。俺は、この考えても忌々《いまいま》しい三番館との悪因縁を、きょう限り絶ち切って、どこか飛んでもないところへ姿を晦《くら》ましてしまうか、死んでしまおうかという肚が、すでに出来ていた。

ただ、この三番館が昭和三十二年当時、持主不在の空家になってしまった経緯《いきさつ》だけは手記に書き遺して、何年か何十年か経ったのちでも、誰かに判るようにしておこう。せめてそういう行為が俺に課せられた最後の責務だと考えた。逃げたみはるが警察などへ駆け込んで騒ぎ立てない限り、まだ手記を書く時間はたっぷりある。書き上げた手記は、茶の缶かビスケットの缶にでも入れて、蠟づけにして、三つの死体の上に置き、その上からまた土を被せて、完全に穴を埋めてしまうつもりである。そうすれば、昭和四十年とか五十年とかいう頃になって、この蕪山が何かの都合で拓《き》り開かれたとき、手記と三つの白骨死体が現われて、三番館が空家になった謎も解けようというものだ。それとも未来永劫《えいごう》に、手記も白骨も掘り出されずに終ってしまう可能性もないではない。しかしそれならそれでも結構だ。

よっこらしょ、と俺は切株から腰をあげ、喫いさしのタバコを捨てて踏み躙《にじ》ると、手記を書くため三番館のほうへ向って、山を下りはじめた……。

一

まずハシリドコロという毒草のことから書きはじめよう。このハシリドコロというのは、ナス科に属す雑草で、この日本にだけしか生えないという特質がある。

文献によって述べると、

「日本特産の植物で樹蔭または水辺近くに自生し、早春の候、他の植物に先んじて発芽する。葉腋から二糎《センチ》ばかりの暗紫色、鐘状の花を咲かせ、その内面は淡黄緑色、葉は長楕円形、その両端は尖鋭で、いわゆる紡錘形をなし、濃緑にして質柔軟なり」

とある。一見どこにでもある雑草と何ら異るところがない、有りふれた植物で、多少の特色といえるものは、早春他の植物に先んじて発芽するというところでもあろうか。

ところがその文献の説明には、まだそのあとに、

「結節を持つ太く湾曲した根茎は、乾燥したものを莨菪根《ロートコン》と称し、多量の激毒アルカロイド成分を含む」

とあるのだ。この莨菪根《ロートコン》のアルカロイド成分はヒヨス

チアミンとアトロピンだということも説明してある。

薬学に多少の知識でもある者は誰でも知っているが、このヒヨスチアミンもアトロピンも確かに猛毒中の猛毒で、往時日本でもこの莨菪根《ロートコン》を鴆毒《ちんどく》とともに毒殺用秘薬の双璧とされていた所以《ゆえん》もそこにあるらしい。医薬用には、喘息、神経痛、胃痛などの、鎮静剤として用いられたもので、現代の日本薬局方にも、ロートエキスという鎮痛剤が記載されているのは、とりもなおさずこの莨菪根《ロートコン》が現代式に化学処理されたものに他ならないのだ。眼科で瞳孔散大用に使用している硫酸アトロピンも、ロートエキスが原料にされている。ことほど左様の猛毒を含有するハシリドコロを、誤って食えば、間違いなく発狂する。まかり間違えば一命も落すし、またうっかりこの毒汁のついた指で眼をこすったりすると、たちまち瞳孔がひらいて、一時的に失明状態に陥るが、これは謂うまでもなくアトロピン成分のためだ。

俺は今年の二月頃から、どうしてもこの毒草が必要になり、春の訪れさえ待ち切れない思いで、しきりにあちこちと探し求めていた。俺は薬学には多少の知識はあっても、植物学には殆ど門外漢といってよく、ハシリドコロがどこにどう生えるのかもまるきり知らなかったが、漠とした見当というか、当てずっぽうというか、どうも六甲《ろっこう》山脈の周辺か、その山間から川筋を作っている芦屋川か宮川あたりの上流地域には、何となく有りそうな気がしたから、主として探索地をその一帯ということにして、盛《さかん》に歩き廻っていた。

残念ながら、ハシリドコロの実物を知らず、また植物図鑑に出ている写真だけでは、色も形状もよく判らなかった俺は、無鉄砲にもどこかでそれらしい物を見つけたら、片端から、その草の汁を自分の眼にこすりつけてみて、その効果いかんで真贋《しんがん》を見極めてやろうという、悲愴といえば悲愴な決意を抱いて、常時眼帯を携えることだけは忘れずにいたのである。

三月早々のある日、俺は御影《みかげ》附近からタクシーを駆って、芦屋川の上流およそ六キロの、中畑という部落まで行って車を捨て、そこから堤防づたいに、また二キロほど川筋を溯《さかのぼ》ったあたりの、河原の叢《くさむら》や灌木《かんぼく》の繁みの中などを一つ一つ注意深く覗きながら、歩きはじめた。

空は早春の陽光で真珠色に輝き、俺の歩いている左岸からみて、対岸の彼方《かなた》に円《まる》く聳《そび》える六甲山脈の山端の上には、トンビが一羽、高々と輪を描いて舞いつづけるという、いかにも穏やかな一日のことだ。俺は河原に棲息して、そろそろ活動をはじめているに違いない春蝮《はるまむし》の襲撃にそなえて、頑丈な登山靴を穿き、ブヨを防ぐために革ジャンパーの襟を立て、なおその上に半分頬被りのような恰好で、ハンチングの下に厚いマフラーをぐるぐる巻きにし、肩からは弁当入りの雑嚢と水筒、紐で吊した小型円匙《えんぴ》やピッケルまで抱え込んでいるという、大変ないでたちだったから、まるで解熱剤《げねつざい》でも飲んだように、全身ビッショリと汗まみれになっていた。

六甲山に源を持つこの芦屋川は、河川としてはそう大きいほうではない。流れは綺麗だが、幅が狭く、流水域に比べて嫌に河川敷が広いのは、神戸地方の河川の特徴の一つで、降雨が続くと急激に水量が増えるが、普段は猫を被ったように至って殊勝な相貌をしている。左岸よりずっと幅広な対岸の堤防下あたりで、草摘みでもしている女達なのか、点々と赤や黄色のスエーターらしいものを着た人影が、跼《かが》んだり這い廻ったり立ったり歩いて移動したりしているのが見えていた。

正午近く、俺は腹が空いてきたので、そろそろ弁当でも使おうかと、河原から堤防斜面へ移動した。だが、腰を下しかけて、ふと見ると、すぐ眼の下に焼きすぎたロールパンのような、こってりとした牛糞が三重ねほどある。あたりを見廻すと、農家の牛がその辺に繋がれた痕跡歴然たるものがある。こいつはいけないと、あわてて場所を変え、今度は白い葉の芽を吹きかけている河原柳の根元近くへ行って、足をのばしてから、さて暑苦しいマフラーを取り、水筒の水を飲み、それから家で使っている聾《つんぼ》の雇婆さんが作ってくれたサンドイッチを頬ばりはじめた。頬ばりながら、何気なく河原柳の根元に眼をやると、ブッシュになった枝根の附近に、あまり見かけない形の雑草が三、四糎ほど芽茎を伸ばしているのが見えた。まだ小さくはあるが、長楕円形をした葉っぱの形といい、その周辺に薄荷《ハッカ》のようなギザのある形状といい、正しくそれがハシリドコロなら文献通りのものといって差支えない。第一他の雑草が、やっと地上へ芽を出したか出さないかというこの三月の早々に、三、四糎も伸びているところが臭かった。どれ一つ試してみてやろう。と、俺は急いで食いかけのサンドイッチを頬ばってしまうと、それを嚙み嚙み、中腰になり、足の近くにあるその草をもぎとって、まず匂いを嗅いでみたが、これはただ雑草らしい生臭い匂いがするばかりで、不得要領に終った。さて、お次が自分の眼玉を実験台にする、最後的手段の鑑別法である。

俺は、二三度深呼吸をして気合いをいれ、それからまた二三度瞬《まばた》きをして自分の眼の健在度を確認してから、怕々《こわごわ》震える手に持った草の折口を眼に近づけて、静かにその折口を右の瞼の上に擦りつけてみた。そして暫く遠くを眺めながら待ったが、別にどうという変化も起りそうにもない。これは擦りつける汁の量が足りなかったかも知れぬ。そう思ったから、今度は三糎ばかりのその茎全体を掌の中でグシャグシャに丸めて、団子のようにし、そいつの汁をたっぷり絞り出すようにしながら、右の瞼へ思い切り強く擦りつけてみた。少々力を入れすぎたのか、右の瞼は草の繊維で擦られてヒリつき、汁が真皮のほうへ浸み込むにつれて、その痛さで痙攣を起すのが判った。——と、そのとき突然俺は、全身に何かで叩きつけられるような衝撃を覚えた。その衝撃は、何というか、純然たる生理的現象のようでもあったし、一面生理と神経作用の中間あたりで起った、ある種の心臓発作のようなものだったとも言える。もっと解説的に言えば、予《あらかじ》めハシリドコロという毒草の猛毒作用を知っている俺が、半ば怕々で試した途端に受けた眼球異常を、心理的と肉体的の両方で一度に覚えた雷撃さながらのショックとして受け取ったとでも言えようか。とにかく俺は、アッと思った時には、両脚の均衡を失って、堤の斜面の下まで転がり落ちていた。そして、だらしなく斜面際の草原へひっくり返ったまま、やられたほうの眼を開けようとしてみたが、これがどうにも開けていられなかったのだ。それは何というか、ありとあらゆる光線の束が棒のようになって眼の奥まで突き刺さり、まるで目玉全体を銀の反射にでも曝《さら》されているように、視界全体が恐ろしくギラギラと眩しかったのである。

正に驚くべき実験結果であった。薬理学的には、このアトロピンの作用が消滅するまでには、十日以上かかるといわれている。勿論これは眼科医が使う硫酸アトロピンの場合のことで、草そのもののハシリドコロの成分が、果して定説通りの回復を許すかどうかは、全く俺の知識のほかにあった。

「ハシリドコロで眼をやられた時は、直ちに清水でよく洗滌すること」と、植物図鑑には書かれているが、これも果して確実なものかどうかも判らない。俺は、もしかするとこれはこのまま失明でもするのではないかという恐怖に、猛然駆られて、いきなり飛び起ると、一目散に河原を突っ切り、本流のそばを蛇行しながら流れている枝水路の中へ靴ごと駆け込んだ。

砂礫《されき》まじりの細い水路の中を心ぼそく流れている、それでも澄んで砂の一粒々々まで見えるほどの清水で、一しきり眼を洗いつづけると、ようやく俺も多少心の落着きを取り戻してきた。とはいえ、やられたほうの眼は、依然として開けているどころではない。これはまあ覚悟の手前でもあったから、俺は用意の眼帯をかけ、それからハシリドコロのあった河原柳のところへ戻って行った。

茎を折り取ったあとの根を掘ってみると、これがなかなか根深いもので、俺は小型円匙《えんぴ》とピッケルを交互に使って、ようやく掘り上げてから、もう他にはないかと見廻すと、すこし離れたところにもう一株ある。これも掘り上げてから、更に附近を捜すと、その一帯に不定形な散布状態で点々と同じ毒草が生えていることが判り、俺はそれから二時間ほどかけて、この一群の毒草を悉く掘り起してしまった。中には花の咲きかけたほど伸びているものもあり、やっと地上へ出たばかりという茎の短いやつもある。俺はハシリドコロが、どういう繁殖方法をとるのか知らないが、おそらくは花が咲き終ると人知れず実を結び、その実が地上を転がるか風に飛ばされるかして、新たなところに根をおろし、それから何年もかかって深いところに根茎形成の営みをつづけるのではあるまいか。

根茎は、いずれも怪奇な形状をした、かなり大きいもので、俺が掘り上げたその塊根を数えてみると、ちょうど二十本あった。俺はこの思いのほかの収穫物を雑嚢へ押し込み、それから片目のままで意気揚々と帰りはじめたのである。

二

そのハシリドコロに対する異常な執着ぶりを、人からみれば、どう考えても気違い沙汰としか言えなかったに違いない。

しかし、実のところ、そのころ俺の頭の中には「香気学《フィトン・ツイト》」という奇妙な自然科学の一種のことが充満していた。

この奇妙な名称のものは、現在ソ連で進行中の科学の中では最も新しく、また応用科学として最も重要視されている、植物に関する新学説であるが、単に興味本位という点からみても、この学説の証明するところのものは、まことに奇想天外、その意味からすれば純然たる科学であると同時に、神秘の一つだとさえ言って差支えなかった。

幸か不幸か、まだ日本人の多くは、この学説についてはあまり知らないはずである。俺は、たまたまこの学説の証明するところの、驚くべき科学について、多くを知っていた。いや、実のところ嫌でも知らざるを得なかったような環境に、一時的にもせよ置かれていたということが幸いだったのかも知れないが、これはもっと後段で述べるとして、とにかく俺は、ある人知れぬ秘密をもって、実際に「香気学」の応用実験を行うため、どうしてもハシリドコロが必要だったのである。

なぜその毒草が必要だったかについて述べる前に、その「なぜ」を形成する俺の経歴の一端を述べなければならぬ。

これからあとの俺の記述には、段々気違いめいた部分が多くなるかも知れないが、しかし俺の頭は決して狂っていない。狂ったのは俺の兄貴のほうだと最初に言っておこう。俺の名は左江《さえ》高介《たかすけ》。今年三十六歳である。馬介《うますけ》という双生児の兄貴があった。もとよりあったというのは過去形である。つまり俺の兄貴は、狂って、そして死んだ。この兄貴が狂って死ぬ前後のことが問題なのだ。そこに三番館の劇的終焉ともいえる、俺でさえ何だかボウッとして、良く判らないような、ややこしい事態が発生するのである。

血統上の曰《いわ》く因縁も、あるいはこの出来事の素因の一つでないではなかったと思うので、俺たちの三代前のことから述べてゆこう。

三代前というと、つまり俺たちから言って祖父に当るが、この祖父は惟《これ》介といって、この神戸の裏の有馬地方の一部を宰領していた殿様であった。勿論大藩ではなく、俗に館《やかた》とか砦《とりで》とかいわれる程度の、殿様と呼ばれることさえ気恥しいぐらいの小藩中の小藩に過ぎなかったが、血統的にはかなり毛並みは良く、いわゆる豪族として知られてきて、財政も豊かだったことは確かなようだ。

一例をあげると、俺たちの親父が死んだ時、祖父から世襲でそっくり受け継いだ約八十町歩《ちょうぶ》の杉と檜の山林が、確かにあったはずなのだ。山林は一年に一町歩ぐらいずつ伐採して金に換え、あとすぐ植林しておけば、年々歳々順ぐりに金が入ってくる勘定で、つまりは八十町歩も山林があれば毎年律義に利子だけ生み出す永久財産も同じことになる。あったはずだ、というのは、数字にうとい俺には、のちに左江家を継いだ馬介のやったことがさっぱり判らなかったからのことだが、とにかくこの山林規模からもその一端が推量できるように、かなりの財産はあり、家柄もまずまずということが、例の廃藩置県の際、祖父の惟介が子爵の列に加えられた所以でもあったらしい。

俺と馬介が三歳の時、すでにお袋は亡くなっていた。従って俺にはこのお袋の生きた姿があまり記憶にないが、明石《あかし》の去る大家から来たというこのお袋が大変な美人だったらしいことは、人の話や、古い写真からも想像がつく。祖父から爵位と財産を世襲した俺たちの親父は、俺が物ごころついた頃には、有馬鉄道と中国鉄道の大株主で、当時としては関西の指折りの分限者《ぶげんしゃ》として栄華を極めていたが、お蔭で俺と馬介は、お袋の死後、別々に一人ずつの専従小間使いがつけられるような、度の過ぎた贅沢三昧《ざんまい》で育てられたものだ。

さて、神戸という街は、南が海に面して、北が六甲山脈で遮《さえぎ》られ、東西にばかり細長く、まるで六尺褌《ふんどし》みたいな形をしていることは、誰でも知っている。街のほぼ三分の一ぐらいは、六甲山麓の傾斜地帯にまで躙り上って傾いているが、時代的変化の激しい海岸方面は別として、山麓部分の山手街には、今でも時々オヤと思うほど、古色蒼然とした旧時代風の洋式建築物が遺っていることがある。俺たちの生れた三番館というのもその一つだった。

三番館の名の由来は、当時、といっても明治の後半期のことらしいが、この神戸で三番目に建てられた洋式建築だったということからである。屋上にドーム型の望楼《ぼうろう》のある木造二階建てで、やたらに洒落《しゃれ》っ気の多い割には、遠くからみると、建物全体の縦横の線が、定規をあてたように嫌にハッキリして、まるで積木細工のような趣があるところは、いわゆる鹿鳴館《ろくめいかん》様式というやつでもあったためだろうか。鹿鳴館の開館は明治二十六年だと物の本にはあるから、三番館がもし鹿鳴館の様式でも採り入れたのだとしたら、建てられたのは無論それからずっと後の明治末期の頃でもあったに違いない。階下に夜会のできるほどの大サロンがあり、それを真中にした建物の両翼と二階には、総数十幾つもの部屋がある。

初代子爵の惟介は、この三番館の主として、どこへ行くにも二頭立ての馬車に乗って歩き、屋敷にいる時は、次々と小間使いに手をつけて、そのうちの二人は自殺したという伝説まである。

階下大サロンの壁間に、長大な髭を蓄え、白い折れカラーに黒のフロック・コートで威儀を正し、山高帽を被って右手に鉄扇というアナクロ風俗の肖像画が掛っているのがその惟介で、俺たちの親父も、この祖父の血をまともに享《う》け継いだとみえて、女にかけてはなかなかの離れ業の名手でもあったようだ。さすがにその親父も、子供の俺たちには直接そうボロを出すような真似もしなかったが、たった一度、俺たち兄弟にも隠し切れなかったようなヘマをやっている。

無論俺たちのお袋はとっくに亡くなっていたが、俺たちが多分小学生の四五年頃ではなかったかと思う、ある日、親父がどこかへ出掛けている間に、物凄く美しい顔をした、定めし○○夫人といわれているのだろうと思われる洋装婦人がやってきて、階下サロンのソファの一隅に腰を下したまま、永いあいだ親父の帰りを待っていた。ちょうど学校から帰って間もなしの俺と馬介は、どちらもこの物凄く美しい婦人がいっぺんに好きになり、何となく物欲しげな恰好でサロンを出たり入ったりして関心を呼ぶことに努めたが、婦人は終始屈託気味にソファへ掛けたまま、俺たちには声さえかけてくれようとはしなかった。

やがて、井上という頭の半禿げになった黒服の執事がサロンへ現われて、婦人に近づき、うやうやしく頭を下げながら、低い声で何かを告げ、婦人との間に二三言のやりとりがつづいた。そして馬鹿律義なことにかけては定評のあった井上が、またうやうやしく頭を下げて、退き、サロンから出てゆきかけた。と思うと、その井上の姿がまだ扉《ドア》の向うに消えるか消えないかに、婦人はハンドバッグから何かを取り出して、口に含み、それから初めてかなり離れた所に突っ立ってこの一部始終を見ていた俺と馬介に、凄いほど濃艶な笑みを浮べて、いらっしゃい、というように手招ぎをした。呼ばれた俺たちは、待ってましたとばかり発条《ばね》に弾かれたように駆け寄ったのだが、いかんせん、もうこのときは婦人の顔は蒼白になり、汗一杯に浮べた苦しげな表情になっていた。

この婦人が床に崩れ落ちるとすぐ屋敷の中は大騒ぎになり、俺も馬介も、子供の見るものではないとサロンを追い出されたが、騒ぎにまぎれて、コッソリ二階へつづく湾曲階段の手摺のかげに隠れてみていた俺たちは、知らせを受けた親父があわてて帰ってきたのが、婦人が毒を嚥《の》んでから十五六分も経たない頃だったことを知っている。そのとき親父はよほど周章《うろた》えていたらしい。車輪を赤く塗った高級車のリンカーンを、ブレーキが物凄い音で軋《きし》むほどの勢いで表の車寄せに横づけにさせ、飛び出すや否やポーチを駆け上って、サロンへ直行した親父は、脚をもつらせ、俺たちもまだ見たこともないほど蒼い顔をして眼を釣り上げていた。そして、まだそのときは息のあったらしい婦人が大勢の手で担ぎ出されて、親父の車でどこかへ連れ去られて行ったあと、サロンのソファの端には、婦人が来るとき差していた柄の長い緑色のパラソルが一本、何か曰くありげに取り遺されていた。

その鮮かな緑色のパラソルは、今でも俺の眼の底に強く灼《や》きついている。それは申し分なく怪奇で情緒的で、そして物語めいてさえいた。事実それからのちもしばしば俺はそのパラソルを眼に浮べるたび、そのパラソルが三番館の行末を何となく暗示でもしているような不思議な胸のときめきを覚えることがあったのだ。

後年、アマチュアながらどうやらいっぱしの洋画家になった馬介は、さすがに小、中学生頃からその才能らしいものを、徐々にあらわしていた。勿論実業家一筋の親父は、この馬介の傾向には真向から反対して、二人の間には、双生児の俺にさえ窺《うかが》い知れない確執が、かなりあったようだ。一方、俺のほうにも馬介同様の芸術家的気質、というより、どちらかといえば高等遊民的な怠惰性が自分ながら嫌になるほどあることはあったが、馬介よりは多少悧口《りこう》に立ち廻ったつもりの俺は、そういうことは噯気《おくび》にも出さず、たとえば中学四年のとき親父から、

「おまえは将来何になるつもりだ」

と訊かれた時など、即座に医学博士になるつもりだと、心にもないことを答えて、十分に親父の歓心を買うことに努めた。

しかし、これには親父もちょっと意外な顔をして、

「医学博士？——何を研究するのだ」

と重ねて訊いた。

「ダーウィンみたいに、結核を研究して、人類のために貢献するつもりです」

俺が昂然として、チャラッポコを答えると、親父はその俺にジロリと眼をくれて、

「結核はコッホだろう」

と訂正した。

こいつはいけないと、俺は周章《あわ》てたが、しかし親父は俺の心掛けが遊民的な馬介の希望と大いに異ることに気を良くしたとみえ、医学でも薬学でもおまえがそんなことを好きなのなら、野口英世とかエールリッヒの伝記ぐらいはすこし読んで、真剣にやってみるが良かろう。必

要とあれば小さい研究室ぐらいはいつでも建ててやる、と言った。

俺は別段医学や薬学がそう好きという訳でもなかったのだが、このときの親父との対話で、たまたま冗談から駒が出たことになり、中学校を出ると単身上京して、専門学校の試験を受けた。すると当時の医専には落ちたが、どういう拍子か薬専のほうにはパスしたので、何だか自縄自縛の恰好で、東京の知人の家に預けられて、学校へ通いはじめた。

馬介のほうは、この間、親父の勧める実利的な上級学校を頑固に拒否しつづけて、とうとう親父に兜《かぶと》を脱がせ、喜び勇んで京都に住む著名な洋画家の私塾へ入って、洋画技法を学びはじめていた。

それはともかく、薬専へ入ったとはいえ、そうむきな熱情も薬学などに持たなかった俺は、怠けるだけ怠けて、初年度でまず落第。親父にさんざ叱られて、止むなくそれからまる一年どうにか頑張ったが、また三年目に落第。とうとうこの年卒業し損《そこな》った俺は、半ば自棄《やけ》っぱちで女友達ばかり作って学校へも行かず、そのうち退学勧告をくらって、また二年ばかり遊び廻っている間に、突然親父が狭心症で急死してしまった。

たまたま折悪く女友達と伊豆七島のほうへ遊びに行っていて、この親父の訃報《ふほう》を知らず、一週間ほど経って東京へ帰ってから初めて知った俺が、吃驚《びっくり》して神戸へ帰ると、遺言によって左江家を相続したと自称する馬介から、

「おまい、財産の分け前は、どれくらいほしい?」

と訊かれた。

「一体どれくらいあるんだ。まずそれをきいてからだ」

「うん、まあ尤もな話だが、しかし聞いて驚くなよ。相続してみて判ったが、財産なんてろくすっぽありはせんのだ」

「嘘をつけ。そんなことがあるか。鉄道の株もあったはずだし、有馬の山林もあったはずだ」

「ところがその株も山林も親父がとっくに売ってしまってるんだな。女の問題でだいぶ荒っぽく費《つか》ったらしいんだ」

「じゃ、遺言状を見せろ」

「その遺言も、書く暇がなくて、顧問弁護士立合いの口頭遺言だ。何なら弁護士にきいてみるといい」

「それじゃ何も財産の分け前がどうとか、気を持たせるようなこと言う必要がないじゃないか。どういうことなんだ」

「うん、実はそのことだが、ろくすっぽないと言っても、まだ親父が死んだ早々のことだし、これから時間をかけて調べてみれば、ひょっとしてあっちこっちから財産らしいものが少しは出てくるかも知れないと、弁護士は言ってる訳だ。そこで、これから調べてみて、どれくらい出てくるにしても、おまいとおれの分け前の分率を四分六ということにしたらどうか、と思うんだ。おれも相続人ということになれば、少しは左江家の体面もこれから張って行かなくちゃならない。だから、いくら出てきても、おれがその六割、おまいが四割。かりに百万円出てくれれば、おれが六十万円で、おまいが四十万円ということだが、これは飽くまで仮定の話で、分率だけをこの場で決めておきたいのだ」

「それは判った。いいだろう。しかし本当に金はまるっきりないのか。俺にはちょっと信じられん話だが」

「いや、いまおれの手許に葬式の残りが、三万円ちょうどだけある。本当にそれだけだから、それは信じてくれていい。で、おまいにその分率の点で異存がなければ、これも四分六ということにして、いまここでおまいに一万二千円だけ渡す。それで好きなことをやったらいい」

「よし判った。しや、その一万二千円とかを貰おう」

と、俺は手をうった。

もともと俺は数字が苦手の上に、生れつきそう欲深でもない。この点、俺たち兄弟は二人とも大体似たようなもので、俺に輪をかけたほど数字には弱い馬介が、一切ぶちまけて話すところは信用しても良さそうに思われた。第一親父が持っていたはずの財産がそういう状態なら、果して有るかどうかも判らない絞り滓みたいな残り財産を、これから馬介かどうやって見つけて、それでどうやりくりしながら左江家を相続してゆくつもりか知らないが、俺のほうは、たった一万円そこそこでも、現実にあるものを早いとこ貰ったほうが、後くされがなくて、より幸いだった。たった一万円そこそこと言っても、戦後の金にすればざっと百万円ぐらいには当っていただろう。

俺は馬介からその金を貰うと、じゃ俺は大陸にでも渡って、馬賊の統領にでもなり、日本男子の面目にかけて一暴れしてみてこよう、などという法螺《ほら》を置土産にサッサと海を渡ってまず上海《シャンハイ》へ潜り込んだのである。

三

当時すでに蘆溝橋《ろこうきょう》事件から何年か経ち、支那大陸での日本軍は世界的指弾の真只中という有様だったが、その一方では汪兆銘《おうちょうめい》の新政府擁立とか日独伊三国同盟の締結とかが、次々と実を結んでいるという、破れかぶれみたいな威勢のいい時代でもあった。

上海へ入ってみると、いやもうこの辺りは利権あさりの日本人が百鬼夜行という態《てい》たらくで、こいつはたまらないと、俺はだんだん北へゆき、蘇州、南京、清江、済寧、天津という具合に放浪しながら、どこかで法螺だけでなく、実際に馬賊にでもなる機会か、無尽蔵な宝の山でも見つけるきっかけはないかと、鵜の目、鷹の目、殊《こと》更《さら》怪しげな連中ばかりを選んで接触をつづけた。

すると昭和十六年の十二月、例の真珠湾奇襲である。そして最初はシンガポールだのマンダレーだのと景気のよかった日本軍が次第に足踏み状態に陥り、どうもあちこちからの情報では、日本が危いらしいということになった。これは早々に日本へ引揚げたほうが賢明かなと首を捻りはじめたという時も時、俺は北京で青蛾という偽名を持つ、関東軍のスパイらしい令嬢風の女と知り合って、割ない仲になり、この女の口から、万里の長城を一つ越えた集寧《チーニン》という所に、旧支那軍閥の巨財が隠匿されたままになっているのは確かだという話を聞かされた。そして、どうもこの戦争は日本の敗けらしいから、今のうちにその巨財を見つけて、蒙古あたりのどこかで愛の巣を作らないかという、夢のような誘いを受けてついフラフラと一緒にくっつき歩き、ようやく宣化の西南十キロほどの所まで辿りついたとき、突如ソ連軍が傾《なだ》れるように南下してきたのである。

逃げ遅れた俺たちは忽ちソ連軍の捕虜になって、別々に引き離されてしまったが、どういうことなのか俺のほうは、いっぱしの軍人扱いで即座にチャムスへ送られ、更にタシケントへ送られて、ここで訳の判らぬ軍法会議などにかけられてから、この土地のラーゲル、すなわち捕虜収容所に入れられ、それから何と前後八年間も抑留生活を送ることになった。

入れられた当座は、さすがに俺もこれきり二度と日本には帰れないのではないかと、深夜メソメソしたこともあったが、不思議なことには、抑留二年目のある日、俺は突然女軍医からの呼び出しを受け、女医自らの手で全身はおろか暫く禁欲を止むなくされている股の間まで克明に検査されたあげく、ラーゲルの所長から、おまえは早速あすからこのタシケントの全ソ連微生物特別研究所というところの薬務局で勤務しろと言い渡された。朝トラックで研究所へ送られ、夕方またラーゲルへ帰るが、その間薬務局の助手として働き、食いものと物品給与の待遇はソ連人なみにしてやろうという、正しく狐につままれたような話なのである。

この全ソ連微生物特別研究所という長たらしい名称のものは、主として微生物、すなわち細菌に関するあらゆる規模の研究を行っている機構で、俺が勤務を始めた頃は、癌腫から発見されるガンツェローゲンという、いわゆる癌原性物質には、ある種のウイルスの作用と同じものがあるらしいという仮説の下に、さまざまな実験をして、この仮説論理の裏付けを引き出そうという努力がしきりに続けられていた。

さすがにメチニコフやパヴロフなどという大科学者を生んだ国だけあって、この研究所の規模の充実さには目をみはらせるものがあり、俺が前に述べた、取っておきの「香気学《フイトン・ツイト》」という新鋭科学の知識を得たというのも、何を隠そう、捕虜としてこの研究所に勤務を命じられた間に得たところの、副産物に他ならなかったという訳だ。

それにしても、なぜ俺のような中途半端な人間が、ソ連人なみの待遇というようなことで、こんな所へ引っ張り出されることになったのかと、最初はどうにも合点がゆかなかったのだが、そのうちだんだんに判ってきたところでは、その主たる理由が、どうやら俺という人間がたとえ中途半端にしても日本薬局方の知識を身につけているという狙いはあったようだ。というのは、俺は最初のうち、誰かれなしに、盛に日本薬学のことを訊かれた。それも主として和方と漢方に関することが多かったのは、俺の学んだのが西洋薬学だったという点で、お先さまにとってかなり見当違いになったのは甚だ残念だが、しかし、さりとて別に日本の大秘密を売るという訳ではなし、知っている限りのことは教えてもやり、ついにはそれから面倒くさくなった俺は何ごとにも一切「否《ニエット》」という言葉を使わず、何でも「しかり《ダー》」「しかり《ダー》」で押し通すことにして、その代り要領よく相手の研究結果を盗み、要領よく適当に怠ける機会を享楽するという身の処し方で、前後ほぼ六年、この研究所勤務をつづけた。

とはいえ東京の薬専時代、遊ぶほうに熱中して、落第ばかりしていた俺は、薬学の知識といっても最初から出殻《だしがら》みたいなもので、研究所のほうでもようやくこれに気がついて、こんな奴をいつまで飼っておいても、損にこそなれ、決して国策的ではないと考えたのか、また突如、昭和二十八年の秋、本国送還が言い渡された。俺もやっぱり日本へ帰ったほうが有難い。ただ、研究所に勤務しているあいだに、俺は同じ薬務局に勤めている、これは純然たる碧眼紅毛のダーニャというソ連娘に恋をして、向うさまのほうでも満更ではなさそうだったから、本国送還が本極りになった途端、これだけが何やら掌中の玉でも失ったように後髪《うしろがみ》をひかれ、いよいよ送還船へ送り込まれてからも、あのダーニャの隠されたヘアの色さえ知らずに終ったのは、何よりも残念と、夢みるようにその面影の追憶に耽《ふけ》ったりしたものだ。

それでも、送還船が敦賀《つるが》へ近づく頃には、俺も猛然として人並みの望郷の念に駆られはじめ、上陸するや否や、潰れたか健在なのか、さっぱり様子の判らない三番館へ、ともかく電報だけは打っておき、帰還手続き一切が終った一週間目に、羽根が生えたように、全く十何年かぶりの日本の旅客列車でまっしぐらに神戸へ帰ってみると……。

俺はプラットフォームへ立つと同時に、いきなり心臓を一突きでもされたような思ってもいない衝撃に見舞われた。

プラットフォームには、それでも殊勝に十何年ぶりかの馬介が出迎えてくれていたが、俺がうたれた驚きというのは、その馬介のことではない。その傍《かたわら》に、何とも俺が生れて初めて見るような初々《ういうい》しい美貌の女性が一人立っていた。この女性は、薄青色の地に、グレイの可憐なトンボが無数に飛んでいる和服の装いをして、胸高に銀糸の浮いた帯をしめていた。まるで絵に描いたようなスラリとした立ち姿といい、物いいたげな可憐な顔貌《かおかたち》といい、一目見るより俺の頭からは、青蛾とかダーニャとかいう、過去十何年に俺を惑わせた女たち一切が、下僕《しもべ》のように醜いものに思われて、消え去った。その半ば酔わされたように我を忘れている俺に手を差しのべた馬介が、

「これがおれのワイフの道子だ」

と紹介したとき、実際の話、ああ俺は馬介に敗れたり、と思わず心の底で呟いていた。馬介の奴、この日本でのうのうとして過し、そしてこれほどの女をワイフに迎えていようとは、正しく俺はその宝石にも等しい女性をよそに何のため十何年も大陸やソ連あたりをうろついてい

たのか、と！

「それにしても、おまい、よく帰ってこれたものだな。軍部が潰れたから良かったようなものの、おまいは徴兵忌避の脱走兵扱いでさんざ憲兵隊に探されていたんだぞ」

「徴兵忌避の脱走兵扱いとはどういうことだ」

「徴兵検査の通知がきても、どこへも連絡の仕様がなかったからだ。お蔭でおれまでさんざん憲兵隊でいびられたものだ」

「おまいは兵隊に行ったのか」

「いや、おれは徴用で神戸の港湾勤務をさせられただけたが、おまいは軍籍なしの非国民のレッテルが貼られていたわけだ」

こういう一別以来の俺と馬介の立話を、道子という女性は、五六歩離れたところに立って聞いていた。いや、聞いていたというよりは、自分の夫と顔かたちまで瓜二つという俺が、よほど物珍しかったのか、黒々とした瞳を見開き、微笑《ほほえみ》とも驚愕の表情ともつかない、得も言われぬ魅力的な表情を浮べて、まじまじと凝視《みつ》めていた。

俺は、なろうことならその道子の着ている着物のグレイのトンボを一匹ずつ、残らず食ってしまいたいほど、異様な焦燥を覚えさせられたが、ますます残念に思ったのは、馬介がこのヴィナスのような麗人を迎えたのが、俺の送還されてくるたった一年足らずほどしか前のことに過ぎなかったということだ。それも話を聞いてみると、馬介は、彼独特の人間離れをした執念的芸当で獲得しているのである。

道子は山口県萩の在の素封家《そほうか》の令嬢で、たまたま両親兄弟たちと所用があってきた、神戸元町の繁華街を歩いているのとすれちがった馬介が、たちまち一目惚れをして一同の後を追い、執念深く萩の在までくっついて行って、旅館へ根城を構えながら三週間ほどかかって両親たちと膝詰め談判のあげく、ようやく陥落させたというのだから、こういうところはいかにも生れつき無鉄砲にできている俺たち双生児兄弟そのものだ。

とまれ、馬介夫婦からみればラーゲル呆《ほ》けもいいところだったに違いない俺は、暫時静養の名において、ひとまず三番館に同居することになったが、久しく見なかった愛すべき三番館は戦争中も焼けもせず、馬介はこの古洋館の横表にガレージを作って新車のシボレーなどを買い込んでおり、そのガレージと古洋館の右翼の中間あたりに、地下室のアトリエという妙なものを構えて、専《もっぱ》らここで画を描いていた。

俺は馬介の画が、芸術的にどの程度の評価を受けているのか、またその芸術的本質がどのようなものであるかなどということは、全く知らない。しかしその地下室のアトリエなるものを初めて見せられたときは、完全に度胆を抜かれて、二の句もつげなかったことだけは、言える。何のためにそれほど怪奇な、というよりはまるで牢獄みたいに陰惨で嗜虐的なアトリエを必要としなければならなかったのか。ガレージから三番館の右翼のほうへ廻ってゆくと、ちょうど植物園の温室をスッポリ地下へ埋めて、ガラス張りの屋根だけ地上へ出しているようなものが見えるのがそれで、洋館際に近い所にあるトンネル工事の入口みたいな真四角い穴の口から、コンクリートの階段を降りてゆくと、頑丈な樫の木の扉がある。その内部が、縦二十メートル、横十メートルほどの、やや長方形になったアトリエという訳だ。

床も周囲の壁も、すべてアスファルトで固められ、採光窓になっている天井は、ずんぐり型の透明な茶筒でも真二つに割って伏せてあるような形の、湾曲ガラスの張り詰めである。そのガラスを内側から支えているのが、縦一本の太い鉄骨から、まるで鯨の肋骨さながらの枝鉄骨が無数の平行線を描いている、泥棒よけの桟蓋で、何とその枝鉄骨の一個所には、人体生理の教室で使うような、紅白ダンダラの剥身《むきみ》の人体標本が、鎖で繋がれてぶら下り、風もないのにどういう加減か、ゆっくりと左右に体をよじらせて揺れている、という具合だ。

その人体標本の真下近くに、耶蘇《やそ》教信者《きょう》の墓標か何かのような、アスファルトで固めた真黒いモデル台。それから少し離れてクレーンのような巨大な鉄製画架《イーゼル》。そしてその附近の床には、首や手足がバラバラになった五六体のモデル人形が、素裸のまま、足の踏み場もないほど転がっているという、正しくどうみても怪奇映画の撮影セットそのものの趣としか言うほかない。

馬介は、時おりこのアトリエに籠って画を描き、たとえ最愛の道子ですら、入室することを容易に許さなかったというが、その描く画がどんなものかというと、アトリエの周囲の壁に夥《おびただ》しく立て掛けてある、完成画とみられるものから推しても、犬の死骸を口に銜《くわ》えている痩せて色蒼ざめて物凄く口の大きい女だとか、水中で長い髪をうしろへなびかせ、あぶくを吹きながら、どうみても海底の砂の上を走っているとしか思えない女だとか、どことなく怪奇めいている画風は、俺の貧弱な絵画の知識からみても、フランドール画家のピーター・ブリューゲルとか、いわゆる現代のシュールレアリスムの先駆をなしたと伝えられるオランダのヒエロニムス・ボッシュに、その範を求めているように想像されたのだ。

三番館は、かつては十数名もいた執事その他の扈従者《こじゅうしゃ》は、すべて解雇されてしまったらしく、現在いるのは小間使いのみはるただ一人で、さながら屋敷の中一帯は無人の境に等しい。簡素な生活といえば、それもまた観方の一つだろうにしても、道子のような初々しい若妻が、よくもこういう古寺そこのけの環境に堪えられたものだ、というのがまず偽りのない感想だった。

馬介は、俺が上海などへ飛び出して行ったあと、弁護士と協力して、ようやく親父が生前お義理や附合いで仕様ことなしのように買ってそのまま放り出していた、山林めいた雑木山《ぞうきやま》や荒蕪地《こうぶち》などをあちこちから見つけ出し、戦後の開発ブームや観光ブームに乗って値上りした時を見計って売り飛ばした金が一億三千万円ほどあり、その金を全部関西電力や中部電力の証券に替えて、いまその有利な利食いで一切の財政を賄っていると、正直な内訳を話してくれた。

「約束通りにすれば、おれはこのうち五千二百万円がとこの証券を、おまいにやらなくちゃならないことになるが、しかしそれではせっかく投資してある金が値打ち半分ほどしかないことになってしまう。そこで、ものは相談だが、今後一切財政上のやりくりはおれに任せるとして、おまいは月々おれから三十万円がとこ貰うということで、何とかやってゆけないか。おれも戦後間もなくに爵位をふんだくられたとはいえ、何とかこの家の体面だけは保って行かなくちゃならないし、税金だって昔の比でなく、身の皮剝ぐほど持ってゆかれるのだ。こまかい計算は苦手だから、一切計理士に任せてあるものの、これでも何だかんだと頭の痛いことだらけだ。おまいに渡す月々三十万円も精一杯だと、まあそう思ってくれ」

俺も面倒くさいから、それで結構だということにした。しかし、それにしても一億何千万円だの、月々三十万円だのと言われても、戦後の日本のインフレ状態を具《つぶさ》に知らない俺には、もひとつピンとこないところが、どうにも伴った。三十万円といえば物凄く大金のような気がしてならない。一日一万円がとこが費える勘定だったから、何にどう費えばいいのか見当さえつかないのだ。

えいままよと、俺はこの機会に三番館を出て、別の所で暮すことにした。

そして東灘区の御影から六キロほど六甲山の麓《ふもと》へ這い上った寒天山という所の近くに、一軒のボロ家を見つけて、姫路生れという耳の遠い雇い婆さんと二人で暮しはじめた。

四

しかし、そもそもと改めてここで開き直るまでもなく、俺と馬介は、鏡の前にでも並べば、互いに照れくさくなるほど瓜二つ、というより、うっかりした者にはどっちがどっちだか区別がつかないほどそっくりの兄弟である。一卵性というこの種の双生児は、容貌、体軀のみならず、時として性格まで酷似することがあるとさえ言われ、いうまでもなくお袋の胎内では、どちらが先に形成されたのでも後になったのでもなく、いうなれば受胎の機会均等性において出来上ったものに他ならない。生れるとき、母胎の膣道そのものに制限があったればこそ、止むなく譲り合いの状態で、あとさきになって外界に出た。

ところが本来の産科医学では、こういう多生児を、出生の順序に従って、第一児、第二児と称して天与の形の長幼《ようちょう》の序列をつけているが、この日本では、どういうものかこの第一児のほうを目下《めした》ということにして、後から生れるほうを兄貴にするという風習がある。

この習わし通り、俺の家でも、兄弟順位を決定した。逆にいうなら、俺が馬介の弟だということは、とりもなおさず先に生れた第一児に他ならないということである。この俺が馬介より先に生れたということは、俺も子供の頃から耳に胼胝《たこ》ができるほど聞かされ続けたことで、馬介が弟の俺に先を譲ったのは、さすがに悠揚せまらざる兄貴の貫禄だというようなことまでが言われている。

俺は物ごころついて以来、今日まで、ただの一度もこの馬介の弟たることに、不満も怨嗟《えんさ》の思いも抱いたことはない。しかし、つらつら考えてみると、どうにもこの産科医学上の自然理を覆《くつがえ》す慣習的な俗説による俺たち兄弟の序列決定ということには、些かの疑問がないではなく、常日頃このことが頭のどこかにあったためかどうか、寒天山の近くに居を構えてからのち、次第に俺の頭には、ある一つの想定的事実が、あたかも一編の物語でもみるように兆しはじめた。

その幻想的想定事実の根底にあるものは、いうまでもなく、親父の死後俺が三番館を飛び出して、大陸放浪のあげく前後八年間もソ連の豆スープで命をつないだラーゲル暮しの一切は、本来ならば産科医学の上では明らかに俺の弟でしかない馬介こそ、味わってしかるべきだったもので、事実上は歴《れっき》として兄たる俺が、そういう逆境に甘んじていなければならなかった間に、ヴィナスそこのけの道子などという麗人を妻に迎えたり、さながら左江家の当主気取りで好き勝手な画の道にいそしんでいた馬介という奴は、どこからみても主殺し同様の飛んでもない贋物だ、という一つの逆説的論理であった。

できれば、これからの後半生は、俺と馬介がその立場を入れ替って、俺が馬介になり、馬介が俺になるという、本来然《しか》あるべき姿に立ち還るべきではないか。俺がもし上手に馬介になり、麗人道子を妻と呼び、夫と呼ばれることになったら……とそこまで考えたとき、思わず俺の全身は言い知れぬ歓喜と、またそれに伴う一脈の恐怖感とでおののいた。

勿論、人間相互の間には、異質の個体という、第三次限的な「壁」がある。その壁が、おそらく過去何億年かの人類生活上、互いに入れ替ることを防ぐ障壁となり、またこれからのち人類何万年かの生活を通じて、相互不可侵の確乎たる保証の役を果してゆくに違いない。だが、顔貌、肉体共に驚異の酷似性を持つ双生児ともなれば、話は別で、たとえあったにしてもその相互を隔てる「壁」は極めて薄いに違いなく、この「壁」を濾過して互いに入れ替れる確率度は遥かに高い。ただそのとき決定的な障害物となるのが、相手の「意識」というやつだ。これさえ何とかの方法で溶解してしまえば、何のことはない、たとえ今日からでも完全に入れ替ってしまうのは、いと容易《たやす》い。

俺はこの畳みかけるような論理の展開で得た着想を胸に抱くと、にわかに生活態度が頽廃《たいはい》的になり、毎夜のごとく酒を飲んで歩くは、片っ端から女と遊んで歩くはで、さすがに馬介も目に余ったのか、会うたび苦い顔をして釘を刺したものだ。

「おまいがどんな生活をしようが、別しておれからとやかくいう筋合いではない。しかし、それにしてもおまいの近頃のやりかたは、少々出鱈目《でたらめ》がひどすぎるぞ。いくら何でも、少しはおまいも左江家の人間の一人だと考えて自重してくれなくちゃ、おれも道子や道子の実家の手前、困ることになる」

しかし、そういう馬介こそ知らぬが仏で、いうなれば俺の頽廃的激変こそ、悪心と良心との闘いそのものでしかなかったのである。ただ俺は、いかなる女と遊んでいる時でも、いかなる行為の最中でも、胸の底に描きつづける道子の面影を、決して忘れたことがない。いや、もっと極端に言えば、俺はむしろその道子の面影を反聖書《バイブル》的にしばしば利用することさえ憚《はばか》らなかった。

そういう俺の悪徳の横恋慕《よこれんぼ》を、無論聖なる道子が知っていようはずはなく、俺が三番館を訪ねるたび、彼女はいつに変らぬ好意的態度で迎え、そして常に心の底から優しかった。その彼女の妙《たえ》なる好情も、つまりは俺が彼女の夫のただ一人の弟なればこその表われだと考えたとき、俺にはその彼女の優しさが、実に空《むな》しく、そして一層切ないものに思われたのだ。

あるとき、たまたま馬介が不在中、三番館を訪ねた時のこと、彼女は俺をダイニング・ルームへ誘って、テーブル一つを隔てて差向いになり、暫くビスケットを摘んだり紅茶を飲んだりして雑談をつづけたあとで、ふと、真向いからジイッと俺の眼を見入るようにしながら、

「高介さんは、なぜ結婚なさらないんですの?」

と訊いた。訊きながら、さもはしたないことを口に出してしまったというように、その可憐な両耳を赧《あか》らませるのを見て、俺は息が詰るような気がした。彼女の質問には、多分近頃の俺の乱行のことも暗に含められているに違いない。そう思うと、あわてて追い縋るように釈明の衝動に駆られ、思わず早口でこう説明した。

「近頃ぼくが盛に遊び歩いているものだから、兄貴はだいぶ怒っているようですね。しかしこれは嫂《ねえ》さんだけにこっそり告白しておきますが、ぼくには実をいうと、ある永遠の女性が一人いるんです。そのため拙《つま》らぬ結婚なんか、絶対したくない。そう心に堅く誓っているというのが、真相なんです」

「じゃ、その方と早く結婚なさればいい……」

「いや、ぼくは、その女性とも結婚しません。清く、誇らかに、永遠の女性としておくために」

と、俺は言うには言ったが、この言葉が余りにキザすぎたと気がついて、照れくさまぎれに、つい本心の一部を告白する恰好になってしまった。

「ですが、決してご心配は要りません。ぼくには、もひとつ打明ければ、ある真面目な科学上の研究課題があって、いつそれを始めようかと、なかなか踏ん切りがつかずにいたんですが、この際、嫂さんにはハッキリお約束をして、すぐにでも取りかかることにします。これは

兄貴にも話せば吃驚するような、特別新鋭科学の範疇《はんちゅう》に入るもので、これが成功すれば、その特許権だけでも一財閥を築く値打ちがあるものです。まあ見ていて下さい。明日からのぼくは生れ変ったほど真面目な人間になります。じゃさようなら。いずれ兄貴にも話しますが、嫂さんからもよろしく……」

俺は立ち上りざま、そういう言葉を残してダイニング・ルームを走り出た。

事実、このことがあってから間もなく、寒天山近くの俺のボロ家の表には、縦一メートルほどの板に「香気学応用化学研究所」と書かれた標札が掛けられ、家の奥八畳の間の外にある小さな庭に、大工を呼んで急造したバラック建ての実験室には、さまざまな化学実験用の道具類が運び込まれたのだ。

これは俺がハッキリと道子にも宣言した通り、その日限りピタリと遊蕩三昧から立ち直った代りに、それまで幻想的着想の域を出なかった「相似の壁」乗り切りの構想を、いよいよ実現化するためのものに他ならなかった。それには少々纏った資金も必要だったので、その点、強硬に馬介へ談じ込み、最初はなかなかウンと言わなかった彼に、ソ連科学の実相から説明するという手順を踏んで、第一にこれがもし成功すれば、缶詰製造法の革命を日本にもたらすことになり、第二に奇想天外の食料永久保存装置を持つ、新型冷蔵庫の出現ということと併せて、その特許権だけでも、電力株どころの騒ぎでなく、一大財閥を築き上げることも可能だと、具に話して聞かせると、ようやく、それじゃどういうことになるか一つやってみろと、前貸しの形で某《なにがし》かの資金を放出してくれたという訳である。

香気学という自然科学の分野のものと、缶詰製造法の革命、並びに食料永久保存装置との関連性は、決して俺のハッタリでもケレンでもなく、後段俺がそれを実証してみせれば、誰しもその玄妙不可思議な作用には一驚するに相違なく、またこれが実用的に当れば、決して億万長者も夢ではなかったのだ。それだけに、俺の実験室は飽くまで神聖そのものでなければならなかった。俺はまずこの実験室に、ツァイスのインメルジョンという高能率の顕微鏡を安置して、そこへ出入りするときは、いっぱし科学者然とした白衣を纏うことにした。

しかしながら、俺もまだ血気旺《さか》んな一個の男性として、いかに研究熱心とはいえ、その間ひたすら修道僧のように身を持すること石の如くという訳には行かなかった。

この解決法を遊蕩以外に求めるとすると、さしずめ特定少数の女性を非公式の憩いの対象として設定する他なかったのだ。

俺たちの左江家とかなり近い親戚筋に、高寺家というのがあった。当主は須磨《すま》の敦盛《あつもり》寺の下あたりに住んでいる関西実業家の一人で、その二番娘に修子という、すでに三十歳をこえている出戻りがいた。俺が親父の死後、日本を飛び出して間もなくの頃、この修子は一度京都の公家《くげ》出の華族へ輿《こし》入《い》れをしたが、戦後姦通事件を起して、敢えなく破鏡の身となり、須磨の実家へ帰ってブラブラしているという、いわば色道にかけては前科のある女性だったのだ。俺が日本へ帰って、まだ三番館にいた頃、一度訪ねてきて、

「高介さん、さぞかし日本女性が恋しゅうおましたやろな」

などと、挨拶代りに小賢《こざか》しいことを言ったので、俺も腹立ちまぎれに、

「そういえば、お前さん、えらく派手なことやったっていうじゃないか。京都の公家はんも、お前さんみたいな進歩的女性のお蔭で随分と脱皮させられたことだろうて」

と、毒づくと、彼女はいきなり俺の鼻先でヒラリと両手を合せて、

「あ、それいわんといて、たのむ！　あんたかて、わての苦しい胸のうち聞きはったら、きっと同情してくれはると思うてんのやわ」

などと消え入りそうな声で呟いた。何かその全身には、世間体を恥じて身を竦《すく》めているようなところがあり、これは俺も少々言い過ぎたかなと、気がついたほどだった。

「日本女性か！　確かに恋しくはあったね。しかしどういうものか、俺にはやっぱりソ連娘のほうが性《しょう》に合ってるような気がするな。いま思い出しても、あの娘も、この娘も、みんなゾクゾクするような後味ばかり残してる」

俺がそう言うと、

「ウソばっかし。抑留されてて、ソ連娘も何も、さすがの高介さんも手も足も出されへんかったやろに」

「冗談じゃない。不思議に体が幾つあっても足りないほど、もててもてでどうにもならなかったもんだ。――ただし俺だけはの話だが」

「あほらしい。誰がそんな寝言きいてられますかいな」

そんな捨て科白《ぜりふ》を残して消えてしまって、それから暫

く姿を見せなかったが、俺が寒天山の近くへ居を構えて間もなく、またやってきて、今度は俺を神戸の上筒井の中山手通りにある海《ラ・メイル》というフランス料理店へ誘い出し、シャンペンなど抜いて俺をもてなしながら、突然思いがけないことを言った。

「あんた、なんでうちに一言もそんな話しはらんと、上海みたいなとこへ行きはったん？　うち、知らんまにあんたに行ってしまわれて、えらいガッカリやったわ」

「なんでガッカリだったんだ」

「あんた、そこまでうちに言わせる気い？　そこまで言わせる気やったら、言うてしまうけど、うちはなあ、女学校時分から、あんたのこと好きやったんや」

これは正しく寝耳に水だった。

「ほう、そら知らなんだな」

と、さすがに生れてこのかた厳重に標準語で話すことで躾《しつけ》られてきた俺も、この女にかかると、疑似的に関西訛に同化させられ、板にもつかない関西弁で思わずそう言ってしまうと、続けて彼女は、俺が日本を飛び出したあと、失恋状態で悶々としながら京都へ嫁ぎはしたが、明け暮れがんじがらめの因習の中で歯をくいしばって堪えつづけた反動が、戦後の自由主義的風潮の中で、爆発的に一人の多情家の誘惑を受け入れさせることになったのが破鏡の原因だったと語り、

「そら確かにうちがアホやったんや。そやけど、最初からの原因さぐってみたら、高介さんにかて一半の責任はあるのやないかと、うちそんなこと考えてるんや。何やしらん、自分勝手かも知らんけど……」

と言いながら、照れくさそうな顔をして、シャンペンのグラスの残りを一気にあけた。

修子という女も、その育ちの良さという、いわば毛並みの良さから滲み出るものは、一種の香気ある色気に凝縮して、そのプロポーションの良さと独特の美貌を申し分なく救《たす》けていた。この女の何やら告白じみた泣きごとを聞かされると、さすがに俺も挨拶に困るほど鼻白まざるを得なかったのだが、一面俺の持って生れた野人的性格というか、人に縛られることが大嫌いな性分は、彼女の一半の責任がどうとかいう言葉を聞かされるに及んで、ハッシとばかり拒絶の身構えを取らさせてしまった。いつ開き直られるか判らない女は俺の最も苦手とする所である。おまけに相手が出戻りで、親戚の娘というのでは、どんな拍子に捨身の居直りでもされて、泣くにも泣けない生き恥をさらすことにもなりかねない危険もあった。

海《ラ・メイル》の一夜を最後に、俺は二度とこの女の誘いには乗らないと心を決めていた。

　しかし香気学の研究所を設備して以来、つらつら女旱《おんなひでり》でも済まされそうにないと考えたとき、この修子こそ適材適所というものではあるまいかと、気がついた。一夜須磨の自宅へ公衆電話をかけると、

「うちのこと思い出してくれはるの、だいぶ時間がかかりましたんやな」

と、相変らずのことをいい、

「そやけど、思い出してくれはっただけでも、うち嬉しいわ。どこで会ってくれはんのん？　海《ラ・メイル》？　うん、すぐ行きます」

　そして指定の時刻に、いそいそとやってきた。そこで、俺から、いかなる事態が起っても、心身ともに一切の責任は負わないが、それでもよければ暫く交際《つきあ》ってみないかと切り出すと、かまへんわ、どうせ出戻りやもの、うちどうなっても、あんた次第や……という返事である。よしきた、と早速その夜のうちに明石まで遠征して、垣を越えた。

　しかし、そのとき初めて判ったことだが、この修子という女性は、その衣服の下に驚くべき饗宴の場を秘蔵していた。包まずに言えば、まずこれほどの女性は百人に一人か、いや千人に一人かと言って、決して過言でなかったろう。姦通事件で止むなく離婚になったとはいえ、どんな華族様だったのかは知らないが、定めし修子の別れた亭主も、のちのちまで修子の体にぞっこん未練が残って仕様がなかっただろうとさえ、俺は思った。この稀にみる秘宝ともいえる修子と、その後も絶対誰にも知られずに密会をつづけるため、俺はそのたび変装と偽名で押し通すことにした。そして初めて俺が俗にコールマン髭といわれる附髭をつけて、第二回目に修子に会ったとき、彼女はまずその俺の変装効果に驚き、つづいて腹を抱えて笑い出し、最後にこの髭がいかにも俺に似合っていて素晴らしいと、抱擁の間じゅう、その髭を愛撫しつづけたりした。

五

　さてこの辺で、俺はいよいよ「香気学《フイトン・ツイト》」なるものの全貌を明らかにしなければならないだろう。これまでに俺は再三それに触れながら、容易に手の中《うち》を見せなかっ

たのは、何も勿体をつけたり気を持たせたりするつもりがあってのことでは、決してない。この驚くべき科学の真相が、実は何でもないことのようでありながら、余りにも人に知れなさすぎていたことから、見ようによっては俺のハッタリか出鱈目のように解釈されないでもない一脈の不安が伴ったなればこそなのだ。

タシケントの全ソ連微生物特別研究所で勤務している間に得たこの「香気学」の知識の、まずいろはから説明すると、フィトンというのは「植物の」ということらしく、ツイトというのは「殺人」とか「殺傷力」とかいうことに当るらしい。従って前後あわせて全体の意味を「植物の有する殺菌力」というようなことに解釈すればいいようだ。「香気学」というのは俺のつけた仮の名で、なぜ俺がそういう名をつけたかということは次第に判ってくる。

もともとこれは、レニングラード大学のベ・ペ・トーキンという、スターリン賞までうけた新鋭学者が最初に唱えた学説で、その全貌を概括的に述べると、およそこの地球上のすべての植物は、必ず微細に検討してみると、特有の香気を有しており、しかもこの香気の正体は、各々の植物自体が生存してゆくために、その植物だけを狙って破壊工作をする細菌類と闘う必要上、自然にさずかっている防禦成分に他ならない、というものである。

トーキン教授は、この植物の防禦力の実体を、まず顕微鏡視野の中で証明した。

例えば、チフスやジフテリアの細菌を培養した液の一滴を、顕微鏡のオブジェクトグラスに塗って、これを覗きながら、樫の葉の絞り汁を一滴、細菌類の上から落してやると、たちまち顕微鏡の視野の中には、葉液と細菌類との凄惨な格闘が展開し、やがて全細菌群が死滅してゆく光景がみられる。

このトーキン教授の実験を、俺の実験室の顕微鏡下でやってみると、こういうことになる。

俺にはそう簡単にチフスやジフテリアの細菌が手に入らなかったから、代りに葡萄状菌や連鎖状菌などがウヨウヨしている溝水《どぶみず》をオブジェクトグラスに塗り、これを顕微鏡で覗きながら、樫の葉の代りにレモンの汁の一滴を、吸液管《ピペット》を使って、上手に落してみた。すると殆ど同時といっていい短時間で、今まで元気に動き廻っていた細菌が、吃驚したように、急速に体を縮める。驚くべきことに、この体を縮めた細菌類の表皮がみるみるうちに溶けて行ったと思うと、いきなりピョイピョイと一つ一つの細菌類が、あらぬ方角へ素っ飛びはじめ、顕微鏡の円い視野の中には、時ならぬ花火の爆発のような光景が展開する。そして遂には、どこかへ飛び出してしまうやつもあれば、ブヨブヨの残骸だけになって居竦まるやつもあるという調子で、正しく細菌群殲滅《せんめつ》結果だけが視野の中にのこる。この細菌群が一時的に花火のように入り乱れて飛ぶのは、トーキン教授の解説によれば、細菌の外殻が急速に溶けるため、内部の水分が弾け出し、ちょうどロケットの原理で跳ね飛ばされるのだという。だが、俺の与えたレモン汁の一滴は、飽くまで細菌類の残骸すら溶かしてしまわずにはおかないという執拗さを発揮して、最後には顕微鏡視野の中には一物ものこさず、きれいに透きとおってしまうのを、俺はまざまざと見ることができた。

ソ連では、俺が抑留中の頃、すでにあらゆる型の流感ウイルスや、淋菌《ゴノコッケン》をはじめ、腟内に発生して婦人を一時的に好色状態に陥すことがあるといわれる根絶困難なトリコモナスのカンディダ菌まで溶解絶滅するフィトン・ツイトを発見したと伝えられていた。

細菌類と植物との対応性には、何かまだよく判らない一定の限界性があるらしく、一つの植物がどの細菌にも効果を発揮するとは限らないといわれる。だが、大蒜《にんにく》のフィトン・ツイトだけは、物凄く幅広く、この点極めて高く評価されて、帰納的に生大蒜の常食奨励も盛に行われていたほどだ。

トーキン教授の大蒜に関する実験によれば、刻んだ大蒜をガラスの瓶にいれ、同じ瓶の中に生肉とか果実の一片をいれて密封しておいたところ、すでに五年たってもその肉も果実も腐敗しておらず、今後どれだけ長年月の間、同じ状態が続くのか、今のところ予想もつかないという、驚くべき事実が報告されているのである。この実験結果から、単に植物の液のみならず、植物そのものから発散するエーテルようの香気にも同様の殺菌力があることが証明された訳で、そこに俺の名づける「香気学」という名称の所以がある。だが、奇妙なことには、この香気的威力を持っている大蒜も、その大蒜そのものに寄生するバクテリアには非常に弱く、大蒜が時たま腐敗することがあるのはこのためだが、しかしその大蒜が兜を脱ぐバクテリアに対して、生玉葱《たまねぎ》のフィトン・ツイトは絶妙な威力を発揮してこれを死滅させるという、不思議な植物間の相関関係がある。

およそこういうことが判ってきてから、ソ連では、確実に判った面だけ即決主義で実用工業界に採り入れ、ア・イ・ロガチョフという女性技師を専任指導者に任命して、缶詰工業に徹底的な改革が加えられはじめていた。抑留身分の俺にはそう詳細なことまでは判らなかったが、しかし俺がまだソ連にいる間にも、人参、玉葱、トマト、茄子《なす》、ピーマンなどの缶詰製造の工程を従来の加熱法からフィトン・ツイト応用工程へ全面的に切り替えていた。この製造法は従来のやりかたより遥かに生産コストの低減という点で有利であった。

俺がさきに缶詰製造と食料保存装置の革命において、億万長者になる可能性十分といった理由は、そこにある。俺の実験室でのデーターが完全に揃えば、いつでもその緒につくことができた。だが、ここではっきりしておきたいことは、これらの工業的実用化のプランは、飽くまで俺にとっては擬装プランであって、真の目的は、他にあった。

だからもし、この俺の手記を発見して、フィトン・ツイトの実用化を工業的に採用したいと願う者が出てきたら、いつでも心おきなくやってみればいい。一切無償でプラン呈供に応じる。俺はそういう金儲けなどより、もっと夢幻的で、もっと人間としての真髄的な目的で、フィトン・ツイトの研究に入ったのだ。それは科学であると同時に、芸術でもあった。俺という人間は、たとえ阿呆といわれても、そういう人間の根源的なものに、無上の生甲斐《いきがい》とアンビシャスな熱情とを覚えるのである。

それでは俺は一体どういうことを考えていたか。

それにはもう一度、トーキン教授の御登場を願って、今までに俺の述べなかった他の実験報告のことを説明しなければならない。

ソ連には、西洋バクチノキという、バラ科に属する野生植物があるそうだ。この植物は、成分として多量の青酸を持っているという。トーキン教授はこの西洋バクチノキのエーテルで、僅か三十分間足らずのうちに野鼠一匹斃《たお》す実験に成功した。細かく刻んだ西洋バクチノキを大きなガラスの容器に入れ、十分にそのエーテルが充満した頃を見計らって、捕れたばかりの獰猛な野鼠一匹を放り込むと、ものの五六分も経った頃、その野鼠はにわかに足をもつらせてよろめきはじめ、やがて狂気のように駆け廻って仆《たお》れ、痙攣を起して、それから間もなく四肢を突っ張りながら死んでしまうという。

しかもこの西洋バクチノキの細片を、蒸溜器にかけてガスを採り、このガスを満たした容器の中に生肉を入れて密封しておくと、大蒜の場合と同様、何個月たっても生肉は腐敗しないことが判った。だが、トーキン教授はこの腐敗を免れた生肉が果して食用に供せるか否かについては、まだ実験していない、と報告している。なぜならば、その生肉の腐敗防止に役立った成分は、多分に青酸らしい可能性があるからで、もしそうならその生肉を食えば青酸にやられる。たとえ動物実験にしても、食えば青酸にやられる可能性があると知りながら、それを与えることにはチョッピリ人間としての後ろめたさが手伝うからだ、とトーキン教授は欧州人独特の洒落っ気のある言葉で、報告書を結んでいる。

トーキン教授はたとえ動物実験用の犬一匹に対しても、そういうヒューマニスティックな思い遣りを持つ人だったかも知れない。だが、俺はそのトーキン教授の西洋バクチノキの実験結果にこそ、俺の目的とする着想の基があると考えたのだ。

この日本には、どの植物図鑑を調べてみても、西洋バクチノキがあるとは書いてない。だが、敢えて西洋バクチノキでなくとも、青酸成分を持つ植物は、この日本にいくらでもある。また強ち《あながち》青酸成分だけに頼るまでもなく、アルデヒドという理想的な猛毒を持つ植物も、ちゃんと控えている。

アルデヒドを持つ植物は、毒芹《どくぜり》という、セリ科の一種で、日本では古来、延命竹とか万年竹とかいう皮肉な逆の名称をつけ、正月の床の間用の鉢物などにして売られてきたもので、見かけは筍みたいな形をした水栽培用の植物だといえば、ああ、あれかと誰しも思い出すだろう。さながら日本産の有毒植物中その王座を占めているようなもので、これに中毒するとまず絶対といっていいほど助からない。神経中枢がまずやられ、ついで痙攣と呼吸困難が起って、やがて悶絶する。ソクラテスの毒殺に用いられたものが、これと同種のアルデヒドを持つ毒人参と称するやつだ。

しかし、いかに猛毒を持つにしても、俺の目的からいえば、単に殺人的威力を持つだけの植物は、自ら選択外にあった。もっとスレスレの妙味を発揮するやつ。完全に一個の人間を生ける屍《しかばね》と化してしまうようなやつ。そんな植物がどこかにないだろうか、というのがまず俺に課せられた第一目的だった。この暗中模索の中で、俺の必死の植物誌あさりが暫く続いた。

そうしてやがて二つの可能性豊かな植物を発見した。

その一つは、俗に狂人《きちがい》茄子とか曼陀羅華《まんだらげ》とか呼ばれている朝鮮朝顔と、もう一つは、ハシリドコロという俺のまだ見たことのない野草であった。どちらもナス科に属する植物で、有毒成分は、ヒヨスチアミンとアトロピンというアルカロイドである。中毒すると、命を失うスレスレのところで、発狂する。この発狂の仕方が、非常に突発的で、しかも極めて自然だという説明に、俺は思わず雀踊《こおど》りした。これこそ俺の求めていた毒草である！

俺はハシリドコロという、まだ見たことのない毒草を探すのが億劫《おっくう》だったから、差し当り、まず大抵どこにもある朝鮮朝顔で研究してみることにした。これがちょうど去年の十月半ばのことである。柊《ひいらぎ》の葉を十数倍ほどに拡大して、もっと毒々しく、そして周辺に深い刻みと産毛《うぶげ》のような細かい棘を一面に持たせたような葉をつけるこの植物は、人家の間の空地や芥捨て場のようなところに、よく自然に生えて、盛夏から最初の降霜期の頃まで、ちょっと見ただけでは灌木かと思うような繁りかたをする。花は夕顔そっくりな形状で、みた目にはまことに楚々として、驚くほど真白い。その花が落ちると、やがて一面にハリネズミのような猛々《たけだけ》しい棘のある、鶏卵大の、青い実をつける。初秋の頃この実の中に熟してくる真黒い丸薬みたいな種を、二粒食っただけで命を失うと記されている。

俺はこの朝鮮朝顔の葉や茎のエーテルに、生物を斃す力があるかどうかを知りたかった。そして殆ど毎日のように、神戸の山手街のほうまで足をのばしのばし、この植物を見つけると片ッ端から採取してきて、所定の実験コースに乗せてみた。その頃、神戸の山手街の人たちは、それまで家の附近に繁っていた朝鮮朝顔が、たった一日で忽然と丸坊主にされ、根元のほうの茎ばかり残されているのをしばしば目撃して、何でこんな毒草を取ってゆく者があるのかと、不思議に思っていただろう。だが、俺の粗末な実験室に欠陥があったのか、それとも俺の実験方法に誤りがあったのか、俺の無数の実験にも拘らず、何日やってみても朝鮮朝顔のエーテルでは、ついに蠅一匹殺すことさえできなかったのである。

果して朝鮮朝顔のエーテルに、俺の想定した生物の殺《さつ》戮《りく》力があるのかどうかさえ疑わしくなった俺は、実験台にうず高く散らばったこの植物の葉と茎を眺め、何度深い溜息をついて、絶望感に近いものを味わったか知れない。

しかし、自然科学の実験というやつは、飽くまで絶えざる努力と執念を燃しつづけなければならなかったようだ。その何よりの解決法は、その絶えざる努力と執念のうちに、何かの拍子に訪れる偶発的事実というやつが、キイ・ポイントになる。

結論的にいうならば、俺はそれまで採取したこの植物を、天日に曝しながら持ち帰っていた。その間に朝鮮朝顔のエーテルは、大部分が乾燥した空気中へ逃げていたのだ。たまたまある雨の日に採取したこの植物を、俺は濡れたまま持ち帰って、実験コースにのせてみたところ、細かく刻んだ朝鮮朝顔をいれたガラス容器の中に放たれた蝿は、暫くいつものように平気な顔で飛び廻っていたと思うと、急にその翅が痺《しび》れたように、いきなり瓶の底へコロンと落ちた。落ちたと思うと、すぐアレエッというように起き返って、また飛びはじめたが、すでにその時は完全に体じゅうへ毒が廻っていたらしく、たちまち瓶の底へ転がった。そして今度は、よろめきよろめき起き返り、後肢で翅をこすったり、瓶の内側まで這い上って翅を震わせたり、何だか異常に体調を狂わせはじめたものと懸命に闘う仕種《しぐさ》を続けたあと、矢庭に瓶の中のあちこちへ音がするほどぶつかりながら四五回物狂わしげに飛び廻ってから、コロンと肢を逆さに瓶の底へひっくり返って、微かに肢をもがかせたきり、ハタと動かなくなった。この間僅かに四五十秒足らずのことである。

俺は、その蝿の死骸を見ながら、思わず心を躍らせた。朝鮮朝顔には、飽くまで新鮮で生々しいやつでなければならないという秘密があったのだ。ここまで判れば、あとはもう一息である。

しかし、そう思ったのも束の間で、このときすでに気候は降霜期に入っており、その翌日俺が朝鮮朝顔の採取に出掛けたときは、前夜の一番霜を被ったその植物は、敢えなくも全滅していた。そのみるかげもなく打ち萎れて、葉も茎もまるで凍傷《とうしょう》にでもかかったように黒くなっているのをみて、少なからず俺は周章《うろた》えた。それでも試しにその霜げた葉の何枚かを持ち帰って、実験コースにのせてはみたのだが、やはり霜にやられると同時にその植物のエーテルは地下へ逃げるか消滅するかしていたに相違ない。

俺はそこでにわかに行き詰った。俺の最も必要とする最後的な実験は、来年この植物が再び繁茂するまで待たねばならなかったのか、と！

ところが、たまたまそのとき俺の身辺には、到底のんべんだらりとしている訳にはゆかないような、奇妙なことが起りはじめていた。

この出来事の説明はちょっと難しい。いや、出来事そのものははっきりしているのだが、俺にはその出来事を支えている裏の事情というやつが、どうにもよく納得できなかったからである。

六

少々倒序《とうじょ》的な記述になるが、前にいったように俺が朝鮮朝顔でさんざ苦労している最中だったから、あれは確か十月の末か十一月の早々という頃だったはずである。

俺はその一週間ほど会っていなかった修子に電話して、海《ラ・メイル》へ呼び出すと、打合せの時刻にやってきた修子は、俺のテーブルへつくなり、真正面から、多少冷やかし気味の表情を浮べながら、

「おとついの今日とは、また切ないことやな」

と、奇妙なことを言ったのである。

「おとついの今日って、何のことだね」

「アレ、あんなこというてはる。あんた、おとついの今時分、電話掛けてきて、ここで会《お》うたやないの。ナプキン使いはるとき、その髭まげてしもうて、うちが注意したげると、えらいあんた笑うてはった。そんなことまで忘れはるようやったら、あんたもあんまり先が永《なご》うないのんとちゃいますか」

聞きながら、俺は心の中で何かゾッとした。俺のうしろには、誰かいる！　だがそれは何の目的で！

とにかく今ここでは然《さ》り気なく修子に調子を合わせて、何か確たる事実を摑むまで、時間を稼ぐに如《し》くはないと、俺は異常な努力で演技をはじめた。

「ああ、そうかそうか。そうだったな。やっと思い出したよ。あんまりこのところ実験々々で忙しいものだから、少々物忘れが激しいんだ。そうだそうだ。たしかに俺、髭をひんまげたね。それから馬鹿みたいに笑ったね」

「何をいまごろ言うてはるんや。アホらしい」

まさか修子が俺の演技に気がついたとは思われないが、彼女は、いかにも巫山戯《ふざけ》た調子でわざと照れ笑いなどしてみせる俺の顔に、まじまじと眼を据えながら、そう言った。論理的には、もし修子が俺の演技を看破っていたとすれば、とっくにおとといい会った俺が本当の俺ではなかったことに気がついていたはずである。しかし修子はまだそこまで気がついていた風ではない。そのときの修

子の心底を、俺流に推量すれば、何やしらん、ケッタイなひと！　ということぐらいにもなるのであろうか。

だが、俺としては、もし馬介が、俺の推量どおり俺に変装して修子に会ったということが確かなら、それは紛れもなく近々何かが起る前兆だとしか思われなかったのだ。それが何であるかは、その夜それからいつもの通り明石の密会場所へゆくまで判らなかった。

とにかくその夜、海《ラ・メイル》から明石の密会場所まで行くことは行ったが、俺は連日の過労を理由に、修子の体には触れずに終った。連日の過労は決して嘘ではなかったにしても、単にそれだけの理由で修子の体に触れなかったのではなく、何やら俺は、どう考えても馬介が汚したとしか思われないその修子の体に触れるのが嫌だったからこそなのだ。

それとなく俺から敬遠された修子は、変に物足りない顔をして、ベッドに横たわったまま、蓮葉《はすっぱ》にタバコなどふかしはじめたが、そのとき彼女にしてみれば、もう一度誘惑してみる下ごころでもあってのことか、俺にとっては正しく霹靂《へきれき》にも等しいようなことを口走ったのである。

「おとつい、高介さん、俺を殺してくれ俺を殺してくれって、何度も言やはったの、どういうことやの？」

俺もちょうど修子のベッドの端に腰を下して、タバコを喫いかけていたが、この言葉を聞くと一緒に、危くそのタバコを取り落すところだった。

「へえ、そんなこと言ったかな」

と、咄嗟のことだけに、そんな愚にもつかない反問で間を持たせるだけが、精一杯だった。

「それも覚えてはらへんの？　ウン、もう嫌やわ、うち……」

「しかしまあ、誰でも無我夢中のときは、どんなあれもないことでも口走るものだ。俺がどんなことを言ったのか、言ってみろ」

「無我夢中って、そんなことやなかったな。あんた、こんな羽化登仙《うかとうせん》の気持のまま殺してもろたらどんなにええやろって、はっきり言やはった。自殺でもしたように上手に見せかけて、おまいに迷惑はかけんよってに、なあ、ひと思いに殺してくれへんか。今日とか明日とかいうのんやないが、ほんまにそう思うてんのやから、考えといてくれやって、そんなこと何遍も言やはったのや。うちそれ聞いて、何や知らんけど、いつもの高介さんと違《ちゃ》うような気いしてたの、そんなこと考えてはったせいやと判って、ほんまに嬉しかったわ。今日かて、正直いうて、何や知らんいつもの高介さんと違うけど、一体どういうことやの？　はっきり聞かせてほしいわ」

もうここまできては、女というものは容易に男の手に負えるものではない。修子の一語々々には、馬介がこの俺を何とかうまく抹殺しようと企んでいるらしい心的構造のあらましが、もはや手に取るように窺えたに拘らず、それに気がつかない修子のほうは、ただただ俺に対する漠たる疑問、漠たる怨嗟、そんなことを一緒くたにして、ヒステリックな駄々をぶつけているのである。

修子が何も気づかずにいるのも当然。二日前に会ったと思っている俺がいつもと違う俺だったということと、今日会っている俺がいつもの俺とは違う俺だという、この二つは別々の意味で筋が通っている。いくら馬介がうまく俺に成りすましても、その密会中の何らかの行為、何らかの肌触りから、まして女ともなれば犬以上の敏感さで、いつもと違う感触を感じ取っただろうことは間違いなく、また今日の俺が、ある種の潔癖感から彼女の体を拒否したことも、彼女にとっては、どう納得しようもない漠たる違和感でしかなかっただろう。

俺はこの一時に起った心理的負担に、当面大いに狼狽しながら、とにかく専心修子を宥《なだ》めすかして、

「何のこっちゃ、わざわざ明石まできて、何もせえへんと帰んのんか」

などとグズる彼女を、タクシーにのせて神戸へ向ったが、その車の中で、ふと何気ない態を装って、探りを入れてみた。

「おまい、俺の兄貴のことどう思ってる？」

「馬介さんかいな。うち、あの人あんまり好きやないな」

「どうしてだ。だって同じ双生児の兄弟じゃないか。顔もおんなじ、姿恰好もおんなじなら、どっちがどうってこともないはずだろう」

「そやかて違うとこはやっぱし違うのんやな。こう、何ちゅうのんかな、強《し》いて言うたら、馬介さん高介さんより何や知らん陰気くさいのんと違うか。好き嫌いで言うたら、虫が好かんいうことにもなるやろか。今やから言うけど、じつ言うたら、あんたが帰ってきはるちょっと前頃に、うちあの人から三遍ほど誘惑されかけたことあったんや。それも今の奥さんと結婚しはってからのことやで。助平ちゅうのんか何やのか、なあなあ言うて、だいぶ執拗《しつこ》かったけど、うち、どうもおおきに、そのう

ち考えさせてもらいますわ言うて、断ったんや。ほしたら、そのあと、おれのモデルになってくれへんか言うて、また誘惑や。ちょっとでええから描かしてくれや、ヌードが嫌やったらコスチュームでもええ言やはったけど、これもうち丁寧にお断りしたんや。まあそのうち気が変ったら描かしてくれ言うてはいやはったけど……」

ここに至って俺はますます訳が判らない気がしてきた。馬介が修子を誘惑しかけたことがあるというのが事実なら、これも別件的な一つの事実である。一面、その馬介が俺に対して、いま何となく、たとえ漠然とした形にしても殺意を抱いているらしいということになると、一体この二つの事実はどこでどう繋がるのか。確かに、俺に成りすました馬介が「おれを殺してくれ」とせがめば、そのおれとはこの高介のことである。

それをもし修子が承諾して、いよいよというときこの俺が犠牲になれば、これはもう奇想天外もいいところの、完全なる間接殺人の成立ということである。しかもその馬介が、予《かね》てから修子に懸想《けそう》していたことが事実だとするなら、そこにおいて考えられることはただ一つ、馬介は俺に成りすまして修子を独占するため俺が邪魔だということでしかない。

俺はここまで推理の糸をたぐって行って、思わず大きな溜息をついた。馬介は馬介そのもののまま修子を口説いて成立しなかった懸想を、俺が修子とよろしくやっていることに便乗して、いま初めて思いを遂げつつある。そして次第に俺に対する殺意に発展した。しかし、それでは一体あのヴィナスそこのけの道子という女は、馬介にとってどういうことになってるのだ？　たぐい稀なほどの美女を妻に持ちながら、双生児の片割れにまで成りすまして別の女との交情をつづけようという馬介の奴、それではあんまり胴欲すぎるというものではないか。

糞ったれめ。そううまくは貴様の手にはのらないぞ！

俺はそのとき継続中の朝鮮朝顔の実験が、どうにもうまくゆかない焦りの中で、この新たなる事実にぶつかったということで、一層激しい焦りを覚えなければならなかった。俺の朝鮮朝顔の実験目的とは、はっきり言うなら、とりもなおさず馬介の人格的抹殺ということにあった。しかもその俺がその目的で四苦八苦している時も同じゅうして、馬介のほうにも殺意があるらしいという発見。こうなると、どっちもどっこいどっこいということになるが、少くとも俺のほうの狙いは相手の人格的抹殺で、相手のほうは待ったなしの殺意である。この両者には精神的比重の上で格段の差があった。だが、いずれにしても互いに相手をやっつけようという点、物理的意味においては同じであって、もはやこうなるとどっちも負けるに負けられない陰々たる死闘の段階である。それにしても、何という偶然、何という皮肉、正しく双生児そのものが本来的に持っているだろうところの宿命の葛藤だとしか言いようがない。

　こうして、降霜期に入ったお蔭で朝鮮朝顔が全滅して以来、今年の三月早々に芦屋川の上流でハシリドコロを見つけるまでの約三個月間、俺がどんな焦燥感で過したか、しかもその焦燥感を顔色にも出さず、心の中だけではまるで地球の自転をエッサモッサ押して助けるような阿呆な気持で、ジッと息を殺して待った。この前後約四個月のほど、俺は二つの理由で修子には全く会わずに過している。

　その一つは、どんなことで俺は修子に殺されるかも知れないという用心からのことで、この期間がほぼ三個月あまり。残りの二週間ほどは、俺がハシリドコロを見つけてから、実験成功までの期間に相当している。これがその第二の理由である。というのは、俺はハシリドコロを見つける際に右の眼をやられて、それからずっと二週間近く眼帯をかけていた。従って、もし修子がその後も俺に成りすました馬介との密会をつづけているとすると、この俺の眼帯は、否応なくそれ自体俺自身の歴とした臨時的特徴となって、馬介の正体暴露の手懸りになる。いまここで馬介の正体が修子に判っては、どうにもまずい気がしたからのことだ。策は飽くまで陰なるを要し、密なるを得策とする。

　俺は、こうして片目の不自由さを忍んで、専らハシリドコロの実験に没頭した。

　朝鮮朝顔からハシリドコロに代えた実験は、すでに前者で得たところの、そのエーテルに蠅を殺せる力があるかどうかの実験段階を省略して、一足とびに果してこのハシリドコロのエーテルに、猪の生肉の腐敗防止の力があるかどうかという点にあった。

　例年冬から春先頃までの間、神戸の街の肉屋には、六甲山脈の裏側のほうで獲れた猪の生肉を売る店があり、馬介がまたこの猪のすき焼きが大好物ときていた。俺の狙いはそこにあった訳だが、とにかく肉屋の店頭からこの猪の生肉が姿を消す寸前、ようやくハシリドコロを見つけた俺は、駆け込むようにしてこの生肉を大量に仕入れ、まず実験にとりかかった段階で、生肉を一キロほど分けて、大きなガラスの瓶にハシリドコロの根茎を細かく刻んだものと一緒に入れてから、入念な目張りをほどこして、実験室の一隅に保存した。

そして、同じ日に、別の釣鐘型のガラス瓶に少量の生肉と、刻んだ根茎を同居させて、これを第一号とし、それから一日置きに同じ装置の物を作って順々に番号をつけて行った。十九日目には、ちょうど十個の同型のガラス瓶がズラリと並んだことになるが、さらにそれから丸一日たった翌日、最後に作った第十号の瓶から取り出した生肉を、予め実験室の表に檻に入れて飼っておいた雑種のスピッツに与えてみた。

スピッツは、ペロリと平らげたが、それからまる一日たっても別段どうという変化も犬には現われない。そこで俺は今度は第九号の瓶の肉を与えてみた。装置をほどこしてからの日数はまる四日経っている勘定の瓶だ。

しかしこの肉でも別段の変化は現れない。

そこで第八号の瓶の肉を与えた。都合七日経っている瓶だ。

だが、こうして毎日一号ずつ溯って与えつづけた生肉は、単に犬にとっては生肉にしか過ぎないのか、何の変化も起らなかったが、遂に第五号の瓶の生肉を与えた翌日、俺の待望する変化がようやく現われた。

肉は瓶に入れてから十六日目に当っているもので、与える前に観察したところでは、多少表面が黒ずんだ感じではあっても、全く腐敗現象らしいものは起っておらず、これはハシリドコロの持つ、いわゆるアトロピンというやつには、汗や唾液の分泌作用を抑制する作用があるところから、もし生肉に腐敗が起らなければそのせいだろう、と俺が薬理学的に予め考えた通りの結果とまず間違いないものに思われた。

朝、起きぬけに犬の檻を覗いてみると、スピッツは、しきりに檻の中を行き戻りつしながら、何か落着かない様子をしており、そうかと思うと時々立ち停って俺のほうを見ながら、鼻の両脇に皺を寄せて、牙をむく威嚇姿勢をとったりする。試しに俺は、檻に近づいて、咬みつかれないだけの間隔をおいて、手を出してみた。するといきなりキャンキャンという悲鳴のような声をあげながら、檻の鉄棒へ咬みつき、四肢を踏んばりながら、檻も倒れよとばかりユサユサ揺さぶった。その眼の底が青く燐《りん》の色で燃えていた。

俺は聾の婆さんに、手真似で、犬に朝飯はやったか、ときいてみた。すると婆さんは、おっかなそうな顔で、やることはやったが、食いつかれそうになったので、皿ごと檻の外に置いてあると言った。

なるほど檻の外には、皿ごと犬の飯が置いてあり、金蠅などがたかっていたが、俺は、それを見、これを見、一部始終を見届けてから、早速三番館へ出掛けて行って、ちょうどアトリエに入って製作中だという馬介を、道子に頼んで呼び出してもらった。

ダイニング・ルームでお茶を飲んでいるところへ、馬介が絵具だらけのガウン姿のままで現われ、

「製作中は駄目だと言ってあるじゃないか。緊急事態って、何だ」

頭ごなしに剣突《けんつく》くわせるのへ、俺は必死の哀願口調で頼んだ。

「ピストルをちょっと貸してもらいたいんだ。犬の気が狂っちまって、どうにも手がつけられんのだ」

「駄目だね。あのピストルは無許可のものだから、無闇に貸したりすると、おれが迷惑する」

「だけど狂犬病だぜ。咬みつかれでもしたら一巻の終りだ。頼むから貸せよ。弾丸は一発でいい。――それでも嫌だというなら、俺は檻ごと狂い廻ってる奴をここへ運び込むからな。そうしたらおまえも困るだろう。だからさ、ここは一つ気持ちよく貸してくれ。その代り、俺は二三日うちに、俺の実験結果の報告かたがた、おまいの好きな猪を一キロほどがとこ持ってきてやる。そいつですき焼きでも一緒にやろう。俺の香気学研究室もいよいよ陽《ひ》の目をみるところまで漕ぎつけたんだ。大体猪の肉なんてものが、この四月になって、どこを捜したってあるものじゃない。俺の苦心の実験成果がそこにあるんだ。缶詰製造工業の大革命、食料永久保存の画期的大発見。嘘ではない。せっかくそこまで漕ぎつけている俺を、いまここで狂犬病なんかにさせては、左江家のご先祖様に申訳ないだろう……」

俺がベラベラと喋りつづけると、それでも馬介は不機嫌な顔のまま、二階のどこからかピストルを持ってきて、弾丸は一発だぞ、それでやり損じたら毒殺でも何でもしろ、と言いながら貸してくれた。

このピストルは、俺たちがまだ中学校の頃、馬介が親父の手文庫から盗み出して、学校へ持ってゆき、めめずという綽名《あだな》のある教師の物理の時間中、矢庭に黒板めがけて一発ぶっぱなし、教員室はおろか、その当時の父兄会まで震撼させて、暫く親父が冷汗のかきどおしだったという曰くつきのものだが、俺はともかくこのピストル

を借りて帰って、檻の中で唸りつづけるスピッツを、どうにかこうにか射殺した。

七

ある人は言うだろう。

何もお前のようにハシリドコロを刻んだり、肉と一緒に瓶の中へ入れたりするような、廻りくどいことをしなくても、例えば毒茸《きのこ》の発狂成分であるところのムスカリンの注射でもほどこせば、相手は一ころではないか、と。

なるほど確かにそうには違いない。しかし、第一に注射などやれば当然相手はそれに警戒心を抱くだろうし、第二にたとえそれが成功したにしても、注射という行為そのものは犯罪という客観的事実の裏付けとなる。この二つを乗り超えて、相手を殺さず生かさず、人格的崩壊ということで抹殺しようというところに、俺の最大の苦心があったのである。

スピッツの実験で、装置をしてから十六日を経過した肉ならアトロピン効果が充分だと判れば、最初の日にハシリドコロと一緒に密封した肉は、すでにスピッツ実験の日には、二十四日を経過していることになり、おそらく俺の狙いは絶対外れないという確信を持っても差支えない。だが、犬と人間では体軀的にもかなりの開きがあるから、用心の上にも用心するなら、あと二三日も経った肉を馬介に食わせたほうが、より安全だった。

だから俺は、馬介にあと二三日したらという予告をしておいた訳だが、さて実験も終った、スピッツも片附けたとなると、それから二三日は俺もぼんやり過していなければならないことになり、まあこの間の退屈しのぎにでも久しぶりに修子に会ってみようかと、例のごとく公衆電話から須磨の自宅へ掛けてみた。

すると電話口へ出た高寺家の女中が、修子お嬢様はご不在です、と言った。

その翌日もう一度電話を掛けると、今度は別の女中が、実は内密にしておりましたが修子お嬢様は十日ほど前にお出掛けになったまま、まだお帰りがなく、あちこちお捜し申し上げているところですが、そちら様にはお心当りはございませんか、という返事である。俺は途端に咽に何かが痞《つか》えたようになり、それでも辛うじて、十日ほど前って、いつだ。正確な日は判らないのか、と聞いた。

「は、それは奥様がよく覚えておいでのはずです。ちょっと伺って参りますから、暫くお待ちください」

といってその女中がひっ込んだと思うと、すぐ修子のお袋が電話口に立ち、

「高介さん、あなた本当に知らないの？　修子は四月十九日の夕方、うちの車で出掛けて上筒井の海《ラ・メイル》へ行ったらしいけど、そのまま行方が判らなくなってるんです」

「じゃ一緒に行った運転手が何か知ってるでしょう」

「ところがそれがまるっきり判らないの。何だか、海《ラ・メイル》の表に車は待たせてあったらしいんだけど、食事の途中か何かに修子が一人で出てきて、さきに帰ってていいって言ったって、あとで運転手が言ってるの。ただ運転手は、修子を送って行ったとき、店の中に髭を生やした中年の男がいるのをチラッとみて、どうもその男が修子の相手じゃなかったかって気がするって話してるんだけど、うちにはそんな髭を生やした男の出入りもないし、心当りもないいし、このところ全く様子が判らなくって、困ってるの」

俺はその修子のお袋に、どう挨拶して電話を切ったのか、よく覚えていないほど、何かしらそのとき周章《あわ》てふためいていた。


考えてみるまでもなく、すでに修子の上には何か決定的なことが起っていた。はっきり言えば、すでに修子は殺されているのだ。それは十中八九、おそらく間違いない。

俺は公衆電話から出て、路上にボンヤリ立ったまま考えた。——だが、それではその殺された修子は、現在どういう状態になっているのか。いや、それを考える前に、まずそれが発生した原点が何だったたか、それに還って考えてみよう。まず考えられるのは、おそらく修子が馬介の正体を看破ったということではないか。第二に、それではそれがどこで起ったかということだが、当然考えられるのは、その夜二人が海《ラ・メイル》から行った密会場所か、その帰りだということだ。二人は密会場所へ行くことだけは行った。だがそこで何かの拍子に、それまでこの俺だとばかり思っていた男が、そうでなかったと判って、修子が怒り出す。それに対して馬介がアッサリ謝まれるような男だったら、その限りで二人の間に決裂状態が起るだけで何事もなかったかも知れないが、馬介という奴はそういうことのできるような男ではない。何とかつまらぬ屁理屈をつけてやりかえす。そこで口喧嘩が始まり、カッとした馬介が修子を絞め殺す……。その最後的な出

来事は、多分、互いに不機嫌な顔をして帰りかけた、その途中の車の中ででも起ったに違いない。当然そのとき二人が乗っていた車は、馬介の運転するシボレーだったはずだが、さてそれではその車は、それから修子の死体をのせてどこへ向ったのか。その行先は、まず三番館だ。三番館には、地下のアトリエという、道子でさえ何だかんだと理屈をつけて容易に入れてもらえない、屈強な隠匿場所がある！

　そこへ運ばれてから、十日以上も経っているとすれば、とっくに腐っているだろう。

　だが、と俺はもう一度、発生の原点へ還って考えてみた。修子のお袋の話では、海《ラ・メイル》で食事中の修子が一度、待たせてある自分の車の運転手のところへきて、さきに帰ってくれと言ったという。だとすると、それは修子がその夜、食事だけ終るとすぐ帰るつもりで車を待たせてあったことを意味するのではないか。そうだ、確かに修子は、その夜最初から密会場所へはゆくつもりがなかったのである。つまり海《ラ・メイル》へきたときは、すでに馬介の正体のことで詰問の心づもりがあったとしか思われない。しかし、話がこじれてきて、永びきそうだったから、運転手にさきに帰れと言った。それからあとのことは、第一の推理どおりだと思ってほぼ間違いなく、ただ殺されたのが、密会場所からの帰りの車の中ではなかったというだけのことだ。それではなぜ修子が怒りながら馬介の車に乗ったかということだが、多分それは、と俺は想像する。修子は馬介と一緒に俺の所へ乗りつけて、その俺の眼の前で、馬介の正体を看破ったいきさつを暴露するつもりだったのではないか。そしてそのつもりで馬介を脅迫して遮二無二《しゃにむに》俺の所へ車を走らせる途中で、殺された……。

　無論、俺と彼女との関係は、まともな愛情や恋愛から出たものではなかった。彼女のほうはいざ知らず、俺のほうから言えば、つまり彼女の肉体だけが目的であった。とはいえ、もし俺の推量どおりすでに馬介に殺されているとすれば、一脈の憐れみをもって、その口惜しさを買ってやるのが功徳というものでもあろう。

　俺は修子のお袋から話をきいたあと、よほどすぐにでも三番館へ乗り込んで調べてみようかと、一時は考えた。しかし、いやちょっと待てと、その逸《はや》り気味な気持を抑えて、もう一度考えた。第一、修子が行方不明になってから十日以上も経っていては、すべては後の祭だということがはっきりしていた。第二に、俺がそれまで苦心惨憺《さんたん》してハシリドコロの実験を続けた真の目的が何であったかということである。そのため俺は、この四個月ほどの間、実験室に縛りつけられ通しになり、挙句の果てに罪もない犬一匹を犠牲にさえしているのだ。所定の計画どおり、馬介の奴に猪の肉をたっぷり食わせてやってこそ、修子に対する幾分の弔合戦《とむらいがっせん》ということかも知れない。

そう考え直したから、そこで俺は一旦立ち去りかけていた公衆電話へまた入って、三番館を呼び出した。

そして電話口へ出たみはるに、兄貴の都合さえ良かったら、こないだ約束した猪を携えて今晩ゆくつもりだが、どういう都合か聞いてくれ、というと、暫くして電話口へ代って出た道子が、どうぞ、お待ちしています、という馬介の返事を取り次いだ。

「じゃ、夕方すこし早目に伺います。上等のコニャックを一緒に持ってゆきますから、嫂さんのほう、すき焼きの用意をひとつ頼みます」

そう言って電話を切ってから、俺は一つ大きく深呼吸をした。

さていよいよ最後の仕上げである。

この仕上げの成否こそ、俺の苦心の実験結果の実用度を左右するのである。

家に帰って、ハシリドコロと一緒に瓶に密封してからざっと一個月近くになる一キロの肉を取り出してみた。表面がやや黒ずんで多少固めに見えるのは、スピッツに与えた第五号瓶の場合と同様だが、試しに肉の端のほうをすこし切り落してみると、内部は鮮かな猪の肉独特の緋色をして、店頭にいま出されたばかりだと言っても、誰も嘘だとは言わないだろうと思うほどの新鮮度を保っていた。

俺はもう一度その肉を瓶の中へ戻しておき、夕方近くになるのを待って、コニャックのXOの瓶と一緒に抱えて三番館に向った。

三番館にはもともと和室が一つもない。道子は、すき焼きなどにはあまりふさわしくない昔ながらのダイニング・ルームで、葱、糸蒟蒻《こんにゃく》などを揃えて待っていたが、俺は携えて行った肉の塊を、自分で俎《まないた》にのせ、ステンレスの包丁をスチック・ウエッターで砥ぎ砥ぎ、丁寧にすき焼き用の大きさに切り揃えたやつを、直径七十糎ほどもある赤絵の大皿へコッテリと盛り上げた。

「ほう、随分きれいな色だな。とても一個月も経った肉とは見えない。こうなると、おまいの研究も満更じゃないということかな」

と、サテンのガウンを着て、テーブルの前に腰を下した馬介は、俺の持参したXOチビチビやりながら、そう口先ばかりでもなさそうな讃辞を呈した。

「だいいち五月にもなって、猪が食えるとは、それだけでも画期的な話だ」

「そう思うだろう。そこに俺の苦心が籠ってるのだ。今年はやらなかったが、来年あたりは、盛夏にいま生えたばかりというような水々しい筍でも食わせてやるよ」

調子に乗った俺は、すき焼鍋が煮えてくるまで、ここを先途と、いわゆる「香気学」に関する蘊蓄《うんちく》を傾けて喋りつづけ、道子の注いでくれたコニャックにもあまり手をつけなかった。

そして、そろそろ肉が煮えてくるという潮時を見計って、何気ない風で椅子を立って手洗所へゆき、用をすませてから廊下へ出たところへ蹈み込んでいかにも眩暈《めまい》でも起した風を装いながら、暫くジッとしていた。果せるかなそれからだいぶ時分が経ってから、心配したらしい道子が廊下に出てくると、アッというような声をあげて俺に駆け寄り、

「高介さん、高介さん」

手を肩にかけながら揺さぶった。

「ウン？　ああ嫂さんか」

俺は蹈んだまま、物憂げに眼をあげた。

「どうなさったの？　お具合でも悪い？」

「ウン、何だか眩暈がして……」

「ああどうしましょう。じゃあの人を呼んで、寝室へ運んでもらいましょうか」

「いや、大丈夫です。すこし研究に身を入れすぎて、血圧でも高くしてるのかも知れない。でも大丈夫。もう歩けます」

ようやく立ち上った風を装った俺は、それからそろそろと道子に片腕を支えられながら、ダイニング・ルームまで引返してくると、

「おい、駄目だ。すこし体の具合が悪くなったので、残念ながら俺は帰らせてもらう。おまえひとりで食って、食ってみた感想だけはあとで知らせてくれないか」

そしてそのまま俺は、家まで送ってゆくという道子を振り切って三番館をあとにした。

俺がタイニング・ルームへ引返したとき、すでに馬介が猪をぱくついているところを、俺ははっきりとこの眼で見届けていた。アトロピンというやつには熱には溶解

しない性質がある。この肉を、おそらくはシコタマ平らげた馬介には、少なくともスピッツ実験で明らかになったような、何らかの異常が現われるはずだった。しかしこの馬介に猪を食わせるという芸当も、道子がその肉を気味悪がって絶対に食べようとしないことを知っていればこそ出来た芸当だったのである。道子に馬介と同じ異常が現われては元も子もない。彼女は絶対に食わない。そういう確信が俺にはあった。

その翌日、ということは、つまりこの手記を書いている今日のことだが、早朝五時頃に眼を覚ました俺は、しきりに三番館を覗いてみたい衝動を抑え抑え、六甲山の中腹あたりまで朝靄《あさもや》をついて散歩に出掛け、暫くあちこちの山襞《やまひだ》から聞えてくる藪鶯《やぶうぐいす》の声に耳を傾けてから帰ってみると、三番館から駆けつけたらしいみはるがタクシーと一緒に待っていて、朝から馬介の様子が何とも訝《おか》しいので、すぐお出で頂けないか、という道子の伝言をつたえた。

「様子が訝しいって、どう訝しいんだ。寝込んででもいるのか」

「いいえ、それどころじゃないんです。何だかピストルなんかお持ち出しになって、やたらにあちこちへ向けて射ってらっしゃるんです」

「なに、ピストル？」

と、俺はこれには愕然とした。

「誰に向って射ってるんだ。奥さんは？　大丈夫か」

「ええ大丈夫です。二人で裏山のほうへ逃げましたから」

「よし、じゃすぐ行くから奥さんをよく見てろ。絶対に怪我なんかさせちゃならないぞ」

と俺はひとまずみはるをさきに帰した。それから急いで実験室に入り、小道具類はそのままに、俺の犯罪の証拠になりそうなメモ類だけを手早く焼却してしまってから、家を出た。

俺はこのとき心中で呟いていた。さあこれで今日限りこの家の主は左江高介ではなくなり、代りに気の狂った馬介という奴がくるぞ。聾の婆さんよ、サヨウナラ、と。

みはるのあとを追って、タクシーで三番館へ駆けつけてみると、屋敷の中は妙にシンとしてしまって、人の気配というものがまるでなかった。道子とみはるはまだ裏山のあたりへ潜んでいるのかも知れないが、それにしてもピストルをやたらに射っていたという馬介の気配らしいものもないのは訝しいと、俺はソロソロと玄関口のポーチから入って、階下の部屋々々を探してみたが、それでも馬介の姿はどこにもない。

それでは二階だと、俺はそこで靴を脱いで片手に持ち、もし出合頭《であいがしら》にでも馬介にぶつかったら、いきなり片方の靴を投げつけて、ひるむ隙にもう片方で殴り倒してやろうと身構えながら、サロンの奥から二階左翼の廊下へ続く湾曲階段を登りはじめた。この階段の途中の右壁に掛っているのが、例の山高帽に鉄扇姿という祖父の肖像画だが、その下を通って階段を登り切ったところに、建物の左翼と右翼をつなぐ、幅の広い絨毯《じゅうたん》敷きの廊下が通っている。馬介夫婦は、日常この左翼のほうの幾部屋かを使っていた。

しかし、それらの部屋を片端から覗いてみても、やはり馬介の姿はない。そこで俺は、生前の親父が使っていた中心部あたりの部屋のほうへ行ってみようとして、ふと見ると、絨毯敷きの廊下の上に何発分かのピストルの薬莢《やっきょう》が散乱している。数えてみるとちょうど五発分の薬莢である。そうしてみると、馬介がここで弾丸の詰め替えをしたことは明らかだったが、たとえ何十年も前の旧式にしても、馬介の持っている五連発の廻転式のピストルには、まだ五発分の弾丸が入っているとみなければならなかったのだ。

これはますます用心しなければならないと、極度に緊張しながら、親父の元居室だった部屋のほうへ躙り寄ってゆくと、その二つ手前にある、馬介たちの化粧室の扉が細目に開いているのが眼についた。

俺がこっそりその部屋の前に立ち、怕々《こわごわ》すこしずつ扉を開けて行ってみると、馬介はそこにいた。

八

この部屋は、生前極めて贅沢だった親父が化粧室に使っていたものを、そのまま馬介たち夫婦が使っているもので、部屋へ入って左手の壁一杯には厚いカーテンを引いた衣裳戸棚があり、その反対側の右手には、高さ二メートル、横幅三メートル以上もある大鏡が、中心部の縦半分のところで∧型に折れて、その焦点に立つと、鏡の真中にある飾り継ぎ目を挟んで、両側に同じ一人の映像が並んで映るようになっていた。

部屋の奥正面に当る窓際の壁には、もう一つの伊太利製の白枠のついた楕円形の鏡が掛けられ、その前にある化粧用キャビネットの上には、馬介夫婦の使う化粧料一切がズラリと置かれている。

馬介は、このキャビネットの近くにある、ビロードの肘かけ椅子の中に、昨日と同じサテンのガウンを着たまま仆れ込んでいたのだ。

なるほどその右手には、俺がスピッツを射殺する時に借りた五連発の廻転式のピストルを握っており、しかもその右手が肘掛椅子に腕の附け根をかけたままデレリと床に届くほど垂れ下っているのは、どうみても死んでいるか、気を失っているとしか見えなかったのである。

俺は暫く息を殺したまま、椅子の背に半分体を隠しているその馬介の姿を凝視めていた。まさか死んだという訳でもあるまいが、もし気でも失っているのなら願ってもないことで、俺は直ちに最後的な工作に取りかかることができる……と、忍び足で部屋の中へ躙り込みはじめたところ、矢庭にその馬介が立ち上って、俺を振向いた。そして、ギョッとしたような顔をして俺を凝視める。俺も吃驚して、棒立ちになった。すると馬介は、その俺を目がけて、馬鹿にゆっくりした動作で、右手をあげながらピストルの狙いをつけようとした。

だが、俺の頭はこのとき妙に冴えていた。咄嗟にヒタと相手に眼を据えて、片手で、まあ待て、というジェスチュアを示した。そして眼を据えたまま、ゆっくりと一歩二歩ずつ接近して行った。これは俺が大陸を放浪中、二度ならず三度までも、あわやという危険に身を晒されたとき、おのずと体得した無手勝流の要領であった。

果して馬介のピストルは、水平の半ばにも達しないところで宙に止まった。俺はそのすぐ前に立ったまま、瞬きもせずに眼と眼を見合わせた。馬介も真直ぐに俺の眼を見ていたが、何かその眼の中には、いつもにない鈍い光りがあった。ちょうど油でも流したように全体が鈍く光っているその眼の色には、単に俺の希望的な観測とだけでは律し切れない、思考力の甚だしい低下が窺われるように思われた。俺はこの馬介を自分の家へ連れ込むところを想像した。いや、無論馬介としてではなく、高介だということにしてである。一旦彼を高介だということにしてしまえば、たとえアトロピン効力が何日か経って消滅したにしても、再び彼が馬介に還元することは難しいはずだった。かりに馬介が「おれは正真正銘の馬介だ」と主張してみても、一体誰がそれを証明することができるのか。それこそ狂気の表われとして葬り去ることはいと容易い。

問題は、如何にして俺がその馬介に成り変るかという、チャンスと方法であった。いきなり拳骨を一発その下顎へぶち込んでやろうかとも考えたし、まだ俺が片手に持っている靴で殴り仆してやろうかとも考えた。だが、馬介は半覚醒状態でいかにもデレンとしているようでありながら、右手のピストルだけは後生大事にしっかり握り占めているとしかみえず、容易に飛びかかる隙も殴りつける隙もない。

これはちょっとした番狂わせであった。

俺はこの馬介と、すでに何時間もそうやって睨み合っているような気がしたが、実際はものの十五六秒も経つか経たないかの間のことだったらしい。そのうち不意に馬介の眼球が下向きになったように見えた。事実は眼球が下ったのではなく、上瞼が不意に下って、一見眠そうな表情になったのを見誤ったらしいのだが、俺はその馬介の視線が、ともかく一瞬焦点を曖昧にした僅かな隙に、すばやく化粧室の中を見廻した。

すると、縦筋のある大鏡の左半分だけに二発ほどピストルがぶち込まれた穴があるのに気がついた。その穴の周囲が一面に細かい罅《ひび》割れに覆われて、気泡を含んだ氷の表面のように白くなっている。そして右半分の無疵の鏡面だけに、馬介のやや横向きになったガウン姿が映っているのだ。

その有様を一瞥すると同時に、俺の頭は閃《ひらめ》くような敏捷さで、ある一つのことを思いついていた。優勢の頭脳（あるいは先進的行動）は劣勢の頭脳（あるいは後進的行動）に対して、時として反射的模倣性を誘発することがあるという心理学上の理論である。欠伸《あくび》の伝染作用や猿の人間に対する模放性のことを思い浮べればいい。果してその理論どおりにゆくかゆかないか、甚だ心もとなくもあったし、危険この上ない命がけの実験だとも言えた。

だが、ともかくやってみる以外になかった。

俺は馬介と眼と眼を合わせたまま、ゆっくりと笑いかけ、そしてピストルを持っていないほうの肩先へ徐々に手をのばして、まるでゼリーでも動かすような慎重さで、その体を横向きにして、無疵の鏡の真正面へ向って立たせた。馬介の全身がまともに映ると、俺はすぐその左側へ位置を移して、鏡の折目すれすれのところへ馬介と並んで映った。

正しく瓜二つの双生児が、何年かぶりで鏡に対して並んだ恰好である。どちらもいわゆる瓜実顔《うりざねがお》で、鼻梁が通り、額が丸味を帯びて、頰のあたりの滑らかさは、いかにも元華族の生残りというにふさわしい。

俺はその鏡の中の馬介を見ながら、静かに、それまで持っていた靴を床に置き、それからゆっくりとした動作で、自分の上衣を脱ぎはじめた。そして脱ぎながら、馬介に向って、よく見ていろという風に顎をしゃくってみせた。要するに、果してそれが可能で効力的であるかどうかを超えて、俺は馬介に催眠術でもかけているつもりで懸命だった。しっかりと馬介の眼の中を見ながら、上衣を脱ぎ終ると、今度はワイシャツを脱いだ。その次はズボンを脱いだ。そしてついにはパンツ一枚になってしまったところで、俺は鏡の中の馬介に、オイ、おまえも脱いだらどうだという仕種をしてみせた。すると馬介は、パンツ一枚の俺が、そのパンツまで脱ぎはじめるのを見ると、何か周章《あわ》ててその俺の後を追っかけでもするように、いきなりガウンを脱ぎ飛ばし、ラクダのコンビネーション一つになると、猛烈な勢いでそれも脱ぎ飛ばし、むしろ俺より早く丸裸になってしまった。

右半分の無疵の鏡の中には、どっちがどっちだか容易に識別すら難しいほどの男の裸体が二つ並んでいた。

だが俺が、何千分の一か何万分の一かの確率をもって、あるいは馬介が衣類を脱ぐとき、手離すかも知れないと予想したピストルは、衣類の袖の内側へ突っかかり突っかかり、遮二無二トンネルをかいくぐって現われでもしたように、依然としてその右手に握られたままだった。

これには俺も些か苦笑を免れなかったが、しかし馬介は、鏡の中でその俺の苦笑をみると、何だか自分もそうしなければ相済まないとでもいったような曖昧な表情で、同じような薄笑いを浮べて鏡の中の俺を見た。

「オイ、いったいどっちが馬介でどっちが高介なんだ」

と、俺はその鏡の中の二人に言った。

馬介はそれには黙っていた。俺はその馬介に頷いてみせ、

「俺はどうもそっちが高介だという気がするんだがな」

そう言いながら、やんわりと彼のピストルを持っているほうの腕に手を掛けて、その腕を徐々に上向きにさせ、最後に、鏡の中の裸の馬介が、あたかも鏡の外の馬介に向ってピストルを構えているという姿が映るところまで持って行った。

「いやいや、それでは反対だ。みろ銃口はこっちに向いている。そのまま射てばおまえがやられる」

俺はそう言って馬介の肩を叩き、丁寧に介添えでもし

てやるようにそのピストルを逆さに持ち変えさせた。もとより鏡の中のピストルははっきりと対者に向けられた。同時に俺は左半分の白く濁った鏡の中へ身をひいた。そして右半分の鏡の中に、ピストルを逆に構えて、ひとりで立っている馬介に、低い声で命じた。

「さあ射て！　高介をやっつけろ！」

途端に一発の銃声で、俺の耳は暫く何も聞えなくなった。その無音の視野の中で、裸の馬介がよろめき、血を流して、床に仆れるのが見えた。

俺はそれを見届けてから、鼻をつく硝煙の中で、急いで馬介のコンビネーションをつけ、その上からガウンを羽織った。

このとき次第に聴覚の戻りはじめた俺の耳に、たったいまの銃声に驚いて様子でも窺いにきたのであろうか、部屋の外のどこか遠くのほうで、ヒソヒソと言葉を交わす女の声を聞いた。道子とみはるの声だと思った俺が、急いで部屋を出てゆくと、湾曲階段の降り口あたりで重なり合うようにして化粧室のほうを窺っていた二人が、俺の姿をみるなり、キャッというような声を残して、階段を駆けおりて行った。

「オイ、道子、道子……」

と、俺はその後を追ったが、早くも階段を駆けおりた二人は、サロンのところで二手に分れ、みはるは裏のほうへ逃げてゆき、道子は懸命に和服の袂《たもと》をひるがえして表のほうへ走ってゆく。

俺は猛烈な勢いでそれを追ったが、道子はいきなり玄関口の近くで何かに躓《つまず》いたらしく、全身を床に叩きつけるようにして転がった。駆けつけてみると、頭でも打ったのか、気を失っている。

俺はその道子を、両腕に抱き上げたまま、再び湾曲階段を登って、化粧室へ運び込み、オーデコロンだのシェービングローションだのという、アルコール成分のある化粧水のあるだけを水を浴せるほどその綺麗な顔に振りかけて、宝物でも扱うように静かに叩いたりマッサージをしたり、暫く意識を取り戻させる努力を懸命につづけると、ようやく微かに眼を開いた。しかし、その道子は、俺に気づくや否や矢庭に立ち上って、逃げようとする。俺は素早く片手をのばしてその袂を摑まえ、片手で仆れている馬介を指さしながら、早口で言った。

「みろ、高介が自殺したんだ。何かしらんが、こいつはもともと悪い奴で、どうにも俺には我慢できなかったのだが、これでせいせいした。今朝から俺が気が狂ったような真似をしてたのは、俺のお芝居だ。俺は気違いでも何でもない。安心しろ」

ところが、俺がそういうことを皆まで言い終らないうちに、実に意外なことが起った。

突然道子は俺の手を振り払いざま、身を投げ出すように、高介の……いや、馬介の裸の死体に取り縋って、

「ああ、高介さん！」

絶叫にも似た泣き声をあげた。俺はギョッとした。その道子はどこからみても愛人の死に身も世もなく悶える一人の女としか見えなかった。これは一体どういうことなのか！　この奇妙で、思いがけない錯覚は、一体どこから起ったのか！　そのとき俺は、にわかに地球が逆廻転でもしているような気がして、頭の中一切が混沌とした。だが、俺の最も愛する道子が、その俺の眼の前で、死んだ裸の高介に取り縋って嗚咽しているという、この絶望的な光景だけは、どう拭いようもない確たる現実であった。いやその高介は実はこっちだというには少し遅すぎた。どう取り返しようもなく遅すぎていた。

そう思うと、その俺の物狂わしさの中で、発作的に、道子が憎い！　理屈もへったくれもなく物凄く憎い！　そういう得体の知れない衝動がつきあげてきた。もうこうなってはもう破れかぶれだ。道子よ、死ね！　俺も死ぬ！　そう心の中で叫ぶと、俺は、高介ならぬ馬介の死体になお取り縋って泣きつづけているという、この何とも異様な怪奇世界にいる道子の背後へ近づき、矢庭に骨も折れよとその細首を絞め上げた。

そこまでは確かに覚えているが、それからあとは、まるで記憶帳の一部がかすれでもしたように、朦朧《もうろう》としている。気がついたとき、俺は、仰向けに床へ横たわったままの道子の傍へ膝まずいていた。いかにも長々と全身を伸び切らせた感じで横たわる、その彼女の顔は依然として美しく、香《かぐ》わしいばかりの胸の隆起と、なだらかな下半身の、楚々とした天与の芸術味は、あるいはこのまま死体を立たせても、生きている道子そのものでしかあるまいと、そう溜息を吐きたくなるほど、俺には愛《いと》しく無上の生物に思われた。ただその衣服があちこちで少し乱れていた。その衣服の乱れは、抑えるに抑え切れない俺の最後の情欲をそそるに十分であった。

そしてその結果、意外なことに俺は、彼女が生れたままの、いや稚貝の如くといっていいほどの、慎ましやかな処女だったことを知らされるのである。さすがに、それを知ってからの俺は、屍姦未遂者としての一脈の恥辱

を嚙みしめながら、彼女をそのままにして立ち上らざるを得なかった。

そして暫く俺は茫然として立ち尽していた。今朝早くいみはるが馬介の異常を知らせにきてから、時間にすればまだ一時間そこそこにしかなっていなかったに拘らず、あまりにも異常なことが立て続けに起りすぎていた。

なぜ道子が処女のままいたかという謎は、すでに永遠の彼方にあった。ただ想像が許されるギリギリのところでは、多分馬介は、そのヴィナスさながらの道子を、たとえ妻としてでも犯す勇気が持てなかったのではないか、ということだ。かつて馬介は、まだ若い頃、かのミロのヴィナスがもし一人の現実の女だったら、とても怕くておれには性的関係など持てないと述懐していたことがある。いま俺はそれを思い出したのだ。そうすると、道子を処女のまま温存しながら、他の女に捌口《はけぐち》を求めようという、その歪められた情欲が修子との奇妙な冒険的関係を喚び起したということでもあろうか。

そうだ、修子といえば、俺は道子の死体の傍に、茫然として佇《たたず》んでいる間に、この化粧室の中を飛び廻っている蠅が二三匹いるのに気がついていた。

大体一つの屋敷の中では最も清潔な部分に入る化粧室などに、縄が飛び廻るということ自体、あまり幸先のいい感じのことではない。耳を傾けてみると、そのビービーという独特な羽音は、俗に金蠅と呼ばれるやつのものである。腐った魚などには、逸早く集まってくる蠅の中でも最も下賤な種類のやつで、全身が青黒く、玉虫色に光っており、別名蒼蠅という名があった。

俺は直感的に、その微かな羽音の中に、修子の幽界からの呼び声を聞くような気がした。そうあちこちと屋敷の中を尋ねまわるまでもなく、俺にはその場所がどこであるかは、すでに修子が行方不明になっていると知った時から、大体見当がついていた。

俺は馬介のガウンを脱ぎ、コンビネーションを脱ぎ、もとの自分の衣服に還ってから、化粧室を出て、階下へ降りて行った。

一旦玄関口から外に出て、建物の右翼の側からガレージの裏のほうへ廻ってゆくと、そのあたりの空中には、早くも無数の蒼蠅が、遠慮会釈のない羽音を響かせて飛び廻っている。地下室のアトリエへ降りてゆく階段附近は、もはや蒼蠅の群で埋まっていた。さながら地下からでも涌き出してくるような、その恐るべき大群！　そしてその大群が醸《かも》し出す、嘔吐を催すような青臭い匂い！

俺は階段下の真正面にある、樫の木の扉の前に立ったとき、さすがに我が眼を疑うような思いで、その扉下の隙間を凝視した。扉下にある僅か二三ミリほどのその横長の隙間からは、まるでコンベヤーにでも乗って送り出されてくるように、驚くべき蒼蠅の群が、ビビッ、ビビッ、という不気味な羽音とともに、絶え間なく現われ、現われるや否や忽ち羽根をふるって飛び上っているのだ。

俺はいきなり渾身《こんしん》の力をこめて、樫の木の扉へぶつかった。びくともしないその扉へ、すこし離れてはぶつかり、また繰返し、ものの十五六回もやりつづけると、幸い内開きになっていたその扉の錠が壊れて、弾みのついていた俺は扉と一緒に吹っ飛ぶように、アトリエへ飛び込んでいた。

だが、見よ！　その何億という蒼蠅の大群！　部屋中に満ちたその大群は、俺が扉とともに飛び込んだ一瞬、にわかにどよめき周章《あわ》てて右往左往するかに見えたが、忽ち体勢を調え直して扉口に向って殺到し、殺到したやつからさきに次々と、洪水そこのけの流れを作って地上へ飛び去ってゆく。

俺は全室に立ち籠めた異臭に噎せて、思わず鼻と口を抑えたまま、ようやくアトリエの中を見廻した。宇宙塵のように空間を埋めて、まだ何億とも知れない蒼蠅が飛び交う中で、天井からぶら下った人体標本が蝿の汚物で真黒になったまま、ユラユラと大地震のように揺れ、その標本の真下にあるモデル台には、何か異様な物が横たわって、無数の蛆《うじ》ともみえるもので、気味悪く蠢《うごめ》いていた。その異様な物体が何であるかは、すでに近寄ってみるまでもない。俺はその陰惨な光景に心を凍らせ、これこそ左江家終焉の象徴だと呟き、暫く鼻と口を抑えたまま立ち尽していた。

評論・随筆篇

作者の言葉（「奇譚六三四一」）

多大の抱負という訳でもありませぬが、本格物の良さは別として、むしろ余り人間味を失した理窟ばかりに拘泥せぬ変格物をと狙ってみた次第です。がさて書出してみると少なからずその題材の架空的に過ぎる粗雑さにはホトホト自分でも持余し、奇妙な自己嫌悪の中にともかくも纏めるまでには力不足の故に一汗も二汗もした有様です。御酷評を免れぬ所はすでに覚悟しておりますけれど、何卒あしからず。向後を御期待下さらば幸甚と存じます。

無題

ペンを執るは剣をとると同じだ。剣をとれば傷つくか、斃《たお》れるか、または相手を斃すかだ。同様に僕はペンを執る上においてヒドク事大主義的である。尠《すくな》くともミーちゃんハアちゃん連からのみ受ける喝采は余り目安においていない。損だと人は云うが僕は恋愛と同じ事だと思う。嫌なものを無理に好いてくれとは通らぬ話であるし、好かれたいばかりに莫迦《ばか》な真似をするにも及ばぬ。僕は僕。それで僕を理解してくれる人は凡て僕の恋人みたいなものだ。但し、恨むらくは僕にはバルザック、ドストイエフスキーの凄腕がない故に、僕の恋人は至って数が少い。

YDN《ヤンガー・ディテクティブ・ノーベリスト》ペンサークルの頃

　ある日、といってももう何十年も前のことで、記憶は不確かだが、どうも戦争はもう始まっていた頃だったように思う。これも私の記憶に間違いがなければ、その日私は、江戸川乱歩さんからわざわざ電話で呼ばれたはずである。その頃私は大塚の巣鴨刑務所近くの豊島アパートというのに住んでいた。

　差支えがなかったら来るようにと言われ、環状道路づたいに歩いて池袋のお宅に伺うと、乱歩さんはいつになく袴をつけたちゃんとした姿で待っておられ、今でいうハイヤーを呼んで私を連れて出られた。最初から何かいつもと違ったものがあり、実のところ私は少々不気味だった。乱歩さんは、車中でも殆ど物を言われず、車はそのまま渋谷へ向い、着いた所は道玄坂をすこし上った所にある鉢ノ木という仏蘭西料理店だった。何だか豪勢な夕食を御馳走になり、それからやはり車で上野の寄席鈴本へ連れて行かれた。誰が出ていたか記憶にないが、二階の椅子席で、私が落語の誰彼にゲラゲラ笑い転げるのに反して、隣席の乱歩さんがクスリとも笑わず終始黙って聞いておられたことだけは覚えている。

　さて、その寄席からの帰りの車の中で、乱歩さんは、実にさりげない調子で、私にこう言われた。

「どうだね、きみはこれからすこし本格的に純文学に取り組んでみないか」

　これは前々から乱歩さんが時おり私に言われていたことだけに、そう驚くには当らない。だが、そのあとの言葉が私には実にショックだったのだ。詳細な言葉は覚えていないが、かいつまんで言うと、きみは本来純文学にゆくべき人間だ、一般にぼくの弟子のように言われたり思われたりしていることは、きみにとっても迷惑だろうし、ぼくも正直いって弟子を持つほどの柄ではないのだ。

――とそういうことだった。

「それはつまり縁切りということですか」

と私は反問した。実のところ、内心つねづね乱歩さんには金の迷惑までかけていることにひけ目も覚えていた。

「新青年」の水谷準さんから、当時にしては珍しい、探偵作家の文体模写という企画があったとき、きみの担当は当然乱歩さんだなと言われて、苦心惨憺《さんたん》、乱歩さんの文体を真似た短い小説を書いたこともあり、始終池袋には出入りして蔵の中まで知っていることから、一般に私が乱歩さんのさながら直弟子であるかのようなことが、この探偵小説という特殊文壇の通念のようにさえなっていた。これは乱歩さんにとって迷惑なことではないかと思う一面で、そういう文壇的通念に甘え、いい気になっていたところもあるという日常でもあったのである。

昭和六年、まだ大阪にいた若年の私が下手くそな字で六十枚の探偵小説を書いて、一面識もない乱歩さんに送ったのが「十八号室の殺人」という処女作となって、その年の十一月号の「新青年」に出た。それから数年後の室戸台風の年、東京永住を志して上京し「霧の夜」という十五枚の小説を乱歩さんの家のポストへ投げ込んだりして、それが翌年の「新青年」正月号に特別読物に扱われてからこのかたの、乱歩さん宅への出入りであった。

「ぷろふいる」の新人紹介欄に「綺譚六三四一」が掲載されてから、私はこの欄の登場者に檄《げき》をとばしてＹＤＮ《ヤンガー・ディテクティブ・ノーベリスト》ペンサークルというのを結成していた。集まる者は、平塚白銀、石沢十郎、前田郁美、中山狂太郎、中村美与、中島親などで、毎月新宿ウェルテルの三階で例会を開いたばかりか、この連中は殆ど毎日私のアパートに屯《たむ》ろして探偵小説文学を論じ合っていたものだ。のちに金来成、左頭弦馬、舞木一郎などが参加し、高橋鉄もその黒服のグロテスクな服装でしばしば現われた。「ぷろふいる」一周年記念の懸賞小説に、平塚白銀、石沢十郎、金来成、そして斯くいう私などが枕を並べて当選した頃が、ＹＤＮペンサークルの最も華やかだった頃だ。探偵劇の企画などを樹て、大層げな挨拶状を諸方へ出したのもこの頃である。

乱歩さんは、こういう高調子の私の行動を、一言の批判じみたことも所感じみたことも言われず、終始黙って見ておられたようだ。この無言の注視を私は痛いほど全身に覚えながら、罰あたりにも、故意に乱歩さんを黙殺して放縦を極めたようなところが多分にある。いつにない袴姿で鉢ノ木などへ連れてゆかれ、その帰りの車の中で言われた乱歩さんの言葉が、申し分なく私の胸に突き刺さり、これにはテッキリ引導を渡されたのだと考えたのも、また当然というべきだった。

「いや、そんなことを言っているのではない。きみの文学的素質が変なほうへ曲ってしまうのが惜しいからのことだ」

乱歩さんはそう念を押された。

やがて戦争激化、東京空襲、そしてお定まりの焼け出されとなって、見も知らぬ現住地へ都落ちして、貧乏のドン底を這い廻っている頃、乱歩さんは亡くなられた。あまりの貧乏暮しのため私はそのお葬式にもゆけなかった。そして今日、青砥一二郎という再起のペンネームで、いわゆる純文学とやらの孤城に籠って細々と暮している。それが恩師乱歩さんに対する何よりの恩返しだと思えば、相変らずの貧乏暮しも、以て瞑すべしとせねばなるまい。

私の探偵小説観

これまで無数に読んだ探偵小説の中で、最も代表的な作品を挙げよと言われれば、まず何を措いても躊躇なくガストン・ルルウの「黄色い部屋の秘密」と、江戸川乱歩の「陰獣」を絶対の確信をもって挙げる。そして前者が本格探偵小説の代表。後者が変格探偵小説の代表。これが私の、一つの自己規制の意味での探偵小説観の基調でもある。

ルルウの「黄色い部屋」を初めて読んだ時の異常なまでの昂奮は、それから何十年も経った今日でも、未だに脳裏に生々しい。まだ中学生だった私はこのルルウの魔術にも等しい本格的プロット構成と論理的手腕に、思う存分曳きずり廻され、果ては泣くほど感激して、舐めるように再読々々と溺れこんだものだ。おそらくこの「黄色い部屋」は殆ど永遠のエンターテインメントとして遺る古典の最高峰だと信じて疑わない。

だが、それはまあいい。乱歩の「陰獣」を変格探偵小説だとは何ごとだと、大方のお叱りを受けるかも知れない。しかし、まかり間違えば八方から袋叩きにあうかも知れない覚悟をもって断言すれば、これは私の探偵小説観の中では絶対に変格である。おおまかにみれば、一応本格探偵小説のスタイルはとっているとはいえ、その作品に流れる雰囲気、独特のプロット構成、人物描写の悪どいほどの濃厚さ、これらは飽くまで変格探偵小説としての要素を、より多く具《そな》え、そしてその比重が極めて高い。

この私観を支える一つの例を挙げよう。

「新青年」の懸賞小説に、山本禾太郎の「窓」が当選作になり、夢野久作の「あやかしの鼓」が第二位だか選外佳作だかに入った時のことだ。選者の乱歩が選後評で「窓」の本格ぶりを激賞し、返す刀で「あやかしの鼓」をこれは探偵小説ではないと口を極めてきめつけた。しかし、きめつけながらも、乱歩は、作家的生命という点では夢野久作のほうが遥かに永いだろうという但書きをつけているのだ。記憶を辿って書いているのだが、私の記憶に誤りがなければ、夢野久作という異色作家はこうして生れた。乱歩が但書きをつけた所以も、いわゆる変格的技術の所産こそ、その作家の燃焼力の表われだとみたからに他ならないと考える。

私は乱歩の「陰獣」という作品は、むしろ乱歩が本格探偵小説への熱情よりも、その変格的技術を駆使することで、どれだけ自己の作家的燃焼度が表わせるかに賭けたものだとみる。

夢野久作の場合、果せるかな、乱歩の予言が見事に適中したことは多くの人が知る通りだが、何を隠そう、この私が自分で探偵小説を書いてみたくなったのは、乱歩の「陰獣」に触発されたなればこそなのだ。「二銭銅貨」は本格だが「陰獣」は絶対に変格である。この変格探偵小説こそは、無限の開拓余地を持つ原野であり、また同時に、文学的意味という点においても、無限の余地を持つ原野に他ならないという信念のようなものが、そのとき私に形成された。

探偵小説はまず何よりも面白いものでなくてはならない。それも大人の評価に耐え得るエンターテインメントでなければならない。それにはまず何よりも作品の雰囲気と独特のプロット、そして生ける興味ある人物が物語を織りなしてゆかねばならない。そこにおいて発揮される文学性こそ、探偵小説には絶対不可欠だというのが、揺がぬ私の信念である。

靴の裏——若き日の交友懺悔

夢野久作の「ドグラ・マグラ」という書下しの、そのうえ当時としては吃驚仰天《びっくりぎょうてん》するような膨大な単行本が刊行されたとき、『新青年』の水谷準氏は、多分出版祝辞の意味をこめてであろう、編集後記にこう書いた。

「まず驚け。しかるのち読め」

この一文。何という男惚れするようなスマートさであったことか。当時『新青年』の名編集長の名を馳せていた水谷氏のことは、あれこれ幾つか私の記憶に少くないが、四十数年たった今日でも、この編集後記の一文ほど鮮かに刻みつけられているものはない。

水谷氏は確か早大出身だったはずだ。その学生時代、マンドリン・サークルに属していたほどの奏者だったということも私の記憶にあるが、やはり楽器が好きで、中学時代からヴァイオリンをひねくったり、マンドリンをいじくったりして、相当天狗気味だった私が、ドルドラのスーベニア風の自作の小曲を五線紙にして水谷氏に贈ったりしたのも、そういう楽器同好者としての親近感からのことでもあった。水谷氏はとっくに忘れているかも知れない。そして楽譜もとうに失くなっているかも知れない。私も昭和二十年の東京空襲で、かなりの楽譜と共にこの小曲の原譜を焼失してしまったが、今でもその主題部だけはハミングすることができるほどだ。

さてこの小文の「靴の裏」という題であるが、これは何を言おう、ほかならぬ水谷準氏の靴の裏のことである。こう言えば多くの人は多分変な顔をするかも知れない。しかし変でも何でも、それは紛れもなく水谷氏の靴の裏のことである。これが何を意味するかは、おいおいに分ってくる。総じて水谷氏の靴の裏を知っている者は決して数少くないかも知れない。それともあるいは単に私だけのことだったのかも知れないが、しかしとにかく私はその水谷氏の靴の裏を知っている一人なのだ。これだけは確かだ。

昭和六年の夏、まだ雛《ひよっこ》の殻をくっつけているような私が、あらゆるものに叛旗を翻して、選りにも選って大阪の釜ケ崎に近い裏街の芙蓉寮という南京虫の出るアパートに立て籠り、毎日店屋《てんや》もののカレーライスばかり食い食い、素裸で、壁に凭《もた》れ、脚のグラグラする卓伏台《ちゃぶだい》を机がわりに六十枚の「十八号室の殺人」という探偵小説を書き上げ、まだ一面識もない江戸川乱歩さんに送った。果して読んでもらえるかどうかさえ不安だったが、奇蹟とはこういうことか。間もなく乱歩さんから水茎の跡も美わしい筆書きの直筆で、早速水谷さんに見せた、十一月号の『新青年』に掲載される、というお知らせを頂いた。涙が出るほど嬉しかった。

この処女作で私は大枚六十円を貰った。

当時の六十円という金は大きい。ただこのときの筆名が、私の原稿につけたものとはガラリ違って、光石太郎となっていたのは、おそらく編集長の水谷氏あたりの裁量だったのだろうと想像している。その後も水谷氏に直接質《ただ》してみたこともなく、未だに想像しっぱなしになっているが、この筆名が、介の字を一つくっつけて、光石介太郎となったのは昭和九年以来である。

その年の九月には、例の室戸台風が近畿地方に未曾有の被害をもたらすが、悪運が強いというのか、私はその二カ月前の七月には東京永住を志して上京しており、この東京へ着いた日に、グルッと山手線沿いに歩きに歩いて、狂気のように所持金と敷金の見合うアパートを探し廻り、夕方近くヘトヘトになって辿りついた宮仲アパートというのが、乱歩さんのおられる池袋からほど遠からぬ大塚在の元祖神社の附近だったというのも、何かの奇縁だったのだろう。

アパートの敷金と前家賃を払ってスッテンテンになった私は、部屋を借りるなり、管理人の爺さんに近所の質屋を教わって、腕時計をまげ、ようやく夕飯に有りつくという体たらくだったから、爺さんも大変な野郎が入ったと大いに不安がったに相違ない。部屋にはアパート探しの間じゅう持ち廻った中型のトランクが一つあるきりだ。大阪の友人へ住所を知らせて、預けてあるのを送ってもらうまで、布団も何もありはしない。腕時計の次にまげたのは着たきり一帳羅《いっちょうら》の夏服だった。私は同じ質屋から買った質流れの紺飛白《こんがすり》の単衣《ひとえ》と兵児帯《へこおび》一つという、傘張り浪人みたいな恰好で、トランクを机がわりに「霧の夜の奇話」という十八枚の変格探偵小説を書き上げた。

私はこの作品を乱歩さんに見てもらうつもりだったが、どうにもそういう食うや食わずの状態で、直接原稿を持ってお訪ねする勇気が出て来なかった。毎夜、池袋へ出掛け、立教裏の乱歩さんの住居附近を徘徊するという、我ながら薄気味悪いことを続けた挙句、某夜思いきって手紙と原稿を郵便受けに落し込み、ドスンという、森閑とした夜の屋敷街へ響き渡るような意外に大きな物音に、自分のほうで魂消《たまげ》てしまって、一目散に逃げ帰るというような不可解なことをやったが、それから一週間も経たずに乱歩さんから速達のお手紙を頂いた。

作品は大変面白いと思った。水谷さんにみせたら同感の由《よし》だったが、ただこの作品は十五枚に書き直してほしいとのこと。詳細はあすにでも直接博文館を訪ねて、水谷さんから聞いて下さい。大塚あたりに来ているとは思わなかったが、遠慮は無用だから、いつでも訪ねて来て下さい。というような文面だった。

早速私は博文館へ出掛けて水谷氏に会った。自分で十五枚に直せますか。直せなければこちらで直してもいい、ということだったが、私は敢然と、自分でやりますと答えた。

実は、水谷氏とはこの時が二度目の対面だった。

処女作を『新青年』に拾われたのち、私はまる三年間、小説らしいものは何も書かなかった。しかし心中探偵小説の第二作を書く野望だけは捨てがたく、そのためか何か一度わざわざ乱歩さんをお訪ねするため上京したことがある。当時乱歩さんは高田源兵衛にお住いで、まだ下宿屋をやっておられるか、嫌気がさしておやめになった直後だったかのどちらかであったはずだ。

私はお土産に三省堂で買ったペン皿を携えて行ったが、噂の通り、いかにも見かけは下宿屋らしい恰好のお住居《すまい》を訪ねると、袴《はかま》をつけた書生らしい若い男が、先生は北海道へ旅行中です、ということで、それが大変切口上に聞えたことが今でも記憶にある。その勢いにのまれて、私は携えていたペン皿をまたスゴスゴと持ち帰る始末であった。せっかく持って行ったものなら置いてくればよさそうなものだが、それがそうできなかったところ、よほどその頃の私は今の私に比べて、内気で、すれっからしでなかったとみえる。

私はペン皿を持ったまま、その足で博文館へ水谷氏をお訪ねした。

その頃の博文館の応接間は、のちに改められたものと大分違って、途方もなく大きな長方形の部屋の周囲にソファが並べられていた。私がそのソファの一つで待っていると、ややあって、背の高い、白面のスマートな人物が、扉口から大跨《おおまた》に入ってくるなり「ミツイシさん」と呼んで部屋の中を見廻した。光石という姓は、大抵の者が「ミツイッさん」と促音で呼ぶはずだが、このときイシの字まではっきり発音して呼んだ水谷氏の印象は、非常に強烈だった。

「霧の夜の奇話」のことで二度目に水谷氏に会ったのは、応接間が改造されて、廊下の両側に小部屋が幾つも並んでいるものの一つだったが、私はその水谷氏から、これは十五枚ぐらいにすると非常に締ったものになるが、書き直しは新年号に間に合せてもらいたいと注文づけられたのだ。

私はその三枚を短くするのに随分骨を折った。ちょうどその書き直しの最中に室戸台風があり、東京でも街路樹の枝葉など吹きちぎれるぐらいの強風に見舞われた記憶がある。しかしとにかく、私の力ではどうにもその作品は十六枚にしか短くならず、ままよと、私はそれを「霧の夜」という題に改め、光石介太郎というペンネームにして博文館へ持ってゆくと、応接室で走り読みした水谷氏が「結構です。十六枚で頂きます」といい、私の風体から察しがついたのか、引替え払いで金二十四円の原稿料を出してくれた。つまり第一作より、一躍一枚につき五十銭分の昇額だった訳だ。

それから一月ほど経って、速達のハガキで、水谷さんからの伝言もあるし、一度電話をくれてから訪ねてきて下さい、という乱歩さんのお招きを受けた。はて、伝言て何だろう。まさか気が変ってあの作品は掲載中止になったから、原稿料を返せということでもあるまいがと、少々不安にかられながら、池袋へ電話をして、電話口に出られた乱歩さんの声を聞いたのが、直接私が耳にした乱歩さんの初めての声であり、すぐ来いというお言葉で池袋へ伺ったのが、永年瞼に描きつづけた乱歩さんに直々《じきじき》お目にかかれた最初であった。

池袋へ初めて伺った時は、すでに十月半ばで、夜などはかなり肌寒かった。

初対面の乱歩さんは袷《あわせ》の紺飛白を着ておられたが、玄関座敷まで迎えに出て下さったその乱歩さんが、異様に大きく見えたのは、ある意味では私の錯覚とも言えようが、総じて傑《すぐ》れた人や憧れつづけた人は初対面で大きく見えるというのは、心理的理由によるものらしい。

庭に面した奥の間へ通された私は、着ている物こそ乱歩さんと同じ紺飛白だったとはいえ、何しろこっちの紺飛白は、着たきり雀のヨレヨレの単衣という有様だったから、窮余の一策、私はお訪ねするに当ってその紺飛白と背中の間に新聞紙を四つに折ったものを二三枚入れて防寒用にしており、そいつが身動きするたびガサガサ音を立てるのには冷汗のかき通しだったし、出された珈琲《コーヒー》を口に運ぶと、ろくすっぽ食う物も食っていない私の食道と胃袋は、温かい珈琲が流れ込むのがよほど嬉しかったとみえて、一口ごとに悲鳴に近い歓喜の声をあげてキュウキュウ鳴るのには、顔青ざめる思いであった。今でも私は、その最初の一口で私の食道と胃袋が妙な音を立てて鳴ったのに、乱歩さんが、猫でも懐に入れているのかと思われたらしく、私の胸のあたりをキョロキョロされた顔つきは忘れられない。

水谷氏の伝言というのは、『新青年』で翌年の新年号に掲載の短編小説を懸賞で募集したが、該当作がなく、いわば飛び入りの私の「霧の夜」を当選作として発表させてもらいたい、ということだった。私は内心ホッとすると同時に、それくらいなら『新青年』では懸賞金を出してくれても良さそうなものだと、ちょっぴり思わないではなかったが、何分にもこちらは駆け出しもいいところで、まかり間違って拾い上げてもらっただけでも異存の有りようがない。こうして、今でも私は自分で傑作だと自惚《うぬぼ》れている「霧の夜」という十六枚は、次の年の新年号に当選作の特別扱いで掲載された。

それから後、私は相変らずの貧乏をしながら、『ぷろふいる』に「綺譚六三四一」を書いて、金五円を貰い、やがて同じ『ぷろふいる』の懸賞に「空間心中の顛末」が当選するという時間的経過の中で、暫次、西嶋亮、平塚白銀、石塚十郎、中島親などと知合い、舞木一郎、中山狂太郎などと語らってYDNペンサークルを結成ということになってゆくのだが、しかし何をいうにも、これら同人たちの中で当時良くも悪くも『新青年』に足がかりを持っているのは私一人だった。いうなればこの私の曲りなりのキャリアは、それ自体が彼らにとって一つの作家的ライセンスみたいなものだったらしく、あらゆる意味で一目置かれたし、ペンサークルの運営も、衆議を原則としながら、自然私がイニシャティブをとる形になった。

だが、これは誰も知らないことだが、その頃私は水谷準氏の靴の裏を盛んに拝まされていた。「霧の夜」のあと、私のちょっとした作品は「魂の貞操帯」まで完全に空白状態になっているが、それは飽くまで表向きのこと。五十枚とか八十枚とかの作品は始終博文館へ持ち込んでいた。しかし遥か後年の読売短編小説の当選狙いの時と同様、確乎とした作家的ライセンスを取るには特殊な作品で、といういわばエクセントリックな野心に燃えすぎて、書くもの悉く変なものばかり。持ち込んでから暫く間を置いて博文館へゆくと、水谷氏は陰気くさい応接間の一つへ現われる時、すでにその原稿を片手にひっ掴んでおり、頂けませんなあ、とすぐ目の前のテーブルへ両脚をのっけて、私の鼻先へ靴の裏を突きつけたまま、渋い顔をする。いやこの横暴とも無礼とも言いようのない水谷氏の梃子《てこ》でも動かない編集長ぶりには、コン畜生とも、今に見ておれとも、毎度思わされたものだが、一面それとなく面倒を見てくれる気持はあったらしく、リライトや雑文の仕事をくれたり、五枚とか七枚とかの短いものは時おり書かせてくれた。その一つに「梟」という銷夏《しょうか》向き怪奇短編がある。

「魂の貞操帯」の時も、これは忘れもしない蘭郁二郎、北町一郎、マコ・鬼一、光石介太郎の四人競作の特集だったが、指名された私が三日ほどかかって書いたのが「シューメーカー源治屋」という奇妙なもので、徹夜の早朝速達で送るともうその翌日の朝には水谷氏が速達のハガキで「駄目。もう一つ書け」と言ってきた。また二日ほどかかって書いたのが「鯨谷の一夜」だったがこれも駄目。乱歩さんから電話で、何をしてるのか、蘭君なんかとっくにパスしてるじゃないか、と珍しく小言を頂いたのもこの時のことだ。それならばとヤケのヤンパチで書いた「消失貴族の逍遥」という怪奇探偵小説がようやくパスして「魂の貞操帯」という題で掲載されるという有様。作家をいじめるのも編集者の役割の一つらしいが、ともかく水谷氏の靴の裏をさんざ拝まされ拝まされ、だいぶ後になって、いわゆる執筆注文の形で書いてそのまま掲載されたのは「基督《キリスト》を盗め!」と「遺書綺譚」ぐらいなものだろう。

その間、私は乱歩さんの忠告もあって、盛んに東西の文学書を耽読し、いずれは純文学に入ろうという志を徐々に固めつつあった。それかあらぬか、YDN、すなわちヤンガー・ディテクティブ・ノーベリストという名称を私たちのサークルにつけたのも、当然ディテクティブ・ストーリー・ライターというべきだという意見に抗して、探偵小説作家も文学者《ノーベリスト》でなくてはならないという私の主張を通した結果に他ならない。

ともあれこのペンサークルも結局は何もかも計画だおれの有名無実に終ってしまったが、結成当時は決してそう評判の悪いものではなかった。毎月一回、新宿の今は懐かしのウェルテルという高級喫茶店の三階で会合を開き、噂を聞いて集まってくる同人も次第に増えていっただけでなく、殆ど毎日私の大塚在のアパートには四五人誰かしらがとぐろを巻きにきた。その頃私は宮仲アパートを出て、すぐ近くの豊島アパートという所に塒《ねぐら》を変えていたが、そこに集まる常連メンバーは、中島親、西嶋亮、平塚白銀、舞木一郎、中村美与といった所だった。中村美与は、『ぷろふいる』に「火祭」で登場して以来の新メンバーで、私はこの「火祭」を、まるで借金かかえて映画でも観ているような作品、つまり読者の感情移入などまるきり無視した文章でっかちの作文的作品、などと冗談まじりに酷評していたが、あるとき私は彼女の何かの言節に大変肚を立てて、メンバーが居並ぶ中でさんざんやっつけ、とうとう泣かしてしまった思い出がある。彼女が泣きながら帰って行ったあと、横浜高工の制服姿の西嶋亮が、ニヤリとして「光石さんて人、言うときにはトコトン言う人だなあ」と感慨深げに言ったことも、いま思い出すのだ。それきり彼女は来なくなったが、今でもこの出来事は深い悔恨になって私の心に遺っている。

ウェルテルで開く会合には、やがて例の高橋鉄が黒服、白皙の、才人らしい癖に何となくグロテスクな雰囲気を漂わせながら現われ始めたり、早大生でありながらちゃんとした背広姿の金来成が、物凄いバイタリティを秘めた風貌で、参加を求めてやってきたりするが、何といってもこのサークル会合の最大のヤマ場は、あるときこの会合に、『ぷろふいる』の東京支社長格だった堀場慶三郎老を先頭に、同じ『ぷろふいる』系の、左頭弦馬、九鬼澹などが、大挙して押しかけてきた時だろう。

ウェルテルの三階といっても、たかだか六畳部屋ぐらいの広さしかなかった狭い会場だったから、この夜は椅子を並べる余地もなくなって、壁ぎわに立ったままでいた人が随分あったことを思い出す。

このとき初めてみる左頭弦馬の風貌たるや、正しく一堂を圧する体のものがあって、敢えて言うなら、いま吸血鬼ドラキュラ映画の最高キャストの称があるクリストファ・リーを、もすこしどす黒く魁偉にしたような容貌をして、頭髪が、あたかもその魁偉さを何倍かに助長するかの如く、薄く、かつ禿げ上り、人並すぐれた体軀を袴に包んで一層格づけをしているという、いやもう何とも堂々たる貫禄ぶりで、サークル主宰者として挨拶を交わした私など、最初から終いまで完全に食われっぱなしだったものだ。

その会がはねての帰り道、肩を並べて歩いていた平塚白銀が、左頭って男、すげえ貫禄ぶりだなあ、としみじみ言ったほど、ことほど左様の弦馬だったのだが、この弦馬、最初の印象とは裏はらに、東京では徒《いたず》らにあっちこっちの厄介者になるばかりで、私とはどうにも処置ないほどの腐れ縁が続いた挙句、小栗虫太郎氏の所へ書生に転がり込んだあと、最後には京都あたりの生家か親戚か、何でもそんな所へ帰って心臓脚気で死んだという、風の便りを大分あとになって聞いた。

が、いずれにしても若き日の私の交友の中で、いままでも昨日のことのように記憶に新しいのがこの左頭弦馬と平塚白銀のことだ。

平塚白銀は本名を橋本敬三といって、曾ては東京日本橋あたりの名代の呉服屋の御曹司《おんぞうし》だったが、何かのことで家が没落してしまい、当時早稲田近くの裏街のしもた屋で、老いたる両親と出戻りの大変美しい肉感的なタイプの妹の三人を養っていた。

私より十センチぐらいは背が高く、ゲーリー・クーパーをもうちょっと華奢にしたようなハンサムな男で、眼が大きく、唇が赤く、それだけに大変女にもてたらしいが、自分でもそれは隠さなかった。偶然私のアパートの近くのどこかの会社勤めをしており、退社後のみならず勤務中でも時間を盗んでよくフラリとやってきたが、私が常連メンバーの珈琲代などに苦しんで、無けなしの文庫本などを売ったりしているのを援けるつもりか、時おり五十銭銀貨を五六枚、黙って置いてゆくような気の優しい所があった。たかが五十銭銀貨五六枚といっても、当時の五十銭は、それ一枚あれば私が大塚から新宿へ出て、一箱十銭のチェリーを買って、音楽喫茶で一時間ほどストレス解消してまた大塚へ帰って来られたほどの値打ものだった。月に二三回は平塚がそんな金を置いて行ったから、私は彼がよほどいい給料を取っているのだろうと想像していたが、どういうものか、彼はどこに勤めているのかそれだけは決して明かそうとせず、訊いても、なにつまらんとこだよ、というだけでとうとうその勤め先を知らずじまいになってしまったということ、これは未だに私にとっての謎の一つになっている。

物凄く笑い虫で、何でもないことによく手放しで笑い転げたが、ある年の正月、乱歩さんの所へ連れてゆけというから、一緒に年賀に伺うと、大きな伊勢海老が出された。平塚白銀はこの伊勢海老に向ってフォークとナイフで格闘を始めたが、勢い余って客間の金屏風へ撥ね飛ばしてぶっつけ、ゲラゲラ笑いながら、あわてて四ン這いになって、手摑みで拾い上げると、またこれを撥ね飛ばし、今度はこれを手摑みにしたまま悶死するのではないかと思うほど畳に這いつくばって笑い転げたものだ。乱歩さんは終始ニコリともせずにこれを見ておられたが、最初はハラハラしていた私も、この乱歩さんの沈着そのものの観察ぶりと、見栄も外聞もなく畳へくらいついたまま死ぬほど笑い転げている平塚との取り合せには、さすがに洟《はな》を吹き出すほど笑い出さずにはいられなかった。

その頃の私たちのグループで乱歩さんに直接合ったことがあるのは、私のほかにこの平塚白銀ただ一人ぐらいなものだったのは奇妙なことだ。どうもみんな乱歩さんには一目も二目も置きすぎて、会うのを煙たがるような所があったのではないかと思うが、最初鬼面人を驚かすような印象を私にもたらした左頭弦馬にしても、どうやら御多分に洩れなかったようだ。

ウェルテルの三階で初めて会って以来、私はこの弦馬の消息を暫く聞かなかった。そしてある盛夏の一日突然彼から至急是非お出で願えないか、首を長くして待っている、という鉛筆書きのハガキを貰うのである。住所は

何でも日暮里駅の北の方にある町の、何某方となってい
た。首を長くされていては行かずばなるまいと、早速出掛けて、今でいう山谷のような埃っぽく白けて雑然としたその町のあちこちを探し歩いて、ようやくその下宿先を訪ねると、弦馬は二階の四畳半ぐらいの暑苦しい部屋に、ヨレヨレのズボン姿で待ち構えており、私をみると大いに喜んで、例のクリストファ・リーをもっと醜男《ぶおとこ》にしたような顔を綻《ほころ》ばせながら「じつはこの小為替を金に替えたいんだが、判がなくて弱ってるんだ。介太郎、すまないがこれを買ってくれんか」という。みれば僅か二円の小為替だった。察するに飯もろくに食っていないのではないかと、折よく持合せていた中から二円出してやると、すぐ飯を食いにゆくからきみも附合ってくれと、同じ町にある飯屋へ連れて行った。

だが、この飯屋の何という物凄さだったことか。私は後にも先にもあれほどひどいものをみたことがない。異様な風体の、仕事にあぶれた労務者らしい人たちが、臭気紛々たるところに屯《たむろ》して、椅子に片脚をのせながら真昼間から飲んだくれたり喚いたりしているという有様で、弦馬はその奥のほうのベトベトしたようなテーブルについて二人分の定食を注文したが、その運ばれてきたものを見て、私は思わず顔をそむけた。腐臭の漂う鰊《にしん》の煮つけと溝水《どぶみず》のような味噌汁。飯は色の変ったいわゆる物相《もっそう》飯《めし》。危く嘔吐を催しかけた私をよそに、その恐るべきものをガツガツと頬ばり、手つかずになった私の分まで綺麗に平げた弦馬の、飢えきった浅間《あさま》しい姿は、いまでも忘れられない。その定食が二人分で何と十四銭だったのも、よく憶えている。

その後彼はどういう関係があったのか、赤羽在の金子某という家に転がり込んで暫く厄介になっていたが、私のアパートへは始終遊びにきた。私のことを最初から、介太郎、介太郎と呼び、私も弦馬、弦馬と呼んでいたが、とにかく私にとっては一種の貧乏神みたいなこの弦馬とのいきさつの数ある中で、何といっても最大のヤマは彼と一緒に中山狂太郎の所へ金を借りに行った前後のことだろう。

ある日弦馬がやってきて金がないかと言った。私も空《から》っけつの時だからその旨をいうと、それじゃ誰か借りられる奴はいないかということで、二人して知恵を絞った挙句、白羽の矢を立てたのが中山狂太郎だった。当時狂太郎はＹＤＮペンサークルの会計担当者で、同人会費を預かっていたが、今の台東区の確か二長町といわれるあ

たりで歯科医をしており、歯科医なら少々の金ぐらい貸すだろうというのが、その理由だった。

恐ろしく不便な所で、都電からもバス停からも遠く、徒らにだだっ広いばかりで判りにくい町をさんざん探し歩いたのち、ようやく探し当てた狂太郎の家の二階で用件を切り出すと、矮軀チョビ髭の、私がそれ故にこそ会の会計担当者には最適任だと考えて委嘱した、見るからに堅実一方ではあるにはあっても、どうもあまり景気の良くなさそうな狂太郎は暫く考えた末、会の金を出す訳にはゆかんしな、ちょうど金冠を一つ患者から外したのがあるから、それを持って行ってくれんか、と言った。

その金冠を握って私と弦馬は早速銀座の村松貴金属店へ行ったが、目方を量るとちょうど五円分あった。しかし村松では馬鹿に用心深く、このハガキに住所を書いてくれ、そしてそのハガキがついたら、それを持ってきてくれたとき代金を支払うという。仕様ことなしにそれから二日ほど待って、ようやく届いたハガキを持って、私と弦馬は村松へ行ったのだが、金は仲良く半分わけということにしたものの、自分の分け前を握った弦馬は、妙にハッスルして、おい、これから千住の石塚十郎の所へ行って、大いに飲もうなどと言い出した。私は駄目だと言った。「狂太郎から金歯など借りた屈辱感のことをすこし考えろ」というようなことで、とうとう服部時計店の前あたりの路上で大喧嘩になって、弦馬一人憤然として都電へ飛び乗って行ってしまった。

ところが、その翌日この弦馬が私の所へやってきて、きのうお前が俺を怒らせたものだから、腹立ちまぎれに石塚と飲んでしまって、お蔭で一文なしだ。お前、まだきのうの金が残っているだろう。だったら罪ほろぼしにすこし出せ、ときた。

さすがに私もこの余りの手前勝手には勘忍袋の緒を切ってしまって、何を勝手なことを言ってやがる、貴様のような奴とは今日限り絶交だ、帰れ、と怒鳴りつける始末だ。

それきり弦馬と絶交状態になったのかどうか、よく憶えていないが、とにかくそれから間もなく彼は小栗虫太郎氏の所へ転がり込んで、体のいい書生代りのようなことをやりはじめていた。それも私は赤羽の金子某の所へきた弦馬のハガキというのを見せられて知った訳で、そのハガキがまたなかなかの傑作だった。

「……こういうことになったのも偏《ひと》えにお前と介太郎のせいで、俺は深くこれを遺恨に思っている。すこしは責任を感じて一度慰問にきてくれ……云々」

現代言葉でいうならば、さしずめこの左頭弦馬などは、ある意味での破滅型の典型だったということもできるだろう。

私はついにこの弦馬の書いた探偵小説なるものを一度も見ることができなかった。京都時代、熊谷晃一氏のいわゆるファミリー的な存在として、『ぷろふいる』の編集長だか編集者だかを経験したのち、上京するに当って はいっぱしの青雲の志も抱いていたに違いない。だが、いうなれば事志とことごとに食い違ったらしいことは、その一部始終の動静をみても明らかだ。彼にしてもし水谷準氏の靴の裏にも動じないだけの気概と忍耐力とがあったら、たとえ数作作家であろうとなかろうと、その私と同様、一つや二つぐらいの探偵小説は物にしていたことだろうにと、いま新たにその稀にみるほどの魁偉そのものだった容貌を懐かしむのだ。

名軍師と名将たち

戦前の、未だ博文館華やかなりし頃だが、私は例の原稿料の前借りという大それたことを、前後二度やっている。

どうも私は、根が評論家や史実家的資質に欠けるせいか、出来事だけは馬鹿にはっきり憶えているくせに、それが何年何月の頃だったというような年月的記憶がからきし駄目なのだが、ともかく『新青年』のある年の何月号かに、大谷主水という、みるからに覆面者らしいペンネームの、世界の有名宝石類の逸話を書いた雑文風ののが出ているはずで、その大谷主水こそは、かくいう私のことなのである。つまり私の原稿料の前借りがその雑文でペイされた証拠《しるし》に他ならなかったから、借りたのは当然それ以前だったことになる。ペンネームは編集長の水谷準さんが勝手につけた。大谷主水《おおたにもんど》とは即ちダイヤモンドのことである。雑文がそれに関するものだっただけでなく、私の姓の光石がダイヤモンドを意味すると考えれば考えられなくもない。いつに変らぬ水谷さんのスマートさだと、ひどく感心させられたものだ。

がさて、その原稿料前借りの経緯《いきさつ》だが、これはある意味で当時の水谷さんが、いかにも水谷さんらしい冱《さ》えた名編集長ぶりだったことを物語るものであると同時に、私にとっては正に一世一代ともいえる水谷さんとの対決、私の力み返った大決意が行きつくところまで行きついて、その結果水谷さんによって私の緊急事態が辛うじて救われたという出来事でもあり、また考えようでは当時の何となく総てに大様で、間口も奥行きもドッシリとした良き時代の一端を物語ることにもなるだろう、という出来事でもあったのである。

それには些か時効にかかったプライベートな悔恨事から入らなければならないが、当時私は、すでに現在では鬼籍に入っている一人の女性と大塚在で同棲していた。私の親も女性の親も認めない、というより私のほうは親に無断で、女性のほうは親兄姉が顰蹙《ひんしゅく》という情況下で、いわば八方破れのような同棲生活だったが、江戸川乱歩さんや私の友人たちには、まあ一種の既成事実のような形で公認されていた。この女性がある年、女児を出産した。青子という名をつけたが、無論籍に入れようにも入れようがない。生れて六ケ月ほど後に、女性は郷里に帰って子供の入籍だけでも何とか工面してくると言って、富山へ帰って行った。すでにクリスマスに近い頃だったが、一夜私が郷里へ帰る母子を上野駅まで見送ると、ガランとした鈍行列車の三等車のレートへ横たえられたその子供が、どういう訳か、立ったまま女性と何か話している私の顔を横ざまに見上げて、歯のない口でニヤリと笑った。今でもその妖婆のような歯のない顔は脳裡に灼《や》きついているが、あるいはそれが虫の知らせというやつだったのかも知れない。それから十日も経たないうちに、子供がジフテリアで入院したが容態が悪いのですぐきてほしいという電報が来たのである。

すぐこいと言われても、私は女性が富山へ帰ってからは、大きな琺瑯《ほうろう》鍋で何日分かの飯をまとめて焚いておき、明けても暮れてもポロポロに凍って味も素気もなくなったやつを湯漬けにして、昆布の佃煮ばかりを菜にして食っているという態たらくで、旅費も小遣も余裕のある金なんかまるきりない。すぐ江戸川さんのことが頭に浮んだが、しかし江戸川さんにはそれまでにも何度か重ね重ねのご迷惑をかけていた。無心にゆくと、すぐ江戸川さんは客間からポンポンと手を叩かれる。奥さんが出てこられると、おい、金を持ってこいと云われ、奥さんはハイと言ってすぐ持ってきて下さる。どちらも一度も厭な顔をされたことがない。それどころか、毎年正月過ぎには鏡開きの直径一尺もあるような餅を必ず小包にして届けて下さったり、そのほかいろいろなお心遣いにはいつも接し続けていた。罰当りにも、よく憶えていないのだが、たしか女性が子供を連れて富山へ帰る時の旅費も江戸川さんに無心したのではなかったかと思う。

その夜、とつおいつ考え続けた私は、翌日思い切って博文館へ出掛けた。水谷さんに会って、事情を話し、何とか原稿料の前借りを少しさせてもらえないかと頼んだ。いくら要るんです。十五円あれば足ります、と私は言った。今どき十五円ではバスにも乗れないが、その当時の十五円は一応の値打ちものだった。仮りに一千倍にしてみても、今の一万五千円から二万円見当のものだったかも知れない。

困りましたな、と水谷さんは言った。あなたは一応作家とは言っても、稿料の前借りができるほどの実績はありませんしね、まあこの件は諦めてもらうほかありませんね、と言われた。もとより私は、前にも書いたようにせっせと変格探偵小説風のものを書くだけは書いて『新青年』に持ち込み、片端から突っ返されている態たらくだったから、いうなれば吹げば飛ぶような無名作家の域は全く出ていない。返す言葉もなく、私は差し俯向いて、暫く沈黙が続いた。

すると突然水谷さんが言った。もっともあなたとぼくの間に友情といったものがあれば別ですよ。といってもこれまで別にそういうつきあいもありませんしね……。窮地の私には、その言葉が実に意味深長に聞えたのだ。私は悄然と博文館を出て、どこをどう歩いたのか、気がついたときは上野公園の西郷さんの銅像のある展望台の上に立っていた。あるいは潜在意識では、もしできれば上野駅から列車の只乗りでもして富山へ行くつもりがあったのかも知れない。その頃、その展望台から上野駅を越えてみえる真正面の地下鉄ビルという大きな建物の表側が、マクロ的な時計になっていて、ネオンの光る物凄く大きな分針と時針がグルグル廻って時刻を知らせるようになっていた。そのネオンの色と、展望台の上の暗さとが確かな記憶にあるから、正確な時刻の記憶はないにしても、五時はとっくに過ぎていた頃だったに相違ない。私はその酸っぱいようなネオンの色を見ながら、水谷さんの言葉の意味を取り違えないように懸命に考え続けた。友情に頼ってくれれば貸してやるというようでもあれば、おれときみとの間にはもともとそんなものはないじゃないかと打ち消しているようでもある。無名作家の分際《ぶんざい》で原稿料の前借りなんて人並みのことができる訳のものではないが、個人として頭を下げてくれれば何とか考えてやらんではないと、どうやらそういうことでも言ってくれたのかも知れない。でなければ、一旦断ったあとであんなことをいうはずがないだろう。そう自分流に考えて、一か八かひとつ当ってみよう。それで駄目なら、いやそういう出来合いみたいなことを言って、それで本当に怒られてしまい、よしんばどうにか喰いついている多少の作家的展望みたいなものまで棒にふることになっても自業自得だと諦めるほかない。そう決心するまでに、かれこれ二時間ぐらいは懊悩していたはずだ。山を降りたのがちょうど七時だった。

空腹の上に軀の芯まで冷え切ってガタガタ震えていたことも憶えているが、その上野から江戸川まで、ただ江戸川アパートだということだけ知っていた水谷さんの自宅まで、歩いて行ったのか電車で行ったのか、まるで記憶にない。今でも住んでおられるはずのその江戸川アパートは、現在どう様子が変っているか知らないが、今でいう団地のアパート式に、何戸かの住居が縦割りのセクションになっていて、管理人に訊いて判ったその二階だか三階だかへ登りながら、縦割り内部のコンクリート壁や太い柱の構成図柄が、何やら探偵小説じみた古い館《シャトー》へでも足を踏み入れたような気がしたものだ。

水谷さんの部屋の前に立ったとき、確かピアノの音が聞えていた。扉《ドア》を開けられたのは奥さんで、中耳炎でもやってられるように、白い繃帯を頭から頬被りみたいにかけておられた。そのとき私は応接間で紅茶を出されたようでもあるし、玄関口での立話だったようでもあり、あまり緊張しすぎていたせいか、その辺のことをさっぱり覚えていない。ただ水谷さんが、家内が阿多福風《おたふくかぜ》をやってるので失敬するよと言われたことと、私が何やらボソボソ話をすると、では友人として来られたんですねと念を押されたことだけは、はっきり記憶にある。そうです、というと、じゃ、あす博文館へきて下さい。ご希望に添うようにしておきます、と言われた。私は階段を降りて帰りながら、まるで台風の眼の中へでも入ったような虚脱感で、訳もなく泣けて泣けて仕様がなく、同時に小便が洩れるほど溜りに溜っていることに初めて気がついたのを憶えている。

翌日私は博文館へ出掛けて水谷さんに会い、ようやく十五円の金を手にすることができた。だが、ここが肝腎なところである。水谷さんは編集部のある階下の応接間へ入ってこられるなり、前借りの伝票を切ってあるから、金は階下の会計窓口で受取るように、と言われた。何のことはない、結果的には同じことなのだが、しかしこの一事によって、私は遅ればせながらも、原稿料の前借りなどそうおいそれとできるものではない、それには一人の作家がズバ抜けた存在でもなければ、せめて編集者との間に、友情とか親密感とか、そういう何らかの繋がりがあってこその話だということを、骨身にしみて味わされたということになる。

その十五円の金で、私はその夜、外套もない着たきり雀のまま、雪の富山へ直行して、三日ほど子供の病室で寝泊りしたが、到底子供は助かりそうにもないし、当時の金で二百何円とかの入院費の支払いはできず、ままよと瀕死の子供を女性に背負わせ、雪の降りしきる病院の裏木戸から脱走を図り、私はそのまま東京へ帰るし、彼女はともかく実家へ帰るには帰ったが、それから間もなく、敢なくなった子供が、立山近くのどこかの河べりでこっそり村民たちの手で荼毘《だび》に付されるというような、ムチャクチャな話になるのだが、そういう話はこの一文の趣旨ではないから、省くとして、さてその問題の金十五円也を『新青年』から前借りした当日の、何とも屈辱の思いにかられる忘れ得ぬ話に戻そう。

私は水谷さんから会計へ行けと言われて、階下へ降り、博文館の石段のある玄関口から真正面あたりの、会計課の窓口附近で名を呼ばれるのを待っていた。そのとき、一人の人品卑しからぬ壮年紳士が私より一足遅れて二階のほうから降りてきたが、その姿を見るなり、会計課の女事務員が、松野先生、と窓口から呼んで、高さが四センチはゆうにありそうな恐ろしく嵩《かさ》ばった札束を差出したのである。頭を短く刈り上げた、色の白い、小肥りのその紳士を、私は、ああこれが音に聞く松野一夫氏かと、初めてお目にかかるその実物の横顔を食いつくように凝視したが、剝出しの分厚い札束を風呂敷か何かに包みながら、女事務員と親しげに冗談口など叩いている松野氏の純白のカフスには、燦然とした金ボタンが光っていた。『新青年』の一枚看板だった著名な挿絵画家にはもとより比ぶべくもないことながら、こっちは二日がかりで死ぬような思いをしてようやく十五円の金を受取ろうとしている時も時のことだ。その松野氏が無造作に持ち去った札束の何という超巨大にみえたことか。すぐそのあとから名を呼ばれて、たった一枚半の札を受取ったときの、やりきれないほどの気恥しさは終生忘れられない。

　私は松野一夫氏とは直接合ったことも話をしたこともない。だが、『新青年』を語るには松野一夫という探偵小説には無くてはならない異色画家のことは絶対に忘れてはなるまい。私が初めて松野一夫という画家のことに心をとめさせられたのは、確かフレッチャーの「夜の二輪馬車」という連載長編探偵小説が『新青年』に出た時だったと思う。外人をいかにも外人らしく、外国の風物をいかにもそれらしく描ける画家は、おそらくこの人をもって嚆矢《こうし》とするのではないか。なかんずくこの人の描くシャーロック・ホームズは、無条件で絶讃に値するほどの逸品で、時代的に若い今の『幻影城』の読者の大半が、おそらくはそれを知らないだろうということは、非常に不幸なことだとさえ思う。余談になるが、後年私が九鬼澹、すなわち現在九鬼紫郎と名乗って探偵小説の評論活動などやっている若き日の九鬼澹の誘いで、人事興信所という所へ、今でいうアルバイトに暫く籍を置いたとき、そこの探偵長という人がまるで松野一夫描くところのホームズそっくり、板を削いだような頷に、物凄い突んがり鼻、眼光炯々《けいけい》として、強靱な鋼鉄細工のような顎、という怪人物だったのには、秘かに驚歎の声をあげ、毎日うっとりするほどその横顔に見とれたものだ。

　とにかく『新青年』という、私たちオールド・ファンにとって想い出のＥｌ Ｄｏｒａｄｏ《エル・ドラド》の名にも価する雑誌は、創刊号から森下雨村氏以下の連綿とした名編集長たちによって不世出《ふせいしゅつ》ともいえる個性が培われ、その個性的角度からの新人発掘が相次いだようだが、おそらくこの間一貫して表紙絵に挿絵に一枚看板の地位を持続したのが松野氏だろう。古い『新青年』のことは私も知らないが、しかし少なくとも私が愛読を始めて以来の『新青年』の表紙画家がずっとこの人だったということだけは確かだ。

　まるで小僧ッ子に過ぎなかった私の処女作を載せてくれたのは水谷さんだった。水谷さんが編集長になってからの新人発掘は、まことに目覚ましいものがあり、確か漫画家の横山隆一氏を発掘したのも水谷さんだったはずである。ある年の『新青年』の巻頭を、色刷りの切抜き漫画で埋めて横山隆一氏は初登場した。木々高太郎、小栗虫太郎という、日本探偵文壇の古典的二大作家が飛出した時の驚きも並大抵ではなかったが、この横山氏初登場の時も、私は何やら訳も判らぬ昂奮で、チクショウ、チクショウと、膝を叩いた思い出がある。いずれにしても水谷さんはこれは使えるとなると惜しげもなく仕事の場を与えたし、そろそろこの作家を一人前にと見極めをつけると、いわゆる短編連載の形で、フウフウ言わせるほどシゴキにシゴクという、良き意味の残虐味も具《そな》えていた。海野十三氏もそういうシゴカレの犠牲者の一人だったはずで、氏がそのシゴカレの中で書いた「振動魔」という短編連載の一つは、子宮の共鳴体という、前人未踏の、そして二度とは使えないトリックを駆使した傑作だった。確か、その「振動魔」は私の処女作と同じ号に載っていたはずで、一読して強烈なショックを受けた私は、それから一、二年何も書けなかった。

ようやく室戸台風の年に上京して、二度目の「霧の夜」で『新青年』再登場を果たしはしたものの、持ち前の不勉強、生れつきのぐうたらのせいか、さんざ江戸川乱歩さんにご迷惑かけるだけかけたり、たった十五円の前借りで神経禿ができるほどの辛苦を舐めたり、柄にもなくYDNペンサークルなどという殆ど有名無実のサークル活動に現《うつつ》をぬかしてみたり、自分でも何をやってるのかさっぱり要領を得ないでウロウロしている間に、名軍師水谷さんは、木々高太郎、小栗虫太郎という名将たちを矢継ぎ早に育てあげ、忽ちのうちにこれら名将たちは一国一城の主におさまってしまった。

後年これら名将たちは、確か海野十三氏を混えてだったと思うが、『シュピオ』という探偵小説専門の、いわば極道雑誌を出しはじめ、私も木々氏の推輓《すいばん》でこの雑誌に「西八番街の愛の家」という変てこな小説を載せてもらったり、またある年の新年号の編集後記で、木々氏自ら「今年のシュピオの目標は光石介太郎を売出すこと」などと書いてくれたりしたものだが、何分にも私自身が出来損いの最たる存在でもあったためか、せっかくのこの木々氏の一文も単なる空鉄砲に終ってしまった。

ただそういう経緯もあって、私は数回、戦前の木々氏宅に伺ってお目にかかっている。その一度は平塚白銀と同道だったが、そのとき木々氏が戦後例の『結婚二回説』を唱えられることになったことと思い合せれば、確かに一つの伏線的事実ともいえるある出来事に際会している。帰路私と平塚白銀はそのことについて話し合った。

もし戦後も好漢平塚白銀が生きていたら、木々氏の『結婚二回説』を、なるほどという思いで聞いたに違いないと、いま私は二重の回想に浸る思いでいる。

　三軒茶屋に住んでおられた小栗虫太郎氏の所へは、平塚白銀と同道でよく押しかけた。『黒死館殺人事件』などを発表して、すでに大家の域に在ったはずの小栗氏だったが、それにしては余りにも飾りっ気のないたたずまいというべきだったか。座敷を少し乱暴に歩くと家全体がユラユラするような恐ろしく古びた二階家で、私たちは、いつも家具らしいものが何一つない二階座敷に通され、真冬の寒い夜でも、ホタルみたいな炭火がようやく灰の中に見えるという何ともお寒い鉄火鉢のふちへ、三人で寄り集まるように手をかざしながら、夜が更けるまでよく話した。大学教授といっても通るほど端整で、インテリジェンスの高い顔をしたこの小栗氏は、奥さんの話では、無類の雷ぎらいで、生れつきの心悸亢進症だとのことだったが、ある夜、私たちはこの小栗氏にもう一つの飛び切り珍無類の癖があることを発見した。その夜、小栗氏は私たちが腹を空《す》かせてきたとでも推察したのか、奥さんに命じて天麩羅蕎麦を取り寄せて、ご馳走してくれた。しかし何分にも当時は半分田舎町も同然の三軒茶屋のことである。蕎麦屋まで四、五町ほど離れていたそうだが、そこから届けられた三つの蕎麦は、持ってくる間にとっくに冷めていて、ご馳走になりはじめてみると、お話にならないほど、ぬるい。ところが、そのぬるい蕎麦を食いはじめた小栗氏が、まるで熱湯でも啜っているようにデロデロと騒々しい音を立てて、いかにも食い難そうなのだ。そんなに熱いんですか、ときくと、小栗さん「おれ物凄い猫舌でね」と子供みたいに照れ臭い顔をして笑った。その夜、十二時近くになっての帰り途、三軒茶屋から渋谷駅のほうへ森閑とした道を歩きながら、この小栗氏の超猫舌ぶりを、いや平塚白銀の笑うこと笑うこと。例によって笑い上戸を遺憾なく発揮してしまって、ついには電信柱へかじりつきながら笑い転げたものだ。

　私はこの小栗氏から、前後二回作品のタネを頂いている。一度は外国雑誌から切抜いた三百語ばかりの紙片で、小栗氏からこれをタネに一つ書いてみろ、『オール読物』に売ってやると言われ、ドイツ語まじりのこの難解な切抜きをもとにして書いたのが、ある年の『オール読物』に「鳥人《リヒトホーフェン》誘拐」という題で出た四十枚ぐらいの、アクション物の探偵小説で、私はこのとき『新青年』に遠慮して雞山文作という筆名を用いた。このときの原稿料が二十円某《なにがし》で、小栗氏は、えらく少なかったなと言っていたが、その後私は京橋のサヴォイアという喫茶店で当時の『オール讀物』の編集長だった桔梗利一氏にたまたま出遭ったとき、タネはこれこれで、それをもとにした創作だったという話をすると、桔梗氏は、そうだったのか、あんまり第一次大戦中の話が真《しん》に迫って書けているので翻訳かと思ったのだ、と慰め顔に言って、今度の機会に必ず埋め合せをするからね、と口約してくれた。

二度目に小栗氏から貰ったタネは、台湾に住む原住民の秘密結社の話で、先の平たくなった4Bの鉛筆を垂直に立てて書いたような、まことに読みづらい、原稿用紙一枚半ぐらいの抜き書き風のものだった。大いにハッスルした私は、根は甚だぐうたらの癖にときどき発作的に起る妙な凝り性を発揮して、台湾の地理、歴史、風俗のことから毒茸《きのこ》のことまで調べ上げたが、このとき初めて知ったのがムスカリンという毒茸成分のアルカロイドのことだった。これらの資料をもとにして七、八十枚の怪奇探偵小説を書き、もう一度『オール讀物』へ売込んでもらうつもりでいたが、そのうち上海《シャンハイ》事変が突然日中戦争の様相に発展してゆき、あれこれ考えると、どうも台湾物の小説は危い気がしはじめて、見合せることにした。従って私は桔梗利一氏には口約束を果たしてもらう機会を逸したままに終っている。

甲賀三郎氏にはたった一度しか会っていない。あるとき私は、それまで面識のなかった甲賀氏から突然速達のお手紙を頂き、十五枚の短編小説を書いてみないか。良く書けたら『あけぼの』という雑誌に紹介すると言われた。このとき私は「黒衣の母」という変格探偵小説を書いて送ったが、まもなく、きみの小説が採用されることになった、ついては一度きてくれないかという書状を頂いたのだ。

どうもその時の甲賀氏のお住いがどこにあったのか、どうしても思い出せないのだが、ともかく喜び勇んで参上すると、植込みのある庭に面して、ベランダのあるお住いだったことだけは記憶にあり、甲賀氏はそのベランダで、あの円い温顔を綻《ほころ》ばせながら、実は『あけぼの』という国粋的な時局雑誌に依頼されて若い作家を紹介することになり、R君とK君ときみの三人に競作してもらった訳だが、編集長がきみの作品が一番いいと言ってくれた。なかなか面白く書けている。『あけぼの』は月刊雑誌で、これから毎月短編を続けて書いて欲しいと言っているので、ぼくも鼻が高いよ、というようなことを仰有《おっしゃ》り、私としては甚だ面目をほどこしたことになった。

この雑誌は、今の週刊雑誌の半分ぐらいの厚味だったが、その発行目的が主として日中事変で戦っている第一線部隊への慰問雑誌だったということで、私の短編が掲載されると同時に、羽織袴《はかま》に威儀を正した編集長という人が、恭々《うやうや》しく水引きのかかった原稿料の包みを持って挨拶にきたのには、アパートの部屋は年中ゴミだらけ、そのゴミの中でゴロゴロしていたような私は、すっかり度胆《どぎも》を抜かれて周章《あわ》てふためいたものだ。ともかく私はそれからその雑誌に「妻ならぬ新妻」とか「おみっちゃんと泥棒」とかいったものを幾つか書いたが、それから間もなく私の一身上に大変化が起って、猛吹雪の秋田市へ石沢十郎を訪ねて行ったり、一転して神戸と大阪あたりをウロウロしたりの挙句、報知新聞社に入って、それを機に綺麗さっぱり戦前の探偵小説とは縁が切れることになってしまった。

この神戸と大阪あたりをウロウロしている間に、どこでどう私の居場所を調べたのか、水谷さんから一通の電報を受取り、しかるべき原稿を書いて至急送れと言われた。かくて電報を受取った大阪の友人の家で書いたのが「遺書綺譚」という二十枚ほどのもので、これが私の『新青年』に書いた最後の作品になっている。すなわちこの「遺書綺譚」こそは、私が博文館から借りた二度目の前借り原稿料の決済原稿ということでもあったのだ。いま私はその前借りを、いつ、どんな風に水谷さんを口説いて成立させたのか、どうしても思い出せないのだが、とにかく二度目の前借りをしたことは事実だったし、それ故にこそ大阪くんだりまで電報を寄こされた友誼的、というかビジネス的というか、まあそんなものに触発されて、確か新婚早々だった友人の一室で、深夜までかかってウンウン言いながら書き上げた『新青年』最後の原稿だったのである。

ハガキ回答

昭和十二年度の気に入った探偵小説二三とその感想

久生氏の「黒い手帳」あれは十二年度作品でしたかしら、バルザックの「絶対の探究」「知られざる傑作」などに似た人生の図々しさを感じ痛快でした。これは小生勝手の尺度からの所感で、それ以前、諸大家の方々への所感を洩らすのは潛越だと思います。なお、日夜輩出する我々無名作家中、サンデー毎日第二十一回の選外佳作品「髑髏譜」というのを探偵小説の常道へ向って安打を放ったようなものを感じ、作者の常識的筆力がかなり強く印象されました。その他、これは今年度作品ではありませんが、一八三〇年頃のロシアの某氏作品「肖像画」というのを今年始めて読んで、全体の雰囲気に小生の好きな探偵小説の行き方を感じました。就中《なかんずく》、リアリスティックな技巧と表現法は驚歎すべきもので、この種のスケールの作品として完璧のものではないかと思います。例の「クリシー街の遺書」など、人生へもっと突っ込んで行けばこんなものになるのではないかと思ったのですが、今後我々にはこのようなある価値がもっと、もっと、学ぶべき時代になるのではないかと思っております。以上、不敢所感まで。

（『シュピオ』一九三八年一月第四巻第一号）

解題

横井　司

1

雑誌『幻影城』の一九七五年六月号は、「特集『ぷろふいる』傑作選」と題して、戦前の探偵雑誌『ぷろふいる』から創作五編と評論一編を再録し、全冊の表紙をカラーで紹介。さらには当時、『ぷろふいる』の編集に関わった九鬼紫郎の回想や、中島河太郎、山村正夫、鮎川哲也、権田萬治らの、雑誌そのものや掲載作家についての解説・評論を併載した、まさに『ぷろふいる』読本とでもいうべき一冊であった。そこに再録された五人の作家の内の一人が、ここに初めて探偵小説作品集が編まれることになった光石介太郎である。

「特集〈ぷろふいる〉傑作選について」と題した前説では、光石介太郎について次のように紹介されていた（執筆者の「S」は『幻影城』編集人の島崎博だろう）。

　光石介太郎の経歴は不詳。昭和6年〈新青年〉11月号に〝新人12ヶ月の8〟光石太郎名儀《ママ》で紹介された〈18号室の殺人〉が処女作で、作品総数は10篇にもみたない。昭和14年以後筆を断ち、戦後の混乱期に多くの探偵作家がカムバックしたが、氏はついに現われなかった。

この略歴からは、光石が鶏山文作《とりやまぶんさく》や青砥一二郎《あおといちじろう》という別名義で活躍していたことが、この時点では知られていなかったことを示している。同誌が店頭に並んでから本人が気づいたか、光石が関わっていた同人誌の仲間から教えられたかして、編集部に連絡が入り、その経歴が明らかになったものと思われる。同じ年の七月に刊行された増刊号「江戸川乱歩の世界」に「乱歩私観」として掲載された「ＹＤＮ《ヤンガー・ディテクティブ・ノーベリスト》　ペンサークルの頃」の中で「青砥一二郎という再起のペンネームで、いわゆる純文学とやらの孤城に籠って細々と暮している」と書かれていたことから、創作活動を続けていたことが読者に知らされたのであった。それから新作小説「三番館の蒼蠅」（七五・九）や、「靴の裏――若き日の交友懺悔」（七六・二）、「名軍師と名将たち」（七九・七）といった回想記が本誌の方に掲載され、探偵作家としての再起が期待されたものの、その「名軍師と名将たち」が載った号を最後に『幻影城』が廃刊となり、それと共に光石は再び、探偵小説の愛読者の前から姿を消したのであった。

　九〇年代に入って、未亡人へのインタビューをまとめた「光石かねさんに聞く／書くことへのこだわり――光石介太郎」（湯浅篤志・大山敏編『叢書『新青年』／聞書抄』博文館新社、九三・六）と鮎川哲也「新・幻の探偵作家を求めて　第十三回／清貧を貫いた九州男児・光石介太郎」（『ＥＱ』九四・三）が公開され、ようやくその横顔が明らかにされたが、それは光石が鬼籍に入って十年後のことだった。

　光石自身の回想記やインタビューなどから受ける印象は、探偵作家というよりもいわゆる純文学の文士的なたたずまいである。常に貧乏に苦しむ中で、その貧乏であることこそが文士の名誉であるかのような清貧の姿勢は、近年の、殊に若い読者には想像もつかないありようかもしれない。鮎川哲也の前掲「清貧を貫いた九州男児・光石介太郎」には「わたしが来た頃は書棚なんかございませんでね、リンゴ箱を積み重ねて本箱の代用としていました。でも光石は意に介せずと申しますか、九州には死ぬまでに一編の詩しか書かなかった詩人がいるんだぞ、と自慢しておりました」という未亡人の話が紹介されている。たった一編の創作によって後世に名を残すことができれば、文学者として、もって瞑すべしというところなのかもしれない。だが光石は、実際にはその生涯において一編しか書かなかったわけではない。戦前には怪奇幻想の世界を紡ぎ、戦後には人間性の本質を見据えようとして、三十編以上にも及ぶ作品を書いてきたのである。光石にとっての「一編の詩」を考えるためには、あらためてこれらの作品を検討していく必要があるように思われる。

　以下、光石介太郎の経歴を、右にあげた未亡人へのインタビューや、光石自身が書いたエッセイを参考にまとめておく。

2

　光石介太郎は一九一〇（明治四三）年六月九日、福岡県で二卵性双生児の男子として生まれた。本名・太郎。当時、双子は嫌われたため、福原家から親戚である岡山の光石家に養子に出されたという。戦後に刊行された青《あお》砥《と》一《いち》二《じ》郎《ろう》名義の著書の巻末に掲げられている略歴で、本籍が岡山となっているのは、このためである。養母は看護婦で、独身のまま光石を育てていたが、三十七歳で亡くなった（前掲の鮎川のインタビューでは三十五歳）。小学生だった光石は、刑務官を務める親戚の家に引き取られ、以後、上京するまで、そこで暮らしたという。旧制の小倉中学を出た後、上京して東京外語大学のポルトガル語科に進学。光石夫人がインタビューに答えて「父親は工業のほうへ進ませたかったらしいんですがね、本人が文学のほうの志望で」、それで外語大に進んだのだと話しているが、光石の文学への傾倒がいつから始まったものかは明確ではない。また、どういう傾向の文学作品を愛好したのかも伝わっていない。その作品の傾向から、エドガー・アラン・ポオや、ドイツやフランスのロマン派文学に心酔したのかと想像される程度である。

　上京する以前の一九三一（昭和六）年の夏、「十八号室の殺人」を書き上げ、江戸川乱歩の許に送ったところ、『新青年』への掲載が決まったという返事が来て、作家としてデビューを果たした（前掲「靴の裏」。以下同）。同作品は「新人十二ケ月」という連続企画の第八回として掲載され、その際の筆名は本名の光石太郎だったが、その筆名は「私の原稿につけたものとはガラリ違って」いたそうである。その後、一九三四年になるまで「まる三年間、小説らしいものは何も書かなかった」が「心中探偵小説の第二作を書く野望だけは捨てがたく」持っていたそうで、「そのため何か一度わざわざ乱歩さんをお訪ねするため上京したことがある」そうだが、この時は会えずじまいだった。三四年の七月に「東京永住を志して上京し」、「トランクを机がわりに『霧の夜の奇話』を書き上げ、ある夜、乱歩邸の郵便受けに落し込んだところ、「一週間も経たずに」返事が来て掲載が決まったという。この時に用いた筆名が光石介太郎であった。この「霧の夜の奇話」は、編集部の要求に従って十八枚を十六枚に縮めた上、「霧の夜」と改題したものが、『新青年』に掲載された。

この後、「五十枚とか八十枚とかの作品」を『新青年』の編集部に持ち込んだが、常に不採用だったそうだ。ただ「リライトや雑文の仕事をくれたり、五枚とか七枚とかの短いものは時おり書かせてくれた」そうで、その内のひとつが「梟《ふくろ》」（三五）だそうである。その他の仕事は、名前が出なかったからか、別名義のものだったからか、はっきりしていない。ただひとつ、『新青年』三六年二月増刊号に載っている大谷主水《もんど》の「宝石をめぐりて」という短い読物が光石の手になるものだったことが、本人の回想から確定できるくらいである（前掲「名軍師と名将たち」）。

『新青年』には掲載されない一方で、『ぷろふいる』や『探偵春秋』、『シュピオ』といった雑誌には、今日代表作として知られる「空間心中の顚末」を始めとする、いくつかの作品が掲載されている。『ぷろふいる』への寄稿を通して、同誌を中心として集まり、活動していた当時の若い書き手たちとの交流が生まれ、YDN（ヤンガー・ディテクティブ・ノーベリスト）ペンサークルを結成。毎月新宿で例会を開いたり、光石のアパートにたむろしたりして、探偵小説について激論を交わしていたそうだ（前掲「YDNペンサークルの頃」）。また『ぷろふいる』や『シュピオ』に執筆した縁から木々高太郎や小栗虫太郎の家を何度か訪ねたこともあったようで、小栗虫太郎からは小説のタネを与えられ、『オール読物』に紹介されたこともあったそうだ（前掲「名軍師と名将たち[1]」）。

やがて日中戦争が勃発し、右にあげた探偵雑誌が次々と廃刊を迎える頃、江戸川乱歩から電話で呼ばれた光石は、フランス料理をごちそうになり、寄席へ寄ったあとの帰り道で、純文学への転向を勧められる。そのときのことを後年の回想で次のように述べている。

「どうだね、きみはこれからすこし本格的に純文学に取り組んでみないか」

これは前々から乱歩さんが時おり私に言われていたことだけに、そう驚くには当らない。だが、そのあとの言葉が私には実にショックだったのだ。詳細な言葉は覚えていないが、かいつまんで言うと、きみは本来純文学にゆくべき人間だ、一般にぼくの弟子のように言われたり思われたりしていることは、きみにとっても迷惑だろうし、ぼくも正直いって弟子を持つほどの柄ではないのだ。——とそういうことだった。

「それはつまり縁切りということですか」

　と私は反問した。（略）

「いや、そんなことを言っているのではない。きみの文学的素質が変なほうへ曲ってしまうのが惜しいからのことだ」

　乱歩さんはそう念を押された。（前掲「YDNペンサークルの頃」）


光石夫人によると次のようなやりとりだったと聞いているそうだ。

「君は純文学に行った方がいいよ」って、あるとき言われたんだそうです。それで「先生私を見捨てるんですか」って言うと、「いやあ、推理物はしょせん大衆文学だから」っておっしゃったって。（前掲「書くことへのこだわり」）

　右の乱歩とのやりとりがいつのことかという点については、光石自身、「記憶は不確かだが、どうも戦争はもう始まっていた頃だったように思う」と、前掲の「YDNペンサークルの頃」で書いていること、また一九三八年の「魂の貞操帯」を最後に、翌年から筆名を鶏山文作に変えて『新青年』に寄稿していることから判断するに、三八年の後半だったのではないかと推察される。だとすれば「戦争はもう始まっていた」と光石がいう戦争とは、日中戦争ということになるだろう。『ぷろふいる』の廃刊は三七年四月、『探偵春秋』の廃刊は同年八月、『シュピオ』の廃刊は翌三八年四月と、「魂の貞操帯」と踵を接するように専門誌の廃刊が続いたのも象徴的であり、乱歩としては時代の趨勢が探偵小説にとって、殊に怪奇幻想を主な興味の中心とする変格探偵小説にとっては、厳しいものになることを予感して、光石へ転向を勧めたのかもしれない。[2]

　光石夫人の話によれば、東京外語大学入学後、学費を払えずに中退し、報知新聞社に入社したが、四二年の新聞統制令で同社が読売新聞社に合併吸収されて以後は「外様扱いされたんでしょうね、ケンカしてやめちゃった」のだそうだ。光石自身のエッセイ「名軍師と名将たち」（前掲）には、甲賀三郎から紹介されて月刊雑誌『あけぼの』に小説を発表するようになって間もなく「一身上に大変化が起って、猛吹雪の秋田市へ石沢十郎を訪ねて行ったり、一転して神戸と大阪あたりをウロウロしたりの挙句、報知新聞社に入って、それを機に綺麗さっぱり戦前の探偵小説とは縁が切れることになってしまった」と述べられており、「この神戸と大阪あたりをウロウロしている間に」「水谷さんから一通の電報を受取り、然るべき原稿を書いて至急送れと言われ」て書き上げたのが「遺書綺談」であるというから、報知新聞社に入ったのは一九三九年以降ということになるだろうか[3]。仮に翌四〇年に入社したとして、四二年の新聞統制令がきっかけで辞めたのだとすれば、実質的には二、三年の勤務だったと考えられる。この入社には乱歩の言葉も影響を与えていたのかもしれないが、どのような資格で、どのような仕事をしていたのか、詳しいことは分かっていない。

乱歩から純文学への転向を勧められた光石は、戦後になって丹羽文雄の主催する十五日会に出入りするようになる。そのとき「男の国」という二百枚ほどの小説を書き上げており、丹羽の斡旋で鎌倉文庫から出版される予定だったそうだが、川端康成のところへ無断で借金に行ったことが原因で丹羽の怒りを買い、出版が見送られるという事件があった。続いて戦前に付き合いのあった文藝春秋社に持ち込んだが、そのうちに原稿が行方知れずとなってしまったそうだ[4]。

前掲「書くことへのこだわり」の脚注によれば、丹羽文雄の十五日会は一九四八（昭和二三）年四月ごろから始まったようだ。この翌年、光石は雞山稲平《とりやまいなへい》名義で「廃墟の山彦《エコオ》」という短編を『宝石』に寄稿している。これは雞山稲平が光石の筆名のひとつだという未亡人の言葉によって確定されたものだが、このときすでに丹羽の怒りを買っており、そのため、『宝石』への寄稿となったものかどうか、事情がはっきりしていない。戦後復職していた報知新聞社を前年に退職したことを鑑みるなら、失職して、窮余の一策として『宝石』に原稿を持ち込んだものだろうか。この一作を発表した後は、ふたたび長い沈黙に入っており、その間、別名で雑文などを書いていたのか、その辺の事情も不明である。ただ、『オール読物』のオール新人杯（一九五二年創設。翌年から年二回の公募となった）や読売短編小説賞（一九五八年創設。毎月一回の公募）などに投稿を続けていたようである。前者の方は、第十回（五七年度上半期）に「盲導鈴」で、第十六回（六〇年度上半期）に「渡船事件の顚末」で、それぞれ最終候補に残っているが、受賞は逸している。後者の方は、第二十回（五九年一二月）に「豊作の頓死」が、第二十二回（六〇年二月）に「大頭《だいもんじゃ》の放火」が、そして第五十五回（六〇年一一月）に「美しき哉《かな》」が、それぞれ受賞作に選ばれて、『読売新聞』に掲載された。

「豊作の頓死」以前にも、第一回の応募に「人形の家」を投じたのを皮切りに「つづいて二回三回と」「自らノルマのような気で毎月欠かさず応募を続けたが、そのたび落選ばかり続けて」いたという（「文芸雑話（二）／『以前』と『パターン』」『土浦文学』七六・一一。以下同）。後に同賞投稿者の作品から最終候補作ばかりを集めたアンソロジー『読売短篇小説集』（文苑社、五九）に収録したいという依頼を受けた際、「私自身『人形の家』その他の該当作品はそれほど上出来のものだと思つていなかつたので、どうせそういう企画に参加するならば、新たに二十枚の書下し、ということでどうだろうという返辞を出した」そうである。そこで書き下ろしたのが「ぶらんこ」という短編だった。[5]

先の受賞が縁となったのであろう。六一年には、『週刊読売』で始まった「新人異色短編小説」という読み切り短編連載の最初の執筆者として起用され、「死体冷凍室」を書き下ろしている。同じ連載に翌年、「あるチャタレー事件」を発表。このとき筆名を雞山稲平名義にしたのは、同じ執筆者が二度掲載されることへの配慮からだろうか。さらに、やはり同年に『宝石』へ、青砥一二郎名義で「船とこうのとり」を発表。このまま商業誌への執筆が続くかと思われたが、どうした訳か『週刊読売』や『宝石』への執筆はそのまま途絶え、以後は『短編小説』及びその後継誌である『藝文』や『土浦文学』といった同人誌への寄稿が中心的な活躍の場となった。『短編小説』や『藝文』から短編が「同人雑誌小説候補作」として雑誌『新潮』に二度ほど掲載されたこともある。その間、『読売新聞』夕刊の文化欄に雑文を寄稿したり、地元新聞などへの寄稿で糊口をしのいでいたようだ。[6]七四年には書き下ろし長編『山風蠱《さんぷうこ》』を青砥名義で刊行。この翌年、雑誌『幻影城』に「空間心中の顚末」が再録され、これが縁となって同年、久しぶりに探偵小説「三番館の蒼蠅」を書き下ろしたが、以後は回顧録的エッセイを発表するに止《とど》まり、『幻影城』が廃刊となって後は再び沈黙した。とはいえ、タウン誌『水戸』への執筆は死ぬまで続けていたそうだし、晩年は文芸講座なども担当していたようだ。一九八四(昭和五九)年二月二〇日、肝臓肥大のため永眠。享年七十四歳。

註

(1) 同エッセイでは、このころ甲賀三郎から手紙をもらい、『あけぼの』という雑誌に紹介するから短編を書かないかといわれて、「黒衣の母」以下数編を同誌に載せたと回想しているが、『あけぼの』という雑誌の存在自体、確認することができず、今回は収録を見送ったことをお断りしておく。

(2) もっとも、同じエッセイ「YDNペンサークルの頃」の中で、「一般にぼくの弟子のように言われたり思われたりしていることは、きみにとっても迷惑だろう」と乱歩から言われたことを述べた後に、『新青年』に乱歩の文体模写小説を書いた時のことを引き合いに出して、「一般に私が乱歩さんの宛《さなが》ら直弟子であるかのようなことが、この探偵小説という特殊文壇の通念のようにさえなっていた」と述べているから、当の文体模写小説「類人鬼」(三九・四)よりも後のことだろうか。

(3) ただし、前掲「書くことへのこだわり——光石介太郎」の冒頭に書かれた略歴によれば「昭和十二年、報知新聞社へ入社。同十七年に退職するが、戦後二十一年に再入社。同二十三年に再び退職した」と書かれている。これは「豊作の頓死」が一九五九年一二月二〇日付の『読売新聞』に掲載された際の「入選者略歴」に拠っている。おそらく応募の際に添付された自筆の経歴からまとめたものであろうから、かなり信頼性は高い。ただし、本名は「光石樹五《じゅご》」となっており、韜晦の気味があることは付け加えておこう。ちなみに、右の略歴には「同二十三年退職」の後に「現在は図案の内職に従事」と書かれている。

(4) 以上のエピソードは「書くことへのこだわり」に基づいているが、鮎川哲也のインタビューでは十五日会ではなく「木曜会」、文藝春秋社ではなく「新潮社」となっている。

(5) ちなみに『読売短篇小説集』で序文を書いているのが丹羽文雄なのも因縁というものだが、このとき、すでに丹羽と袂を分かっていたのかどうかは不明。

(6) 前掲「書くことへのこだわり」では未亡人が次のよ

うに語っている。

> 賞をいただいた関係もあって読売さんとは行き来してましてね。新刊本の書評なんかさせてもらってたんです。（略）ほかにも、テレビのモニターとか、『水戸』という、タウン誌に何か書いたりとか。かわいがっていた犬が死んで、そのことを『いはらき』という新聞に連載させてもらったこともありました。

また、一九七四年に上梓した『山風蠱《さんぷうこ》』の「まえがき」には次のように書かれている。

> 易に甚大な関心を抱きはじめてから十年近くの間、その易のあらわす幾多の顕現に、厭というほど振り回されていた私が、当時の読売新聞文化部長だった平山信義氏にその話をすると、一度それを書いてみろと言われた。その年の六月のある日の読売夕刊の文化欄に『我流易道アラカルト』と題して掲載されたのがそれである。

3

本書『光石介太郎探偵小説選』は、光石名義による初の探偵小説集であり、また青砥名義の『「龍騎兵」傳摹《でんぼ》』（七七）以来、三十六年ぶりの創作集となる（この他、歿後の八八年に、エッセイ集『あのスロはもういない――わが犬の死に寄せるエッセイ集』が青砥名義で刊行されている）。『「龍騎兵」傳摹』が一般読者の目には触れにくい形で刊行されたことを思えば、初めての創作集といっても、あながち間違いではあるまい。

生前最後の作品集である『「龍騎兵」傳摹』の巻末に掲載された「著者紹介」には「幅ひろいレパートリーで正統派ロマン文学の流れを追う」と書かれていた。ここでいわれる「正統派ロマン文学」とはどのようなものなのか、明確ではない。ただ、探偵小説に限っていえば、その最終的に到達した文学観は以下のようなものであった。

> 探偵小説はまず何よりも面白いものでなくてはならない。それも大人の評価に耐え得るエンターテインメ

ントでなければならない。それにはまず何よりも作品の雰囲気と独特のプロット、そして生ける興味ある人物が物語を織りなしてゆかねばならない。そこに於て発揮される文学性こそ、探偵小説には絶対不可欠だというのが、揺がぬ私の信念である。（「私の探偵小説観」『幻影城』七五・九）

江戸川乱歩によって「本格的に純文学に取り組んでみないか」と言われた光石の文学性とはいかなるものか、また「正統派ロマン文学の流れを追う」に至るまでに、どのような文学観がどのようにして形成されていったのか。本書がそれらを考えるよすがとなれば幸いである。

以下、本書に収録した各編について解題を付しておく。作品によっては内容に踏み込んでいる場合もあるので、未読の方は注意されたい。

〈創作篇〉

「十八号室の殺人」は、『新青年』一九三一年一〇月号（一二巻一四号）に「新人十二ケ月の八」として光石太郎名義で掲載された。単行本に収録されるのは今回が初めてである。

光石介太郎が書いた唯一の本格ものであるだけでなく、密室トリックを扱った作品としても貴重な一編。ただしトリックだけが読ませどころの作品に堕しておらず、最後にどんでん返しが仕掛けられているのがミソ。

九鬼紫郎『探偵小説百科』（金園社、七五）で「鍵を外部から掛け、その鍵を室内のテーブル上におく（このトリックはドアの上部の小窓、糸、テーブル上の重味のある物品、この三点が必要）という好短篇（伊東鋭太郎『十八号室の殺人』）も戦前にある」と紹介されていた作品で、作者が伊東鋭太郎と誤記されているのは、「新人十二ケ月」の第七作目として伊東鋭太郎の「弓削検事の実験」が八月号に掲載され、同作品もまた密室ものだったことからくる記憶の混乱であろう。

以前、「日本の密室ミステリ案内」（二階堂黎人編『密室殺人大百科——下／時の結ぶ密室』原書房、二〇〇〇）でも指摘しておいたことだが、「十八号室の殺人」の密室トリックと横溝正史『迷路荘の惨劇』（七五）の密室トリックは、よく似ている。「十八号室の殺人」において探偵役の嶺口準が、ドアの上部の回転窓の下檔《したかまち》に「一條のすぢ」を発見したことにふれて「僕が若し以前に外国の小説でそれに似た物語の中のトリツクを読んで知つてゐなかつたら、多分見すごしてゐたかも知れない」といい、『迷路荘の惨劇』において金田一耕助が「これ、わたしが考え出したことじゃなく、若いころこういうトリックを使った、外国の探偵小説を読んだような気がするんです」と述べていることから、同じ外国作品が両者の念頭にあったのかもしれないと先のエッセイでは書いておいたが、浜田知明の調査によれば、横溝がふまえたのは、エドガー・ウォーレス Edgar Wallace（一八七五〜一九三二、英）の「血染の鍵」*The Clue of the New Pin*（二三）とのことである（「横溝正史の読んだ探偵小説（海外編）」『定本　横溝正史の世界《投稿編》』創元推理倶楽部秋田分科会、二〇〇四）。おそらく光石の場合も同様であろう。

「霧の夜」は、『新青年』一九三五年一月号（一六巻一号）に掲載された。その後、『怪奇探偵小説集［続］』（双葉社、七六）およびその文庫化である『怪奇探偵小説集2』（双葉文庫、八四／ハルキ文庫、九八）に採録された。

初出時には「B懸賞入選」と記載されていたが、光石自身の回想によれば「『新青年』で翌年の新年号に掲載の短編小説を懸賞で募集したが、該当作がなく、いわば飛び入りの私の『霧の夜』を当選作として発表させて貰いたい」と水谷準からいわれて承諾したものだという（「靴の裏」）。この回想が正しいのだとすれば、同号に載った他の懸賞当選作二編——崎村雅「龍源居の殺人」と械世街「心臓を売る男」も、目次を整えるために用意されたものだろうか。なお、同じエッセイの中で光石は本作品について「今でも私は自分で傑作だと自惚れている」と書いている。

本編をアンソロジーに採った鮎川哲也は、その解説で次のように述べている。

標的にした女が次第に縮んでいってゼロになるという話は幻想小説ふうであるが、作者がラストにさり気なく用意しておいて紙包みを開く段になると、一瞬にして怪奇小説に変わるといった凝った趣向が面白い。

東雅夫・石堂藍編『日本幻想作家事典』（国書刊行会、二〇〇九）でも「サーカスのナイフ投げの標的に立たされた女が、恐怖のあまりぐんぐん身を縮め、ついには消失してしまうというシュルレアリスティックなイメージと結末の猟奇的なイメージの対比が鮮やかな」作品として紹介されている。

「**綺譚六三四一**」は、『ぷろふいる』一九三五年二月号（三巻二号）に掲載された後、『新作探偵小説選集』昭和十一年版（ぷろふいる社、三六）に収録された。また、ミステリー文学資料館編『探偵小説の風景　トラフィック・コレクション（下）』（光文社文庫、二〇〇九）に採録されている。

「**梟**《ふくろ》」は、『新青年』一九三五年九月号（一七巻一一号）に特集「バルコニイ宵噺《よばなし》」の第一話として掲載された。単行本に収録されるのは今回が初めてである。

「**空間心中の顚末**」は、『ぷろふいる』一九三五年九月号（三巻九号）に特別懸賞入選作として掲載された。その後、『ミステリーの愉しみ　第3巻／パズルの王国』（立風書房、九二）に採録された。

本作品を収めたアンソロジーの解説「若き日のライバルたちⅡ」において鮎川哲也は次のように述べている。

この短篇は本格ものではないけれど、そして物語の結末はおおよその見当がつくのだけれど、これだけねっとりとした文章が書ける人は、いまのミステリー作家のなかにはいないのではないかという気がする。江戸川乱歩氏好みの題材で、江戸川氏だったらもう少しさらりと書いたことだろう。江戸川氏が純文のほうへ行きたまえといったことがあるそうだが、それは皮肉でも嫌みでもなく、ほめ言葉であったことがわかる。と同時に、その頃のある評論家が、探偵小説を健全派と不健全派に分けようとした考え方もよくわかるのである。

乱歩が「純文のほうへ行きたまえといったことがある」というエピソードは本解題の第2章で紹介した。また右の「ある評論家」とは平林初之輔のことで、健全派・不健全派に言及しているのは「探偵小説の諸傾向」（二六）である。

「**皿山の異人屋敷**」は、『探偵春秋』一九三七年一月号（二巻一号）に掲載された。その後、ミステリー文学資料館編『幻の探偵雑誌④／「探偵春秋」傑作選』（光文社文庫、二〇〇一）に採録された。

「**十字路へ来る男**」は、『シュピオ』一九三七年九月号（三巻七号）に掲載された。単行本に収録されるのは今回が初めてである。

「**魂の貞操帯**」は、『新青年』一九三八年四月号（一九巻五号）に特集「新進作家傑作集」の一編として掲載された。単行本に収録されるのは今回が初めてである。

本作品が掲載されるまでの経緯は光石のエッセイ「靴の裏」に詳しい。

「**基督《キリスト》を盗め**」は、『新青年』一九三九年三月号（二〇巻四号）に鶏山文作名義で掲載された。単行本に収録されるのは今回が初めてである。

「**類人鬼**」は、『新青年』一九三九年四月号（二〇巻五号）に特集「文体模写《あら・そつくりね》／挿画模写小説集《だまされちや・いやよ》」の「江戸川乱歩／竹中英太郎篇」として鶏山文作名義で掲載された（本文では雞山文作と表記）。挿画模写は内藤賛が担当。単行本に収録されるのは今回が初めてである。

「**秘めた写真**」は、『新青年』一九三九年八月号（二〇巻一〇号）に「怪奇・探偵・スリル・ユーモア・軽快・銷夏傑作短篇集」の一編として鶏山文作名義で掲載された。単行本に収録されるのは今回が初めてである。

「**鳥人誘拐《リヒトホーフェン》**」は、『オール読物』一九三九年九月号（九巻一号）に鶏山文作名義で掲載された。単行本に収録されるのは今回が初めてである。

本作品について光石は、エッセイ「名将軍と名将たち」において、小栗虫太郎から「外国雑誌から切抜いた三百語ばかりの紙片」を見せられて、「これをタネに一つ書いてみろ、『オール読物』に売ってやると言われ、ドイツ語まじりのこの難解な切抜きをもとにして書いた」「アクション物の探偵小説」だと回想している。

「**遺書綺譚**」は、『新青年』一九三九年一〇月号（二〇巻一六号）に鶏山文作名義で掲載された。単行本に収録されるのは今回が初めてである。

「**廃墟の山彦《エコオ》**」は、『宝石』一九四九年四月号（四巻四号）に雞山稲平名義で掲載された。単行本に収録されるのは今回が初めてである。

確認できた限りでは雞山稲平名義で発表された作品は本編のみである。

「**ぶらんこ**」は、文苑社から一九五九年七月に刊行された『読売短篇小説集』に青砥一二郎名義で掲載された後、「鞦韆《ぶらんこ》」と改題の上、『鞦韆』（青砥一二郎後援会、六二）に収録された。

本作品について光石は、前掲「文芸雑話（二）／『以前』と『パターン』」の中で「これは過去私の書いた作品の中でも、ゆうに自讃的傑作の一つに価するものだと言つて過言でない確信を持つている」と述べている。

なお、本作品を含む以下の五編は、いずれも、いわゆる純文学を意図して書かれたものだが、光石の文学的軌跡をたどる上でも有意義だと判断し、探偵小説味の強い作品を選んで収録することにした。光石夫人によれば「純文学に行っても、光石の書くものはどうも探偵小説くさいと、友人に言われました」（「書くことへのこだわり――光石介太郎」）とのことである。

「豊作の頓死」は、『読売新聞』一九五九年一二月二〇日付に第20回読売短編小説賞入選作として青砥一二郎名義で掲載された後、前掲『鞦韆』に収録された。また、「南無妙法蓮華経」と改題の上、『「龍騎兵」傳摹』（構造社出版、七七）に再録された。

第20回の選評は吉田健一が担当しており、そこでは次のように評されていた。

> 短編には初めと、真中と、終りがあるのがこの形式を考え出したポー以来の伝統であって、これを破って短編の名に価するものを書くのはむずかしいように思われるし、また、幸いなことに、これを守って好短編を一つ仕上げるのは型を破りたがる人間が考えているほど、簡単なことでは決してない。その点から、今度の応募作品の中では青砥一二郎氏の「豊作の頓死」を推す。ここで最初に行われている舞台の描写は、その先を読みたくさせるのに十分なものがあり、事件の進展を語る寺の坊さんと寺男の対話や豊作の行状記、及びやす江の性格の設定もしっかりした筆致で運ばれていて、豊作の葬式のどんちゃん騒ぎとその結末は、ここまで読んで来た読者の期待を裏切らない。この作品に、豊作は実際には一度も顔を出さないにも拘らず、われわれにこの人物に直接に会っている思いをさせ、やす江の性格が本当にはっきりするのは最後に坊さんに詰問される場面になってからであるというのも、短編の形式がだてに考案されたものでないことを実証している。

「大頭《だいもんじゃ》の放火」は、『読売新聞』一九六〇年二月二一日付に第22回読売短編小説賞入選作品として青砥一二郎名義で掲載された後、前掲『鞦韆』に収録された。また、前掲『「龍騎兵」傳摹』に再録された。

第22回の選評は河盛好蔵《かわもりよしぞう》が担当しており、そこでは次のように評されていた。

> 投稿のなかでは「大頭の放火」（青砥一二郎）がとび

ぬけてよかった。それほど、ほかのものはみなつまらなかった、といってよい。この小説も手法は古く、内容にも新味はないが、人生の一断片がしっかりとらえられ、かつ着実に描かれている。暗い物語り《ママ》であるが、じめじめしたところがなくほのかなユーモアさえある、健康なところが私の気に入った。モーパッサンの農村小説をよむような気がした。結末がこの小説を厚味のあるものにしている。福太郎と父親との会話のところもよい。

「**死体冷凍室**」は、『週刊読売』一九六一年一〇月二二日号（二〇巻四三号）に「新人異色短編小説」の第一回として青砥一二郎名義で掲載された。単行本に収録されるのは今回が初めてである。

「**あるチャタレー事件**」は、『週刊読売』一九六二年三月一一日号（二一巻一〇号）に「新人異色短編小説」として雛山稲平名義で掲載された。単行本に収録されるのは今回が初めてである。

「**船とこうのとり**」は、『宝石』一九六二年六月号（一七巻七号）に青砥一二郎名義で掲載された。単行本に収録されるのは今回が初めてである。

「**三番館の蒼蠅**」は、『幻影城』一九七五年九月号（一巻九号）に掲載された。その後、『甦る「幻影城」Ⅱ』（角川書店、九七）に採録された。

本作品の履歴について、未亡人へのインタビューをまとめた「書くことへのこだわり――光石介太郎」の脚注に次のように書かれているので、参考までに以下に引いておく。

> 光石は昭和二十年代の終わり頃から『オール読物』の「オール新人杯」に応募するようになるが、「三番館の青《ママ》蠅」は、同賞の第十一回第二次予選通過作品として『オール読物』昭和三十二（一九五七）年十一、十二月号にその表題が掲げられていた。『幻影城』に掲載されたものは同じ題名なので、たぶん同じ作品か、あるいは加筆・改作したものと考えられる。

〈評論・随筆篇〉

「**作者の言葉**」は、『ぷろふいる』一九三五年二月号（三巻二号）に「綺譚六三四一」と共に掲載された。以下、本篇を含むエッセイ類が単行本に収録されるのは今回が初めてである。

「無題」は、『ぷろふいる』一九三七年一月号（四巻一号）に「新人の言葉」の一編として掲載された。

「ＹＤＮ《ヤンガー・ディテクティブ・ノーベリスト》ペンサークルの頃」は、『幻影城』一九七五年七月増刊号（一巻七号）に「乱歩私観」の一編として掲載された。

「私の探偵小説観」は、『幻影城』一九七五年九月号（一巻九号）に掲載された。

「靴の裏——若き日の交友懺悔」は、『幻影城』一九七六年二月号（二巻二号）に掲載された。

「名軍師と名将たち」は、『幻影城』一九七九年七月号（五巻四号）に掲載された。

木々高太郎が編集後記で光石についてふれたのは『シュピオ』三八年一月号の「共同雑記」においてであった。木々はそこで「この一年間で、シュピオが出した新人のうち」印象に残っている名前を挙げた上で、「神戸の山本禾太郎氏、東京の光石介太郎氏は、新人ではないが自分がこれから大いに力を入れ度い人で、探偵小説四年生が、新人発堀《ママ》と、同志激励を新らしい年の仕事の一つとし度いものと思ふ」と書いている。

また「鳥人誘拐《リヒトホーフェン》」に触れた箇所で「私はこのとき『新青年』に遠慮して雞《ママ》山文作という筆名を用いた」と書いているが、同じ筆名は「基督《キリスト》を盗め」以来、『新青年』でも使われており、同誌に遠慮したというのは事実と異なっている。

「ハガキ回答」は、『シュピオ』一九三八年一月号（四巻一号）に掲載された。

久生十蘭の「黒い手帳」は『新青年』三七年一月号に掲載された。「髑髏譜」は権藤穣《みのる》の作品で『サンデー毎日』三七年一一月一〇日号に掲載された。若狭邦男のインタビューによれば、これは後の赤沼三郎の手になるものであった（『探偵作家追跡』日本古書通信社、二〇〇七）。

「ロシアの某氏作品『肖像画』」とは、ニコライ・ゴーゴリ Николай Васильевич Гоголь（一八〇九～五二、露）の同名作品であろうか。「クリシー街の遺書」は『新青年』一九三五年二月増刊号に掲載されたモーリス・ルナール Maurice Renard（一八七五～一九三九、仏）の作品。

［解題］**横井 司**（よこい つかさ）
1962年、石川県金沢市に生まれる。大東文化大学文学部日本文学科卒業。専修大学大学院文学研究科博士後期課程修了。95年、戦前の探偵小説に関する論考で、博士（文学）学位取得。共著に『本格ミステリ・ベスト100』（東京創元社、1997）、『日本ミステリー事典』（新潮社、2000）、『本格ミステリ・フラッシュバック』（東京創元社、2008）、『本格ミステリ・ディケイド300』（原書房、2012）など。現在、専修大学人文科学研究所特別研究員。日本推理作家協会・本格ミステリ作家クラブ会員。

光石介太郎氏の著作権継承者と連絡がとれませんでした。ご存じの方はお知らせ下さい。

光石介太郎《みついしかいたろう》探偵小説選《たんていしょうせつせん》　〔論創ミステリ叢書67〕

2013年9月15日　初版第1刷印刷
2013年9月20日　初版第1刷発行

著　者　光石介太郎
監　修　横井　司
装　訂　栗原裕孝
発行人　森下紀夫
発行所　論 創 社
〒101-0051 東京都千代田区神田神保町2-23 北井ビル
電話 03-3264-5254　振替口座 00160-1-155266
http://www.ronso.co.jp/

印刷・製本　中央精版印刷

Printed in Japan　ISBN978-4-8460-1269-4